La Bible

Aux sources de la culture occidentale

Philippe Sellier

La Bible

Aux sources de la culture occidentale

Éditions du Seuil

Ce livre a été publié en grand format en 2007 sous le titre
La Bible expliquée à ceux qui ne l'ont pas encore lue.
Il est ici repris à l'identique.

ISBN 978-2-7578-3175-5
(ISBN 1ʳᵉ édition, 978-2-02-094829-6)

© Éditions du Seuil, octobre 2007

Avertissement

Le présent ouvrage vise à rendre immédiatement compréhensibles

– la richesse et la diversité des Livres constituant la Bible,

– les personnages et les épisodes qui ont marqué la culture occidentale, inspirant les écrivains, les philosophes, les peintres, les enlumineurs, les maîtres verriers, les sculpteurs, les graveurs, les réalisateurs de cinéma ou de télévision. La distinction entre Occident et Orient étant variable selon les contextes, il faut préciser que «Occident» inclut ici l'ensemble des territoires christianisés, par contraste avec d'autres grandes civilisations comme l'Inde, la Chine ou le monde islamique. Certains des épisodes bibliques, comme la libération de la servitude en Égypte et la marche vers une Terre idéale ont soulevé et mis en mouvement des foules humaines, à divers moments de l'histoire. Quant aux plus hautes figures : Abraham, Moïse, Jésus, elles n'ont cessé d'habiter et de faire vivre intensément des milliards d'hommes et de femmes, de tous âges, de toutes conditions, et de tous pays.

Chaque livre biblique sera d'abord présenté brièvement. Ensuite les personnages ou épisodes marquants de chacun apparaîtront au fil d'un récit suivi, concis, de façon que le lecteur puisse retrouver avec agrément la trame historique qui sous-tend la Bible. Le nombre immense de reprises au sein de la culture occidentale n'étant pas maîtrisable, seules quelques-unes d'entre elles, parmi les plus célèbres, seront mentionnées après chaque séquence. Les incrustations de formules bibliques dans la langue seront précisées par rapport à la culture française, mais elles sont d'une importance comparable dans les autres langues de l'Occident. L'ensemble donnera une vue juste de l'omniprésence des souvenirs bibliques. Écrivant pour un public de tradition catholique dans sa grande majorité, qu'il soit croyant ou non, j'ai la plupart du temps adopté cette perspective, non sans ouvertures sur l'orthodoxie, les réformes chrétiennes, le judaïsme ou l'islam. À la fin de l'ouvrage, un index permettra de se reporter sans difficulté à la scène dont telle reprise aura intrigué dans une conversation, dans une lecture, dans un tableau ou dans un film.

La Bible a vraiment été le livre de chevet de l'Occident.

J'exprime ma plus vive gratitude à Andrée Villard, qui a accompagné de son savoir et de sa vigilance critique l'élaboration de ce livre.

Prologue
Le Livre des livres

La formule le « Livre des livres » – sur le modèle du « Cantique des cantiques », c'est-à-dire du Chant par excellence – souligne l'exceptionnelle souveraineté de la Bible parmi les œuvres écrites de la planète.

La Bible est de loin l'ouvrage le plus lu et le plus traduit dans le monde. Dans sa totalité ou limitée au Nouveau Testament, elle existe en 2 355 langues. À la fin de 2006, le *New Yorker* constatait que, chaque année, la Bible s'affirme comme le best-seller de l'année. En 2005, les Américains des États-Unis en ont acquis 25 millions d'exemplaires, et 47 % d'entre eux la lisent chaque semaine. On estime qu'il en existe plus de 500 versions en anglais. En français, les traductions nouvelles se sont multipliées depuis la Seconde Guerre mondiale. Au sein de ce foisonnement, deux réussites littéraires ont marqué de leur empreinte deux grandes langues de culture : la célèbre version du roi Jacques Iᵉʳ (1611) pour l'anglais, la non moins fameuse Bible de Luther (1534) pour l'allemand.

La Bible constitue l'un des fondements de la culture occidentale, qui repose sur deux ensembles de textes prestigieux, les uns grecs, les autres juifs. On résume souvent cette généalogie par les noms de deux villes : Jérusalem et Athènes. Mais plus précisément c'est dans l'une des métropoles intellectuelles du monde antique, Alexandrie, que s'est réalisé l'accueil critique de la culture grecque par le monothéisme conquérant de la Bible juive. Une Bible en grec y a vu le jour à partir de 250 avant notre ère. Il s'est produit alors une étonnante opération alchimique : la vision biblique de Dieu, du monde, de l'histoire, de l'homme « image de Dieu » s'est assimilé toute une part de la riche pensée grecque. La synthèse ainsi réussie a marqué désormais, avec une intensité variable, tous les continents.

La Bible a doté la littérature universelle de quelques-uns de ses livres les plus éclatants, comme le Livre d'Isaïe et maintes pages des autres prophètes, le Livre de Job, l'Ecclésiaste ou le Cantique des cantiques. Ses récits des origines du monde l'ont emporté sur les mythes grecs et ont fourni leur cadre symbolique à des dizaines de générations. Elle a fait rêver et agir, grâce à des scénarios saisissants comme la libération de l'esclavage d'Égypte, la traversée du Désert, l'entrée dans la Terre Promise, et surtout l'apparente « tragédie » de la Passion du Christ, épreuve initiatique qui débouche sur la Résurrection et s'offre en modèle à toute vie. Les Psaumes ont nourri la prière de milliards d'hommes. L'Apocalypse de Jean a enflammé les imaginations et proposé un exceptionnel trésor d'images.

Les épisodes et les personnages bibliques ont suscité une profusion d'œuvres littéraires, plastiques et musicales, dont l'accès risque de demeurer fermé si l'on ignore tout de leur source d'inspiration. Un peintre aussi génial que Rembrandt a créé à partir de la Bible 145 de ses 600 tableaux, 70 eaux-fortes et 575 dessins. De la Passion du Christ il a représenté tous les moments, nous laissant un véritable reportage plastique. Bien plus, une foule d'expressions et d'adages venus des textes bibliques ont essaimé dans les langues de l'Occident.

En deçà de cette vaste expansion culturelle, la Bible est vécue par près de deux milliards d'hommes comme la Révélation la plus distincte, la plus plénière, du Dieu unique dans le brouhaha de l'histoire humaine. C'est ainsi qu'elle est célébrée par les croyants juifs, imprégnés des livres composés en langue hébraïque, qui forment la majeure partie de ce que les catholiques appellent l'Ancien Testament. Les Écritures juives, enrichies des témoignages qui gravitent autour de la personne du Christ, ont formé la Bible chrétienne. Et celle-ci s'accorde avec l'islam dans la vénération d'un petit nombre de hautes personnalités religieuses : Abraham, Moïse, Marie et Jésus.

Qu'est-ce que la Bible ?

Le nom de « Bible » provient du pluriel grec *biblia*, qui signifie « livres », terme par lequel les juifs d'Alexandrie désignaient dès le IIe siècle avant Jésus-Christ les cinq Livres de la Loi de Moïse (de la Genèse au Deutéronome). Ultérieurement, le mot en est venu à s'appliquer aux 73 livres ou Écrits qui constituent l'Ancien (46) et le Nouveau Testament (27) dans l'Église. Ce terme de « Testament », un peu surprenant, traduit le grec *diathékè*, qui renvoie à l'acte par lequel quelqu'un dispose de ses biens (un testament, donc) ou passe une convention, un pacte avec un autre. Dans la Bible grecque, il a désigné l'Alliance de Dieu avec les hommes, en soulignant l'autorité de celui qui fixe le cours des choses. Les traducteurs voulaient ainsi marquer la transcendance et la condescendance divines. Lors de la dernière Cène, le Christ – dans la traduction grecque qui nous est parvenue de ses paroles – utilise ce terme pour manifester la « nouvelle Alliance » qu'il établit, et cela dans un moment qui est testamentaire. C'est la traduction latine par *testamentum* qui a accrédité le titre « Testament », là où « Alliance » aurait dû prévaloir.

Ces 73 livres ou Écrits, de genres littéraires très divers, d'une longueur variable, ont été mis par écrit entre 850 avant Jésus-Christ et 110 après, souvent à partir de traditions orales beaucoup plus anciennes. Les langues employées sont l'hébreu, l'araméen (une langue sémitique ancêtre du syriaque, que parlait Jésus) et le grec. La totalité du Nouveau Testament nous est parvenue en grec, langue de culture de tout le pourtour de la Méditerranée. La Bible est aussi désignée comme l'«Écriture» ou les «saintes Écritures».

Pour retrouver rapidement un passage, chaque Livre biblique a été tardivement divisé en chapitres, puis en versets. La répartition en chapitres, ébauchée au début du XIe siècle, fut fixée en 1203 par Stephen Langton, à l'université de Paris, d'où elle se répandit dans toute la catholicité. La division en versets, apparue à une date très ancienne à cause des nécessités des emplois liturgiques, ne commença à apparaître dans les Bibles imprimées qu'au début du XVIe siècle : présente dans le Psautier du grand humaniste Lefèvre d'Étaples en 1509, elle acquit sa forme définitive et fut étendue à l'ensemble de la Bible par l'imprimeur Robert Estienne en 1553.

Bible hébraïque et Bible grecque

Les Livres qui constituent la Bible ont été reconnus comme l'authentique Révélation de Dieu aux hommes, d'abord par la communauté israélite, puis par l'Église chrétienne. Cette reconnaissance s'est exprimée par des listes officielles des Livres reçus comme régulateurs de la foi et de l'existence. À partir du IVe siècle de notre ère, on a pris l'habitude d'appeler *canon* – d'un mot grec qui signifie «règle» – la liste établie et close par la communauté.

Le canon de la Bible hébraïque ne s'est fixé que peu à peu. Dès 398 avant Jésus-Christ, les cinq Livres de la *Torah* ou Loi, et un peu plus tard les Prophètes, puis les Psaumes furent reconnus comme le cœur de la vie religieuse dans l'Israël revenu d'exil. Pour nombre d'autres livres, la situation demeura flottante jusqu'à la fin du Ier siècle après Jésus-Christ. À cette date, une assemblée réunie à Jamnia, non loin de l'actuelle Tel-Aviv, entreprit une clarification : les rabbins décidèrent de ne retenir dans le canon que les Livres composés directement en langue hébraïque et de date ancienne. On aboutit ainsi à trois ensembles : la Loi, les Prophètes et les autres « Écrits ». Les ouvrages laissés de côté furent désignés du nom d'*apocryphes*, « textes cachés », c'est-à-dire d'une autorité douteuse.

Si la communauté juive avait hésité, c'est en particulier parce qu'il existait une Bible traduite ou écrite directement en grec. Aux environs de l'an 300, une colonie juive s'était installée dans la cité que venait de fonder Alexandre et qui n'allait pas tarder à devenir l'une des capitales intellectuelles du monde antique : Alexandrie. Rapidement hellénisés, ces juifs ressentirent le besoin d'une traduction en grec de leurs livres saints. Selon la légende, cette ambitieuse entreprise aurait été accomplie par soixante-douze sages vers 250. De là son nom de « Bible des Septante » et le recours au chiffre LXX pour désigner cette traduction en grec. En réalité, l'élaboration fut beaucoup moins magique et dura de 250 environ à 117 avant Jésus-Christ. Se livrant à une véritable transposition culturelle, les Septante avaient opéré diverses modifications. Ils avaient d'autre part reconnu comme canoniques et traduit plusieurs livres à propos desquels les juifs de Palestine hésitaient, comme ceux de Judith et Tobie. Enfin des livres récents avaient vu le jour, directement composés en grec, comme le Deuxième Livre des Maccabées et le Livre de la Sagesse. La communauté d'Alexandrie tenait cet ensemble en grec pour inspiré de Dieu, au même titre que les textes en hébreu. C'est pourquoi en vinrent à coexister un canon palestinien, la Bible hébraïque, et un canon alexandrin, la Bible grecque.

Bible catholique et Bible protestante

Les premières communautés chrétiennes conférèrent rapidement le statut d'Écritures canoniques aux textes rattachés

BIBLE HÉBRAÏQUE ET BIBLE PROTESTANTE

Les Bibles protestantes ne retiennent pour l'Ancien Testament que les livres du canon hébraïque. Du XVIe au XVIIIe siècle, elles publiaient néanmoins – comme documents étrangers au canon – les dix textes supplémentaires du canon d'Alexandrie (donnés ici en italiques). Elles ont conservé la classification de la Vulgate tandis que la Traduction œcuménique de la Bible (T.O.B.) a repris l'organisation hébraïque de l'Ancien Testament, tout en ajoutant les apocryphes.

ANCIEN TESTAMENT

Le Pentateuque (la Loi)

Genèse
Exode
Lévitique
Nombres
Deutéronome

Les Prophètes

Josué
Juges
Samuel (1 et 2)
Rois (1 et 2)
Isaïe
Jérémie
Ézéchiel
Osée
Joël
Amos
Abdias
Jonas
Michée
Nahum
Habaquq
Sophonie
Aggée
Zacharie
Malachie

Les autres Écrits

Psaumes
Job
Proverbes

Ruth
Cantique
Qohélet
Lamentations
Esther

Daniel
Esdras-Néhémie

Chroniques (1 et 2)

Les Apocryphes

Esther grec
Judith
Tobie
1 Maccabées
2 Maccabées
Sagesse
Siracide (ou Ecclésiastique)
Baruch
Lettre de Jérémie
Daniel grec

NOUVEAU TESTAMENT

Matthieu
Marc
Luc
Jean
Actes des Apôtres
Romains
1 Corinthiens
2 Corinthiens
Galates
Éphésiens
Philippiens
Colossiens
1 Thessaloniciens
2 Thessaloniciens

1 Timothée
2 Timothée
Tite
Philémon

Hébreux

Jacques
1 Pierre
2 Pierre
1 Jean
2 Jean
3 Jean
Jude

Apocalypse

BIBLE CATHOLIQUE

Le canon et l'organisation de la Bible catholique s'inspirent étroitement du canon d'Alexandrie (Bible grecque) repris par la Vulgate latine, bien que saint Jérôme ait toujours traduit d'après les originaux hébreux, lorsque ceux-ci existaient. Au XVIe siècle, les catholiques ont commencé à désigner les dix textes propres à la Bible grecque comme « deutéro-canoniques », c'est-à-dire « du deuxième canon » : ils figurent ici en italiques.

ANCIEN TESTAMENT

Le Pentateuque (la Loi)

Genèse
Exode
Lévitique
Nombres
Deutéronome

Les Livres historiques

Josué
Juges

Ruth

1 Samuel
2 Samuel
1 Rois
2 Rois

1 Chroniques
2 Chroniques
Esdras
Néhémie

Tobie
Judith
Esther (*supplément grec*)

1 Maccabées
2 Maccabées

Les Livres poétiques et de sagesse

Job
Psaumes
Proverbes
Ecclésiaste
Cantique des cantiques
Sagesse
Ecclésiastique (ou Siracide)

Les Prophètes

Isaïe
Jérémie (et *Lettre de Jérémie*)
Lamentations
Baruch
Ézéchiel
Daniel (*suppléments grecs*)
Osée
Joël
Amos
Abdias
Jonas
Michée
Nahum
Habacuc
Sophonie
Aggée
Zacharie
Malachie

NOUVEAU TESTAMENT

Matthieu
Marc
Luc
Jean
Actes des Apôtres
Romains
1 Corinthiens
2 Corinthiens
Galates
Éphésiens
Philippiens
Colossiens
1 Thessaloniciens
2 Thessaloniciens

1 Timothée
2 Timothée
Tite
Philémon

Hébreux

Jacques
1 Pierre
2 Pierre
1 Jean
2 Jean
3 Jean
Jude

Apocalypse

aux apôtres, d'abord au recueil des Lettres de saint Paul, puis aux quatre Évangiles de Marc, Luc, Matthieu et Jean. Les dernières hésitations, à propos de l'Apocalypse et de la Lettre aux Hébreux, disparurent au IVe siècle.

Ce « Nouveau Testament » était reconnu comme organiquement lié à l'Ancien, et tous deux formaient la Bible chrétienne. Mais les chrétiens adoptèrent-ils l'Ancien Testament hébraïque ou le canon d'Alexandrie ? Tous furent immédiatement d'accord pour accueillir la liste hébraïque, mais des perplexités se maintinrent chez certains à propos de dix textes qu'y avait ajoutés le canon alexandrin : Tobie, Judith, Baruch, la Lettre de Jérémie, les deux Livres des Maccabées, L'Ecclésiastique, le Livre de la Sagesse, ainsi que des suppléments en grec à Esther et à Daniel.

Comme on pouvait s'y attendre, d'Alexandrie partit, avec le puissant penseur Origène, une vigoureuse apologie de la Bible grecque au début du IIIe siècle. On avait beau jeu de souligner que celle-ci, se trouvant utilisée dans tous les écrits du Nouveau Testament, en acquérait une impressionnante autorité. Ce point de vue fut rapidement adopté à Rome et en Afrique du Nord. En revanche, le traducteur de la plus illustre version latine, que l'on appelle la Vulgate, saint Jérôme, qui s'était retiré à Bethléem de 386 à sa mort en 420, choisit résolument de traduire d'après la « vérité hébraïque » : il partit des originaux hébreux pour tous les Livres du canon palestinien. Néanmoins la liste et l'organisation du canon d'Alexandrie triomphèrent dans l'Église dès le début du Ve siècle, et elles s'imposèrent à la Vulgate elle-même.

Ce canon catholique régna pendant plus d'un millénaire. Mais au début du XVIe siècle, les Réformes protestantes décidèrent de s'en tenir au canon palestinien pour l'Ancien Testament. L'Église catholique réagit en réaffirmant solennellement la liste des livres qu'elle considérait comme inspirés de Dieu, lors du Concile œcuménique de Trente (1545-1563). Peu après, en 1566, les dix textes ajoutés par la Bible grecque reçurent de l'exégète dominicain Sixte de Sienne la dénomination, qui leur est restée, de *deutérocanoniques*, c'est-à-dire «du deuxième canon». Jusqu'au début du XIXe siècle, les Bibles protestantes reproduisaient les deutérocanoniques, ce qui a facilité leur insertion dans la Traduction Œcuménique de la Bible (1972-1975).

Expérience et histoire

La Bible est un livre mystique, le mémorial de rencontres avec l'Absolu, avec le Dieu unique suprapersonnel: Abraham, le Moïse du Buisson ardent ou du Sinaï, Élie sur le mont Horeb, les pages inoubliables sur la vocation d'Isaïe ou de Jérémie, les visions d'Ézéchiel ou de Zacharie. Le Cantique des cantiques tout entier célèbre les fiançailles avec Dieu, un Dieu qui se manifeste très tôt comme amour et tendresse. Toutes ces expériences ouvrent sur la rencontre inouïe de Dieu et de l'humanité en la personne de Jésus, Dieu devenu homme pour que l'homme devienne Dieu. C'est l'Église orthodoxe qui a conféré le plus d'éclat à cet appel à la divinisation. Quant au Cantique, il a été l'un des Livres bibliques les plus intensément médités par les chrétiens, d'Origène ou Grégoire de Nysse à saint Bernard, saint Jean de la Croix, saint François de Sales…

Avec cette affirmation capitale de l'«homme image de Dieu», si grand qu'il est appelé au dialogue avec son Créateur, la Bible a fourni à la culture occidentale un dynamisme spirituel encore pleinement actif aujourd'hui, issu d'une affirmation radicale: l'absolu de la personne humaine, d'où ont surgi les Droits de l'homme. Mais elle a doté cette culture d'un autre apport: elle a brisé les représentations cycliques de l'histoire, au profit d'une conception linéaire, orientée positivement. L'histoire a un sens, les hommes sont en marche.

L'ascension spirituelle d'Israël prend son origine chez Abraham, vers 1850-1800 avant notre ère. Lentement, à travers les succès et les échecs, Dieu fait évoluer une ethnie fruste. Dès la vocation d'Abraham se manifeste l'existence d'un Dieu personnel. Abraham place en ce Dieu sa *foi*, et ce Dieu noue une *Alliance* avec lui. Six siècles plus tard, alors que les descendants d'Abraham travaillent comme esclaves en Égypte, surgit la plus haute figure de l'Ancien Testament, Moïse. Moïse libère son peuple de la servitude, le conduit à travers le Désert jusqu'à l'entrée de la Terre que Dieu a promise, la Palestine. Il renouvelle l'Alliance et établit les principales règles qui gouverneront la communauté israélite : la Loi, ou *Torah*. La troisième figure centrale de l'histoire juive est le roi David, «homme selon le cœur de Dieu», à qui est promise une descendance éternelle, la venue future d'un mystérieux Envoyé de Dieu, un *Messie*.

La foi, la Loi et l'Alliance, l'attente messianique : tels sont les fondements de l'Ancien Testament, les leitmotive des prophètes, les sources de l'existence religieuse des juifs, qui, aujourd'hui encore, attendent l'avènement du Roi-Messie.

Mais une partie d'Israël a reconnu ce Messie en la personne de Jésus de Nazareth : descendant de David, prophète, Fils de Dieu, mort sur une croix et ressuscité, comme l'avaient annoncé les prophètes (Luc 24,25-27). Le Nouveau Testament relate la trajectoire de Jésus et, jusqu'à la fin du Ier siècle, l'essor rapide de la foi placée en lui : c'est la naissance du christianisme, qui se ressent comme l'épanouissement ultime de l'expérience d'Israël. Depuis lors se déroule un «temps de l'Église», dont la durée est ignorée de toute intelligence créée.

Unité de l'inspiration, diversité des genres littéraires

Composée de 73 livres, écrits par des auteurs différents et à partir de traditions parfois hétéroclites, à des dates souvent éloignées, sous toutes sortes de pressions des événements, la Bible manifeste néanmoins une paradoxale unité. Juifs et chrétiens ont rendu compte de cette harmonie en insistant sur l'«inspiration» des Écritures. Sans cesse, en effet, les auteurs répètent qu'ils ne parlent pas d'eux-mêmes. Personne n'a orchestré plus douloureusement que Jérémie la terrible exigence de la Parole divine (1,1-10 ; 20,7-10). Mais l'expérience est d'une intensité comparable chez Isaïe (6,1-7) ou Ézéchiel, qui doit même manger un livre, symbole de la Parole divine (2, 8-3, 4). Continuellement retentissent les formules : «La Parole du Seigneur m'a été adressée en ces termes…», «Oracle du Seigneur». L'image du «feu dévorant» est récurrente, de la scène du Buisson ardent à la Pentecôte. Quant à l'auteur de l'Apocalypse, il inaugure ainsi le récit de ses visions : «Je fus saisi par l'Esprit, et j'entendis une voix puissante derrière moi, telle une trompette, qui proclamait : "Ce que tu vois, écris-le dans un livre, et envoie-le aux sept Églises."» (1,10-11). Aux yeux des chrétiens, cette inspiration divine subit la réfraction humaine minimale dans les paroles du Christ, Dieu passant dans l'histoire.

La peinture des siècles révolus nous a habitués à des représentations souvent naïves de cette inspiration : ainsi Rembrandt, dans son magistral tableau *L'Évangéliste Matthieu et l'ange* (au Louvre) met en scène un Matthieu méditatif qui écoute ce qu'un ange penché sur son épaule murmure à son oreille. En réalité, comme le martèle à la même époque Pascal dans les *Pensées*, le Dieu du Christ est un «Dieu caché» (Isaïe 45,15). Son action est le plus souvent discrète. Dans la Bible, chaque auteur humain a conservé sa personnalité, ses connaissances et ses lacunes, son univers daté, son langage. De là l'intérêt de l'étude historique des textes bibliques. Mais en sa visée religieuse, chacun de ces auteurs est guidé, animé par Dieu. On a même parlé de «tradition inspirée», lorsque cette action divine travaillait une élaboration collective ou l'expérience prophétique de toute une lignée de maîtres et de disciples, comme à propos de la magnifique école isaïenne, auteur du Livre d'Isaïe.

Ainsi un cortège varié d'écrivains humains a-t-il coopéré avec un unique Auteur éternel, Dieu lui-même. Celui-ci, Maître à la fois du Texte et du déroulement de l'Histoire, a disposé dans la trame du tissu biblique des annonces concrètes, des préfigurations de réalités futures, décisives. Pour nous en tenir au Livre de l'Exode, la libération de l'esclavage d'Égypte, la traversée de la mer menaçante, la marche dans le Désert, la manne, l'entrée dans la Terre Promise, « tout cela arrivait aux juifs en figure » (1 Corinthiens 10,11). Ces événements préfiguraient des transformations plus intimes et essentielles : la délivrance du mal, le baptême, les épreuves à surmonter et la nécessité de moments de solitude, l'Eucharistie, l'entrée dans le Royaume de Dieu.

Cette unité d'inspiration explique la cohérence d'un message qui se développe à travers les siècles, en vertu d'une sorte de relais des textes, comme on parle d'un relais dans certaines épreuves olympiques. L'harmonie fait rentrer dans l'ombre les contradictions de détails qu'ont multipliées les conditions de montage de traditions différentes, les modes de rédaction et la mentalité juive, insoucieuse de ce que nous appelons « rigueur historique », mais en revanche tout entière vouée à sa visée religieuse.

Il est frappant que l'unité d'inspiration se soit accommodée de genres littéraires incroyablement divers. La variété de ceux-ci oblige à leur prise en compte pour comprendre leur sens. Puisque les onze premiers chapitres de la Genèse ont retravaillé en les purifiant des matériaux mythiques suméro-accadiens – comme nous le savons depuis la fin du XIXe siècle – et se sont constitués dans un registre symbolique, il est vain d'y chercher de l'histoire. C'est parce que le Livre de Jonas est un conte, non dénué d'humour, qu'il délivre l'un des messages les plus élevés de l'Ancien Testament : Dieu se moque

des résistances d'un prophète qui refuse son appel univer-
saliste. La Bible se sert de la « saga », avec ses chroniques familiales, avec les filiations, les mariages, les rivalités successorales,
les jalousies (Genèse 12-50). L'épopée, les annales voisinent
avec les codes de lois ou les hymnes. Tout autres sont les
oracles, souvent véhéments, des Prophètes. Ou, dans un
registre plus serein, les Écrits de sagesse, à la fois proches des
sagesses égyptienne et mésopotamienne et soumis à l'éclairage
du monothéisme (Livre des Proverbes, Ecclésiaste). Certaines
compositions relèvent de la parabole comme le Livre de Job,
ou de la légende d'encouragement comme celui de Judith.
D'autres se présentent comme des recueils de poèmes (les
Psaumes) ou des chants nuptiaux illustrant les fiançailles de
Dieu et de ceux qui l'aiment (le Cantique des cantiques).

Le Nouveau Testament invente le genre littéraire de
l'Évangile, et multiplie les Lettres de circonstances. Il s'achève
avec l'expression la plus célèbre d'un genre déjà ancien en
Israël, l'Apocalypse, dont les règles particulières d'écriture sont
déconcertantes pour un Occidental : trombes d'images saisissantes, cataclysmes cosmiques, appel à un bestiaire effrayant,
visions bouleversantes et révélations angéliques. Il faut accep-
ter un véritable dépaysement culturel pour pénétrer au-delà
du voile.

Citant un verset de l'Évangile de saint Luc (10,42), Pascal,
à nouveau, a perçu l'essentiel (fr. 301) :

L'unique objet de l'Écriture est la charité.

Dieu diversifie ainsi cet unique précepte de charité pour satis-
faire notre curiosité, qui recherche la diversité, par cette
diversité qui nous mène toujours à notre unique nécessaire.
Car « une seule chose est nécessaire », et nous aimons la diversité. Et Dieu satisfait à l'un et à l'autre par ces diversités qui
mènent à ce seul nécessaire.

Cette perpétuelle gravitation autour de cet unique centre, l'Auteur divin de la Bible – aux yeux des chrétiens – la pratiquera lui-même en miniature, avec les nombreuses paraboles des Évangiles, petits récits extérieurement disparates, mais qui sont en profondeur des variations incessantes sur un même thème : le Royaume de Dieu, l'amour.

La Bible juive
qui est pour les chrétiens
l'Ancien Testament

La science historique, au sens contemporain du terme, ne saisit l'existence du petit peuple d'Israël qu'à partir du XIIIᵉ siècle avant Jésus-Christ. Mais cette période a été précédée de plusieurs siècles de formation, dont des traditions orales ont d'abord conservé divers souvenirs, comme les grandes figures d'Abraham, d'Isaac, de Jacob… En confrontant ce que la Bible rapporte d'eux avec les données de l'histoire du Proche-Orient et de l'archéologie, on peut penser qu'Abraham, venu d'Our (en Mésopotamie), s'est fixé en Palestine vers 1850-1800.

À une date malaisée à déterminer, une partie des descendants de ces «Patriarches» s'implante en Égypte. Et c'est vraisemblablement vers 1250, sous le règne du pharaon Ramsès II, que nombre d'entre eux, soumis à de dures corvées, réussissent à s'enfuir avec à leur tête Moïse. Après un séjour au pied du mont Sinaï, puis – beaucoup plus au nord – dans l'oasis de Qadesh, où elles se dotent d'une organisation, ces tribus s'infiltrent en Palestine, où elles combattent avec succès les populations locales. Des chefs militaires de cette conquête, la Bible a surtout célébré Josué. Progressivement, les tribus se fédèrent, sous la conduite de dirigeants charismatiques appelés les «Juges» (vers 1200-1030), dont le dernier fut le grand prophète Samuel. Devant la menace des Philistins, une peuplade débarquée sur la côte au début du XIIᵉ siècle, le besoin d'une unité plus forte se fait sentir, qui conduit les Israélites à adopter un système monarchique. Se succèdent alors les règnes de Saül (vers 1030-1010), de David (1010-972), qui installe sa capitale à Jérusalem, et de Salomon (972-933), qui y construit le Temple.

À la mort de Salomon, l'unité encore fragile des tribus éclate : le centre et le nord forment un royaume indépendant qu'on appelle Israël, composé de dix tribus ; le Sud, avec les tribus de Juda et de Benjamin, devient le royaume de Juda, et se donne Jérusalem comme capitale. Israël, un moment florissant, est écrasé par les Assyriens qui s'emparent de sa capitale, Samarie, en 722. Juda, lui, succombe en 587 à l'invasion des Babyloniens : Jérusalem est rasée et une partie de la population est déportée en Babylonie ; d'autres fuient en Égypte.

Les exilés vont se livrer à une intense méditation sur l'histoire de leur peuple, et sur ses infidélités en dépit de la protection divine. C'est une période intense pour le prophétisme, un phénomène ancien en Israël, où n'ont guère cessé de surgir des personnalités d'inspirés, lisant les événements avec le regard de Dieu et assez souvent annonçant l'avenir.

Un demi-siècle après la déportation, le Perse Cyrus détruit l'empire babylonien et autorise en 538 le retour à Jérusalem des juifs qui le souhaitent, ainsi que la reconstruction du Temple. La communauté ainsi reconstituée s'organise sous la direction d'Esdras et de Néhémie. La plupart des livres de la Bible juive prennent alors leur forme définitive.

En 333, à la mort d'Alexandre, la Palestine passe de la domination perse à l'empire des successeurs du conquérant. L'hellénisme se répand, nombre de juifs émigrent tout autour de la Méditerranée. En 167, la persécution déclenchée par Antiochus Épiphane, qui s'attaque à la foi israélite, provoque la révolte ; l'insurrection, dirigée par les frères Maccabées, triomphe : la Judée devient indépendante en 141, pour près d'un siècle. Cette liberté prend fin en 63, lorsque Pompée conquiert Jérusalem et fait de tout le pays une province romaine.

À cette date, ce qui sera défini à la fin du Ier siècle de notre ère comme la Bible hébraïque, est achevé : le texte reconnu comme canonique est tout entier en hébreu, sauf de rares passages composés en araméen dans Esdras et Daniel.

Chapitre i

La Genèse ou le Livre des origines

Le Livre de la Genèse ouvre un ensemble prestigieux de cinq Livres que les juifs vénèrent comme la Torah, la Loi de Moïse, et que les chrétiens désignent sous le titre Le Pentateuque, d'après un mot grec qui signifiait « les cinq étuis », étuis dans lesquels étaient protégés les cinq ouvrages.

Le tressage du Pentateuque

Le Pentateuque conduit son lecteur de la Création de l'univers à la mort de la plus haute figure de l'Ancien Testament, Moïse ; jusqu'au XVIIᵉ siècle, il était attribué pour l'essentiel au grand législateur lui-même. Mais la réalité s'est révélée depuis lors de plus en plus complexe.

Tout d'abord des traditions orales se sont constituées et ont été mémorisées autour des sanctuaires. La mise par écrit ne s'est développée qu'à partir du VIIIᵉ siècle. Il a fallu ensuite s'efforcer de fondre traditions orales et documents d'origines diverses au sein d'une culture peu soucieuse de nos exigences historiques modernes, mais vouée tout entière à une visée religieuse. De là l'abondance des répétitions et des disparités. De surcroît, des remaniements, des compléments ont pu intervenir jusqu'au Vᵉ siècle.

C'est cette conscience d'une longue élaboration anonyme qui a conduit récemment à nuancer la théorie dite « documen-

taire», construite au XIXᵉ siècle par deux exégètes allemands,
Graf et Wellhausen. Ceux-ci, en s'appuyant sur nombre de
faits objectifs, concluaient que le Pentateuque résultait du tres-
sage de quatre «documents», terme que les biblistes actuels
remplacent par «traditions», pour en marquer la souplesse et
les possibilités d'enrichissement.

La tradition probablement la plus ancienne est appelée
«yahviste», parce qu'elle nomme Dieu «Yahvé» dès le récit
qu'elle propose de la Création (Genèse 2,4-4,26). Peut-être
mise par écrit vers 800, dans le royaume de Juda, elle est
remarquable par sa simplicité colorée : Dieu est présenté
comme un potier, un jardinier…

Une seconde tradition, dite «élohiste» parce qu'elle donne
à Dieu le nom d'«Élohim», se serait fixée dans le royaume
du Nord au cours du VIIIᵉ siècle. Elle évite les anthropomor-
phismes et recourt à la formule d'évitement l'«ange de Dieu»
pour désigner l'intervention de Dieu dans les affaires humaines.

Ces deux premières traditions ont fourni surtout des récits.
La plupart des textes de lois et divers écrits d'esprit légaliste
appartiennent à la tradition «sacerdotale», qui a pris forme
dans le milieu des prêtres de Jérusalem ; à partir d'éléments
anciens, elle a élaboré un ensemble qui s'est imposé au lendemain du retour d'exil (fin du VIᵉ siècle). Ses préoccupations
tournent d'abord autour du culte, du calendrier, des origines
du sacerdoce. Son style abstrait et hiératique se remarque dès
les débuts de la Bible, puisqu'elle a fourni le premier récit de
la Création. Elle prédomine dans la fin de l'Exode et dans les
Nombres ; elle occupe la totalité du Lévitique.

En revanche, le Deutéronome relève d'une quatrième tradition, oratoire et chaleureuse, qui insiste sur le choix gratuit
d'Israël et sur l'amour de Dieu. Il semble s'agir d'un apport
du royaume du Nord, transmis à Jérusalem au moment de la
chute de sa capitale, Samarie (722). Ces documents, retrouvés
dans le Temple sous le règne de Josias en 622, sont à l'origine

du Deutéronome et, indirectement, de l'«histoire deutéro-nomiste» (Josué, Juges, Samuel et Rois).

Aurore du monde et seuil de l'histoire

Le Livre de la Genèse est un monument de la culture occidentale. Comme nous l'indique son nom, d'origine grecque, il raconte la «naissance» du monde et célèbre les ancêtres du peuple israélite.

L'ouvrage comporte deux parties, appartenant à des genres littéraires différents. Les onze premiers chapitres constituent une cosmogonie, une présentation de la naissance du monde : deux récits de la Création (1-2,4 et 2,4-25) ; et trois de la révolte narcissique de l'homme : Adam et Ève (3), Caïn (4-5), la Tour de Babel (11). Le déluge fait figure de nouvelle Création (6-9). Composés à une date assez tardive par des écrivains hébreux, ces textes ne relèvent pas du mythe, dont l'élaboration est anonyme, collective et se perd dans la nuit de la préhistoire. Ces auteurs ont repris, retravaillé et subverti des textes de mythes mésopotamiens ; aux luttes dérisoires des dieux, ils ont substitué l'affirmation intransigeante du monothéisme et celle de la liberté de l'homme. Aussi peut-on caractériser ces chapitres comme des *contre-mythes*, rédigés pour doter Israël de récits d'origine qui lui permettent d'affirmer le caractère irréductible de sa foi devant la marée menaçante du polythéisme.

La seconde partie (12-50) relève d'un genre littéraire maintenant mieux connu : la saga, la chronique familiale, avec ses épisodes caractéristiques que sont les mariages, les héritages, les rivalités fraternelles et les conflits de clans. Cette saga des Patriarches présente quatre figures prestigieuses : Abraham (12-25), Isaac et Jacob (25-36), Joseph (37-50). Divers indices conduisent à situer Abraham vers 1850-1800 avant notre ère ; c'est cette possibilité, même fragile, de datation qui distingue la saga des contre-mythes des chapitres précédents.

De telles vues n'ont été rendues possibles qu'à partir de la seconde moitié du XIXᵉ siècle. C'est seulement au cours des années 1850 que la paléontologie naissante mit en cause à la fois la durée si courte jusqu'alors impartie à l'histoire humaine et la fixité des espèces animales. Peu après, l'afflux des tablettes d'argile cuite découvertes par les archéologues fit surgir d'un quasi-oubli une très riche culture, celle des Sumériens, un peuple qui habitait le Sud de la Mésopotamie et qui inventa vers 3200 la première forme d'écriture de l'histoire humaine. Cette culture passa ensuite dans le royaume d'Akkad, plus au nord. C'est sur et contre les écrits suméro-akkadiens que les théologiens hébreux ont travaillé. Grâce à ce progrès des connaissances, l'interprétation historique de la cosmogonie biblique, qui avait si longtemps paru le soutien nécessaire du message religieux, allait s'effacer au profit d'une lecture mieux informée des pratiques littéraires de l'Israël ancien, lecture d'une pureté spirituelle bien supérieure.

Les contre-mythes de la Création et de l'orgueil humain (1-11)

Les onze premiers chapitres de la Genèse exposent de façon imagée plusieurs grandes vérités religieuses : Dieu a tout créé de rien, l'homme et la femme sont des images de Dieu, l'univers entier a été donné à l'homme pour qu'il le fasse fructifier ; l'homme, dont la liberté hésite entre le bien et le mal, s'est préféré à son Créateur ; il vit maintenant incertain, ignorant et tenté par la violence. Mais à cet être grand et fragile, la voie du bien et du bonheur demeure toujours ouverte.

Les deux récits de la Création (1-2)

La Bible a juxtaposé deux récits symboliques de la Création. Le premier (1-2, 4), émanant de la tradition sacerdotale, est majestueux, hiératique. Dans le cadre liturgique de la semaine, toutes les grandes réalités de l'univers connu – la lumière, le firmament, la terre et les océans, le soleil et la lune, les oiseaux et les poissons, le grouillement de la vie, et enfin l'homme et la femme –, tout a surgi de la Parole créatrice. Les théologiens hébreux ont balayé les conflits mesquins des divinités, tels qu'ils abondent dans les mythologies. Les astres, si souvent divinisés, se trouvent réduits au rang de simples créatures.

«Dieu dit : "Que la lumière soit !" Et la lumière fut.» Le laconisme frappant de ce verset aura une fortune immense dans la culture occidentale : il y deviendra un exemple de *sublime*, de ce mode d'écriture énergique qui procède d'une grande âme et qui bouleverse le lecteur, le met comme hors de lui-même. On citera comme autre exemple du sublime les deux versets qui ouvrent le récit et toute la Bible : «Au commencement Dieu créa le ciel et la terre. / La terre était informe et vide, les ténèbres couvraient la face de l'abîme, et l'Esprit de Dieu planait sur les eaux.» «Informe et vide» traduit les mots hébreux *tohû* et *bohû* ; c'est de là qu'est venu le terme français «tohu-bohu» qui désigne un complet désordre.

Au sixième jour, «Dieu créa l'homme à son image, à l'image de Dieu il le créa, mâle et femelle il les créa». Nés d'un unique jaillissement, l'homme et la femme apparaissent ici comme inséparables, complémentaires et égaux. Ils sont «à l'image et à la ressemblance» de leur Créateur. Ces deux termes ont nourri longuement la méditation : les êtres humains, images de Dieu, ont en eux un socle d'excellence, source d'un optimisme radical ; l'idéal de leur vie est de grandir sans cesse vers plus de «ressemblance» avec leur Auteur, grâce à l'intimité de la prière et à l'action décidée selon le bien.

Aussitôt, le premier couple humain est béni de Dieu : «Croissez et multipliez-vous, remplissez la terre et dominez-la. Commandez aux poissons de la mer, aux oiseaux du ciel, et à tous les animaux qui se meuvent sur la terre.» Voici l'homme constitué roi de l'univers visible, et appelé à la maîtrise du monde. En écho à ce verset retentira l'appel de Descartes à nous «rendre maîtres et possesseurs de la nature», d'où procèdera l'accélération brusque de l'essor scientifique et technique.

Au terme de cette «œuvre des six jours», Dieu goûta le «repos du septième jour». L'image fonde l'alternance de l'existence humaine entre travail et reprise de soi hors des contraintes du labeur, qu'il s'agisse du Sabbat juif, du dimanche chrétien au terme de la semaine.

À ce récit grandiose en succède un second, aux images très familières. C'est le célèbre Jardin d'Éden, le Paradis terrestre. Dieu y apparaît tantôt comme un potier qui travaille l'argile, tantôt comme un jardinier qui se promène dans son domaine pour prendre le frais. Cette fois, l'homme est modelé du limon de la terre, et Dieu «répand sur son visage un souffle de vie». Il est ensuite placé dans un jardin, «en Éden, à l'orient», parcouru de quatre fleuves et où se dressent deux arbres énigmatiques : l'arbre de vie et l'arbre de la connaissance du bien et du mal. Libre de profiter de tout le jardin, l'homme se voit interdire sous peine de mort de manger les fruits de l'arbre de la connaissance du bien et du mal.

Dieu dit ensuite : «Il n'est pas bon que l'homme soit seul ; faisons-lui une aide semblable à lui.» C'est alors la création de la femme : une torpeur tombe sur le premier homme, Dieu prend l'une de ses côtes dont il crée la femme. Devant elle, son compagnon s'écrie : «Voici l'os de mes os et la chair de ma chair.» C'est pourquoi, poursuit le récit, «l'homme quittera son père et sa mère et s'attachera à sa femme, et tous deux deviendront une seule chair». Cette image réaliste de l'étroite parenté de l'homme et de la femme a souvent servi à tenter de justifier une dépendance féminine que le récit ne présente plus loin que comme une conséquence désastreuse de la Chute.

Les récits de la Création ont suscité toutes sortes d'œuvres somptueuses, qu'il s'agisse de Raphaël ou de Michel-Ange, de l'oratorio de Joseph Haydn (1798) ou du poème qui ouvre *La Légende des siècles* (1859) : « Le sacre de la femme ».

Ils ont exercé une influence immense, universelle : la Création de l'homme « à l'image de Dieu » fondait lointainement l'affirmation de l'absolu de la personne humaine. Orchestrée par les Pères de l'Église, elle a donné naissance au genre littéraire de l'autobiographie avec le coup d'éclat des *Confessions* de saint Augustin (400). Significativement, Rousseau a repris ce titre pour son grand livre *Les Confessions* (1782).

La première transgression : la Chute (3)

Comme dans les contes, l'interdit parental de faire ceci ou cela est suivi de la transgression. L'instigateur de la désobéissance est le « serpent, le plus rusé des animaux », qui susurre à la femme : si vous mangez du fruit défendu, « non, vous ne mourrez pas ». Au contraire, « aussitôt que vous en aurez mangé, vos yeux s'ouvriront, et vous serez comme des dieux, connaissant le bien et le mal ». À peine en eurent-ils mangé qu'il « surent qu'ils étaient nus », c'est-à-dire surtout faibles et sans protection, et ils se confectionnèrent des pagnes avec des feuilles de figuier. C'est à cause du terme latin *pomum*, « fruit à pépins ou à noyau », que le « fruit » est devenu en français, au XIIIᵉ siècle, une « pomme ». En 1640 apparaîtra la « pomme d'Adam », pour désigner la saillie de la partie antérieure du cou des hommes.

L'heureuse ignorance du mal fait place à la honte de la nudité, au sentiment de culpabilité et à la peur. L'homme et la femme se dissimulent l'un à l'autre, et évitent la présence divine. Chacun rejette sur un autre la responsabilité de son acte : l'homme sur la femme, et la femme sur le serpent.

Suit le châtiment. Le serpent qui brillait par son intelligence, est condamné à se traîner dans la poussière. Et Dieu lui annonce : « Je mettrai une hostilité entre toi et la femme, entre ta descendance et sa descendance. Elle te brisera la tête et tu la meurtriras au talon. » Il est aisé de saisir ici les vestiges du mode de pensée mythique : le mythe explique par des événements situés dans un temps primordial la situation présente du monde. Le récit nous ramène à une époque où les animaux parlaient, et où le serpent était doté de pattes comme les quadrupèdes. Sa faute originelle permet de comprendre pourquoi, depuis lors, il se traîne sur le ventre, et assaille les humains qui lui écrasent la tête. Mais le Livre de la Sagesse a vu dans le serpent – tentateur du genre humain – le diable (2,24) ; et la tradition chrétienne a entendu dans cette annonce la promesse de la sainteté absolue de la Vierge Marie et de la victoire de son fils, le Messie. Aussi ce verset a-t-il été appelé le « Protévangile », la première bonne nouvelle du salut.

La femme, elle, accouchera désormais dans la douleur, et ses relations avec l'homme seront menacées par la volonté de domination. Les êtres humains gagneront leur pain péniblement, « à la sueur de leur front », et ils retourneront à la poussière d'où ils avaient été tirés.

Adam – l'« Homme » – et Ève – c'est-à-dire la « Vivante » –, désormais nommés, subissent l'ironie divine : « Voici que l'homme est devenu comme l'un d'entre nous, connaissant le bien et le mal. » Pourtant la miséricorde déjà se dessine : Dieu confectionne au premier couple des tuniques de peau pour les protéger. Mais la transgression entraîne l'exclusion du Paradis terrestre, dont l'entrée sera gardée par des anges, les chérubins qui y font étinceler des épées de feu.

Le récit de la Chute est demeuré à l'arrière-plan de l'Ancien Testament. Il n'est pas mentionné par le Christ, qui insiste néanmoins sur l'universalité du mal comme milieu au sein duquel se décident les choix humains. Esquissée par saint Paul

(Romains 5,12), la théologie du Péché originel trouvera son grand orchestrateur en saint Augustin. Écoutons l'un de ses disciples les plus illustres, Pascal, qui fait parler la Sagesse divine (*Pensées*, fr. 182) :

> N'attendez point, dit-elle, ô hommes, ni vérité ni consolation des hommes. Je suis celle qui vous ai formés et qui peux seule vous apprendre qui vous êtes.
> Mais vous n'êtes plus maintenant en l'état où je vous ai formés. J'ai créé l'homme saint, parfait. Je l'ai rempli de lumière et d'intelligence. Je lui ai communiqué ma gloire et mes merveilles. L'œil de l'homme voyait alors la majesté de Dieu. Il n'était pas alors dans les ténèbres qui l'aveuglent, ni dans la mortalité et dans les misères qui l'affligent. Mais il n'a pu soutenir tant de gloire sans tomber dans la présomption, il a voulu se rendre centre de lui-même et indépendant de mon secours. Il s'est soustrait de ma domination et, s'égalant à moi par le désir de trouver sa félicité en lui-même, je l'ai abandonné à lui, et révoltant les créatures qui lui étaient soumises, je les lui ai rendues ennemies, en sorte qu'aujourd'hui l'homme est devenu semblable aux bêtes et dans un tel éloignement de moi qu'à peine lui reste-t-il une lumière confuse de son auteur, tant toutes ses connaissances ont été éteintes ou troublées. Les sens indépendants de la raison et souvent maîtres de la raison l'ont emporté à la recherche des plaisirs. Toutes les créatures ou l'affligent ou le tentent, et dominent sur lui ou en le soumettant par leur force ou en le charmant par leur douceur, ce qui est une domination plus terrible et plus injurieuse.
> Voilà l'état où les hommes sont aujourd'hui. Il leur reste quelque instinct impuissant du bonheur de leur première nature, et ils sont plongés dans les misères de leur aveuglement et de leur concupiscence qui est devenue leur seconde nature.

Farouchement opposé à cette vision du monde, Jean-Jacques Rousseau a développé au contraire l'idée d'une innocence originelle des hommes et des plus anciennes sociétés, suivie d'une dégénérescence due au développement du luxe, des sciences et des arts, porteurs de corruption. L'homme naît bon, la société le déprave. Des poètes comme Baudelaire, des penseurs comme Cioran ont ironisé sur ce qu'ils dénoncent comme une inconcevable naïveté. Les génocides du XXᵉ siècle, l'essor de la psychanalyse ont miné la croyance en une bonté naturelle. Ainsi Freud peut-il conclure de son expérience clinique, dans *Malaise dans la civilisation* (1929), même avant Auschwitz :

> L'homme n'est point cet être débonnaire, au cœur assoiffé d'amour, dont on dit qu'il se défend quand on l'attaque, mais un être, au contraire, qui doit porter au compte de ses données instinctives une bonne somme d'agressivité. Pour lui, par conséquent, le prochain n'est pas seulement un auxiliaire et un objet sexuel possibles, mais aussi un objet de tentation. L'homme est, en effet, tenté de satisfaire son besoin d'agression aux dépens de son prochain, d'exploiter son travail sans dédommagement, de l'utiliser sexuellement sans son consentement, de s'approprier ses biens, de l'humilier, de lui infliger des souffrances, de le martyriser et de le tuer. *Homo homini lupus* : qui aurait le courage, en face de tous les enseignements de la vie et de l'histoire, de s'inscrire contre cet adage ?

En 1960, le philosophe Paul Ricœur a consacré une étude magistrale à situer l'explication biblique de l'énigme du mal parmi les quelques grandes stratégies humaines qui ont affronté ce défi : *Finitude et Culpabilité*, deuxième volume de *Philosophie de la volonté*.

Actuellement, l'interprétation du récit de la Chute tient compte des modes de la pensée archaïque. L'imagination mythique déroule en un avant et un après ce qui est aujourd'hui juxtaposé en tout homme : l'élan vers l'idéal et une angoissante inclination au mal. Adam – comme son nom l'indique – ne désigne-t-il pas l'humanité prise collectivement ? Si oui, la théologie insistera sur le « péché du monde », selon cette annonce du Christ par le prophète et précurseur Jean le Baptiste : « Voici Celui qui ôte le péché du monde » (Jean 1,29).

L'œuvre littéraire la plus ample qui ait été consacrée à la Chute est *Le Paradis perdu* (1667) de Milton.

La « frérocité » : Caïn et Abel (4)

Un second récit de transgression suit celui de la Chute, d'une force symbolique beaucoup plus saisissante que l'anodin vol d'un fruit : le meurtre d'Abel par son frère Caïn, tous deux fils d'Adam et Ève. La haine d'un frère, l'épanchement du sang, l'angoisse et l'errance du coupable, la prolifération de la violence ont constitué une parabole qui n'a pas cessé de hanter les littératures occidentales.

Elle tient en vingt-six versets, qui racontent sobrement comment Caïn, l'agriculteur, se met à haïr son frère Abel, le pasteur, parce que Dieu se détourne de ses offrandes tandis qu'il agrée celles d'Abel. Voyant grandir cette haine, Dieu dit à Caïn : « Si tu agis bien, ne retrouveras-tu pas la joie ? Si tu n'agis pas bien, le péché, embusqué à ta porte, est avide de toi. Mais toi, domine-le. » C'est la glorification de la liberté.

Hélas ! Caïn entraîne son frère dans la campagne et le tue. « Qu'as-tu fait de ton frère ? » lui demande alors Dieu. Et Caïn de répondre : « Je n'en sais rien. Suis-je le gardien de mon frère ? » La punition tombe : « Tu seras errant et vagabond sur la terre. » Mais, pour éviter que l'assassin ne soit frappé par quiconque, la miséricorde divine dote le meurtrier d'un énigmatique « signe ».

Dans son extrême rapidité, le récit est troué : pourquoi Dieu fait-il une différence entre les deux sacrifices ? Comment s'est déroulé le meurtre ? En quoi consiste le « signe » ? Quelle occasion de combler ces lacunes pour les théologiens, les poètes, les peintres, les romanciers des deux derniers millénaires !

La fin du chapitre présente les descendants de Caïn, devenu constructeur d'une ville. Parmi eux figurent Lamech et ses enfants : Yabal, père des pasteurs nomades ; Youbal, père des musiciens ; Toubal-Caïn, habile à marteler l'airain et le fer. En ces quelques versets s'esquisse une méditation sur l'ambiguïté des sciences et des techniques : d'un côté les armes, inventées par la descendance d'un meurtrier, de l'autre les outils, et surtout les instruments de musique. Néanmoins le soupçon l'emporte : la technique est une réalité postérieure à la Chute. Sa nécessité n'apparaissait pas dans l'Éden. La ville aussi suscite la méfiance de la communauté israélite, qui n'a jamais complètement oublié que le temps de ses fiançailles avec le Dieu unique fut celui de son long séjour au Désert.

Dans la bouche de Lamech est mise une sorte de mélopée :

> Oui, j'ai tué un homme pour une blessure,
> un enfant pour une meurtrissure.
> Oui, Caïn sera vengé sept fois,
> mais Lamech soixante-dix-sept fois.

Cette frénésie sanglante des représailles illimitées sera réduite par la loi juive du talion, qui proportionne la riposte à l'offense : « Œil pour œil, dent pour dent » (Exode 21,24). À elle s'opposera diamétralement l'appel du Christ à pardonner « soixante-dix-sept fois sept fois » (Matthieu 18,22).

Caïn occupe une place importante dans *La Cité de Dieu* (413-427) de saint Augustin, où il s'affirme comme la figure de proue de la cité maudite, imité compulsivement par Romulus, meurtrier de son frère Remus et fondateur de Rome, la ville sanglante des conquérants. Après d'innombrables reprises, notamment au théâtre, le sombre Caïn devient un des héros du romantisme : Byron (1821), Nerval dans l'« Histoire de la reine du matin » (*Voyage en Orient*, 1851), Sacher-Masoch et surtout Hugo, dont le psychanalyste Charles Baudouin a montré que toute l'œuvre est obsédée par cette figure (« La Conscience » dans *La Légende des siècles*). Le XXᵉ siècle n'a pas été en reste, avec Hesse (*Demian*, 1919), Steinbeck (*À l'est d'Éden*, 1952) ou Michel Butor (*L'Emploi du temps*, 1956). Oratorios et opéras se sont succédé à partir du XVIIIᵉ siècle.

Les arts plastiques ont privilégié l'offrande des deux frères, le meurtre (le Tintoret, Philippe de Champaigne) et l'Errance[1] de Caïn (avec Prud'hon, *La Vengeance divine poursuivant le Crime*, au Louvre). Il faut y ajouter une légende rabbinique sur la mort de Caïn : Lamech devenu presque aveugle l'aurait tué, caché dans un fourré, en croyant avoir affaire à une bête sauvage, épisode souvent représenté sur les chapiteaux, les vitraux ou les gravures.

La langue a conservé la question « Qu'as-tu fait de ton frère ? » et la réponse « Suis-je le gardien de mon frère ? ». L'expression « vieux comme Mathusalem » renvoie au père de Lamech, auquel la Genèse prête une vie de 969 ans (5,27), conformément aux représentations archaïques qui – dans la jeunesse du monde – attribuaient aux premiers hommes une vigueur et une longévité perdues ensuite.

Le Déluge[1] *(6-9)*

L'ethnographie connaît sur la planète plusieurs centaines de récits de déluges. La psychanalyse et la science des mythes ont rendu compte de ce foisonnement : tout être humain est né en sortant des eaux amniotiques du ventre maternel, mais il redoute qu'on lui fasse parcourir en sens inverse le chemin

---

1. On a pris le parti de désigner par un terme commençant avec une majuscule les épisodes bibliques qui sont devenus des motifs largement repris dans les arts plastiques, dans des œuvres musicales ou littéraires.

de la vie en l'engloutissant sous les eaux. Le fantasme de l'exposition sur l'eau exprime cette terreur, qui fait partie de notre archéologie à tous et demeure en nous comme un engramme ineffaçable, «un hiéroglyphe oublié […], un morceau de littérature silencieuse» (Marthe Robert). Phénomène caractéristique du fantasme, un travail de réorganisation se produit : les eaux dans le coffret du sein maternel deviennent un coffret, une corbeille, ou encore une arche, prisonniers des eaux.

L'illustration la plus célèbre de ces rêveries est constituée par les chapitres 6 à 9 de la Genèse : Dieu, voyant que la méchanceté des hommes proliférait, se repentit d'avoir créé l'humanité et décida de laver la terre de sa corruption. Comme il ne voyait au monde qu'un seul juste, Noé, il lui dit : «Construis-toi une arche en bois résineux […]. Entre dans l'arche, toi et tes fils, ta femme et les femmes de tes fils. Tu feras aussi entrer dans l'arche de chaque espèce de tous les animaux, un mâle et une femelle.»

Après que tous furent entrés dans l'arche, les eaux submergèrent l'ensemble de la terre, des trombes de pluie s'abattirent durant quarante jours ; les montagnes les plus élevées furent recouvertes ; toute vie disparut de la terre ferme. La crue se prolongea pendant cent cinquante jours. Enfin le niveau des eaux se mit à diminuer, et un jour une colombe, lâchée par Noé, revint à l'arche : elle tenait dans son bec un frais rameau d'olivier. La décrue déposa l'arche sur le mont Ararat (au sud du Caucase).

Alors Noé et tous les occupants en sortirent. Noé offrit un sacrifice qui plut à Dieu, et celui-ci conclut avec lui et avec ses descendants une Alliance : «Il n'y aura plus de Déluge pour ravager la terre […]. Je mettrai mon arc dans les nuées, afin qu'il soit le signe de l'alliance entre moi et la terre.» Ainsi s'explique l'origine de l'arc-en-ciel. Dans cette alliance avec l'humanité, Dieu ne posa que deux interdits : le meurtre et la consommation de viandes non saignées. Noé avait trois fils : Sem, ancêtre d'Abraham, Cham et Japhet. Noé, qui avait inventé la vigne, en profita un jour un peu trop et s'enivra. Il s'endormit tout nu, et Cham qui le vit ainsi ne réagit pas, tandis que ses deux frères couvrirent le vieil homme de son manteau, sans le regarder. Aussi Noé, sorti de son ivresse, maudit-il Cham, ancêtre des Cananéens.

Sur ce récit du Déluge et sur le fantasme des eaux à la fois vivifiantes et mortifères s'est greffée la liturgie chrétienne du baptême : immersion du vieil homme dans l'eau pour le faire mourir, et nouvelle naissance par sortie de l'eau (Romains 6,3-6). De même, la grande image de l'Église comme vaisseau battu par les eaux morbides du monde, comme nouvelle arche de Noé, atteste le succès de cet épisode biblique. Au point que des milliers d'églises ont été construites en forme de navire, la coque vers le ciel. Des *nefs*.

Nous retrouverons le fantasme d'exposition sur l'eau avec Moïse, abandonné sur le Nil dans une corbeille, dès sa naissance, puis avec la baleine du Livre de Jonas, et enfin les récits évangéliques de la tempête apaisée et de la marche du Christ sur la mer : le Fils de Dieu commande aux éléments déchaînés et triomphe de la peur universelle de mort sous les eaux.

Bien des peintres, tels que Raphaël, Poussin, et des écrivains, comme Rimbaud, se sont inspirés de la vision du Déluge. La langue en a conservé l'expression « remonter au déluge » et l'adjectif « antédiluvien » pour désigner un événement très ancien, voire non datable.

La tour de Babel (11)

Un troisième et dernier récit de transgression clôt la première partie, contre-mythique, de la Genèse : la tour de Babel. Il se situe en un temps primordial, où toute l'humanité parlait la même langue (la tradition hébraïque l'identifie comme l'hébreu, langue primitive et sacrée). Il répond à une interrogation : quelle est l'origine des langues ?

Les hommes, encore unis du fait de leur idiome commun, décident d'élever une ville et une tour dont le sommet aille jusqu'au ciel. Dieu se moque de cet orgueil, comme il avait ironisé sur le rêve d'Adam de se faire Son égal. Il décide de brouiller leur langue, de façon qu'ils ne puissent plus se comprendre et que s'interrompe cette tentative insensée. Depuis lors, les peuples dispersés sur la terre se trouvent enfermés chacun dans un parler particulier.

Le conteur se souvient ici de la ville païenne de Babylone, symbole du mal, où se dressaient des temples-tours à étages appelées *ziggourats*. Le nom de *Babel*, qui signifie la « porte des dieux », est rapproché d'un verbe hébreu qui veut dire « brouiller, troubler ». La tradition judéo-chrétienne ne cessera d'opposer Babel, la ville de trouble, à Jérusalem dont le sens est « cité de la paix ». Tel sera le cas en particulier dans l'Apocalypse. Dans sa monumentale *Cité de Dieu*, saint Augustin orchestre le conflit de ces deux cités, inlassablement repris après lui.

On retrouvera Babel dans l'épisode du Grand Inquisiteur des *Frères Karamazov* (1880) de Dostoïevski ou dans « La bibliothèque de Babel », de Borgès (*Fictions*, 1944). L'illustration plastique la plus célèbre en est *La Tour de Babel* du peintre Brueghel l'Ancien (1563).

La saga des Patriarches (12-50)

Les onze premiers chapitres de la Genèse présentaient des récits à portée universelle, sur l'ensemble du genre humain. Ils retravaillaient des mythes suméro-akkadiens (comme le Déluge), les dépolluaient et les faisaient concourir à la célébration du Dieu unique. En revanche toute la suite du livre relève d'un genre littéraire désormais bien connu, la saga, ou chronique des heurs et malheurs d'une famille sur plusieurs générations.

Abraham : le Père des croyants (12-25)

Originaire d'Our, au sud de la Mésopotamie, Abraham, descendant de Sem, s'était établi plus au nord, à Harran. C'est là que lui fut adressé l'appel de Dieu (12,2-3) :

> Pars de ton pays, de ta parenté et de la maison de ton
>   père vers le pays que je te montrerai.
> Je ferai de toi une grande nation et je te bénirai :
> En toi seront bénis tous les peuples de la terre.

Confiant dans la Parole divine, Abraham abandonna tout et partit. Il gagna la Palestine où il fit une rencontre mystérieuse : Melchisédech, un roi-prêtre, qui lui offrit du pain et du vin, puis le bénit (14,18-20).

Comme il était sans enfant de sa femme, Sara, il prit pour seconde épouse une servante, Agar, dont il eut un fils, nommé Ismaël (16). Sara et lui se désolaient d'être sans descendance alors qu'ils étaient très âgés. C'est à ce moment que Dieu conclut avec Abraham une Alliance : il lui promit qu'il deviendrait l'ancêtre d'une multitude et qu'il aurait de Sara un fils, Isaac. D'Ismaël naîtrait une puissante nation. Mais c'est avec Isaac que l'Alliance se poursuivrait. En signe de cette Alliance, tous les nouveau-nés mâles seraient circoncis (17).

Peu après (18), tandis qu'Abraham, dans la pleine chaleur du jour, était assis à l'entrée de sa tente, sous les chênes de Mambré, il vit trois personnes debout non loin de lui : Dieu lui-même et deux anges. Aussitôt, il leur offrit l'hospitalité. Dieu lui dit : « Ta femme Sara va avoir un fils. » Sara, qui avait entendu, se mit à rire, à cause de leur vieillesse. Mais Dieu poursuivit : « Existe-t-il une chose trop prodigieuse pour le Seigneur ? Au printemps prochain, ta femme aura un fils. » Cette apparition divine auprès des chênes de Mambré a été interprétée par les chrétiens comme une révélation voilée du mystère trinitaire. Et l'affirmation que « rien n'est impossible à Dieu » sera réitérée lors de l'Annonciation à une vierge de la naissance du Christ (Luc 1,37).

Les deux anges se mettent ensuite en route pour détruire les deux cités corrompues de Sodome et de Gomorrhe, malgré une lancinante prière d'Abraham (18). À Sodome, ils sont reçus par Loth, neveu d'Abraham, mais la populace cerne la maison pour assouvir ses désirs avec les deux visiteurs. Les anges disent à Loth : « Pars avec ta femme et tes deux filles, car le Seigneur va détruire la ville. Fuis sans regarder en arrière. » Hélas ! la femme de Loth regarde en arrière, et elle est transformée en statue de sel. Au lever du soleil, une pluie de soufre et de feu s'abat sur Sodome et sur Gomorrhe (18). Depuis lors ces deux cités ont rejoint Babel parmi les villes maudites. Elles ont fourni son titre à une section du prestigieux roman de Proust, *À la recherche du temps perdu,* publiée en 1921-1922. Elles reparaîtront dans la riche méditation de Michel Butor intitulée *L'Emploi du temps*, qui porte sur la figure de Caïn et sur les villes maudites (1957).

Les deux filles de Loth, voyant la disparition des hommes de leur cité, enivrent leur père pour s'unir à lui pendant la nuit. De cet inceste – tout proche de celui de Myrrha dans le mythe grec d'Adonis – naîtront Moab et Ammon, ancêtres de deux peuples souvent ennemis d'Israël (Genèse 18).

Quelques années plus tard, devant la jalousie de Sara, Abraham est contraint de chasser de sa maison Agar et son fils Ismaël. Il ne lui reste plus qu'Isaac. C'est alors que survient l'incompréhensible : Dieu, qui a promis par ce fils unique une descendance innombrable et qui a toujours eu en horreur les sacrifices humains, comme les holocaustes d'enfants au dieu

Moloch (Lévitique 18,21), ordonne à Abraham d'emmener l'enfant sur le mont Moriah et de l'offrir en holocauste. Voici de nouveau le patriarche mis en demeure de croire qu'à Dieu tout est possible. Le philosophe danois Kierkegaard a consacré l'un de ses plus beaux livres, *Crainte et Tremblement* (1843), à la marche angoissée du père et de l'enfant, pendant trois jours, vers la montagne du sacrifice. Il célèbre dans Abraham le «chevalier de la foi», du face à face silencieux avec l'Absolu, bien supérieur à un simple héros tragique comme Agamemnon, sommé par les dieux de sacrifier sa fille Iphigénie. Le héros tragique se lamente, ballotté entre deux devoirs éthiques : l'amour paternel et le service de l'intérêt général. Son entourage le comprend et le plaint. Abraham, lui, se trouve arraché au domaine de l'éthique, des devoirs généraux : il est seul, saisi par l'appel de l'Absolu, dans la crainte et dans le tremblement.

Au terme de la terrible marche, Dieu l'appelle : «N'étends pas ta main sur l'enfant. Maintenant je sais que tu crains Dieu.» Abraham voit alors un bélier qui s'était pris par les cornes dans un fourré, et il le sacrifie. Dieu lui promet à cet instant une descendance plus nombreuse que les étoiles du ciel et le sable des rivages : «C'est en elle que se béniront toutes les nations de la terre, parce que tu as écouté ma voix.» Les chrétiens ont entendu ici l'annonce du Christ (22).

Prévoyant sa fin prochaine, Abraham envoie dans sa famille, en Mésopotamie, son serviteur Éliézer pour y découvrir la femme que Dieu a préparée pour Isaac. Dans une scène d'une rare beauté, le serviteur rencontre auprès d'un puits Rebecca, de la parenté d'Abraham. Celle-ci lui donne de l'eau, et abreuve ses chameaux. Devant le rayonnement de la jeune fille, Éliézer comprend qu'il se trouve en présence de la future épouse. Ainsi est conclu le mariage d'Isaac (24).

Et Abraham mourut, âgé de cent soixante-quinze ans.

Les arts plastiques ont retenu de la saga d'Abraham surtout la rencontre avec Melchisédech, comme préfiguration du don de l'Eucharistie, l'apparition sous les chênes de Mambré, le renvoi d'Agar (Claude Lorrain, Corot), le sacrifice d'Isaac, auquel Rembrandt a consacré une toile cruelle, et la rencontre d'Éliézer et de Rebecca auprès du puits (Véronèse, Murillo, Poussin). Le peintre russe Andreï Roublev (1360/1370-1427/1430) est parti des mystérieux visiteurs d'Abraham pour peindre l'icône devenue si célèbre de *La Trinité*.

Jacob et Ésaü (25-36)

Rebecca accoucha de jumeaux : le premier était roux, tout velu, et fut nommé Ésaü (c'est-à-dire le « roux ») ; son frère fut appelé Jacob (le « talon »), parce qu'il naquit la main agrippée au talon d'Ésaü. Ésaü devint un chasseur habile, il courait la campagne, tandis que Jacob demeurait sous les tentes. Un jour, rentrant affamé et épuisé de ses courses, il trouva Jacob devant un savoureux plat de lentilles. Celui-ci n'accepta de lui en donner que s'il lui cédait en échange son droit d'aînesse. Le balourd accepta, et renonça ainsi à la promesse divine.

Devenu vieux et aveugle, Isaac voulut bénir son fils préféré, Ésaü. Mais Rebecca, qui aimait surtout Jacob, revêtit celui-ci des vêtements de son frère et recouvrit ses mains et son cou de peaux de chevreau pour imiter les poils d'Ésaü. L'imposteur se présenta devant son père et lui dit : « Je suis Ésaü, ton aîné. » Isaac l'attira et le palpa. Le prenant pour Ésaü, il lui donna sa bénédiction. Une bénédiction qui, dans l'Ancien Testament, et souvent dans l'ancien Orient, est à la fois efficace et irrévocable :

> Que des peuples te servent.
> Sois le chef de tes frères.
> Maudit soit qui te maudira,
> et béni soit qui te bénira.

Devant la fureur et les pensées de meurtre d'Ésaü, Jacob dut s'enfuir à Harran, dans la famille de Laban, frère de Rebecca (27).

Pendant son voyage, il fut surpris par la nuit, s'endormit et eut un songe : il vit posée sur le sol une échelle qui s'élevait jusqu'au ciel. Et des anges de Dieu y montaient et descendaient. Dieu lui apparut : « Je suis le Dieu de ton père Abraham et le Dieu d'Isaac. La terre où tu es couché, je te la donnerai, ainsi qu'à ta descendance [...] Je te garderai où que tu ailles. » En mémorial de cette vision, le fugitif érigea une stèle qu'il appela *Béthel*, c'est-à-dire « maison de Dieu » (28).

Installé au service de Laban, Jacob épousa ses deux filles, Léa et Rachel. D'elles et de leurs servantes, il eut onze enfants. Lorsque Rachel, longtemps stérile, eut enfin accouché de Joseph, Jacob s'enfuit pour regagner la maison de son père Isaac (29-32). Sur sa route, une nuit, alors que sa caravane venait de passer à gué le torrent du Yabboq, il resta seul. Surgit un homme qui lutta contre lui, jusqu'au matin. Son adversaire, voyant qu'il ne réussissait pas à l'emporter, lui déboîta la cuisse. Jacob, néanmoins, reprit le combat et dit : « Qui es-tu ? Je ne te lâcherai pas que tu ne m'aies béni. » Le lutteur mystérieux répondit : « On ne t'appellera plus Jacob, mais Israël, car tu as lutté avec Dieu. » *Israël* signifie sans doute « Que Dieu soit fort ». Jacob nomma ce lieu *Peniël*, c'est-à-dire « Face de Dieu ».

Après cet épisode, Jacob se réconcilia avec Ésaü. Il eut finalement douze fils, qui devinrent les ancêtres des douze tribus d'Israël.

L'hostilité entre les deux frères Jacob et Ésaü a servi d'image des luttes fratricides des catholiques et des protestants en France à la fin du XVIe siècle, dans *Les Tragiques* (1617) du puissant poète qu'est Agrippa d'Aubigné. La peinture du XVIIe siècle a multiplié les toiles sur la bénédiction d'Isaac

(Ribera, Murillo, Jouvenet). Deux autres épisodes de la saga de Jacob ont été souvent reproduits : l'Échelle céleste vue en rêve (que Raphaël remplace par un escalier, jugé plus noble) et la Lutte avec l'Ange, à laquelle Delacroix a consacré un grand tableau qui se trouve à l'entrée de l'église parisienne de Saint-Sulpice.

La geste de Joseph (37-50)

Parmi ses fils, Jacob vouait un amour de prédilection à Joseph. Ce qui valut au jeune homme l'hostilité de ses frères. La situation s'envenima encore lorsque Joseph leur fit part de deux songes : il avait vu en rêve ses frères se prosterner devant lui. Dès lors, ils complotèrent de s'en débarrasser : un jour qu'ils gardaient les troupeaux au loin, ils commencèrent par le jeter dans un puits, avant de se raviser et de le vendre pour vingt sicles d'argent à des marchands étrangers, qui l'emmenèrent en Égypte. On fit croire à Jacob qu'une bête féroce avait dévoré son fils bien-aimé (37).

Un autre fils de Jacob, Juda, eut d'une Cananéenne deux fils, Er et Onan. Er épousa Tamar, qui devint bientôt veuve. Selon la loi juive du lévirat (Deutéronome 25,5-10), un frère doit prendre en charge sa belle-sœur veuve et susciter d'elle une descendance au défunt. Mais Onan, lorsqu'il allait vers Tamar, laissait sa semence se perdre à terre, de façon à éviter la naissance d'enfants qui ne seraient pas les siens. Dieu punit par la mort cet égoïsme. Sans comprendre la véritable portée de la condamnation divine, on a appelé « onanisme » le prétendu crime chez un homme de répandre sa semence sans visée de procréation, et bientôt la seule masturbation. Ainsi abandonnée, la malheureuse Tamar en vint à se déguiser en prostituée pour s'unir à son beau-père, Juda : elle en eut deux fils, dont l'un, Pharès, fut un des ancêtres de David (par Ruth), et donc du Messie à venir (38).

Mais revenons à Joseph. En Égypte, il fut vendu à un serviteur de Pharaon, Putiphar, et grâce à son intelligence, devint bientôt l'intendant de ses domaines. Mais la beauté du jeune homme ne laissa pas insensible l'épouse de Putiphar. Celle-ci lui fit des avances et tenta même de lui arracher ses vêtements. Tout soumis à Dieu, Joseph refusa et réussit à s'enfuir, mais il laissa entre les mains de la femme l'un de ses vêtements. Celle-ci ameuta l'entourage et dénonça Joseph à son mari comme ayant voulu la violer : le vêtement servit de « preuve ». Le malheureux fut alors jeté en prison (39).

Dans sa geôle, le captif attira l'attention en interprétant favorablement et avec justesse les songes de deux grands officiers de Pharaon alors en disgrâce et emprisonnés eux aussi (40). Deux ans plus tard, Pharaon, qui avait rendu sa faveur à ces officiers, eut à son tour un songe : il vit monter du Nil sept vaches grasses, puis sept vaches maigres qui dévorèrent les précédentes. C'est en vain que défilèrent devant le souverain les habituels interprètes des rêves. L'un des officiers se rappela alors le don de Joseph. Convoqué par Pharaon, Joseph lui dévoila le sens de son rêve : sept années d'abondance vont se succéder en Égypte, suivies de sept années de famine. Dieu t'avertit d'organiser des réserves pendant l'abondance pour que la disette ne ravage pas ton peuple. Trouve un homme qui présidera à cette tâche de prévoyance.

Saisi de la sagesse de Joseph, alors âgé de trente ans, le monarque l'établit comme potentat sur toute l'Égypte. Quand s'abattit la famine, le pays entier put s'approvisionner dans les entrepôts. En Canaan, les frères de Joseph, tourmentés eux aussi par la faim, décidèrent de se rendre en Égypte pour s'y fournir en blé. Joseph les reconnut, mais eux ne devinèrent pas qui il était. Il les accusa d'espionnage, prit en otage l'un d'eux et exigea qu'ils aillent chercher en Canaan leur plus jeune frère, Benjamin (d'où le mot français le « benjamin » d'une fratrie).

Jacob refusa d'abord de se séparer de son fils cadet. Mais, comme la famine s'aggravait, il finit par céder. Revenus en Égypte, les frères furent invités chez Joseph à un banquet. Celui-ci ne put contrôler son émotion : s'étant mis à pleurer, il se fit reconnaître, et leur pardonna. Il appela auprès de lui Jacob et tous les siens et les installa en Égypte.

Jacob, sentant venir la mort, bénit tous ses fils, puis il expira. À cent dix ans, Joseph à son tour mourut et son corps fut embaumé.

Cette magnifique histoire de Joseph a connu un vif succès populaire. Elle a inspiré à Thomas Mann sa tétralogie *Joseph et ses frères* (1933-1943), qui oppose la sérénité des temps patriarcaux aux convulsions du monde moderne. Raphaël, Rubens, Velázquez lui ont consacré des tableaux, et Rembrandt a gravé *Joseph et la femme de Putiphar*. Richard Strauss a créé en musique une *Légende de Joseph* (1914). La tradition chrétienne a vu chez ce Patriarche une préfiguration du Christ. Dans ses *Pensées*, Pascal a résumé cette interprétation. Il déchiffre dans le récit de la Genèse tout le déroulement du mystère de l'Incarnation, depuis la vie trinitaire et la mission du Fils jusqu'à la Passion du Christ (fr. 474) :

> Jésus-Christ figuré par Joseph.
> Bien-aimé de son père, envoyé du père pour voir ses frères, est innocent, vendu par ses frères vingt deniers, et par là devenu leur seigneur, leur sauveur et le sauveur des étrangers et le sauveur du monde. Ce qui n'eût point été sans le dessein de le perdre, la vente et la réprobation qu'ils en firent.
>
> ———
>
> Dans la prison, Joseph innocent entre deux criminels ; Jésus-Christ en la croix entre deux larrons. Il prédit le salut à l'un et la mort à l'autre sur les mêmes apparences ; Jésus-Christ sauve les élus et damne les réprouvés sur les mêmes crimes. Joseph ne fait que prédire, Jésus-Christ fait. Joseph demande à celui

qui sera sauvé qu'il se souvienne de lui quand il sera venu en sa gloire ; et celui que Jésus-Christ sauve lui demande qu'il se souvienne de lui quand il sera en son royaume.

L'histoire de Joseph inaugure le séjour multiséculaire des juifs en Égypte, jusqu'à leur retour vers la Palestine sous la conduite de Moïse.

CHAPITRE II

La traversée du Désert

C'est dans la partie orientale du delta du Nil que s'étaient installés les immigrants hébreux. Ils furent d'abord bien accueillis. Mais leur développement démographique en vint à inquiéter les Égyptiens, qui les astreignirent à de rudes contraintes de séjour et de travail; de là les expressions bibliques le «bagne d'Égypte» ou la «maison de servitude». Les quatre derniers livres du Pentateuque racontent – avec de nombreuses reprises dues à la diversité des traditions – comment les Hébreux, sous la conduite de Moïse, ont réussi à s'enfuir et à entreprendre une longue marche dans le désert du Sinaï vers la Palestine. Pendant ces quarante années de séjour au Désert, Dieu se manifeste à eux et les dote d'une législation. C'est pourquoi la tradition juive a désigné le Pentateuque comme la Torah, la Loi. Le récit s'achève sur la mort de Moïse, condamné, pour un moment de doute, à voir de loin la Terre Promise sans pouvoir y entrer.

C'est l'Exode qui scande le mieux les étapes de tout ce cheminement. Aussi sont-ce surtout les épisodes qu'il commémore qui sont demeurés dans la mémoire de l'Occident. Les Nombres les ont enrichis de l'histoire du serpent d'airain (21) et des oracles de Balaam (22-24). Le Deutéronome, si séduisant par sa tonalité chaleureuse, est en revanche seul à nous restituer les ultimes chants de Moïse et sa mort (32-34).

L'Exode

Le mot grec *exodos* veut dire « sortie » : le livre de l'Exode raconte comment les Hébreux, devenus esclaves et soumis à de durs travaux, se sont enfuis du « bagne d'Égypte » guidés par Moïse et se sont mis en marche, en hommes libres, vers la Terre que Dieu leur destinait. Le cadre historique le plus probable est la fin du règne de Ramsès II (1300-1235), qui avait lancé de gigantesques travaux de construction.

L'ouvrage comporte trois parties : la sortie d'Égypte (1-15), la marche dans le Désert (15-18), l'Alliance au mont Sinaï (19-40).

On a longtemps situé Moïse au XVe siècle avant notre ère, et son livre a été considéré comme le plus ancien livre de toute l'histoire. Les Pères de l'Église ont orchestré l'idée que les grands recueils de lois humaines et les axes de la pensée grecque procédaient du rayonnement de la Loi mosaïque sur le monde. Voici ce qu'en écrivent les biblistes de Port-Royal dans leur préface de la traduction de l'Exode en français (1682) :

> Si l'on a égard à l'Antiquité, [Moïse] a été sans comparaison plus ancien que tous ces auteurs si illustres dans le monde, qui ont acquis à la Grèce le nom de mère des sciences et des arts. Car il a été près de cinq cents ans avant Homère, huit cents ans avant le philosophe Thalès qui a traité le premier de la nature, neuf cents ans avant Pythagore, et plus de onze cents ans avant Socrate, Platon et Aristote, qui ont été comme les chefs et les maîtres de toute la sagesse des Grecs.
> Si l'on considère ce qui paraît de grand dans ses écrits et dans toute la suite de sa vie, on trouvera que n'ayant pu tirer aucune lumière de toute l'Antiquité profane, avant laquelle il a éclaté dans le monde, il a été en même temps orateur, poète, historien, philosophe, législateur, théologien, prophète, plus que pontife, puisqu'il a sacré le grand-prêtre, ministre de Dieu, avec lequel il a traité comme un ami avec son ami, conducteur de

son peuple ; enfin, pour dire tout en un mot, maître et arbitre de la nature, interprète du ciel, vainqueur des rois, *Dieu de Pharaon*.

Le culte et la marche : le Lévitique et les Nombres

Le Livre du Lévitique tire son nom du fait que la tribu de Lévi, qui, seule, avait rejeté le culte idolâtrique du Veau d'or que l'on évoquera plus loin, s'était vue investie des fonctions cultuelles. En son état actuel, sa rédaction date d'après l'Exil (fin du VIᵉ siècle). C'est le moment où le prophétisme va disparaître et où il n'y a plus de roi ; le sacerdoce voit son prestige grandir. Au service des besoins du second Temple, les milieux sacerdotaux rassemblent et complètent diverses collections de rituels et de lois.

L'ouvrage comprend quatre parties : un rituel des sacrifices (1-7), l'investiture des prêtres (8-10), les règles du pur et de l'impur (11-16), enfin la « loi de sainteté » sur les obstacles physiques et moraux à l'approche du Dieu saint (17-26).

La minutie des prescriptions, les attaques des prophètes contre les risques de vide des rituels et l'abolition des règles cérémonielles chez les chrétiens, tout cela nous a rendu ce livre lointain. Il a néanmoins le mérite de rappeler que la foi la plus intérieure a besoin de l'appui des liturgies, sans lesquelles elle ne tarde pas à s'évaporer. D'autre part, l'Épître aux Hébreux a discerné dans les dessins compliqués du Lévitique les lignes simples de la Croix.

Le titre énigmatique du Livre des Nombres provient de ce que l'ouvrage s'ouvre sur le recensement des douze tribus d'Israël (1-4). Diffusé par la Bible grecque, il s'avère bien moins heureux que le titre juif, emprunté, lui, aux premiers mots : « Dans le Désert ». Car Israël, après avoir quitté le Sinaï (10), se lance dans une errance qui va durer près de quarante ans (11-20). Quand il arrive en face de Jéricho (20-25), deux tribus s'établissent à l'est du Jourdain (32), et diverses instructions sont données pour le partage des conquêtes. Malgré l'insertion de règles législatives (5-6 ; 9-15 ; 18-19 ; 28-30), c'est la longue marche du peuple qui rythme l'ensemble du livre.

Ce cheminement est devenu l'image de l'Église avançant à travers les vicissitudes de l'histoire aussi bien que de la progression personnelle du chrétien. Il habite la pratique de la marche dans le pèlerinage.

Le Livre du cœur : le Deutéronome

Le titre « Deutéronome », « seconde loi », provient des traductions de la Bible en grec. Il s'agit plutôt d'un enseignement et d'exhortations, qui sont présentés comme le testament religieux de Moïse : celui-ci meurt en effet aux portes de la Terre Promise, sur le mont Nébo.

Il est difficile de préciser à quand remontent les traditions ici mises en œuvre. Quoi qu'il en soit, elles ont fait l'objet d'une longue élaboration, sans doute d'abord dans le royaume du Nord. Après la chute de Samarie, en 722, des fuyards apportèrent leurs manuscrits à Jérusalem. Oubliés pendant un siècle, dit-on, ils furent « retrouvés », ou à tout le moins remis en honneur, sous le règne de Josias (622).

L'ouvrage se compose d'abord de deux discours de Moïse (1-4 et 5-11), suivis des lois qui ont suscité son titre général (12-26). Deux ultimes prises de parole du grand législateur (27-30) précèdent les traditions sur sa mort (31-34).

La profession de foi juive, le *Shema Israël*, vient du chapitre 6 :

> Écoute, Israël, le Seigneur ton Dieu est le seul Seigneur.
> Tu aimeras le Seigneur ton Dieu de tout ton cœur,
>   de toute ton âme et de toutes tes forces.
> Ces commandements que je te donne aujourd'hui
>   seront gravés dans ton cœur…

Par de tels appels le Deutéronome se révèle d'inspiration prophétique, et tout proche de Jérémie. Cette insistance sur l'amour annonce le message chrétien. Au sommet de tout, le Christ place ce commandement du Deutéronome et l'appel du Lévitique (19,18) à aimer son prochain comme soi-même (Matthieu 22,34-40). Mais le prochain n'est plus désormais le compatriote, il est tout homme dont on peut efficacement s'approcher (Luc 10,29-37). Et ces deux commandements sont si exigeants, illimités, qu'ils dépassent en l'assumant la totalité de l'ancienne Loi.

Moïse

La naissance de Moïse (Exode 2)

Les Hébreux asservis étaient contraints à de pénibles travaux, en particulier dans le domaine de la construction. Comme ils devenaient de plus en plus nombreux, Pharaon ordonna de faire périr désormais tous leurs nouveau-nés mâles.

Or un garçon naquit dans une famille de la tribu de Lévi. Sa mère ne put le cacher que trois mois. Craignant d'être découverte, « elle prit un panier en papyrus, et l'ayant enduit de bitume et de poix, elle mit dedans le petit enfant et l'exposa parmi les roseaux sur le bord du fleuve ».

La fille de Pharaon étant venue avec ses suivantes au bord du Nil pour se baigner, elle vit la nacelle et donna l'ordre de la récupérer ; en l'ouvrant, elle découvrit un bébé qui pleurait. Saisie de pitié, elle lui chercha une nourrice, qui se trouva être la mère réelle de l'enfant. Celui-ci grandit, et fut adopté par la fille de Pharaon, qui lui donna le nom de Moïse, car, dit-elle, « je l'ai tiré des eaux » : tel est le sens du terme *moseh*, selon, du moins, l'étymologie populaire hébraïque.

Un jour, le jeune homme fut témoin des corvées auxquelles ses frères hébreux étaient soumis. Voyant un Égyptien frapper l'un de ces malheureux, il le tua et le cacha dans le sable. Mais l'affaire vint aux oreilles de Pharaon, qui décida de mettre à mort le rebelle. Ce dernier prit la fuite, et se réfugia au pays de Madiân, au sud de la Palestine. Il s'établit auprès du prêtre du lieu et épousa l'une de ses sept filles, Séphora.

L'éclat symbolique de l'exposition sur l'eau, si sensible déjà dans le récit du Déluge et de l'arche de Noé, explique la fascination qu'a exercée cette scène sur tant de peintres. Nicolas Poussin lui a consacré de magnifiques tableaux (en 1638, 1645 et 1654).

Le Buisson ardent (Exode 3)

Devant les souffrances de son peuple, Dieu se souvint de son Alliance avec Abraham, Isaac et Jacob. Il décida de l'arracher à la servitude.

Comme Moïse avait conduit les troupeaux de son beau-père au pied du mont Sinaï (appelé aussi Horeb), «le Seigneur lui apparut dans une flamme de feu qui sortait du milieu d'un buisson. Il regarda : le buisson était en feu, et il ne se consumait pas». Dieu l'appela : «Moïse, Moïse!», et il répondit : «Me voici.» Dieu poursuivit : «N'approche pas d'ici. Retire tes sandales, car le lieu où tu te tiens est une terre sainte. Je suis le Dieu de ton père, Dieu d'Abraham, Dieu d'Isaac, Dieu de Jacob.» Moïse, alors, se voila la face, par crainte de la présence divine.

Dieu lui dit : «J'ai vu la misère de mon peuple, j'ai entendu ses cris sous les coups des contremaîtres. Je suis descendu pour le délivrer et le faire passer sur une terre ruisselante de lait et de miel. Toi, va devant Pharaon et dis-lui : "Laisse partir mon peuple".»

Moïse s'inquiéta : «Mais si j'affirme aux Hébreux que le

Dieu de nos pères m'a envoyé vers eux, que leur répondrai-je s'ils me demandent ton nom ? » Dieu répondit : « Je suis Celui qui suis. » Cette révélation célèbre correspond à une forme ancienne du verbe « être », à la racine consonantique YHWH, que l'Occident a longtemps vocalisée en « Jéhovah », au lieu de « Yahweh ». Ce sont ces quatre lettres que l'on appelle le tétragramme divin, souvent représenté par les artistes.

La fortune de cet épisode a été exceptionnelle, et pas seulement chez les peintres. Nombre de philosophes et de théologiens ont développé cette « métaphysique de l'Exode » : Dieu est un pur acte d'être, sans aucune des limitations qui caractérisent les créatures périssables. Il est transcendant, éternel. Le Christ a revendiqué cette transcendance dans les termes mêmes de la révélation au Buisson ardent : « Avant qu'Abraham parût, Je suis. » (Jean 8,58.) Pascal, au cours de l'expérience intense qu'il vécut dans la nuit du 23 au 24 novembre 1654, sa « nuit de feu », renvoie dans son « Mémorial » (*Pensées*, fr. 742) à la fulguration qui saisit Moïse :

FEU
Dieu d'Abraham, Dieu d'Isaac, Dieu de Jacob…
Certitude, certitude, sentiment, joie, paix.

Aux États-Unis, les esclaves noirs ont rêvé de leur libération en chantant les promesses divines :

Go down, Moses, and tell Pharaoh,
« *Let my people go* ».

Ce chant est devenu l'un des plus beaux *Negro spirituals*.

La plus ancienne représentation plastique est une fresque de la synagogue de Doura-Europos (IIIe siècle). Sous l'influence de l'Église grecque, le Buisson ardent est devenu le symbole de Marie, mère de Dieu, embrasée par le Saint-Esprit sans que sa virginité soit consumée. L'une des œuvres les plus célèbres est *Le Buisson ardent* de Nicolas Froment, un triptyque de 1475 qui orne la cathédrale d'Aix-en-Provence. Mais la scène a été peinte aussi par Raphaël (1518-1519), par Poussin (1640-1642).

Les dix plaies d'Égypte et la Pâque (Exode 7-12)

Moïse et son frère Aaron ont vainement demandé au souverain de laisser partir les Israélites. Devant cet endurcissement du cœur de Pharaon, Dieu lance successivement dix fléaux qu'il charge Moïse de lui annoncer. Après chacun des neuf premiers, le roi reste inflexible.

Tout d'abord, l'eau du Nil est changée en sang. Ensuite, tout le pays est infesté de grenouilles, puis de moustiques, enfin de mouches. La cinquième plaie frappe de peste le bétail. Suivent les ulcères pour les bêtes et les hommes, la grêle, des nuées de sauterelles. Comme neuvième fléau, l'Égypte est plongée dans les ténèbres.

Devant l'obstination de Pharaon, Dieu charge Moïse d'annoncer que tout premier-né, du fils du roi à chacun de ses sujets, et même jusqu'au bétail périra : « Il s'élèvera un grand cri dans toute l'Égypte, tel qu'il n'y en eut jamais et tel qu'il n'y en aura jamais plus. »

À chaque famille israélite, Dieu ordonne d'égorger au crépuscule un agneau sans défaut et de marquer de son sang les montants des portes de chaque maison. Pendant la nuit, on en mangera la chair rôtie au feu, avec des pains sans levain et des herbes amères. Ce repas se prendra à la hâte, la ceinture aux reins, les sandales aux pieds et le bâton de marche à la main pour chacun.

À minuit, l'Ange exterminateur fait périr tous les premiers-nés de l'Égypte. mais il passe son chemin – c'est le sens attribué au mot Pâque, «passer au-delà» – devant chaque demeure juive, marquée du sang de l'agneau. Affolé devant la mort de son fils aîné et la gravité du fléau, Pharaon cède, cette fois, et ordonne de laisser partir ses sujets juifs. Ceux-ci, qui avaient pris soin d'emprunter aux Égyptiens toutes sortes d'objets en or et en argent, les emportent dans leur fuite ; ce détail des «dépouilles des Égyptiens» connaîtra une longue fortune et symbolisera l'invitation adressée à la vraie foi à s'approprier toutes les richesses de la pensée païenne (le platonisme, le stoïcisme, etc.).

Chaque année, en mars-avril, la fête juive de la Pâque (*Pessah*) célèbre cet événement majeur de l'histoire d'Israël où Dieu a libéré son peuple, dont il a «passé», dépassé, épargné les maisons : la Pâque, c'est ce «Passage» salutaire de Dieu. Le rite principal en est le repas pascal, qui se déroule le premier soir d'une semaine festive appelée fête des *Azymes*, où l'on ne consomme que des pains sans levain, en souvenir de la nuit où les Israélites pressés de s'enfuir n'eurent pas le temps d'attendre que la pâte lève.

Chez les chrétiens, la fête de Pâques commémore le passage du Christ de la mort à la vie, la Résurrection, et la libération essentielle de toute l'humanité. Le véritable agneau pascal, Jésus de Nazareth, affranchit le monde du règne du mal et rend possible, dès ici-bas, une Vie éternelle. Le pain eucharistique (les hosties) est constitué de pain *azyme* dans les Églises latine, arménienne et maronite (Liban, Syrie).

Les artistes ont évidemment privilégié la dixième plaie, soit qu'ils aient vu dans le repas de la Pâque la préfiguration de l'Eucharistie, soit que la marque de sang ait évoqué la Croix.

Le passage de la mer Rouge (Exode 14)

Les Hébreux en fuite marchent vers la mer Rouge. Désormais, Dieu lui-même prend leur tête, sous la forme d'une colonne de nuée pendant le jour et d'une colonne de feu pendant la nuit. Mais Pharaon se repent d'avoir laissé partir une main-d'œuvre précieuse et se lance à leur poursuite avec six cents chars. Son armée s'approche du camp israélite, établi sur le rivage de la mer, quand Dieu dit à Moïse : « En route ! Lève ton bâton, étends la main sur la mer, fends-la. Et que les enfants d'Israël pénètrent au milieu de la mer à pied sec. »

Moïse étend sa main sur la mer, et Dieu l'entr'ouvre en faisant souffler un vent violent et brûlant. Les Israélites s'avancent à pied sec, entre deux hautes murailles d'eau. Toute la cavalerie de Pharaon se précipite à leur poursuite. Mais le Seigneur bloque les roues des chars, et les masses d'eau se referment sur les cavaliers et leurs véhicules, et les engloutissent à la pointe du jour. Sauvés des eaux, comme l'avait été lui-même le petit Moïse, les Hébreux dansent sur le rivage, avec un chant sauvage au Dieu combattant qui a enseveli ses ennemis dans les abîmes : « Ils sont tombés au fond des eaux comme une pierre. »

Le souvenir de cette épopée traverse toute la Bible, et s'est imprimé dans la mémoire collective, source d'inspiration pour les artistes. Ainsi, Théophile Gautier reprend cet épisode dans *Le Roman de la momie* (1857) et il est le sujet d'un opéra de Rossini, *Moïse ou le Passage de la mer Rouge* (1827). Il a été illustré magnifiquement par Gustave Doré au XIXe siècle et par Marc Chagall au XXe.

Les murmures de révolte :
la manne et l'eau du rocher (Exode 15-18)

Les colonnes israélites s'engagent dans le désert. Elles marchent trois jours sans trouver d'eau et, arrivées à Mara (en hébreu, « amer »), elles n'y trouvent qu'une eau amère. Aussi commencent-elles à récriminer contre Moïse. Un nouveau miracle de Dieu rend ces eaux douces.

Bientôt, c'est la faim qui se fait sentir. Et les Hébreux se mettent à regretter le « bon temps » de la servitude, la succulence des « oignons d'Égypte », avec les odorants chaudrons de viande et le pain à volonté. Devant ces murmures hostiles, Dieu annonce à Moïse : « Chaque soir vous tomberont du ciel des cailles, et chaque matin vous pourrez récolter la manne qui recouvrira la terre comme du givre, et vous recueillerez chaque jour ce qui ne sera que pour un jour. » C'est ainsi que put durer quarante ans le séjour dans le Désert.

Arrivé au pied du Sinaï, le peuple murmura encore contre Dieu parce que l'eau se faisait rare. Dieu ordonna alors à Moïse : « Prends ton bâton. Tu frapperas le rocher où je me tiens. Il en sortira de l'eau, et tous pourront boire. » Et il en fut ainsi. Moïse appela ce lieu Massa et Mériba, ce qui signifie « Tentation et Querelle », parce que les Israélites avaient mis Dieu à l'épreuve en disant : « Le Seigneur est-il au milieu de nous, ou n'y est-il pas ? » Le Livre des Nombres (20,10-13) et la fin du Deutéronome (32,51) font état d'un moment de doute de Moïse au moment de frapper le rocher. C'est pourquoi Dieu lui annonça qu'il conduirait le peuple jusqu'au seuil de la Terre Promise, mais n'y entrerait pas.

Peu après eut lieu un combat entre les Hébreux et les Amalécites, une ethnie du Néguev. Josué, lieutenant de Moïse, conduisait l'armée d'Israël. Moïse regardait du haut d'une colline : chaque fois qu'il élevait les mains en signe de malédiction contre les ennemis, les juifs prenaient le dessus. Mais à la longue, ses bras se faisaient lourds et retombaient. Deux de ses compagnons lui soutinrent alors les bras jusqu'au coucher du soleil, et l'armée amalécite fut vaincue.

Le Christ s'est présenté comme Celui qui apportait la véritable manne, un pain impérissable : l'Eucharistie (Jean 6), et Celui du sein duquel s'écoule une eau vive, éternelle (Jean 4 ; 1 Corinthiens 10,4).

Le peintre vénitien le Tintoret a somptueusement illustré ces épisodes en 1594 (à San Rocco), de même que Poussin en 1639 (au Louvre). Le Frappement du rocher, en particulier, a exercé une fascination inouïe : on en trouve deux cents illustrations dans les catacombes, et Poussin a traité ce sujet sept fois.

L'Alliance et le Décalogue
(Exode 19-20 ; Deutéronome 4-5)

Trois mois après la sortie d'Égypte, le peuple campa au pied du Sinaï. Au bout de trois jours, Dieu descendit sur le sommet de la montagne, qui devint comme une fournaise, au milieu du tonnerre et des éclairs. Il appela à lui Moïse, et il grava sur deux tables de pierre les conditions de l'Alliance qu'il concluait avec Israël. C'est le fameux Décalogue, les Dix Commandements :

1. Tu n'auras pas d'autre Dieu que moi.
2. Tu ne te feras pas d'image de Dieu.
3. Tu ne prononceras pas en vain le nom du Seigneur.
4. Tu feras du Sabbat un jour du souvenir de Dieu.
5. Honore ton père et ta mère.
6. Tu ne tueras pas.
7. Tu ne commettras pas d'adultère.

8. Tu ne commettras pas de rapt.
9. Tu ne feras pas de faux témoignage.
10. Tu ne convoiteras pas la maison de ton prochain, ni sa femme, ni son serviteur, ni sa servante, ni rien de ce qui lui appartient.

Il s'agit ici d'un découpage proche de celui des rabbins (avec seulement une variante tout au début). Catholiques et luthériens ont fondu les préceptes 1 et 2, et dédoublé le dixième. Nombre de penseurs chrétiens ont vu dans ce Décalogue l'inscription de la loi morale naturelle, présente de façon plus ou moins intense au cœur de tout homme. Le philosophe Kant s'est extasié sur l'énergie *sublime* du « Tu ne tueras pas ». Mais ce rappport à la loi naturelle n'est envisageable qu'à propos des préceptes sur le rapport à autrui (5-10). D'autre part, le Décalogue s'avère incomplet : l'interdit de l'inceste et diverses limitations des pratiques sexuelles (Lévitique 18) en sont absents, de même que la condamnation de l'hypocrisie ou de l'asservissement à l'argent, centrale dans les Évangiles.

Le rapport au Dieu unique occupe les préceptes 1 à 4. Le Décalogue affirme un monothéisme intransigeant. Il proscrit les représentations imagées de l'Irreprésentable, interdit qui a joué un rôle énorme dans les cultures liées au monothéisme : le judaïsme et l'islam l'ont respecté pour l'essentiel. Le christianisme s'est évidemment réclamé du mystère de l'Incarnation divine en Jésus-Christ pour encourager les représentations du Sauveur et des saints. De graves crises à ce sujet ont néanmoins surgi : certains ont voulu respecter malgré tout l'interdit des images et ont préconisé leur destruction là où il en existait. Ces conflits, connus sous le nom d'« iconoclasme », ont secoué d'abord l'Orient (aux VIIe-VIIIe siècles), puis l'Occident au temps des Réformes (XVIe siècle). C'est dire quel rôle capital le second précepte du Décalogue a joué dans l'histoire des arts.

L'établissement du Sabbat comme cessation des soucis professionnels et journée du souvenir de Dieu est demeuré structurant pour l'existence chrétienne, mais il est passé du samedi au dimanche, anniversaire de la Résurrection du Christ. Cette alternance de six jours ouvrables et d'un jour de repos est au centre de nos calendriers.

Plus généralement, l'insistance sur la Loi et son caractère sacré n'a pas été sans influence dans le domaine juridique et politique, dans la philosophie et en psychanalyse.

Chez les anciens juifs, le respect de la Loi était censé procurer le bonheur. La rédaction complète du cinquième commandement est caractéristique : « Honore ton père et ta mère, afin que tes jours se prolongent et que tu sois heureux sur la terre que te donne le Seigneur ton Dieu » (Deutéronome 5,16). Cette conception archaïque se trouve suspendue dans le Livre de Job et courageusement mise en cause dans l'Ecclésiaste (vers le milieu du IIIe siècle avant Jésus-Christ).

Le Décalogue a suscité deux films marquants : *Les Dix Commandements* (1956), spectaculaire, du très hollywoodien Cecil B. De Mille, et dix moyens métrages exigeants du réalisateur polonais Kieslowski, réunis sous le titre *Le Décalogue* (1988-1989), vivisection cruelle d'une fin de siècle où les valeurs se décomposent.

Le Veau d'or et les nouvelles Tables de l'Alliance (Exode 32-34)

Comme le séjour de Moïse au sommet de la montagne, à l'écoute de Dieu, se prolongeait, les Israélites – livrés à eux-mêmes – se mirent à invoquer d'autres dieux. Ils fondirent les boucles d'oreilles de leurs femmes et façonnèrent un veau en or, auquel ils rendirent un culte. La colère divine s'enflamma contre ce peuple « à la nuque raide », si souvent rebelle. Mais Moïse intercéda pour ses frères et obtint le pardon. Il redescendit du Sinaï avec les Tables de la Loi. En approchant du camp, il entendit les cantiques et vit les danses impies autour du veau. De fureur, il brisa les deux Tables contre les rochers, il détruisit l'idole. Puis il s'écria : « À moi ceux qui appartiennent au vrai Dieu. » Alors les membres de la tribu de Lévi s'assemblèrent autour de lui, et ils firent périr trois mille des idolâtres.

Moïse ne cessait pas de prier Dieu. Il lui demanda la faveur de voir son visage. Mais il lui fut répondu : « Je fais miséricorde à qui je fais miséricorde. Tu ne peux voir ma face, car l'homme ne peut me voir et rester en vie. Tiens-toi sur ce rocher : quand ma gloire passera, je te mettrai dans le creux du rocher, et je t'abriterai pendant mon passage. J'ôterai ensuite ma main, et tu me verras de dos. »

Dieu ordonna ensuite à Moïse de tailler deux autres Tables de pierre, semblables aux premières, et de gravir la montagne. Au sommet, il se manifesta dans la nuée et lui dit : « Le Seigneur Dieu est miséricordieux et bienveillant, lent à la colère, et véritable. Je conserve ma miséricorde jusqu'à mille générations. Je supporte la faute, la révolte et le péché, mais sans rien laisser passer. Je poursuis la faute des pères chez les enfants et les petits-enfants, jusqu'à la troisième et quatrième génération. »

Moïse demeura en présence de Dieu pendant quarante jours et quarante nuits, s'abstenant de toute nourriture et d'eau. Sous la dictée divine, il grava de nouveau sur les Tables le Décalogue. Et l'Alliance fut renouvelée.

Quand il redescendit du Sinaï, son visage irradiait. Une peur sacrée s'empara des Hébreux. Moïse alors, pour leur parler, se couvrait d'un voile. Quand il pénétrait dans la tente où il rencontrait Dieu, il ôtait ce voile, mais le reprenait en sortant.

Une arche en bois d'acacia plaqué d'or accueillit les Tables de la Loi et fut placée dans une tente somptueuse ; elle résidera plus tard dans la partie la plus sacrée du Temple, le « Saint des Saints ». Moïse organisa le culte. Parmi les objets liturgiques figurait le célèbre chandelier à sept branches, qu'on retrouve si souvent dans les demeures juives, dans les synagogues ou gravé sur les tombes.

L'arche d'Alliance a inspiré le film spectaculaire de Steven Spielberg *Les Aventuriers de l'arche perdue* (1981) : une expédition archéologique américaine recherche en Égypte le coffre sacré, que les nazis convoitent à cause de ses pouvoirs destructeurs.

Pour dénoncer l'idolâtrie moderne du profit, les surréalistes avaient adopté comme slogan le calembour : « Le veau d'or est toujours de boue. »

Une imprécision de la traduction latine a fait croire que du front de Moïse sortaient comme des cornes (*cornuta facies*), symbole de puissance. Cette représentation a été très souvent reprise dans l'histoire des arts.

Le bouc émissaire (Lévitique 16)

Parmi les prescriptions cultuelles de Moïse, il en est une qui est sortie du cadre israélite pour désigner un mécanisme psycho-social universel : le bouc émissaire. Le jour de la fête du Grand Pardon (en hébreu *Yom Kippour*), le grand-prêtre, par l'imposition des mains sur la tête de l'animal, transfère toutes les fautes du peuple sur un bouc, qui est ensuite chassé vers le désert en y emportant la corruption dont on l'a chargé. Tous se trouvent ainsi purifiés (16,8-10, 20, 22 et 26).

L'anthropologue René Girard, dans *La Violence et le Sacré* (1972) ou dans *Le Bouc émissaire* (1982), a montré que la violence menace sans cesse les sociétés, qui sont des systèmes de différences, organisés, mais fragiles. Ce qui caractérise la violence, c'est sa force contagieuse. Mais celle-ci peut être enrayée par un second trait : son aptitude extraordinaire à se donner des objets de rechange. Sa fureur peut aisément se transférer sur des êtres innocents, vulnérables, pour peu qu'ils se trouvent à sa portée. La guerre de tous contre tous, qui risquerait d'anéantir le groupe, se mue – en fonction d'indices dérisoires ou fallacieux – en déchaînement de tous contre un seul ou une seule catégorie, tenue pour unique responsable des maux de tous. Le prétendu coupable est mis à part, et sacrifié. Au chaos succède alors un ordre tenu pour miraculeux. De là le sentiment de sacré qui accompagne les sacrifices.

Même si les sociétés modernes luttent contre la contagion de la violence, contre le risque de la *vendetta*, grâce à leurs institutions judiciaires, celle-ci peut toujours déferler et les foules en furie cherchent des coupables à lyncher.

Par une ironie tragique, ce mécanisme désigné par une pratique juive a bien souvent frappé les juifs eux-mêmes. Pour les nazis, les juifs étaient responsables des maux de l'Europe ; il fallait donc les mettre à part, avant de les exterminer. Cette extermination systématique a souvent été désignée comme l'« holocauste », par allusion à une autre pratique cultuelle qui ouvre le Lévitique (1) : un type de sacrifice où l'animal était tout entier brûlé. Si cette image exprimait bien la réalité horrible des chambres à gaz, elle était impropre, dans la mesure où l'holocauste visait à célébrer la gloire de Dieu. Aussi préfère-t-on aujourd'hui parler de la *shoah*, mot hébreu qui signifie la « catastrophe ».

Le bouc émissaire, ce peut être n'importe qui, n'importe quel groupe, de préférence sans défense, afin d'éviter les représailles.

Le serpent d'airain (Nombres 21)

En marche vers la Transjordanie, les colonnes israélites – lasses de la monotonie de la manne – se remirent à murmurer contre Dieu et Moïse, et à regretter cette folle errance. Pour les punir, Dieu envoya contre elles des serpents dont la morsure brûlait comme le feu : nombre d'Israélites moururent.

Le peuple alors se repentit et vint supplier Moïse de le sauver. Le Seigneur répondit à la prière de son serviteur : « Fais faire un serpent d'airain, et fixe-le à une hampe. Quiconque aura subi une morsure et le regardera aura la vie sauve. » Moïse obéit à cette injonction. Et dès lors quiconque était mordu et regardait le serpent d'airain avait la vie sauve.

Avec cet épisode se manifeste à nouveau, comme au début de la Genèse, la réutilisation de matériaux mythiques pour manifester la puissance salvatrice du Dieu unique. Parmi les symbolismes si riches du serpent figurent ses pouvoirs de guérisseur. En Grèce, le caducée – deux serpents enroulés autour d'une tige – était l'attribut d'Asclèpios, dieu de la médecine.

Le Christ a rappelé cet épisode comme une préfiguration de sa propre fixation au bois de la Croix : « De même que Moïse, dans le Désert, a élevé le serpent, il faut que le Fils de l'homme soit élevé, afin que quiconque croit en lui ait la vie éternelle. » (Jean 3,14.)

Un splendide vitrail de la cathédrale de Cologne propose en diptyque le serpent d'airain et le Crucifié. Michel-Ange, le Tintoret, Rubens, parmi bien d'autres peintres ont illustré ce symbolisme.

Un prophète païen : Balaam et son ânesse
(Nombres 22-24)

L'armée israélite campait au pays de Moab, à la hauteur de Jéricho. Le roi du pays prit peur devant cette invasion et envoya chercher un devin célèbre de la région, Balaam, afin qu'il prononce à l'encontre des Israélites l'une de ces malédictions que l'ancien Orient considérait comme d'un effet infaillible. Le devin se mit en route, monté sur son ânesse. Mais l'Ange du Seigneur, protecteur d'Israël, se posta sur la route, une épée à la main. Balaam ne le voyait pas, mais la bête – plus perspicace que lui – prit peur devant l'Ange et partit à travers champs. Furieux, son maître se mit à la battre comme plâtre. Dieu fit alors parler l'ânesse : « Pourquoi me frappes-tu ? Ne t'ai-je pas fidèlement servi ? » Les yeux de Balaam s'ouvrirent, et il se prosterna devant l'Ange du Seigneur. Celui-ci lui dit : « Va trouver le roi, et tu répèteras les paroles que je t'indiquerai. »

À la grande fureur du roi de Moab, Balaam prononça plusieurs oracles que Dieu avait « mis dans sa bouche » et qui étaient favorables à Israël :

> Oracle de Balaam, fils de Béor,
> oracle de l'homme au regard pénétrant,
> oracle de celui qui entend les paroles de Dieu.
> De Jacob monte une étoile,
> d'Israël s'élève un sceptre,
> de Jacob surgit un dominateur.

Et Balaam regagna sa demeure.

Appliqués d'abord à David, le roi conquérant, ces oracles ont été lus comme des annonces du Messie. Aussi Balaam défilait-il parmi les prophètes du Christ dans les drames paraliturgiques de Noël, et l'«étoile» annoncée a-t-elle été mise en rapport avec l'astre qui guida les Mages vers la Crèche. Rembrandt, lui, a peint l'intervention de l'Ange du Seigneur (*L'Ânesse de Balaam*, 1626).

Le testament et la mort de Moïse (Deutéronome 29-34)

Aux portes de la Palestine, Moïse rassembla le peuple et lui rappela les interventions spectaculaires de Dieu en sa faveur. Une célébration magnifique de la liberté humaine appelle à choisir la vie et le bonheur de l'union à Dieu plutôt que la mort et le malheur (30,11-20).

Âgé de cent vingt ans, le grand prophète investit Josué pour lui succéder. Il chanta un ample cantique, bénit les douze tribus d'Israël, puis il gravit le mont Nébo, d'où l'on domine Jéricho et toute une part de la Palestine. Il contempla cette Terre où il ne lui était pas permis d'entrer, et mourut. Nul ne sait où il fut enseveli. Le Deutéronome s'achève sur cet éloge : « Plus jamais ne s'est levé en Israël un prophète comme Moïse, à qui le Seigneur parlait face à face, et qui a opéré des miracles et des prodiges, et qui a réalisé des œuvres aussi merveilleuses devant tout Israël. »

Le premier des *Poèmes antiques et modernes* (1826) de Vigny célèbre Moïse en génie solitaire et las,

> Du stérile Nébo gravissant la montagne,

et reprochant à Dieu de lui avoir confié une mission surhumaine :

> Je vivrai donc toujours puissant et solitaire ?
> Laissez-moi m'endormir du sommeil de la terre !
> Que vous ai-je donc fait pour être votre élu ?…

Bientôt le haut du mont reparut sans Moïse.
Il fut pleuré. – Marchant vers la Terre Promise,
Josué s'avançait pensif et pâlissant,
Car il était déjà l'élu du Tout-Puissant.

L'Exode apparaît à la conscience juive comme l'événement majeur de l'histoire d'Israël : la traversée du Désert, entre le miracle du passage de la mer Rouge (Exode 14) et celui du franchissement du Jourdain (Josué 3), y occupe une place comparable à celle de la vie de Jésus dans la conscience chrétienne.

Ces quarante années sont le temps des miracles éclatants, une coupure pendant laquelle Dieu a comme suspendu en faveur d'Israël les conditions ordinaires de l'existence. Il a pourvu à ses besoins, s'est constitué son guide.

Les principales fêtes juives, originellement agraires, avec le retour constant des saisons et des récoltes, se sont métamorphosées en célébrations historiques : la Pentecôte est devenue la fête de la promulgation de la Loi au Sinaï, cinquante jours après le passage de la mer Rouge. La fête automnale des Tabernacles – nom qui désigne les petites tentes des Hébreux – s'est muée naturellement en mémorial des abris de branchages édifiés dans le Désert. Quant à la Pâque, sa transformation remonte aux textes les plus anciens. La commémoration de l'Exode est le moment où la communauté israélite renouvelle chaque année sa communion avec Dieu. Les prophètes ont fait de ce temps de fiançailles au Désert un appel permanent à de nouveaux exodes. Son souvenir est très présent dans les Psaumes.

Chez les chrétiens, l'Exode préfigure les deux sacrements fondamentaux que sont le baptême (comme traversée victorieuse des eaux) et l'eucharistie (la véritable manne). La vie de Jésus abonde en références à la geste du Désert : lui-même est poussé au Désert par l'Esprit pendant quarante jours (Marc 1,12). Il se présente comme le véritable agneau pascal, la nouvelle Alliance, pour toujours (Luc 22,20).

Aucune des hautes figures de l'Ancien Testament n'a inspiré un aussi grand nombre d'œuvres que Moïse. Au Iᵉʳ siècle, le juif Philon d'Alexandrie compose en grec une *Vie de Moïse*. Au IVᵉ, l'un des plus illustres Pères de l'Église grecque, Grégoire de Nysse, fait de la trajectoire de Moïse un modèle pour le cheminement spirituel du chrétien en quête de l'union avec Dieu.

Moïse (Moussa) est le prophète biblique le plus souvent présent dans le Coran. Il figure dans 36 des 114 sourates, Abraham seulement dans 25, Jésus dans 15. Il occupe 502 versets, Abraham 235, Jésus 93. Avec Noé, Abraham, Jésus et Mahomet lui-même, il n'est pas qu'un simple inspiré, mais il s'élève à la dignité d'Envoyé d'Allah, *Rassoul Allah*.

L'héroïque législateur est présent dans les Mystères, ces représentations dramatiques de la Bible, aussi bien en France qu'en Angleterre. Au XVIIᵉ siècle, le poète français Saint-Amant publie un *Moïse sauvé des eaux* (1653) et le dramaturge hollandais Joost van den Vondel une pièce en cinq actes (1612). Les XVIIIᵉ et XIXᵉ siècles multiplient les œuvres musicales ; la plus connue est celle de Haendel.

Les romantiques français sont fascinés par cette personnalité : après Vigny, Chateaubriand (en 1836), Victor Hugo dans *La Légende des siècles* (1859), elle est enrôlée par Imre Madach dans les luttes pour la libération de la Hongrie (1860).

Freud lui consacre son dernier livre *Moïse et le Monothéisme* (1939). Mais le prophète l'avait accompagné depuis 1901, date où il fut saisi par la froideur marmoréenne du *Moïse* de Michel-Ange, à Rome, dans l'église Saint-Pierre-aux-Liens.

Peintres et sculpteurs ont souvent représenté Moïse avec deux cornes, comme nous l'avons vu. Ce détail iconographique vient de la traduction de l'Exode (34,29 ; 34,35) par saint Jérôme, qui a rendu ainsi un mot hébreu signifiant « rayonnant ».

Moïse occupe une place centrale dans les fresques de la synagogue de Doura-Europos, en Syrie (bâtie en 256). On le retrouve sans cesse dans les peintures chrétiennes des catacombes. Les Bibles illustrées, tant juives que chrétiennes, abondent en représentations. Les peintres italiens de la pré-Renaissance et de la Renaissance lui consacrent une foule de toiles. Parmi les artistes qui ont le plus illustré l'Exode figurent le Tintoret à Venise (San Rocco), Poussin à Rome, et, au XXe siècle, Marc Chagall.

CHAPITRE III

Les Livres historiques

Conformément à la Bible grecque, suivie par la Vulgate, sous l'appellation de Livres historiques ont été placés seize livres, qui conduisent du XIIᵉ siècle avant Jésus-Christ, date de l'entrée en Palestine, au IIᵉ siècle. Ces ouvrages présentent en effet un rappel, souvent magnifié – entre épopée (pour Josué, Samson ou David) et conte oriental (pour Salomon) – au service d'une interprétation religieuse, du déroulement des événements.

Il ne faut pourtant pas que cette désignation induise en erreur, car les Israélites ne se souciaient guère de ce que la science moderne entend par rigueur historique. D'ailleurs la Bible hébraïque a réuni la plupart de ces Livres sous deux rubriques bien différentes. Un premier groupe comprend Josué, les Juges, les deux livres de Samuel et les deux livres des Rois, tous classés parmi les Prophètes et nommés « les Prophètes premiers ». Ce qui attire heureusement l'attention sur le rôle important du prophétisme dans ces récits, avec les hautes figures de Samuel, de Nathan, d'Élie ou d'Élisée. Leur auteur ou rédacteur est habituellement appelé l'« historien deutéronomiste », car la parenté avec le Deutéronome est évidente.

Un second groupe rassemble les Chroniques, ou Paralipomènes – c'est-à-dire les « choses omises », « compléments », dans la Bible grecque –, Esdras et Néhémie. Il a été composé à la fin du IVᵉ siècle par un unique auteur, que les exégètes ont assez naturellement nommé le «Chroniste».

Deux courts récits, les Livres de Ruth et Esther, ont pris place parmi les Écrits, tandis que cinq ouvrages, dont les originaux hébreux sont perdus ou qui ont été composés directement en grec, ne figurent que dans la Bible grecque, d'où ils sont passés dans la Bible catholique : Judith, Tobie, un supplément grec à Esther, ainsi que les deux Livres des Maccabées. Eu égard à la date tardive des événements qu'ils racontent, les Livres des Maccabées ferment habituellement la succession des Livres historiques dans les Bibles catholiques.

Josué

Le livre de Josué magnifie sur un mode épique la pénétration très progressive des tribus israélites en Palestine, à partir de 1210. Les infiltrations s'opèrent depuis des bases multiples par le sud aussi bien que par l'est. La transfiguration des événements nous présente une guerre-éclair, scandée par des victoires. Comme autrefois les Hébreux avaient traversé la mer Rouge à pied sec, le peuple vibrant de foi a passé le Jourdain (3). Au seul son des trompettes, les murailles de Jéricho se sont effondrées (6). Les conquêtes occupent les douze premiers chapitres. Suivent le partage des territoires (13-21) et le récit de la fin de Josué (22-24).

Le rédacteur deutéronomiste, à la fin du VIIᵉ siècle, s'est appuyé sur des documents anciens qu'il a retravaillés dans l'esprit du Deutéronome.

Les Juges

L'ensemble des traditions rapportées par le Livre des Juges se situe aux XIIᵉ et XIᵉ siècles, jusqu'à l'instauration de la monarchie vers 1030. Il est constitué de la présentation de douze chefs charismatiques – ou «Juges» – suscités par Dieu pour remédier à l'anarchie, aux dissensions des tribus israélites. Les plus connus sont la prophétesse Déborah (4-5), Gédéon (6-8), Jephté (10, 6-12, 7) et Samson (13-16). Contrairement à ce que laisserait attendre leur nom, ces Juges n'exercent aucune fonction judiciaire. Ils dirigent une ou plusieurs tribus et apparaissent comme des sauveurs. Le message du Livre est simple: dès qu'Israël se détourne de son Dieu, il vagabonde vers sa ruine. Qu'au contraire son cœur revienne à Dieu, et celui-ci le protège.

Le ton de l'épopée disparaît ici le plus souvent, au profit d'une réflexion politique et religieuse: l'installation en Palestine a été difficile; les tribus demeuraient désunies. C'est ce climat d'anarchie qui explique qu'on en soit venu à souhaiter l'avènement d'une monarchie.

On perçoit aisément le caractère composite des documents sur lesquels a travaillé, à la fin du VIIᵉ siècle, le rédacteur deutéronomiste.

Le Livre de Ruth

Le Livre de Ruth doit son nom à sa principale héroïne, une Moabite qui épouse le juif Booz. De ce mariage naîtra Obed, père de Jessé et grand-père de David. Ainsi la bonté de Dieu s'étend sur les étrangères, dont l'une se trouve à l'origine de la lignée dans laquelle naîtra le Messie. Ce court récit, d'une grande qualité littéraire, ouvre ainsi sur l'universalisme et sur l'avenir.

La Bible hébraïque le range parmi les Écrits. La Bible grecque le joint aux Livre des Juges, comme le suggère son premier verset: «Il y eut une fois, au temps des Juges…» L'auteur en est inconnu, et la date de rédaction controversée: avant ou après l'Exil du VIᵉ siècle?

Les juifs utilisent le Livre de Ruth pour leur fête de la

Pentecôte. L'héroïne figure dans la généalogie de Jésus, au seuil de l'Évangile de Matthieu.

Premier et Deuxième Livres de Samuel

Les deux Livres de Samuel nous conduisent à peu près de 1030 à la fin du règne de David (972). Le premier retrace la vie du dernier et du plus illustre des Juges, Samuel (1-8). Celui-ci commence à unifier les tribus autour du sanctuaire de Silo. À regret – puisque Dieu seul est roi – il finit par céder aux demandes des Israélites et confère l'investiture royale à Saül (8-12). Mais celui-ci commet de graves fautes et se voit rejeté par Dieu (13-16).

Alors Samuel confère l'onction royale à un berger de Bethléem, David (16). Dès lors celui-ci ne cesse de s'élever, tandis que Saül périt à Gelboé, dans une bataille contre les Philistins, en 1010 (31). Tout le second Livre est consacré au règne de David, à la descendance duquel le prophète Nathan promet une Alliance éternelle (7). Dans cette prophétie s'enracine l'attente juive d'un Messie royal, « fils de David ». Les chrétiens y voient l'annonce du Christ.

Les Livres de Samuel combinent des documents divers, peut-être réunis dès le début du VIIe siècle, mais qui ne furent fondus sous leur forme définitive qu'un siècle plus tard.

Premier et Deuxième Livres des Rois

Les deux Livres des Rois courent de l'investiture de Salomon, fils de David (972), à la ruine de Jérusalem (587). Après le règne de Salomon et la construction du Temple (2-11), l'unité du royaume se défait. En 931, les dix tribus du Nord se constituent en État indépendant avec Samarie pour capitale, tandis que Jérusalem est la capitale du petit royaume de Juda (12-16). Vers 875 surgit un puissant prophète, Élie (17-21).

La figure du successeur d'Élie, Élisée, ouvre le Deuxième Livre (1-13), avec le règne de Jéhu au Nord et celui d'Athalie à Jérusalem. En 722, Samarie est prise par les Assyriens, et le royaume du Nord disparaît (17). Suivent les dernières années du royaume de Juda (18-25).

Fondant des documents d'origines très diverses, ces deux Livres ont reçu leur forme finale au cours du VIe siècle.

Premier et Deuxième Livres des Chroniques

Les deux Livres des Chroniques proposent un ample panorama, de la Création du monde au renouveau qui a suivi l'Exil. Ils formaient à l'origine un ouvrage unique, et leur division ne correspond à aucune rupture.

Après un ensemble de généalogies (1-9), se développe une réflexion idéalisante sur le règne de David (10-29). Le second Livre présente d'abord le règne de Salomon (1-9), mais ensuite il ne se préoccupe plus que du royaume de Juda.

Le rédacteur – le Chroniste – est vraisemblablement un lévite de Jérusalem, qui admire en David et en Salomon les organisateurs de la vie cultuelle juive.

Les Livres d'Esdras et de Néhémie

L'œuvre du Chroniste s'achève avec les Livres d'Esdras et de Néhémie. Le demi-siècle en exil (587-538) est passé sous silence. Le récit commence en 538, date de l'édit par lequel Cyrus accorde aux juifs déportés l'autorisation de regagner Jérusalem et d'y reconstruire le Temple. Ce second Temple sera terminé en 515 (Esdras 1-6).

La suite du livre raconte le retour d'un autre groupe de déportés vers 458, sous la conduite du prêtre et légiste Esdras. Ce dernier redonne vigueur à la Loi de Moïse et interdit aux juifs tout mariage avec des étrangers (7-10).

Vers 445, le roi de Perse autorise un laïc, Néhémie, à rebâtir les remparts de Jérusalem (Néhémie 1-7). Esdras procède ensuite à une lecture solennelle de la Loi, que tous s'engagent à observer (7-10). La fin de l'ouvrage présente diverses réformes (11-13).

La langue est tantôt l'hébreu, tantôt l'araméen. Le Chroniste s'est inspiré de documents rédigés par Esdras ou par Néhémie, ce qui explique l'apparition sporadique de la première personne dans son texte.

Tobie

Le Livre de Tobie est un conte à visée religieuse, composé vers 200 avant notre ère. Comme les originaux hébreu et araméen ont disparu, il ne figure pas dans la Bible hébraïque.

Dans la ville de Ninive, un déporté juif, Tobit se trouve frappé de cécité. À Ecbatane, sa parente, la jeune Sara, se désole elle aussi parce qu'elle ne parvient pas à se marier : le démon Asmodée a fait mourir successivement sept de ses fiancés. Dieu entend leur prière et leur envoie un ange, Raphaël, dont le nom signifie « Dieu guérit ». Le vieux Tobit demande à son fils Tobie de partir pour Ecbatane, afin de recouvrer une somme d'argent. Raphaël, qui s'est revêtu d'une apparence humaine, lui sert de guide. Au terme d'un voyage aventureux, Tobie délivre Sara d'Asmodée, et l'épouse. Puis revenu à Ninive toujours grâce à Raphaël, il rend la vue à son père.

Le conteur fait preuve d'une désinvolture humoristique à l'égard de l'histoire et de la géographie. Il évoque Ecbatane dans sa plaine, alors que la ville se dressait à 2 000 mètres d'altitude… En fait ce qu'il recherche, c'est la vivacité du récit et les détails pittoresques. De là le nombre des tableaux ou gravures suscités par son petit livre au cours des siècles.

Avec un charme prenant, il célèbre la douceur de la famille et la proximité d'un Dieu bienveillant.

Judith

Le Livre de Judith est d'auteur inconnu. Il a été composé en Palestine vers 160 avant notre ère. L'original hébreu étant perdu, ce récit n'est pas entré non plus dans la Bible hébraïque.

Il s'agit d'une parabole, qui se révèle, elle aussi, d'une légèreté moqueuse quand il s'agit de l'histoire et de la géographie : l'itinéraire du général Holopherne relève de la plus haute fantaisie. Comme dans le livre de Jonas, l'humour s'allie à la gravité du message religieux.

Dans la petite ville de Béthulie, en Samarie, vers 600 (?), les Juifs sont assiégés par l'imposante armée d'Holopherne, général du roi babylonien Nabuchodonosor. Tout paraît perdu. Une jeune et belle veuve, Judith, reproche alors à ses compatriotes leur manque de confiance en Dieu. Elle se rend dans le camp d'Holopherne, le séduit et, pendant qu'il somnole à demi-ivre, lui tranche la tête. Pris de panique, les ennemis s'enfuient et le peuple exalte l'héroïne.

Judith – dont le nom signifie la « Juive » – apparaît comme une femme d'une exceptionnelle force d'âme : la puissance de Dieu métamorphose même la faiblesse. Toute dévouée à son Dieu, elle ne s'embarrasse pas d'une morale de la « vertu ». Aussi certains commentateurs ont-ils peiné à excuser les paroles équivoques dont elle régale Holopherne et ses manœuvres d'allumeuse. L'ouvrage célèbre en fait l'esprit de résistance, tel qu'il s'était affirmé à partir de 167 face à un autre tyran qui menaçait l'existence juive, Antiochus Épiphane. Sa visée est comparable à celle des Livres des Maccabées et du Livre de Daniel.

Esther

Le Livre d'Esther est un conte, aussi peu soucieux de précision historique que le Livre de Judith. Composé probablement en Mésopotamie vers le milieu du IIe siècle avant Jésus-Christ, il existe sous une forme courte, d'origine hébraïque et donc reconnue par la Bible hébraïque, et dans une version un peu plus longue, en grec. L'auteur situe son récit sous le règne d'Assuérus, probablement le Xerxès qui fut roi des Perses de 486 à 465 avant notre ère. Dans sa capitale de Suse, le souverain vient de répudier l'orgueilleuse Vasthi. Il fait rechercher dans son empire une jeune fille digne de la remplacer. Esther, pupille de Mardochée, juif déporté, se trouve choisie par le roi. Mardochée vit à la Cour, en serviteur fidèle à Assuérus ; mais il se heurte à l'hostilité du vizir Aman, qui rêve de massacrer tous les juifs de l'Empire perse. Le génocide se prépare. Alors Esther prend le risque de se rendre d'elle-même auprès du roi des rois. Elle démasque Aman, qui sera pendu. Et les juifs triomphent de ceux qui se réjouissaient de bientôt les faire disparaître.

La visée religieuse du livre saute aux yeux : à travers l'habileté de Mardochée et le courage d'Esther, Dieu intervient dans les événements. Il veille sur les siens et châtie les méchants. Même si l'existence de pogroms comme celui que prépare Aman n'est nullement attestée dans l'empire perse, le récit renvoie probablement à un antisémitisme réel, sans lequel il n'aurait aucunement été crédible.

Le massacre opéré par les juifs en représailles (9) rappelle que l'amour des ennemis n'apparaît pas encore comme un idéal, deux siècles avant le Sermon sur la montagne (Matthieu 5-7).

L'une des fêtes juives, la fête des Sorts (*Pourim*), commémore l'histoire d'Esther, qui a fait basculer les Sorts en faveur de son peuple condamné à l'extermination.

Les Livres des Maccabées

Les deux Livres des Maccabées, absents de la Bible hébraïque, racontent les luttes des juifs pour conquérir leur liberté politique et religieuse contre les rois séleucides, successeurs d'Alexandre pour le Proche et le Moyen-Orient, avec pour capitale Antioche (fondée en 300). De 175 à 164, s'étend le règne d'Antiochus IV Épiphane qui proclame, en 167, l'abolition des pratiques cultuelles à Jérusalem et établit dans le Temple une célébration de Zeus olympien. Ce sacrilège déclenche la révolte, dirigée par le prêtre Mattathias et ses cinq fils : c'est le surnom de l'un d'entre eux, Judas Maccabée, qui a donné le titre aux deux livres.

Mais les deux récits ne se font pas suite et ne retracent pas exactement les mêmes événements. Ils couvrent les années 176-134 et sont les seuls à nous renseigner sur la résistance du peuple juif à l'hellénisation de sa culture.

Le premier de ces deux livres, composé par un juif palestinien, date des environs de l'an 100 avant notre ère. Le texte grec reflète un original hébraïque. Après un prologue sur l'entreprise d'hellénisation à partir de 175 (1), l'ouvrage raconte le surgissement de la révolte, les exploits de Judas Maccabée et sa mort en 160 (2-9). Judas est alors remplacé par son frère Jonathan, de 160 à 143 (9-12). À la mort de celui-ci, un autre frère, Simon, prend la relève de 143 à 134, bientôt relayé luimême par son fils Jean Hyrcan (13-16), qui sera grand-prêtre et ethnarque de 134 à 104.

Cette trilogie – Judas, Jonathan, Simon – est tout entière animée par le refus de la contamination grecque. Elle insiste sur la fidélité à la Loi et sur la piété, mais passe sous silence le prophétisme et l'attente messianique. La conduite de la guerre est présentée comme la poursuite de la guerre sainte conduite au temps des Juges.

Le second livre n'est pas la continuation du premier, mais se donne pour le résumé d'une œuvre en cinq volumes rédigée vers 160 par un juif vivant en Cyrénaïque, Jason de Cyrène. L'abréviateur écrit, vers 120, pour les juifs d'Alexandrie, dont il veut souligner les liens avec la communauté vivant en Palestine.

Les événements racontés prennent place entre 175 et 160 (1-7). Après deux lettres adressées par les juifs de Jérusalem à leurs frères d'Égypte, le récit célèbre l'héroïsme de Judas Maccabée et la sainteté du Temple (épisode d'Héliodore, 3). Les deux ensembles qui suivent s'achèvent chacun par la mort d'un persécuteur: Antiochus Épiphane (4-10), puis Nikanor (10-15).

L'ouvrage s'affirme néanmoins plus comme une réflexion religieuse que comme une enquête historique soucieuse d'harmoniser les documents utilisés. Il s'y rencontre nombre de précisions théologiques d'une grande importance: le monde a été «créé de rien» par un Dieu tout-puissant (7,28); les justes ressusciteront (7,9 et 14,46); il existe des châtiments après cette vie (6,26); il est salutaire de prier pour les défunts (12,40-45); les justes qui ont quitté ce monde peuvent intercéder pour les vivants (15,11-16). L'épisode célèbre du martyre d'Éléazar et des sept frères (6,18-31 et 7) est à l'origine du culte des martyrs.

Le retentissement des Livres historiques dans les millénaires qui ont suivi, a été immense, à la réserve de trois d'entre eux, qui n'ont exercé aucune fascination: Esdras, Néhémie et le Premier Livre des Maccabées. Cinq personnalités se sont imposées à l'imagination: Josué (dans le Livre qui porte son nom), Samson (parmi les Juges), David (dans les Livres de Samuel), Salomon et Élie (dans les Livres des Rois). Mais quatre œuvres assez courtes n'ont cessé d'être reprises: Ruth, Tobie, Judith et Esther. En dehors de ces neuf cas singuliers, seul un très petit nombre d'épisodes a traversé les siècles. Les voici.

Gédéon et la toison de laine (Juges 6,33-40)

Le juge Gédéon sollicite de Dieu un signe, pour savoir si son armée doit engager une bataille : la première nuit, il étend sur la terre battue une toison, en demandant que la rosée n'imprègne que celle-ci tandis que tout le sol alentour restera sec. Et au matin, il en est ainsi : pressée, la toison remplit d'eau une pleine coupe. La nuit suivante, Gédéon prie que, cette fois, la toison reste sèche et que le terrain alentour soit humide de rosée. Et il en est ainsi.

L'art chrétien a vu dans ce double miracle tantôt le symbole du peuple juif d'abord seul favorisé de la rosée divine, avant d'être délaissé tandis que cette rosée se répandait sur tous les autres peuples, tantôt l'image de la Vierge Marie fécondée par le Saint-Esprit, tandis que tout son corps demeurait virginal.

La fille de Jephté (Juges 11,29-40)

La fille d'un autre Juge est devenue célèbre par l'horreur que suscite un père qui en vient à égorger sa fille à cause d'un vœu insensé qu'il a fait à Dieu : si tu me donnes la victoire, je te sacrifierai la première personne qui, venant de chez moi, se portera à ma rencontre après la bataille. Or c'est sa fille, son unique enfant, qui, alors, accourut vers lui en dansant et jouant du tambourin. Foudroyé, le malheureux père se mit à déchirer ses vêtements et à expliquer la promesse par laquelle il s'était lié. La jeune fille lui demanda seulement : « Accorde-moi deux mois, pour que j'aille errer seule par les montagnes et que je pleure sur ma jeunesse et ma virginité. » Au terme des deux mois, elle revint chez son père, et fut mise à mort. Cela devint une coutume en Israël que d'année en année les jeunes filles aillent célébrer dans la montagne la fille de Jephté, pendant quatre jours.

Cette épisode poignant, tout proche de l'histoire d'Iphigénie, sacrifiée elle aussi par son père, un chef de guerre, Agamemnon, pour que sa flotte puisse appareiller vers Troie, a donné naissance à de nombreuses tragédies, dont une du dramaturge hollandais Joost van den Vondel (1659). Les musiciens aussi ont été attirés par le tragique de ce scénario : de là des oratorios (de Carissimi, de Haendel) et des opéras (Rameau en 1732, Meyerbeer en 1813).

Alfred de Vigny lui a consacré en 1820 une belle élégie dans la section « Antiquité biblique » de ses *Poèmes antiques et modernes* :

> Et, le jour de ma mort, nulle vierge jalouse
> Ne viendra demander de qui je fus l'épouse,
> Quel guerrier prend pour moi le cilice et le deuil.
> Et seul vous pleurerez autour de mon cercueil.

Dans les arts plastiques, les scènes privilégiées ont été la rencontre de Jephté victorieux et de sa fille (Simon Vouet, Pierre Mignard), ainsi que la mise à mort de la malheureuse (Charles Le Brun, Antoine Coypel, Edgar Degas).

La naissance, l'enfance et la vocation de Samuel (1 Samuel 1-3)

Né d'une mère longtemps stérile, Anne, le jeune Samuel fut placé au service du culte auprès du prêtre Éli, au sanctuaire de Silo. Une nuit, Dieu appela Samuel, qui répondit : « Me voici ! » et accourut auprès d'Éli, persuadé que l'appel venait de lui. Le vieil homme fut bien surpris, et l'envoya se recoucher. À deux reprises, l'enfant – entendant cette voix –

revint auprès du prêtre. Alors Éli comprit que c'était le Seigneur. Il dit à Samuel : la prochaine fois, tu répondras : « Parle, Seigneur, ton serviteur écoute. » Dieu continua d'apparaître à Samuel. L'enfant grandit et il se mit à transmettre la Parole divine à tout Israël.

Cette scène se retrouve sur une fresque de la synagogue de Doura-Europos (IIIe siècle). Elle a inspiré au peintre anglais Joshua Reynolds un tableau souvent reproduit : *Le Petit Samuel en prière* (XVIIIe siècle).

Les miracles d'Élisée (2 Rois 4-5)

Les miracles du successeur du prophète Élie n'ont cessé d'inspirer des productions plastiques, qu'il s'agisse d'enluminures, de vitraux, de tableaux ou de gravures : résurrection d'un enfant, abondance renouvelée de l'huile et du pain, guérison de Naamân le Syrien. Tous ces miracles apparaissaient comme proches de ceux que réalisera le Christ. La guérison du lépreux Naamân après qu'il s'est plongé dans les eaux du Jourdain a été interprétée comme une image du baptême et représentée sur les supports les plus divers : émaux, fresques, vitraux, tapisseries.

Les reines maudites : Jézabel et Athalie (2 Rois 9,14-37 et 11 ; 2 Chroniques 22,10-23,21)

Il était une fois un paysan pauvre, nommé Naboth, qui possédait une vigne toute proche du palais du roi d'Israël Achab et de son épouse Jézabel. Le roi convoitait cette vigne, mais Naboth se refusait à se séparer de l'héritage de ses pères. Alors Jézabel poussa son époux à le faire périr. Peu après ce meurtre, le prophète Élie prédit à Achab : « Là même où les chiens ont léché le sang de Naboth, les chiens lècheront aussi ton propre sang […]. Les chiens dévoreront Jézabel. » (1 Rois 21.)

Quelques années après, Jéhu, devenu roi d'Israël, tua le fils d'Achab, Yoram. Il fit jeter par une fenêtre Jézabel, dont le sang éclaboussa ses chevaux et la muraille ; il piétina le cadavre, dont les chiens ne laissèrent que quelques ossements.

La fille de Jézabel, l'ambitieuse et impie Athalie, épousa le roi de Juda, mais bientôt elle fit exterminer toute sa descendance. Un enfant, Joas, échappa aux assassins et fut élevé secrètement dans le Temple. Dès qu'il eut un peu grandi, le grand-prêtre organisa une révolte et Athalie fut mise à mort.

Le nom de Jézabel a souvent servi à désigner des reines haïes, jugées criminelles. Ainsi, après le massacre de la Saint-Barthélemy (1572), les protestants virent en Catherine de Médicis une nouvelle Jézabel.

Nombre de tragédies ont orchestré l'histoire d'Athalie. La plus célèbre est le chef-d'œuvre de Racine (1691), avec l'inoubliable songe d'Athalie : la reine voit en rêve sa mère Jézabel, mais bientôt n'aperçoit plus

> qu'un horrible mélange
> D'os et de chairs meurtris, et traînés dans la fange
> Des lambeaux pleins de sang, et des membres affreux
> Que des chiens dévorants se disputaient entre eux.

Héliodore chassé du Temple (2 Maccabées 3)

Le roi Séleucus IV Philopator, ayant appris par une dénonciation mensongère que le Temple de Jérusalem regorgeait d'or, décida de s'emparer de ce trésor prétendu. Il envoya son premier ministre Héliodore avec une garde. À peine le groupe eut-il pénétré dans le Temple que tous furent comme paralysés. Il apparut un cavalier terrifiant, dont le cheval semblait vouloir les frapper de ses sabots de devant, et deux autres hommes, d'une exceptionnelle beauté, se mirent à rouer de coups Héliodore. Celui-ci, tombé à terre et comme aveuglé, fut emporté sur une litière. Une fois rétabli, il dit à Séleucus : « Une puissance divine protège vraiment ce lieu. »

L'épisode d'Héliodore a figuré en bonne place dans les histoires saintes. Il est souvent mis en rapport avec l'expulsion des marchands du Temple par Jésus (Jean 2,12-22). De grands peintres l'ont illustré, de Michel-Ange ou Raphaël à Delacroix.

Le martyre d'Éléazar et des sept frères
(2 Maccabées 6,18-31 et 7)

Au moment de la persécution d'Antiochus Épiphane (167-164), un vieillard, docteur de la Loi, Éléazar, préféra subir le supplice de la roue que de manger du porc, animal impur selon la Loi. Il arriva le même sort, successivement, à sept frères. Il vaut mieux obéir à Dieu qu'aux tyrans.

Cette mise à mort a été évidemment rapprochée des souffrances des martyrs chrétiens. Comme la mère des sept frères les encourageait à mourir pour Dieu (7, 20-23), la scène a été lue comme une préfiguration de la Vierge debout au pied de la Croix. Souvent les artistes ont nommé ces sept martyrs les « Maccabées », bien que dans la Bible ils demeurent anonymes.

Les coups d'éclat de Josué

Le Livre de Josué raconte bien des batailles oubliées, mais il s'ouvre par la traversée du Jourdain à pied sec : à l'arrivée de l'arche d'Alliance, qui abritait les Tables de la Loi, les eaux du fleuve en crue se séparèrent, et tout le peuple traversa. Ainsi fut renouvelé en faveur du successeur de Moïse le miracle du passage de la mer Rouge (3).

Tandis que l'armée d'Israël assiégeait Jéricho, Dieu ordonna que l'arche d'Alliance fasse le tour de la ville une fois, et cela pendant six jours. Le septième, sept prêtres accompagnèrent l'arche, qui fit sept fois le tour de la ville ; les prêtres sonnèrent du cor dans des cornes de bélier. Au mugissement de ces cornes, l'armée poussa une clameur, et les murailles s'effondrèrent. Alors la ville fut prise, et incendiée. Josué ne laissa en vie que Rahab, une prostituée qui avait caché des espions israélites pendant le siège. Tel est l'épisode qui est connu comme les Trompettes de Jéricho (6).

Victor Hugo a célébré ce haut fait dans un des poèmes les plus connus des *Châtiments* : « Sonnez, sonnez toujours, clairons de la pensée » (1853).

Troisième fait mémorable, lors d'une victoire sur les Amorites, aux abords de la ville de Gabaon : Josué poursuivait ses ennemis en fuite, mais la nuit commençait à tomber. Voyant qu'ils risquaient de lui échapper, il pria Dieu de suspendre la course du soleil. Et le soleil s'immobilisa pendant la durée d'une journée. « Ni avant, ni après, il n'y eut un jour comparable, où Dieu ait obéi à un homme. » (10, 1-15.)

Il a été beaucoup question de cet épisode au moment de l'affaire Galilée. Une lecture fondamentaliste de la Bible conduisait certains à tirer argument de ce récit pour s'opposer à l'hypothèse héliocentriste (qui ne sera démontrée qu'en 1728).

Plus généralement, Josué fait partie du groupe des Neuf Preux que la littérature de chevalerie a popularisé aux XIIIᵉ-XIVᵉ siècles : il est aux côtés de David et Judas Maccabée pour le monde juif, Hector, Alexandre et César pour l'Antiquité païenne, le roi Arthur, Charlemagne et Godefroy de Bouillon pour la chrétienté.

Un Hercule juif : Samson

La geste de Samson occupe les chapitres 13 à 16 du Livre des Juges. Né d'une femme stérile, Samson fut consacré à Dieu dès sa naissance, ce qui impliquait que le rasoir ne passât jamais dans ses cheveux, sinon, sa force surhumaine s'évanouirait. Il découvrit celle-ci lorsqu'il déchira en deux un jeune lion qui l'attaquait (14,5-9). Après divers exploits dans la lutte contre les Philistins, le héros eut le malheur de s'éprendre d'une femme nommée Dalila, qui le trahit en faveur des ennemis : elle crut d'abord avoir triomphé de lui en le liant avec sept cordes d'arc fraîches, mais quand les Philistins vinrent pour le faire prisonnier, il rompit ses liens comme en se jouant. Hélas ! il lui confia que le secret de sa force résidait dans sa chevelure. Alors Dalila endormit Samson sur ses genoux et rasa tous ses cheveux, puis elle appela les Philistins. Ceux-ci le saisirent, lui crevèrent les yeux et l'attachèrent avec deux chaînes de bronze (16,4-22). Quelques mois plus tard, les Philistins célébrèrent une fête dans le temple de leur dieu Dagôn, et ils firent venir Samson pour s'en divertir. Or les cheveux du héros avaient commencé à repousser et sa force lui revenait. Il pria Dieu de le soutenir. Comme on l'avait placé entre les deux colonnes qui portaient l'édifice, il prit appui contre elles de ses deux bras, s'arc-bouta et fit s'écrouler tout le temple sur lui-même et la foule de ses ennemis (16,23-31). Il avait été Juge en Israël pendant vingt ans.

Les malheurs des Philistins se sont poursuivis longtemps après Samson, puisque, à la fin du XVIIᵉ siècle, en Allemagne, les étudiants en théologie prirent l'habitude d'appeler *Philister* les ennemis de ceux qui se consacrent aux choses de l'esprit, de même que dans la Bible les Philistins étaient les ennemis du peuple élu. Le mot en vint à désigner toute personne à l'esprit borné, et fut adopté par les romantiques pour désigner les bourgeois, fermés à l'art.

Samson a inspiré les musiciens : outre de nombreux oratorios, il existe un opéra de Saint-Saëns, *Samson et Dalila* (1877), qui fait de l'héroïne une sorte de Judith des Philistins qui leur livre Samson par patriotisme. L'un des grands poèmes dramatiques de Milton, *Samson Agonistes* (1671), présente une Dalila cherchant à comprendre et à se faire pardonner sa trahison ; le refus du pardon par le héros traduit l'amertume du vieil écrivain, aveugle, peu heureux dans son rapport aux femmes. Une misogynie encore plus violente s'exprime dans « La colère de Samson », âpre poème qui a pris place dans le recueil *Les Destinées* (1864), de Vigny, et dont le titre rappelle le sous-titre de l'*Iliade*, *La Colère d'Achille* :

« Et, plus ou moins, la Femme est toujours DALILA. »

Dans les arts plastiques, les exploits de Samson ont été très souvent représentés : le Moyen Âge a privilégié le massacre du lion, mais l'époque moderne la trahison de Dalila (Lucas Cranach, Rubens, Van Dick, Rembrandt).

David

La personnalité de David domine les Livres de Samuel. Si ceux-ci s'ouvrent sur l'enfance et la vocation du prophète qui leur a donné son nom, David y fait son apparition dès le chapitre 16 du premier et il occupe tout le second. Le prestige de ce roi s'est trouvé immensément accru par le fait qu'on lui a longtemps attribué la plupart des cent cinquante Psaumes et qu'on l'a célébré comme le roi-musicien (1 Samuel 16,14-23).

Sept épisodes de sa vie se sont gravés dans les mémoires, dont quatre relatent des fautes graves de Saül, de David lui-même ou de deux de ses fils.

David contre Goliath (1 Samuel 17)

Qui ne connaît cet affrontement du faible contre le fort ? L'armée d'Israël était rangée en ordre de bataille pour affronter celle des Philistins, lorsque sortit des rangs de celle-ci un géant de près de trois mètres, Goliath, qui lança un défi aux Hébreux : «Choisissez parmi vous un champion. Nous nous battrons, et la victoire de l'un d'entre nous signifiera la victoire de tout son camp.» Goliath était coiffé d'un casque de bronze et protégé par une cuirasse à écailles de soixante kilos ; il brandissait une lance effrayante. Le camp israélite était glacé de terreur. C'est alors que s'avança hors des rangs un jeune homme de Bethléem, David ; il se proposa au roi Saül pour ce combat. Mais le roi lui répondit d'abord : «Comment ? Tu n'es qu'un enfant, tandis que lui est endurci depuis longtemps dans la guerre !» David sut pourtant le convaincre. On lui proposa cuirasse et épée, selon l'habitude, mais il s'embarrassait dans cet attirail : il le rejeta. Il ne prit que son bâton, sa fronde et cinq pierres qu'il enfouit dans sa besace. Puis il marcha sur le Philistin. Celui-ci se moqua de lui, de sa frimousse d'adolescent, et lui dit : «Me prends-tu pour un chien de venir ainsi à moi avec un bâton ?» Tandis que Goliath s'ébranlait lourdement, David se mit à courir autour de lui. Et soudain, saisissant l'une de ses pierres, il arma sa fronde : le projectile frappa le Philistin et s'enfonça dans son front. Le géant s'abattit, la face contre terre. David lui prit son épée et lui trancha la tête. Dès lors, voyant leur héros mort, les Philistins prirent la fuite.

Ce combat a été l'une des scènes préférées de la sculpture florentine, avec les chefs-d'œuvre de Donatello (1440), de Verrochio (1475) et de Michel-Ange (1504). Il a inspiré un graveur comme Abraham Bosse, des peintres tels que le

Caravage. Dans *David précédé par des musiciens* (1627), Poussin représente David portant triomphalement à la pointe de l'épée la tête tranchée du géant.

David épargne Saül (1 Samuel 24 et 26)

Les succès militaires de David ne tardent pas à provoquer la jalousie de Saül, qui décide de le supprimer. Mais avec l'aide de son ami Jonathan (18,1-4), le propre fils de Saül, le jeune guerrier parvient à échapper à tous les pièges. Un jour que le roi le poursuit, David caché dans une caverne avec ses hommes, y voit pénétrer le roi sans méfiance. L'occasion se présente d'en finir avec le persécuteur. Mais David se refuse à attenter à la vie d'un roi choisi par Dieu; il se contente de couper furtivement un pan de son manteau. Puis, quand Saül s'est un peu éloigné, il l'appelle et lui montre le morceau de tissu, pour marquer qu'il vient d'épargner sa vie.

Les troubles mélancoliques de Saül ont inspiré nombre de tragédies; parmi les plus remarquables figurent le *Saül le furieux* de Jean de la Taille (1562) et le *Saül* de Vittorio Alfieri (1783). André Gide lui a consacré un drame en 1903. La tristesse du vieux roi est saisissante dans le *Saül et David* (1628) de Rembrandt.

Saül et la nécromancienne d'Endor (1 Samuel 28)

Peu après la mort de Samuel, Saül était sur le point d'affronter l'armée des Philistins; anxieux, il voulut savoir ce que lui réservait cette bataille. Dieu demeurant silencieux, le roi – enfreignant la condamnation divine de toute forme de divination – se rendit à Endor, déguisé, pour consulter une nécromancienne. Sur sa demande, celle-ci évoqua l'ombre de Samuel. Le prophète lança au roi : «Si Dieu ne s'adresse plus à toi, c'est parce qu'il t'a rejeté à cause de tes fautes. Il t'a enlevé la royauté pour la donner à David. Demain, toi-même et tes fils allez me rejoindre : vous périrez. » En effet, Saül et ses trois fils, dont Jonathan, furent tués peu après à la bataille de Gelboé (vers 1010).

En 1738, Haendel compose un oratorio, *Saül,* qui conjoint la visite de Saül à Endor et une élégie sur la mort de Jonathan et de son père. La scène shakespearienne de l'évocation de l'ombre de Samuel, dont on s'attendrait à ce qu'elle eût retenu Rembrandt ou Delacroix, a suscité un tableau de Salvator Rosa et une aquarelle de William Blake.

Comme David chante une complainte sur la mort de Saül et de Jonathan (2 Samuel 1), où il rappelle son amitié avec le jeune homme, « plus belle que l'amour des femmes » (1,26), certains homosexuels de la fin du XXe siècle se sont placés sous le patronage de « David et Jonathan ». Cette interprétation n'est guère défendable, si l'on se rappelle les condamnations terribles de l'homosexualité dans l'Ancien Testament (Lévitique 18,22 et 20,13).

La prophétie de Nathan (2 Samuel 7 et 1 Chroniques 17)

Le prophète Nathan prononce en faveur de David un oracle qui aura un long retentissement au cours de l'attente messianique : « C'est moi qui t'ai choisi au pâturage derrière ton troupeau, afin que tu deviennes le chef d'Israël, mon peuple. Je rendrai ton nom plus illustre que celui des grands de la terre. Quand tes jours seront accomplis et que tu seras couché avec tes pères, j'élèverai ta descendance après toi, celui qui sera sorti de toi, et j'affermirai ton règne. Je rendrai son trône inébranlable à jamais. Je serai pour lui un père, et il sera mon fils. Ta maison et ton règne seront à jamais stables et subsisteront éternellement. »

Conformément au clair-obscur de la prophétie biblique, cet oracle, qui semble annoncer le règne de Salomon, dépasse les quelques décennies de celui-ci, et paraît démenti par l'éclatement en deux royaumes, puis par la disparition de la royauté en 587. Les chrétiens y ont entendu l'annonce de la souveraineté éternelle du Christ, descendant de David. Dans les *Pensées*, Pascal s'appuie sur lui pour mettre en lumière la profondeur de sens des prophéties bibliques.

David et Bethsabée (2 Samuel 11-12)

Un soir, du haut de sa terrasse, David aperçut une femme très belle en train de se baigner. Enflammé de désir, il la fit enlever par ses gardes et coucha avec elle. Or cette femme, qui s'appelait Bethsabée, avait un mari, Urie, qui se battait alors contre les ennemis d'Israël. Le roi expédia au général des troupes l'ordre d'exposer Urie en première ligne, et celui-ci ne tarda pas à être tué. David n'en fut pas attristé outre mesure. Le temps de deuil passé, Bethsabée épousa David et lui donna un fils.

Devant ce crime, Dieu envoya Nathan à David. Le prophète lui conta une parabole : « Il était une fois deux hommes, l'un riche et l'autre pauvre, qui ne possédait qu'une petite agnelle, et l'aimait tant qu'il la cajolait dans ses bras. Ayant à recevoir un hôte, le riche, bien qu'il eût ses troupeaux, fit saisir l'agnelle du pauvre, et l'apprêta. Qu'en penses-tu ? » Le roi entra dans une violente colère, et assura que ce riche méritait la mort. Alors Nathan lui dit : « Cet homme, c'est toi. Tu as fait mourir Urie, et tu as pris sa femme. Le fils qu'elle t'a donné mourra. »

Alors David comprit sa faute et s'écria : « J'ai péché contre le Seigneur. » Et il se mit à prier et à jeûner. Néanmoins, l'enfant mourut. De Bethsabée, il eut ensuite un autre fils, Salomon.

Après Memling, Lucas Cranach, Poussin et Rubens, Rembrandt a peint en 1654 une *Bethsabée*, dont le visage reflète d'une façon émouvante ses hésitations et un combat intérieur : un véritable clair-obscur de l'âme. On comprend que la belle nudité de l'héroïne ait suscité une foule de toiles.

Le caractère romanesque de l'épisode a inspiré à Gide un drame, *Bethsabée* (1912), à Torgny Lindgren un roman, *Bethsabée* (1986), et a donné naissance à des films, comme le *David et Bethsabée* d'Henry King (1951).

Deux fils de David : Amnon et Absalon (2 Samuel 13 et 18)

Deux fils de David commirent, eux aussi, des fautes graves. L'un, Amnon, s'éprit follement de sa sœur Tamar. Il contrefit le malade, l'attira chez lui et la viola. Puis il la chassa. Absalon, frère d'Amnon et de Tamar, découvrit sa sœur prostrée et en larmes. Apprenant l'inceste, il comprima sa haine en son cœur. Deux ans plus tard, il invita Amnon à un banquet et, quand il fut en joie sous l'effet du vin, il le fit assassiner par ses serviteurs.

David commença par souffrir de ce crime, mais il aimait Absalon. Néanmoins, ce dernier fomenta contre son père une révolte, et le contraignit à prendre la fuite. En définitive, l'armée du roi reprit l'avantage. Absalon s'échappa à dos de mulet ; l'animal s'engagea sous les ramures enchevêtrées d'un térébinthe, où la tête du fuyard resta prise. Voyant son adversaire ainsi suspendu entre ciel et terre, le général de l'armée, Joab, lui planta trois épieux dans le cœur.

À l'annonce de cette mort, David, au lieu de se réjouir, fut accablé de douleur. Il allait et venait, répétant : « Mon fils Absalon, mon fils, que ne suis-je mort à ta place, Absalon, mon fils. » Joab, alors, lui reprocha de ne pas reconnaître le dévouement de ceux qui le défendaient et s'étonna : « Tu aimes ceux qui te détestent. »

Si l'image d'Absalon suspendu sous un grand arbre a attiré les peintres et les graveurs (comme Gustave Doré en 1866), sa mort et les larmes de David ont souvent habité ceux qui pleuraient la mort d'un enfant, à l'instar de cette mère dont le fils est condamné à la chaise électrique, dans *Une tragédie américaine* (1925) de Theodor Dreiser. Faulkner est même allé jusqu'à intituler l'un de ses chefs-d'œuvre *Absalon, Absalon!* (1936). Non que son roman reprenne le récit biblique, mais – comme il l'écrit à un ami en 1934 – parce que « c'est l'histoire d'un homme qui par orgueil voulait un fils et qui en eut tant qu'ils le détruisirent ».

Donnez à David une harpe ou une cithare, et vous en faites un nouvel Orphée, poète et musicien, auteur de nombreux Psaumes. Ceignez sa tête d'une couronne, et les rois s'identifient à lui. Dévêtez-le, et la beauté du corps sera exaltée, comme celle des éphèbes grecs.

Dans l'art byzantin, David est représenté avec les attributs de l'empereur : chlamyde des dignitaires romains, agrafée sur l'épaule, couronne ornée de joyaux et chaussures rouges. En Occident, à l'époque carolingienne, il apparaît comme le modèle du prince chrétien. Le roi de France est fréquemment célébré comme un nouveau David, et ce fait n'est pas étranger au vandalisme révolutionnaire de 1789, où les statues si reconnaissables du roi musicien ont été particulièrement visées dans les porches des églises gothiques, de même que les autres statues royales.

Le David musicien n'a pas inspiré seulement les peintres et les sculpteurs, il a suscité toutes sortes d'œuvres musicales : deux motets magnifiques de Josquin des Prés (au XVIᵉ siècle), *Planxit autem David* et *Lugebat David*, une symphonie sacrée d'Heinrich Schütz (1629), de nombreux oratorios, dont le

David penitente (1785) de Mozart et *Le Roi David* (1921) d'Arthur Honegger, qui passe de la douceur pastorale des *lieder* à la véhémence impétueuse et guerrière ou à la détresse de la pénitence. La scène où David joue de la harpe pour remédier à la mélancolie de Saül a été très souvent sculptée sur les volets d'orgue, et elle l'a désigné comme l'un des premiers thérapeutes de la tristesse par la musique. À deux reprises – en 1630 et 1665 – Rembrandt a peint un Saül bouleversé qui essuie ses larmes avec un coin de son manteau.

Peinture et sculpture ont représenté souvent David en éphèbe, merveilleuse occasion de glorifier la beauté d'un corps jeune : de Donatello (1440) à Michel-Ange (1501), du Caravage (1607-1610) au Bernin, qui le montrera armant sa fronde. Outre le combat contre Goliath, s'offrait aux arts plastiques la scène où il danse autour de l'arche d'Alliance (2 Samuel 6,12-16).

Mais David, prophète dans les Psaumes, est apparu aussi comme une préfiguration du Christ, à la fois berger, annonçant le Bon Pasteur (Jean 10), et persécuté, auteur de l'extraordinaire Psaume 22 qui semble réciter la Passion de Jésus.

Sagesse de Salomon

Roi de 972 à 933, constructeur du premier Temple de Jérusalem et réputé pour sa haute sagesse, Salomon a joui d'un tel prestige qu'on lui a longtemps attribué plusieurs des Livres bibliques : le Livre des Proverbes, l'Ecclésiaste, le Cantique des cantiques, et même le Livre de la Sagesse. Dans l'adresse au dauphin, fils de Louis XIV, au seuil de sa *Politique tirée des propres paroles de l'Écriture sainte* (publiée en 1709), Bossuet peut écrire :

> Deux grands rois de ce peuple, David et Salomon, l'un guerrier, l'autre pacifique, tous deux excellents dans l'art de régner,

vous en donneront non seulement les exemples dans leur vie, mais encore les préceptes ; l'un dans ses divines poésies, l'autre dans ses instructions que la sagesse éternelle lui a dictées.

En dehors des sentences qui remontent peut-être à lui dans les Proverbes, deux épisodes de la vie de ce roi sont restés exceptionnellement populaires.

Le jugement de Salomon (1 Rois 3)

Le tout jeune souverain a fait un rêve : Dieu lui demandait ce qu'il pouvait lui accorder. Et Salomon prie le Seigneur de lui donner la sagesse. Très satisfait d'une demande déjà aussi profonde, Dieu lui promet : « Je te donne un cœur si plein de sagesse et d'intelligence qu'il n'y a jamais eu quelqu'un de comparable avant toi, et qu'il n'y en aura jamais après toi. »

Peu après comparurent devant le roi deux prostituées qui vivaient dans la même maison et qui venaient d'accoucher toutes les deux à trois jours d'intervalle. L'une d'entre elles accusait l'autre d'avoir étouffé accidentellement son fils et de lui avoir alors dérobé le sien, tout en substituant son enfant mort à l'enfant vivant. Mais l'accusée ripostait : « Pas du tout, c'est son fils à elle qui est mort, et le mien qui est vivant. » Et elles n'en finissaient pas de rejeter la faute chacune sur l'autre. Salomon prit alors la parole : « Qu'on m'apporte une épée [...]. Coupez en deux le bébé vivant, et qu'on en donne une moitié à chacune de ces deux femmes. » Entendant ces mots, celle qui était la mère de l'enfant s'écria : « Non, ne le tuez pas. Qu'on le lui donne vivant. » Au contraire, la voleuse dit froidement : « C'est cela, coupez-le. De cette manière, il ne sera ni à elle ni à moi. » Le roi prononça alors son verdict : « Donnez l'enfant à la première, car c'est elle la vraie mère. » La nouvelle se répandit dans tout le royaume, et tous furent remplis d'une vénération sans bornes, en voyant que la sagesse de Dieu habitait le roi.

Le jugement de Salomon a séduit peintres et musiciens (comme Charpentier en 1702). Poussin considérait le tableau qu'il lui a consacré comme la plus réussie de ses œuvres (1649, au Louvre). L'expression «jugement de Salomon» s'est incrustée dans la langue pour désigner un verdict rempli de sagesse à propos d'une contestation apparemment sans issue.

Salomon et la reine de Saba (1 Rois 10)

La renommée de Salomon s'était répandue jusque dans les pays étrangers. Alors la reine du royaume de Saba – un pays qu'on hésite à situer au sud de l'Arabie, ou en Éthiopie – vint à Jérusalem pour le consulter, avec une caravane de chameaux chargés d'or, d'aromates et de pierres précieuses. Elle fut éblouie par la sagesse du souverain, par la splendeur du Temple et par le faste de la Cour, et elle lui déclara : «Heureux ceux qui peuvent en permanence vivre en ta présence et profiter de ta sagesse!» Puis, après des échanges de cadeaux somptueux, elle repartit pour son royaume.

Une telle féerie ne dura malheureusement pas. Salomon, auquel le conteur prête trois cents épouses de rang princier, agrémentées de trois cents concubines, se laissa entraîner par celles d'entre elles qui adoraient des idoles. Contrairement à David, son père, il trahit le Dieu d'Israël qui lui annonça la désagrégation de son royaume. Le désastre advint à sa mort, en 933.

Le Coran évoque la reine de Saba (27, 22-38) et la tradition musulmane lui a donné un nom : Balkis. C'est sous ce nom qu'elle apparaît dans l'admirable «Histoire de la reine du matin et de Soliman prince des génies» (*Le Voyage en Orient*, 1851) de Gérard de Nerval. Le luxe, la profusion de Salomon et de la reine ont inspiré nombre de tapisseries, mais aussi –

bien évidemment – les peintres (Vignon, Le Sueur). C'est avec un bas-relief, *La Reine de Saba offrant des présents à Salomon*, que Houdon a obtenu en 1761 le premier prix de sculpture.

Le cycle du prophète Élie

La fin du Premier Livre des Rois (17-22) et le début du second (1-2) gravitent autour d'une des plus hautes figures prophétiques de l'Ancien Testament, Élie. Quatre épisodes s'en sont détachés, dont l'un, la «vigne de Naboth», a été rencontré à propos des reines maudites.

Les miracles d'Élie (1 Rois 17-18)

Le roi Achab, qui régna sur Samarie de 875 à 853, avait épousé la Phénicienne Jézabel, et sous son influence il en vint à oublier Dieu, pour adorer les idoles des Phéniciens. Contre lui se dressa Élie, qui frappa tout le pays de sécheresse. Le prophète se cacha dans un ravin à l'est du Jourdain, où des corbeaux lui appportaient de quoi se nourrir. Puis Dieu l'envoya chez une pauvre veuve de Sarepta, près de Sidon, en Phénicie. Mais la pauvre femme n'avait plus qu'un peu de farine et d'huile. Élie lui assura :

> Jarre de farine point ne s'épuisera,
> cruche d'huile ne désemplira,
> jusqu'au jour où le Seigneur enverra
> la pluie sur la surface du sol.

Et, en effet, la jarre et la cruche ne se vidèrent jamais, si bien que la veuve, son fils et le prophète traversèrent la disette.

Hélas! l'enfant de cette femme mourut. Celle-ci s'en prit à Élie : «Qu'ai-je de commun avec toi, homme de Dieu? Es-tu venu pour me rappeler mes fautes et faire expirer mon fils?» Alors le prophète monta dans la chambre où reposait le défunt, s'étendit trois fois sur lui et supplia Dieu de lui rendre la vie. Le Seigneur l'exauça, et l'enfant se remit à respirer. Bouleversée, sa mère s'écria : « Oui, la parole du Seigneur est vraiment dans ta bouche. »

La sécheresse et la famine durèrent trois ans. Puis Élie s'en vint défier Achab : « Convoque ton peuple sur le mont Carmel, et fais venir tous les pseudo-prophètes des dieux que tu adores, Baal et Ashéra. Nous préparerons chacun, eux et moi, le sacrifice d'un jeune taureau. Chaque animal sera placé sur un bûcher, sans qu'on mette le feu. Tes prophètes invoqueront leurs dieux pour que la flamme prenne dans le bois, tandis que moi je prierai le Seigneur. » Du matin jusqu'à midi, Baal fut invoqué en vain, et Élie se moquait : « Criez plus fort, votre dieu est occupé. Peut-être est-il en voyage. Ou il dort, laissez-lui le temps de sortir du lit. » Le soir, Baal était toujours absent. Alors Élie invoqua Dieu, et le feu du ciel embrasa tout. Le peuple reconnut le Dieu d'Abraham ; les faux prophètes furent exterminés.

Certains des miracles d'Élie annoncent ceux du Christ : la multiplication des pains (Marc 8,1-10) ou la résurrection du fils de la veuve de Naïn (Luc 7,11-17). Rubens a peint un *Élie nourri par les corbeaux*, et Racine s'est souvenu du miracle du mont Carmel dans le finale si religieux d'*Iphigénie* :

> La flamme du bûcher d'elle-même s'allume,
> Le ciel brille d'éclairs, s'entrouve, et parmi nous
> Jette une sainte horreur qui nous rassure tous.

Sur l'Horeb, une voix de fin silence (1 Rois 19)

Exposé à la haine d'Achab et de Jézabel, Élie dut s'enfuir à nouveau. Au bout d'une journée de marche, parvenu dans le Désert, il fut saisi de découragement, s'assit sous un genêt et souhaita mourir. Alors qu'il s'était endormi de tristesse, le Seigneur le réveilla et lui dit : « Mange et bois. » À son chevet se trouvaient une galette et une gourde d'eau. Réconforté, il marcha quarante jours et quarante nuits jusqu'au mont Horeb. Il s'installa pour la nuit dans la caverne où Moïse avait séjourné. C'est là que le Seigneur se manifesta à lui et lui révéla magnifiquement la discrétion divine :

> Dieu lui dit : « Sors et tiens-toi sur la montagne, car je vais passer. » Et il passa. On entendit devant lui un vent violent et impétueux, capable de renverser les montagnes et de fracasser les rochers. Le Seigneur n'était pas dans ce vent. Ensuite il se fit un tremblement de terre, et le Seigneur n'était pas dans le tremblement. Après le tremblement, il s'alluma un feu, et le Seigneur n'était point dans ce feu. Après le feu, une voix de fin silence.
> Dès qu'il la perçut, Élie se voila le visage avec son manteau. Une voix se fit entendre : « Pourquoi es-tu ici, Élie ? » Il répondit : « Je suis animé d'un zèle ardent pour le Seigneur. Les fils d'Israël ont abandonné ton alliance et tué tes prophètes par l'épée. Je suis demeuré seul, et l'on cherche à m'ôter la vie. »

Élie reçut alors la mission de consacrer deux rois, ainsi que son successeur, Élisée.

Cette révélation au lieu même où Dieu s'était manifesté à Moïse et au peuple sous une forme fracassante atteste un bond en avant de la conscience religieuse : le spectaculaire et les menaces relèvent de la pédagogie divine, qui élève et affine peu à peu une ethnie fruste et souvent barbare. Ces archaïsmes devront se maintenir encore longtemps, et survivront dans la foisonnante littérature apocalyptique. Mais en vérité, Dieu est un Dieu caché, comme l'a souligné Pascal dans une lettre à Charlotte de Roannez :

> Si Dieu se découvrait continuellement aux hommes, il n'y aurait point de mérite à le croire ; et s'il ne se découvrait jamais, il y aurait peu de foi. Mais il se cache ordinairement,

et se découvre rarement à ceux qu'il veut engager dans son service. Cet étrange secret, dans lequel Dieu s'est retiré, impénétrable à la vue des hommes, est une grande leçon pour nous porter à la solitude loin de la vue des hommes. Il est demeuré caché sous le voile de la nature qui nous le couvre jusques à l'Incarnation ; et quand il a fallu qu'il ait paru, il s'est encore plus caché en se couvrant de l'humanité. Il était bien plus reconnaissable quand il était invisible, que non pas quand il s'est rendu visible. Et enfin quand il a voulu accomplir la promesse qu'il fit à ses Apôtres de demeurer avec les hommes jusques à son dernier avènement, il a choisi d'y demeurer dans le plus étrange et le plus obscur secret de tous, qui sont les espèces [les apparences] de l'Eucharistie. C'est ce sacrement que saint Jean appelle dans l'Apocalypse [2,17] *une manne cachée* ; et je crois qu'Isaïe le voyait en cet état, lorsqu'il dit en esprit de prophétie : « *Véritablement tu es un Dieu caché* » [Isaïe 45,15]. C'est là le dernier secret où il peut être. Le voile de la nature qui couvre Dieu a été pénétré par plusieurs infidèles, qui, comme dit saint Paul, *ont reconnu un Dieu invisible par la nature visible* [Romains 1,20]. Les chrétiens hérétiques l'ont connu à travers son humanité et adorent Jésus-Christ Dieu et homme. Mais de le reconnaître sous des espèces de pain, c'est le propre des seuls catholiques : il n'y a que nous que Dieu éclaire jusque-là. On peut ajouter à ces considérations le secret de l'Esprit de Dieu caché encore dans l'Écriture. Car il y a deux sens parfaits, le littéral et le mystique ; et les juifs s'arrêtant à l'un ne pensent pas seulement qu'il y en ait un autre, et ne songent pas à le chercher ; de même que les impies, voyant les effets naturels, les attribuent à la nature, sans penser qu'il y en ait un autre auteur ; et comme les juifs, voyant un homme parfait en Jésus-Christ, n'ont pas pensé à y chercher une autre nature : « *Nous n'avons pas pensé que ce fût lui* », dit encore Isaïe [53,3] ; et de même enfin que les hérétiques, voyant les apparences parfaites du pain, ne pensent pas à y chercher une autre substance. Toutes choses couvrent quelque mystère ; toutes choses sont des voiles qui couvrent Dieu. Les chrétiens doivent le reconnaître en tout. Les afflictions temporelles couvrent les biens éternels où elles conduisent. Les joies temporelles couvrent les maux éternels qu'elles causent. Prions Dieu de nous le faire reconnaître et servir en tout. Rendons-lui des grâces infinies de ce que s'étant caché en toutes choses pour les autres, il s'est découvert en toutes choses et tant de manières pour nous…

La disparition d'Élie sur un char de feu (2 Rois 2)

Le retour du spectaculaire clôt le cycle d'Élie. Celui-ci se rendit avec Élisée sur les bords du Jourdain et tous deux le traversèrent à pied sec, comme Josué. Tandis qu'ils poursuivaient leur route, ils se trouvèrent soudain séparés par un char et des chevaux de feu. Élie s'éleva et disparut dans un tourbillon. En proie à la douleur, Élisée ramassa le manteau qui était tombé des épaules du prophète. On rechercha celui-ci pendant trois jours. Mais nul ne le revit.

À cet enlèvement mystérieux correspondra, selon le prophète Malachie (3,23-24), un retour d'Élie avant une manifestation décisive de Dieu. C'est sur ces deux versets que s'achèvent les oracles du dernier des prophètes anciens. Jésus lui-même fut pris par certains pour Élie. Mais sa Transfiguration mit en lumière sa condition plus qu'humaine et le fait que Moïse et Élie l'annonçaient (Luc 9,28-36). Jésus a déclaré que cet Élie qui devait revenir, n'était autre que son propre précurseur, Jean-Baptiste (Matthieu 17,10-13). En dépit de cette déclaration, se développa au XVIIIe siècle une attente du retour d'Élie et de la conversion des juifs ; elle perdura dans des groupes de plus en plus restreints jusqu'à la Première Guerre mondiale.

La scène du char de feu a évidemment séduit les peintres, dès l'époque des Catacombes. Elle a inspiré le Tintoret, Rubens, Vouet. L'ordre des carmes et des carmélites considère Élie – qui s'était retiré dans une grotte du mont Carmel – comme son fondateur ; aussi l'a-t-il très souvent représenté dans ses églises.

Le vif succès des livrets

Quatre courts récits de la Bible, longtemps tenus pour de l'histoire, ont connu une immense fortune : Ruth, Tobie, Judith et Esther.

Le Livre de Ruth

Le Livre de Ruth a séduit par la douceur de son ambiance patriarcale, avec la bienveillance de Booz qui, voyant Ruth glaner dans ses champs, ordonne à ses moissonneurs de la laisser faire et même de laisser tomber exprès des épis de leurs gerbes. Du mariage de Booz naîtra Obed, grand-père de David et ancêtre du Christ. Telle est bien l'atmosphère qui émane du tableau de Poussin, *Ruth et Booz* (1660-1664).

Un passage du livre (3) a inspiré à Victor Hugo l'un des plus beaux poèmes de *La Légende des siècles* (1859), « Booz endormi », célébré par Péguy dans *Victor-Marie, comte Hugo*. Contemplant le ciel nocturne, Ruth se demandait

> Immobile, ouvrant l'œil à demi sous ses voiles,
> Quel Dieu, quel moissonneur de l'éternel été
> Avait, en s'en allant, négligemment jeté
> Cette faucille d'or dans le champ des étoiles.

Le Livre de Tobie

Le Livre de Tobie longtemps populaire, a suscité une profusion de gravures. Un an après *L'Aveuglement de Samson*, Rembrandt peint *L'Ange quittant la famille de Tobie*, tout imprégné d'une lumière surnaturelle. Les peintres ont privilégié trois scènes : le départ du jeune Tobie, les noces avec Sara et la guérison du père aveugle, où l'on a vu la préfiguration du Christ rendant la vue à un aveugle-né (Jean 9). Asmodée est le protagoniste du récit humoristique *Le Diable boiteux* (1707) de Lesage, et il a fourni son titre à une pièce de

François Mauriac (1937). En 1998 encore, un roman poétique de Sylvie Germain, *Tobie des marais*, s'irradie de l'atmosphère du petit livre biblique.

Le Livre de Judith

Le Livre de Judith, lui, a été inlassablement repris au théâtre, avec, par exemple, un drame de Hebbel (1841) où Judith trouve Holopherne à son goût et ne le tue que parce qu'il l'humilie : les apparences restent sauves, mais le geste n'a plus rien de religieux. Au XXe siècle se succèdent un opéra d'Honegger (1926) et une pièce de Giraudoux (1931), influencé par Hebbel. Parmi d'autres œuvres musicales qui célèbrent Judith, se détache la *Juditha triumphans*, oratorio de Vivaldi (1716).

Les arts plastiques n'ont pas été en reste : un bronze de Donatello (1454), des toiles de Botticelli (1473), de Vouet, du Caravage. La *Judith* de Lucas Cranach, qui fascinait l'écrivain Michel Leiris, a inspiré à ce dernier une remarquable exploration intérieure, *L'Âge d'homme* (1931).

Le Livre d'Esther

Le Livre d'Esther, comme Judith, a attiré les dramaturges, qu'il s'agisse de Lope de Vega (*La Belle Esther*, 1610), de Racine (1689) ou de Grillparzer (1863). Comme Judith aussi, il a tenté le cinéma : *Esther et le Roi*, de Raoul Walsh (1960).

Dans les arts plastiques, la scène de loin la plus reprise est la Prière d'Esther, préfiguration de l'intercession de la Vierge Marie et de son Couronnement.

CHAPITRE IV

Les prophètes écrivains

En Israël, le prophétisme occupe une place centrale, alors que les extatiques des civilisations anciennes du Proche ou du Moyen Orient n'ont joué qu'un rôle effacé. Il se manifeste très tôt, ce qui justifie que la Bible hébraïque ait pu nommer « Prophètes premiers » des Livres que la Bible grecque a appelés « historiques » : il y est en effet beaucoup question des figures prestigieuses de Samuel, de Nathan, d'Élie ou d'Élisée. La Bible d'Alexandrie a réservé l'appellation de « Livres prophétiques » aux recueils d'oracles des prophètes qui nous ont laissé des écrits. Trois d'entre eux ont une envergure exceptionnelle : Isaïe, Jérémie et Ézéchiel. Si l'on met à part le cas particulier de Daniel, à ces trois figures de proue se trouvent joints traditionnellement les douze « petits prophètes », d'Osée à Malachie.

Contrairement aux simplifications d'une opinion répandue, le prophète n'est pas seulement quelqu'un qui entrevoit l'avenir, qui amuse la curiosité par des prédictions. C'est un inspiré qui contemple les événements avec le regard de Dieu, et qui donc les juge et en révèle le sens. Comme l'a écrit magnifiquement Pascal : « Prophétiser, c'est parler de Dieu non par preuves du dehors, mais par sentiment intérieur et immédiat. »

Les oracles ont d'abord circulé sous forme orale, avant leur mise par écrit et leur rassemblement en recueils. Ils ont parfois été enrichis, prolongés, actualisés au sein de véritables écoles prophétiques, comme l'école isaïenne. Aussi a-t-on pu parler de «tradition inspirée».

Le prophétisme israélite frappe par l'unité – malgré la diversité des auteurs – d'une Révélation unique et sans altération. Il rappelle sans cesse la sainteté divine, fustige l'oubli de Dieu, célèbre ses promesses. De Moïse à Malachie, pendant sept siècles, avec un zénith au VIIIe siècle (Michée, Amos, Osée et Isaïe), la continuité d'une sorte de relais des prophètes saute aux yeux. Beaucoup de ceux-ci annoncent l'avènement d'un être mystérieux, un Messie (ce qui veut dire «consacré par Dieu»), qui rendra présent le Royaume de Dieu.

Isaïe

Le Judéen Isaïe a commencé sa carrière prophétique très jeune, vers 740, et celle-ci s'est poursuivie pendant une quarantaine d'années. Selon une tradition légendaire, il aurait été mis à mort par le roi impie Manassé, qui l'aurait fait scier en deux. Durant des siècles, c'est à cette personnalité exceptionnelle qu'ont été attribués les soixante-six chapitres du livre qui porte son nom. Mais les progrès de l'exégèse ont permis de démontrer la nécessité d'affiner ces vues trop simples.

Assurément les chapitres 1 à 39 se rattachent, dans leur grande majorité, au prophète du VIIIe siècle ; mais les chapitres 34-35 datent de l'Exil (VIe siècle) et le petit ensemble qu'on a appelé l'«Apocalypse d'Isaïe» (24-27) s'avère, lui aussi, tardif. Devenu célèbre, le chapitre 6 raconte de façon saisissante la vocation du jeune homme.

Sans transition, le chapitre 40 nous conduit aux dernières années de l'Exil, et il ouvre une seconde partie du recueil qu'il faut attribuer à un disciple aussi talentueux que le maître : le «second Isaïe» (40-56), intitulé aussi le «Livre de la Consolation», car il annonce à Israël un avenir radieux. Il comprend quatre pièces lyriques appelées les «Chants du Serviteur» (42 ; 49 ; 50 ; 52-53), où le Christ lui-même a vu des annonces de sa venue.

La fin du livre (56-66) se situe après le retour d'Exil. Elle s'inscrit dans le sillage du second Isaïe.

Le Livre d'Isaïe est d'une grande beauté littéraire, heurtée et véhémente au début, puis sereine et ample dans le Livre de la Consolation. Il est d'une telle profondeur religieuse que saint Jérôme (IVe siècle de notre ère) voyait dans son auteur «un évangéliste et un apôtre», annonçant les principaux mystères du Christ. Avec les Psaumes, Isaïe est le livre le plus fréquemment cité dans le Nouveau Testament. La liturgie catholique fait appel à lui pour les célébrations les plus denses de son cycle annuel : l'Avent, montée vers Noël ; le temps de Noël et de l'Épiphanie ; la Semaine sainte. Le *Sanctus* de la messe, si souvent magnifié par la musique, reprend la triple invocation des anges entendue par le prophète au moment de sa vocation (6,3).

Jérémie

La vie intérieure de Jérémie, son sentiment de solitude, son corps à corps douloureux avec la Parole divine nous sont connus par de nombreuses confidences, dont les plus célèbres ont été appelées ses «Confessions» (11,18-12,6 ; 15,10-21 ; 17,14-18 ; 18,18-23 ; 20).

Ses premiers oracles datent de l'extrême fin du VIIe siècle. Les derniers se situent après la prise de Jérusalem par les armées babyloniennes (587). Devant la catastrophe, tout un groupe s'exila en Égypte, emmenant avec lui le prophète, dont on perd alors la trace.

Le recueil comprend trois ensembles : en premier lieu, des oracles et des actions symboliques contre le royaume de Juda (1-

25), puis des annonces de salut (26-45), enfin des menaces à l'encontre des nations étrangères (46-51). Tous ces oracles ont été réunis et mis en forme dans la seconde moitié du VIe siècle par un réviseur anonyme imprégné de l'esprit du Deutéronome.

La personnalité et l'œuvre de Jérémie sont attachantes. Par ses souffrances, par son annonce d'une Alliance nouvelle gravée au fond des cœurs (31,31-37), par sa soumission à Dieu, ce prophète annonce le message et la personne du Christ.

Ézéchiel

Ézéchiel – dont le nom signifie « Dieu réconforte » – fut pris et déporté en Babylonie dès 598, lors des premières attaques de Nabuchodonosor contre Jérusalem. C'est en exil que son activité prophétique commença vers 593, et elle devait s'y dérouler tout entière.

La structure de son livre apparaît nettement. Après le récit de la vocation prophétique (1-3), se succèdent oracles contre les juifs (4-24) et menaces contre les nations étrangères (25-32). L'annonce d'une restauration (33-37) s'ouvre sur de vastes horizons : au terme d'une bataille apocalyptique (38-39) se développe la vision d'une montagne sur laquelle se dressera un Temple nouveau (40-48).

Mais cette succession logique est perturbée par diverses anomalies. Le texte hésite entre un foisonnement de détails minutieux et des visions quasi surréalistes : le char de Dieu (1), le livre avalé (2), les péchés de Jérusalem (8), l'homme vêtu de lin (10), les prostitutions de Jérusalem (16), la chute de Tyr (26-28), le grand cèdre (31), les ossements desséchés (37). Plus qu'aucun autre écrivain biblique, Ézéchiel s'exprime par énigmes (17), par allégories ou paraboles (15-16), dont la puissance et l'étrangeté ont fasciné et dérouté.

En lui se fondent l'esprit prophétique et la minutie sacerdotale : il appartient à une famille de prêtres. De là de superbes passages sur la ferveur du cœur (18,31) ou sur la responsabilité personnelle (18,1-30), en même temps que l'insistance sur les rites, sur la Gloire de Dieu et sur le culte. C'est de lui qu'est venue l'expression « ne pas vouloir la mort du pécheur », car Dieu veut « non sa mort, mais qu'il change de cœur et qu'il vive » (33,4), qu'il remplace son « cœur de pierre » par un « cœur de chair » (36,26).

Les douze petits prophètes

La Bible hébraïque et les Bibles chrétiennes ont adopté le même ordre à l'intérieur de la série des douze « petits prophètes ». Ceux-ci sont dits petits par la relative brièveté de leurs écrits, mais non par l'éclat de leurs oracles.

Osée

Osée est presque le plus ancien du groupe. Sa carrière prophétique s'est déroulée de 750 à 730, dans le royaume du Nord, à une époque de décadence religieuse et politique, alors que se profile la menace de l'invasion assyrienne qui aboutira à la destruction de la capitale, Samarie. C'est de lui qu'est venue l'expression « Qui sème le vent récolte la tempête » (8,7).

L'histoire d'Israël est pour la première fois déchiffrée comme une histoire d'amour. Osée a épousé une femme encline à la prostitution, dont il a eu plusieurs enfants. De même, Dieu avait épousé Israël en lui marquant son amour pendant les quarante années du Désert, mais ce peuple infidèle n'a pas répondu à la tendresse divine. C'est pourquoi Dieu le soumet à l'épreuve, afin de l'unir de nouveau à lui.

Cette révélation d'un Dieu Amour a illuminé la foi des juifs et des chrétiens. Les images des fiançailles, du temps des noces, de l'adultère ou de la prostitution vont constituer un fil d'or qui traverse la Bible. On les retrouve chez Jérémie

(2,23-24 ; 3,1 ; 30,14 ; 31,22), chez Ézéchiel (16 et 23), chez le second Isaïe (50,1 ; 54,4-7…). Elles en viendront à s'amplifier dans tout un livre, le Cantique des cantiques. Tout le message du Nouveau Testament déploie l'admirable parabole qui ouvre le Livre d'Osée.

Joël

Joël est le plus énigmatique de tous les prophètes. Sa personne est inconnue. La date de ses oracles est controversée, mais sa parenté avec le Deutéronome et Jérémie incline à les placer au VIᵉ siècle. En revanche, son message est limpide : reprenant l'annonce d'Amos – comme nous allons le voir –, il présente le « Jour du Seigneur » comme l'irruption d'une puissance transcendante, avec des images de cataclysme, et il appelle chacun au dépouillement et à la conversion. Il prophétise une effusion de l'Esprit de Dieu dans tous les cœurs (3,1-5), où les chrétiens ont vu la promesse de la Pentecôte (Actes 2).

Amos

Amos est le plus ancien prophète dont nous soient parvenus les écrits. D'abord soumis à la vie rude des bergers dans la région de Bethléem, il se rend dans le royaume du Nord vers 760-750 : la dureté de ses oracles l'y fait passer pour séditieux. La dernière partie de son recueil (7-9) est constituée de cinq visions de catastrophes : les sauterelles, le feu dévorant, les armes d'étain, la fin de l'été et le sanctuaire ébranlé.

Amos rappelle avec rudesse que le Dieu unique est *exigeant*, qu'il condamne les injustices sociales, que l'hypocrisie lui fait horreur. Il est le premier à faire état d'un redoutable « Jour du Seigneur » où les hommes seront jugés (5,18). Il inaugure aussi l'annonce qu'un « reste » d'Israël échappera au châtiment (5,15 ; 9,8-15).

Abdias

Avec son unique chapitre, Abdias est le livre le plus bref de l'Ancien Testament. De peu postérieur à la prise de Jérusalem en 587, il dénonce la lâcheté des Édomites, descendants d'Ésaü, qui ont profité du désastre pour se livrer au pillage. Mais, poursuit-il, viendra le «Jour du Seigneur», avec le triomphe d'Israël.

Jonas

Jonas fut un prophète du début du VIIIᵉ siècle (2 Rois 14,25), et c'est uniquement à ce titre que le Livre de Jonas figure parmi les prophètes. Il s'agit en réalité d'un récit tardif, sans doute du IVᵉ siècle, et qui a été placé sous le patronage de cette personnalité ancienne en vertu du même artifice littéraire qui a attribué à Salomon l'Ecclésiaste ou le Livre de la Sagesse. Ce récit, proche du conte, propose une parabole d'une haute élévation religieuse : Jonas y devient un prophète inattendu qui refuse d'obéir à Dieu en allant convertir la métropole de Ninive, en Mésopotamie. Le rebelle s'enfuit vers l'Occident, mais Dieu déclenche une tempête contre son navire, et l'inspiré est aspiré par une baleine. Il y reste trois jours avant qu'elle ne le rejette. Résigné, Jonas se rend enfin à Ninive. À peine commence-t-il sa mission que toute la population se convertit. Même les animaux, souligne malicieusement le conteur, se couvrent de sacs et jeûnent pour marquer leur repentir. C'en est trop pour ce prophète d'un nouveau genre : ulcéré de la miséricorde de Dieu pour des païens, Jonas s'installe sous un arbre et appelle de ses vœux la mort. Dieu entreprend de le convertir.

L'humour de ce conte enveloppe l'un des messages les plus importants de l'Ancien Testament : le particularisme juif dont s'enorgueillissait le «peuple élu» ne s'est justifié historiquement que pour servir d'écrin à la Révélation divine. Mais celle-ci s'adresse à tous les hommes : le bonheur de la conversion et de la sainteté est pour tous.

Le Christ s'est référé trois fois à cette parabole : évidemment pour annoncer la conversion des païens, mais aussi pour évoquer le «signe de Jonas», englouti pendant trois jours dans la baleine, comme lui-même allait l'être dans le sépulcre avant sa Résurrection et la publication de l'Évangile aux quatre coins du monde (Matthieu 12,38-42).

Michée

Michée est un contemporain d'Isaïe : ses oracles se situent entre 740 et 690. Parmi les menaces (1-3 et 6-7) et les promesses d'avenir (4-5 et 8) s'affirme un violent réquisitoire contre les injustices sociales qui attestent la corruption de Jérusalem.

Ses prédictions les plus célèbres annoncent la naissance du Messie à Bethléem (5,1-5) et l'afflux à Jérusalem des nations converties (4,1-5). Il est frappant de constater que, à la même époque, Isaïe multipliait les prophéties messianiques (7,14 ; 9, 1-6 ; 11,1-9 ; 32).

Nahum

Nahum apporte le réconfort dans la période sombre du milieu du VIIe siècle. Comme s'il avait reçu un nom prémonitoire – Nahum signifie «consolation» –, ce prophète rayonne d'espérance. Son livre s'ouvre par un psaume, et se poursuit par une vision frémissante de la chute de Ninive (612). Il prend place parmi les réussites littéraires de la Bible.

Habacuc

Habacuc prononce ses oracles au cours des deux décennies où Nabuchodonosor asservit progressivement la Palestine, entre 605 et la destruction de Jérusalem en 587. Israël ne peut alors que sembler rayé de la carte et balayé de l'histoire. C'est du fond de cet abîme que monte la réponse du prophète : «le juste vivra de la foi» (2,4), formule reprise plusieurs fois par le

Nouveau Testament (Romains 1,17 ; Galates 3,11 ; Hébreux 10,38) et particulièrement chère à Luther.

Sophonie

Sophonie prophétise au début du règne de Josias, vers 630, à Jérusalem. Quatre courtes sections constituent son Livre : l'annonce du redoutable « Jour du Seigneur » (1-2,3), qui a inspiré l'un des poèmes les plus célèbres de la catholicité latine (XIIIᵉ siècle), le *Dies iræ,* qui sera chanté au milieu de la messe des défunts jusqu'au second concile du Vatican, et si souvent mis en musique (Mozart, Verdi, Fauré) ; des oracles contre les païens (2,4-15), puis contre Jérusalem (3,1-8), avant des promesses de conversion (3,9-20) qui, par leur insistance sur la pauvreté du cœur, annoncent Jérémie tout proche.

Aggée

Aggée se propose de galvaniser les énergies, au lendemain du retour d'exil. Ses oracles prennent place entre août et décembre 520. Il encourage la reconstruction du Temple de Jérusalem et la reprise du culte ; il appelle à une rénovation spirituelle. Avec lui, nous nous trouvons aux origines de ce qu'on appellera le « judaïsme », la période qui s'écoule entre l'édification du second Temple et l'apparition du Christ.

Zacharie

Comme Isaïe, Zacharie n'est l'auteur que de la première partie (1-8) du recueil placé sous son nom. Ses oracles se situent en 520-518. Huit visions se succèdent, entrecoupées d'oracles, porteuses des mêmes espérances que celles de son contemporain Aggée : l'appel à un réveil religieux.

La seconde partie (9 à 14) a été rédigée entre 330 et 300, mais souvent par élaboration de documents plus anciens, dont certains peuvent remonter aux VIIᵉ-VIᵉ siècles. On parle donc d'un «second Zacharie». L'attente d'un Messie s'y fait plus insistante, mais les traits de ce personnage mystérieux sont déconcertants, disparates : roi et pauvre, berger idéal, victorieux et mis à mort «transpercé» (12,10), mais de cette mort doit jaillir une source de vie (13,1). Les évangélistes ont vu dans ces oracles apparemment inconciliables l'annonce de la personne du Christ, tout particulièrement dans sa Passion, où ils citent souvent Zacharie.

Malachie

Malachie est l'auteur du dernier recueil d'oracles de l'Ancien Testament. Son nom n'est pas un nom propre : il signifie le «messager». Son activité prophétique se situe entre 480 et 460 : le culte a été rétabli depuis longtemps dans le Temple reconstruit ; les souvenirs amers de l'Exil deviennent lointains.

Deux versets ont connu une fortune exceptionnelle : l'annonce d'un mystérieux messager (3,1), où le Christ a vu son propre précurseur, Jean-Baptiste (Matthieu 11,14) ; et celle d'un sacrifice pur, offert «en tous lieux» (1,11), où les chrétiens ont lu non seulement «le temps où les vrais adorateurs adoreront le Père en esprit et en vérité» (Jean 4,23), mais aussi le sacrifice eucharistique dans le monde entier.

Deux pseudépigraphes du IIe siècle

Le Livre de Baruch

Ce livre a été longtemps attribué au secrétaire de Jérémie, Baruch, qui l'aurait rédigé à Babylone pendant l'Exil. C'est une habitude de nombreux écrits juifs que de s'inventer un patronage illustre. Ils ont été appelés pour cette raison «pseudépigraphes». Cette attribution explique que le livre figure à la suite de Jérémie et des Lamentations dans la Bible grecque. Connu seulement dans son texte grec, il est naturellement absent de la Bible hébraïque.

En fait, il s'agit d'un ouvrage composite, dont la première section (1-3,8) semble de peu postérieure à la persécution exercée par le tyran Antiochus Épiphane (167-164). Lui fait suite une exhortation à rechercher la sagesse (3,9-4,4). Une troisième section (4,5-5,9) date vraisemblablement des années 130. La Lettre de Jérémie (6), un opuscule rattaché à Baruch par la Bible grecque et qui date, lui aussi, du IIᵉ siècle, a été séparée du recueil dans la Traduction œcuménique de la Bible, mais lui succède immédiatement.

La tradition chrétienne a vu dans un verset l'annonce du mystère de l'Incarnation de la Sagesse divine dans la personne de Jésus : «Après cela, la Sagesse a été vue sur la terre, et elle a vécu parmi les hommes» (3,38).

Le Livre de Daniel

Daniel combine de façon originale deux genres littéraires d'emploi fréquent à l'époque où il a été composé, le IIᵉ siècle : les récits didactiques, à des fins de réconfort, et les apocalypses. Les premiers, d'apparence historique (1-6 et 13-14), racontent les aventures d'un prophète (fictif), Daniel, et de ses compagnons en exil en Babylonie de 606 à 538 : les épreuves qu'ils traversent victorieusement sont proposées en modèle aux lecteurs. Parmi elles, se détachent le songe de la statue (2), l'épisode des trois jeunes gens dans la fournaise (3,1-23) et le célèbre festin de Balthazar avec la terrifiante inscription murale *Mane, Thecel, Phares*, interprétée par Daniel (5), et enfin Daniel dans la fosse aux lions (6).

La seconde partie, apocalyptique (7-12), est constituée de révélations bouleversantes, de visions déconcertantes, comme celles des quatre bêtes et du Fils d'homme (7) ou les soixante-dix semaines d'années (9). Ce genre des apocalypses, dont on trouve des esquisses chez Isaïe et Ézéchiel, connaîtra un rapide développement en Israël. Il colore certains passages des Évangiles (Matthieu 24 et 27,51-53 ; Marc 13,14-23 ; Luc

21,20-27), de saint Paul (2 Thessaloniciens 2), avant d'occuper tout un livre : l'Apocalypse de Jean, qui clôt le Nouveau Testament.

La Bible hébraïque ne donne de Daniel qu'un texte court. La Bible grecque l'a rangé parmi les prophètes et offre plusieurs ajouts, dont les plus connus sont le cantique des jeunes gens dans la fournaise (3,24-90) et l'histoire de la chaste Suzanne et des vieillards (13).

L'ouvrage a été rédigé – peut-être à partir de documents plus anciens – à l'époque de la persécution d'Antiochus Épiphane (167-164). La foi en la résurrection individuelle, avec le risque de l'enfer, y est formulée avec netteté (12,2-3). La vision glorieuse d'un Fils d'homme venant sur les nuées du ciel (7,13), revendiquée par Jésus pendant son procès, a été la cause immédiate de sa crucifixion (Matthieu 26,64).

Images des prophètes

Les vies des prophètes sont dans l'ensemble mal connues, pauvres en épisodes qui auraient pu frapper les esprits tout au long des siècles suivants. Leur présence dans la culture va donc se révéler en partie différente de celle des scènes du Pentateuque ou des Livres historiques. Leurs oracles sont pour la plupart peu représentables, mais il faut faire une exception pour certaines de leurs « visions », en particulier chez Ézéchiel et chez Daniel. Le Livre de Jonas offre un cas à part, puisqu'il s'agit d'une histoire.

Les prophètes ont donné lieu à d'amples ensembles où ils figurent en groupe : mosaïques des coupoles byzantines, porches et vitraux des églises gothiques, chaires sculptées en Italie. Souvent ils sont associés aux évangélistes et aux douze apôtres, qu'ils portent sur leurs épaules. À la fin du XIXᵉ siècle, un groupe de peintres qui voulaient annoncer une ère nouvelle dans leur art, prirent le nom de *nabis* (en hébreu, « prophètes »). Parmi eux figuraient Maurice Denis, Pierre Bonnard, Édouard Vuillard, Paul Sérusier.

Isaïe

Isaïe a été, jusqu'à une date récente, considéré comme l'unique auteur du livre placé sous son nom. Sa popularité tient à ses frappantes prophéties messianiques : « Voici que la Vierge va concevoir » (7,14, dans la Bible grecque), « Un enfant nous est né » (9,5) et « Un rameau sortira de la tige de Jessé et une fleur s'épanouira à son sommet » (11,1). Il a donc été associé aux nombreux arbres de Jessé qui illustrent la généalogie du Christ depuis Jessé, père de David, ainsi qu'à la Vierge Marie, sa mère. Il apparaît aussi comme l'annonciateur du Jugement dernier, à cause de ses ultimes oracles sur la vendange du monde (63-66).

Deux épisodes de sa vie ont été indéfiniment repris : sa vision de Dieu entre des séraphins qui lui purifient les lèvres avec un charbon ardent (6,1-7), ainsi représentée sur un vitrail de la Sainte-Chapelle à Paris. Et en second lieu, son martyre : d'après une tradition rabbinique tardive, rapportée par un apocryphe du Ier siècle, *L'Ascension d'Isaïe*, ses ennemis l'auraient retrouvé, alors qu'il se cachait dans le tronc d'un cèdre, à cause d'un pan de son manteau qui dépassait, et le roi Manassé l'aurait fait scier en deux.

Il est un verset d'Isaïe qui a connu une expansion déconcertante : parlant d'un désert maudit, le prophète écrit que « là aussi se tapira Lilith, pour y trouver le calme en compagnie des chats sauvages, des vipères et des vautours » (34,14). Considérée dans la tradition juive comme un démon femelle, Lilith a aussi été vue comme la première femme, créée avant Ève (Genèse 1,27). S'étant révoltée contre Dieu, elle a été remplacée par Ève et cherche désormais à nuire aux humains. Elle représente la femme fatale, celle qui entraîne dans un tourbillon de malheurs. Hugo voit en elle « La fille de Satan, la grande femme d'ombre» (*La Fin de Satan*, 1886). Un portrait éclatant de Lilith s'offre dans la pièce de Wedekind, *Lulu* (1901), adaptée au cinéma par Pabst (1928) et transformée en opéra par Alban Berg. Cette figure maléfique passe dans le roman de Nabokov, *Lolita* (1955).

Jérémie

Jérémie apparaît avant tout comme le juste persécuté, figure du Christ en sa Passion, ainsi que le montre un vitrail de King's College à Cambridge. La scène privilégiée le représente plongé par ses ennemis dans une citerne remplie de boue (38, 6). Il faut y ajouter un épisode d'origine légendaire : sa mort. Il aurait été lapidé par ses compatriotes, excédés de ce qu'ils appelaient son défaitisme (ce qu'illustre la porte de la Vierge dorée de la cathédrale d'Amiens).

Ézéchiel

Dans les représentations, Ézéchiel a pour attribut le char céleste, objet de sa première vision (1,1-28) : le défi lancé aux artistes par cette image aussi frappante qu'obscure explique son succès. À partir du Ve siècle, les énigmatiques quatre Vivants du chapitre 1 – à traits d'homme, de lion, de taureau et d'aigle – devinrent les attributs des quatre évangélistes. Trois autres visions sont également très connues : le prophète dévore un livre remis par Dieu (2,8-10), image de l'inspiration divine, d'où est restée l'expression «dévorer un livre» ; les ossements desséchés (37,1-11), où la tradition juive a lu la quasi-mort d'Israël pendant l'Exil et l'annonce de son retour à la vie (synagogue de Doura-Europos, IIIe siècle), tandis que les chrétiens l'ont interprétée comme la Résurrection universelle à l'issue du Jugement dernier (Signorelli, le Tintoret) ; enfin la porte close du sanctuaire, que personne sinon Dieu ne franchit (44,1-4), préfiguration de la naissance miraculeuse de Jésus, que Marie a mis au monde sans perdre sa virginité. Sa naissance est l'un des rares moments où le Christ a manifesté la gloire de son être, avec la marche sur les eaux et la Transfiguration, en attendant que, au lendemain de sa Résurrection, cette gloire devienne permanente.

Les douze petits prophètes

Les douze livres des petits prophètes sont souvent mis en rapport avec les douze apôtres. Joël est associé à l'effusion du Saint-Esprit lors de la Pentecôte (3,1-5), comme sur la coupole de la basilique Saint-Marc à Venise. Osée tient par la main la prostituée qu'il a épousée (1,2-3). Le pâtre Amos est représenté en berger, se nourrissant des fruits du sycomore (7,14). Abdias, identifié à celui qui avait sauvé de la mort cent prophètes persécutés par Jézabel (1 Rois 18,13), a pour attributs la cruche et le pain qu'il apportait aux fugitifs dans leur cachette.

Le Livre de Jonas, si différent des recueils d'oracles des autres prophètes, a connu une vogue prodigieuse. Aux yeux des juifs, l'engloutissement par la baleine symbolise le peuple d'Israël avalé par l'ogre assyrien, enfermé pendant la déportation et délivré par Dieu. Les chrétiens, s'inspirant des paroles de Jésus, y ont vu la Mise au tombeau et la Résurrection. Aussi n'est-on pas surpris de la forte présence de cette scène dans l'art des catacombes, où les chrétiens persécutés pouvaient se sentir, eux aussi, engloutis (IIe-IVe siècles). Ensuite apparaissent d'autres épisodes du récit, comme la prédication aux habitants de Ninive, ou le désespoir sous un arbre.

Les autres petits prophètes n'ont pas rencontré le même succès, sauf Zacharie, dont l'attribut est le chandelier à sept branches, décrit dans sa cinquième vision (4). Plusieurs de ses autres visions ont aussi inspiré les artistes : la pierre à sept yeux (3,9), le boisseau (5, 8) et les chars (6, 1-8).

Daniel

Comme le Livre de Jonas, Daniel a joui d'une exceptionnelle popularité, tant il sollicitait l'imagination. Quatre
ensembles se sont imposés : les épreuves des trois jeunes gens
dans la fournaise (3) et de Daniel dans la fosse aux lions (6) ;
les songes du colosse aux pieds d'argile (2) – l'expression est
restée –, de la pierre détachée de la montagne (2,31) et de
l'arbre à abattre (4,10) ; les visions d'apocalypse (7,1-28 et
8,1-27) ; enfin deux récits à la fortune inouïe : le festin de
Balthazar (5) et la chaste Suzanne (13).

Le bain de Suzanne, comme celui de Bethsabée, constituait
un motif plastique de premier ordre. Le conte s'ouvre sur
ce tableau : tandis que Suzanne, épouse du riche Joakim, se
baigne innocemment, deux vieillards lubriques se faufilent
dans son jardin. Ils lui font des avances, et comme elle se
défend, ils la menacent. Mais les cris de leur victime les
obligent à s'enfuir. Pour s'en venger, ils accusent Suzanne de
s'être livrée à l'amour avec un jeune homme sous un arbre
de ce jardin, adultère qui, selon la Loi, entraînait la mise à
mort. Le jeune Daniel, doutant de la déposition des deux bar-
bons, les interroge séparément : « Sous quel arbre les amants
étaient-ils couchés ? – Sous un lentisque », assure l'un. « Sous
une yeuse », atteste l'autre. Convaincus de faux témoignage,
les deux accusateurs meurent lapidés à la place de Suzanne.

Le cortège des peintres qui ont saisi la chance que leur
offrait la séduction de cette belle fille nue est interminable, de
la fin du Moyen Âge à nos jours, en passant par Véronèse, le
Tintoret, Bassano, Rubens, Van Dick, le Guerchin, Van Loo,
Chassériau, etc. Mais d'autres se sont intéressés au Jugement
de Daniel, comme Giorgione, ou à la Lapidation des vieillards.

Au-delà des images

Le prophétisme israélite, de par son éclat et sa durée, a servi de modèle pour définir un type de personnalité religieuse, autre que le sorcier ou le prêtre. Il atteste qu'une inspiration personnelle est la source vivante de la foi. Il présente trois caractéristiques : on ne devient prophète que par obéissance à une volonté transcendante ; il s'agit donc d'une vocation, d'un don exclusif qui n'est lié à aucune appartenance institutionnelle (contrairement au sacerdoce) ; le don prophétique engage irrésistiblement dans une aventure à l'issue imprévisible, et où le *je* devient *un autre* ; le message reçu s'adresse à la communauté.

Nous sommes en présence d'un surgissement exceptionnel, erratique, qui voue la plupart du temps à la solitude, voire à la persécution (Élie, Isaïe, Jérémie…), y compris de la part d'institutions religieuses qui sont parfois violemment mises en cause.

Jésus lui-même, Mahomet se sont situés comme des prophètes en s'inscrivant dans le sillage du prophétisme israélite. C'est à partir de ce centre que s'est construit le concept de « prophétisme », si important en science des religions. Ce concept a pu ensuite être appliqué à nombre d'autres figures du monde antique (Zarathoustra), du Moyen Âge (Joachim de Flore au XIIᵉ siècle), des Temps modernes (Thomas Müntzer, au début du XVIᵉ) ou de l'époque contemporaine (en Afrique, en Amérique latine…).

Il en a été de même avec un autre concept, devenu lui aussi fondamental, celui de messianisme. Ce dernier a été défini, entre les deux guerres mondiales, comme la croyance en la venue d'une personnalité miraculeuse qui fera disparaître le désordre établi et instaurera un ordre fait de justice et de bonheur. Mais cette définition tardive procède à l'évidence du puissant mouvement qui s'est développé en Israël avec l'attente d'un Messie. Le terme hébreu *mashiah* signifie l'«oint de Dieu, celui que Dieu a consacré»; sa traduction grecque est *christos*, d'où est venu Christ. Là aussi, les sciences humaines de la religion – ethnologie, anthropologie, sociologie, histoire – ont travaillé les yeux fixés sur le messianisme judéo-chrétien, d'autant plus que de nombreuses réapparitions de l'attente d'un Messie se sont manifestées dans les aires culturelles dominées par ces deux religions.

Chapitre V

Les Livres poétiques

Les quatre livres présentés ici sous ce titre, figurent tous dans les Écrits de la Bible hébraïque. La Bible grecque les a placés dans un ensemble «Livres poétiques et sapientiaux», à la réserve des Lamentations attribuées à Jérémie, qui ont été rattachées à ce prophète bien qu'elles ne soient pas de lui. Mais les Livres de sagesse présentent des caractéristiques qui interdisent de ranger parmi eux les Psaumes, les Lamentations, le Livre de Job et le Cantique des cantiques.

Les Psaumes

Le Livre des Psaumes, autrefois presque tous attribués au roi-musicien David (1010-972), est constitué de cent cinquante poèmes, qui ont joué et jouent toujours un rôle capital dans la prière de la Synagogue et dans celle des Églises chrétiennes. L'exégèse contemporaine a montré que leur composition, si elle a bien pour origine David, s'est en fait étendue du Xe au IVe siècle avant notre ère. Le titre hébraïque du recueil, *Tehillim*, signifie «louanges». La Bible grecque l'a désigné du nom de l'instrument à cordes qui accompagnait le chant, *psalterion*, d'où est issu Psautier.

Célébrations des moments marquants de l'histoire d'Israël, prophéties, prières dans l'épreuve, alternent avec l'imploration ou la louange de la Loi divine. Aussi a-t-on pu voir dans le

Psautier un résumé de l'Ancien Testament. Une foule de versets magnifiques a fait des Psaumes une introduction à la prière chrétienne. Toutefois la plupart des poèmes demeurent foncièrement juifs, et l'affinement de la conscience religieuse a rendu inassimilables bien des séquences : confiance présomptueuse dans sa propre sainteté, imprécations terribles contre les ennemis, haine des « méchants », attente d'une récompense terrestre pour bonne conduite, particularisme israélite. Les générations chrétiennes n'ont donc jamais pu s'approprier pleinement ces poèmes. Si l'ensemble du Psautier s'est néanmoins établi au cœur de la prière des moines, des religieux, des prêtres et de nombreux laïcs, sa récitation n'a pu être christianisée que moyennant diverses stratégies : installation dans la prière d'Israël avec conscience de ses archaïsmes, transformation des ennemis en adversaires spirituels (démons, passions…). Pendant des siècles, le goût des interprétations allégoriques a dissimulé la résistance de nombreux textes à la christianisation.

Les Lamentations

Les superbes élégies qui constituent les Lamentations ont vu le jour peu après la destruction de Jérusalem (587). Elles datent donc du temps du prophète Jérémie, à qui elles furent longtemps attribuées. Mais cette attribution n'est plus recevable aujourd'hui : certains passages ne correspondent pas à la pensée du prophète, et la forme savante de l'œuvre ne s'accorde pas à son style.

Quatre des cinq poèmes sont alphabétiques, c'est-à-dire que chacun des vingt-deux versets commence par l'une des vingt-deux lettres successives de l'alphabet hébraïque.

Les Lamentations ont probablement servi aux commémorations liturgiques qui se déroulaient sur les ruines du Temple, après 587 et à la suite de la prise de Jérusalem par Titus en 70.

Elles constituent l'un des sommets de la Semaine sainte dans la liturgie catholique, pour pleurer la mort du Christ, rejeté par une cité qui allait être à nouveau dévastée et par un peuple qui allait repartir en exil.

Le Livre de Job

Alternant vers et prose, le Livre de Job est constitué de cinq parties nettement distinctes :

– le prologue, en prose, présente Job, un homme juste et comblé par la vie, sur lequel se mettent à fondre malheur sur malheur. Ruiné, frappé par les deuils, atteint d'une maladie ulcéreuse, le malheureux râcle ses plaies, étendu sur des immondices (1,1-2,13) ;

– les dialogues en vers avec trois amis qui tentent de le consoler et proposent leurs hypothèses sur le sens de la souffrance (3,1-31,40) ;

– une série de discours en vers d'un quatrième ami, Elihou (32,1-37,24) ;

– un dialogue en vers entre Job et Dieu (38,1-42,6) ;

– un épilogue en prose, où le protagoniste retrouve santé, richesses, famille et renommée.

Peut-être une histoire de Job, personnage du Sud-Est de la mer Morte ou du Nord de l'Arabie, a-t-elle servi de matériau à l'élaboration. La composition se situe vers 450 avant Jésus-Christ. À cette époque, depuis les oracles éclatants d'Ézéchiel (18), la responsabilité morale est devenue individuelle : on a abandonné l'idée qu'une faute entraîne le châtiment des descendants. Alors comment expliquer le sort de Job, si un Dieu juste et bon gouverne l'univers ? L'idée d'une autre vie, dans la pleine présence divine, ne pointe qu'obscurément dans certains Psaumes et ne s'affirmera qu'au IIe siècle. Israël continue à se représenter la survie des morts comme une existence larvaire, sans joie, d'où Dieu est absent : les ombres végètent sous la terre dans la nuit du *schéol*. Le juif juste attend donc de Dieu un bonheur terrestre. Au scandale du mal, diverses réponses sont opposées, comme celle d'Elihou sur la valeur d'une mise à l'épreuve. Mais aucune ne parvient à résoudre le scandale. Le Livre de Job n'a cessé de fasciner comme une méditation sur l'obscurité partielle de la foi au Dieu personnel, sur ce qui demeure d'agnosticisme dans la foi nue. Il appelle aussi la révélation de ce que l'apôtre Jean appelle la «Vie éternelle», une confiance et une joie éprouvées dès cette vie et sur lesquelles la mort physique sera sans prise.

Le Cantique des cantiques

Le Cantique des cantiques – le Chant par excellence (selon une tournure hébraïque) – apparaît comme le plus beau des poèmes d'amour de la littérature universelle, plus éclatant encore que la *Govinda Gîta*, l'admirable pastorale érotique de l'Inde (XIIᵉ siècle). Cet érotisme flamboyant, s'il a conquis les mystiques aussi bien que certains poètes surréalistes, a souvent embarrassé les commentateurs et les traducteurs : l'austère Rancé, le réformateur de la Trappe au XVIIᵉ siècle, arrachait le poème des mains des religieuses.

Pourtant, il est clair qu'en faisant entrer ce chant de noces dans la Bible, la communauté juive, puis l'Église l'élevaient aussitôt au rang de parabole : le bonheur des amours humaines les plus intenses devenait l'ample image de l'amour entre l'âme et son Dieu, ou entre la communauté croyante et Celui qu'elle recherche avec angoisse et bonheur. Dans le Cantique se tressent les fils d'or qui, courant à travers toute la Bible, célèbrent la joie de la rencontre avec le Dieu personnel en recourant à l'image des fiançailles : Jérémie 2 ; Ézéchiel 16 ; Psaume 44 ; Jean 3,29 ; Apocalypse 21,9. Le Christ lui-même se présente comme l'Époux du Cantique (Matthieu 25...).

Ces poèmes, où le nom de Dieu n'est jamais prononcé, ne parlaient dès lors plus que de Lui.

On a longtemps attribué le Cantique au roi Salomon, mais l'exégèse contemporaine date l'œuvre des années 380-350 avant notre ère. L'élégance du style suggère un auteur unique, qui s'est peut-être inspiré de chants nuptiaux plus anciens. Après un court prologue, cinq poèmes brodent d'éblouissantes variations sur le désir et l'attente amoureuse, le jeu de cache-cache et la folle joie des retrouvailles.

Le Cantique des cantiques a été l'un des livres bibliques les plus souvent et les plus ardemment commentés dans l'histoire de l'Église, d'Origène à saint Bernard ou à saint Jean de la Croix. Il a été ressenti comme le soleil de l'expérience chrétienne.

La gloire des Psaumes

Quel recueil de poèmes a connu un retentissement et une diffusion comparables à ceux des Psaumes ? Prières de la foi juive et des communautés chrétiennes, ils ont été inlassablement récités de par le monde. Très tôt, les moines chrétiens, puis les prêtres ont pris l'habitude de les psalmodier intégralement chaque semaine. Nombre de versets isolés, comme des pierres précieuses, rehaussent les célébrations liturgiques. Lors des grandes fêtes juives – la Pâque, la Pentecôte et la fête des Tentes – est récité le *Petit Hallel* (Psaumes 113-118), dont le Christ et ses disciples ont clôturé leur repas pascal, avant la Passion (Matthieu 26,30). *Hallel* signifie « louange », et l'acclamation liturgique *Alleluia !* « Louange à Dieu ! » est passée dans les liturgies chrétiennes. Haendel l'a somptueusement orchestrée dans *Le Messie* (1742) et King Vidor l'a choisie pour titre d'un film célèbre par une liturgie effervescente chez les Noirs américains, *Halleluyah* (1929). Le *Grand Hallel* est constitué du Psaume 136. La prière hebdomadaire du Sabbat est nourrie de nombreux Psaumes.

Trois ensembles de poèmes ont connu une vogue exceptionnelle : les Psaumes dits des montées ou du pèlerinage (120-134), sans doute parce qu'ils étaient chantés lors de la montée à Jérusalem pour les fêtes ; sept Psaumes de la pénitence (6, 32, 38, 51, 102, 130, 143) ; enfin les Psaumes messianiques, dont le nombre a varié selon les interprètes (2, 22, 31, 45, 72, 110). Le Christ a revendiqué l'interprétation messianique du Psaume 110 (Matthieu 22, 41-46) et il a prononcé sur la Croix le premier verset du psaume 22 : « Mon Dieu, mon Dieu, pourquoi m'as-tu abandonné ? » (Matthieu 27, 46), cri qui a suscité la méditation des chrétiens, qu'il s'agisse de saint Jean de la Croix ou de Péguy, et pris place dans les œuvres musicales consacrées aux *Sept Paroles du Christ en croix* : Heinrich Schütz, Jean-Sébastien Bach, Haydn… jusqu'aux *Sept Chorals-Poèmes pour les Sept Paroles du Christ* de Tournemire (1937). La dernière de ces sept paroles « Entre tes mains je remets mon esprit », prononcée au moment où Jésus expire (Luc 23,44), reprend le verset 6 du Psaume 31, en le faisant précéder de l'invocation « Père ». Ceux qui récitent la prière du soir de complies (une fois leur journée « accomplie ») reprennent ce verset avant de s'endormir, au seuil de chaque nuit.

Le Psautier est, de loin, le livre de l'Ancien Testament le plus cité dans le Nouveau : 116 fois sur 286 citations de la Bible juive. Il a été le premier Livre biblique traduit en français (vers 1100). Traduit deux fois par Port-Royal (en 1665), il est passé, au XVIIIᵉ siècle, dans l'ouvrage intitulé *Manuel du chrétien*, base de la vie des laïcs catholiques jusqu'à son remplacement par les modernes *Missels*, où figurent toujours de nombreux Psaumes.

Une telle omniprésence explique que les versets du recueil aient peuplé les littératures d'Occident. Chez Pascal, les

Psaumes sont le livre le plus cité, à égalité avec Isaïe (chacun 73 fois), avant l'Évangile de Jean, il est vrai bien plus court (64 fois). Les tragédies religieuses de Racine, *Esther* et *Athalie*, convoquent les Psaumes autant que tout le reste de l'Écriture. Plus près de nous, un Henry James intitule l'un de ses chefs-d'œuvre *Les Ailes de la colombe* (1902), en référence à la situation du Psaume 55, dont le verset 7 pose la question suivante : «Qui me donnera les ailes de la colombe… ?» Le roman reprend aussi les Psaumes 68 (verset 14) et 91.

Lorsque le philosophe Kant écrit dans sa *Critique de la raison pratique* (1788) la phrase fameuse : «Deux choses remplissent le cœur d'une admiration et d'une vénération toujours nouvelles et toujours croissantes, à mesure que la réflexion s'y attache et s'y applique : *le ciel étoilé au-dessus de moi et la loi morale en moi*», il résume le Psaume 19, tout entier construit sur ces deux émerveillements : «Les cieux racontent la gloire de Dieu» et «La Loi du Seigneur est parfaite».

Parmi les poèmes les plus célèbres figurent le Psaume 22, lu par les chrétiens comme une annonce de la Passion ; le Psaume 23, «Le Seigneur est mon berger» ; le Psaume 43, «Comme le cerf soupire après les eaux». Le Psaume 45 a été interprété comme un épithalame pour le Christ et l'Église, et comme une célébration de la Vierge Marie : «Écoute, ma fille, regarde et tends l'oreille. Oublie ton peuple et la maison de ton père. Voici que le roi s'est épris de ta beauté.»

Le Psaume 90, accordé à la tonalité de l'Ecclésiaste, déplore la fugacité de la vie, face à l'éternité divine : «À tes yeux, mille ans sont comme le jour d'hier, qui est passé, comme une veille de la nuit. Tu dissipes les hommes comme un songe : ils sont là le matin, comme l'herbe qui pousse ; au matin, elle fleurit et pousse, le soir, elle se flétrit et sèche.» Ces images fameuses, qui se retrouvent dans le Livre de Job et dans la poésie païenne antique, ont été serties par Bossuet dans son *Oraison funèbre d'Henriette d'Angleterre* (1670) : cette jeune princesse,

« Madame », belle-sœur très aimée et estimée de Louis XIV, venait de mourir en pleine jeunesse et en pleine gloire :

> Madame cependant a passé du matin au soir, ainsi que l'herbe des champs. Le matin, elle fleurissait ; avec quelles grâces, vous le savez. Le soir, nous la vîmes séchée ; et ces fortes expressions, par lesquelles l'Écriture sainte exagère l'inconstance des choses humaines, devaient être pour cette princesse si précises et si littérales.

Le Psaume 119, immense poème alphabétique, célèbre la Loi divine avec une infinité de variations jubilantes : il a été appliqué par les chrétiens à la Loi d'amour de l'Évangile. Comme l'écrivait en 1910 Maurice Barrès : « Ce ne sont que reprises, métaphores orientales : une exubérante profession de foi, un perpétuel jaillissement. » Dans sa *Vie de M. Pascal*, sa sœur Gilberte dit que, « quand il s'entretenait avec ses amis de la beauté de ce Psaume, il se transportait en sorte qu'il paraissait hors de lui-même ».

Les fleuves du Psaume 137, « Au bord des fleuves de Babylone, nous pleurions en nous souvenant de Sion », n'ont cessé de couler dans l'imagination de l'Occident. Ils ont inspiré à saint Augustin l'un de ses plus fascinants poèmes en prose (dans ses *Enarrationes*) : les fleuves maléfiques de la Cité maudite symbolisent l'écoulement terrifiant du temps, leur bouillonnement incandescent représente l'ardeur infernale des passions humaines, ils manifestent que tout passe, tout glisse, tout fuit. Où trouver dans nos vies un point fixe parmi ces flux vertigineux ? Cette angoisse devant l'universelle fluidité a été sans cesse orchestrée pendant l'âge du baroque européen (XVIe-XVIIe siècles surtout). Au XXe siècle encore, un Mauriac a intitulé l'un de ses romans *Le Fleuve de feu*.

Le Psaume 139, peut-être le plus beau du Psautier, met l'homme en présence du Dieu auquel rien n'est caché. Son verset 16 a donné naissance à un véritable mythe littéraire :

«Même lorsque je n'étais qu'un embryon informe, tes yeux me voyaient.» «Embryon informe» traduit le mot hébreu *golem*. La pensée juive a appliqué ce terme à Adam, pétri dans l'argile, avant d'être vivifié par le souffle divin. À la fin du XVIIᵉ siècle apparaît la légende selon laquelle des juifs de Pologne réussissent, en invoquant le nom de Dieu, à animer la statue en argile d'un homme, qu'ils utilisent ensuite comme serviteur. Au début du XIXᵉ siècle, à Prague, la fable s'enrichit d'un développement terrifiant : le golem, une fois vivifié, peut devenir gigantesque, échapper à son créateur et tout dévaster autour de lui. Certains des romantiques allemands, comme Achim von Arnim, en 1812, et Hoffmann dans deux de ses *Contes* (1820-1822), orchestrent ce scénario, qui se renouvelle tout au long du XIXᵉ siècle. L'œuvre qui a connu le plus durable retentissement est *Le Golem* (1915) de Gustav Meyrink, dont l'influence est sensible jusque dans le film du même nom de Julien Duvivier (1936).

L'exceptionnelle diffusion du Psautier, son rôle dans la prière, n'ont suscité qu'un nombre limité de motifs plastiques. Le phénomène se comprend aisément du fait de l'absence d'éléments narratifs qui caractérise souvent la poésie. Toutefois, le rôle de David explique l'abondance des représentations du roi-musicien. Ainsi dans ces scènes où on le voit en train de jouer de la harpe ou du psaltérion, souvent entouré de quatre maîtres de chœur : Asaph, Eman, Etan et Iditun, qui l'accompagnent sur divers instruments. Le groupe préfigure le Christ entouré des quatre évangélistes. Il faut faire une exception pour le Psaume 50, très connu par son incipit dans la traduction de la Vulgate, *Miserere* : «Prends pitié de moi, mon Dieu, selon ta grande miséricorde.» Ce psaume de pénitence – médité par Savonarole dans sa prison avant son supplice – a inspiré au peintre Georges Rouault un ensemble de cinquante-huit eaux-fortes commencé au début de la Première Guerre mondiale et achevé en 1958 : elles oscillent entre une détresse funèbre et la foi dans le Christ crucifié. Une route nocturne bordée de chaque côté d'une accumulation de crânes conduit à une croix noire qui émet une discrète lumière (gravure 58).

Comme les Psaumes s'accompagnaient d'instruments et que les liturgies recourent fréquemment au chant, la mise en musique a été toute naturelle. Après l'âge du grégorien, le grand initiateur fut Josquin des Prés (vers 1440-1524), auteur de superbes motets sur les Psaumes, en particulier *Cantate Domino canticum novum* (Psaume 96), *De profundis* (Psaume 130) et surtout un magnifique *Miserere* à cinq voix (Psaume 51). Ces deux derniers poèmes aisément assimilables pour les chrétiens, ont été indéfiniment retravaillés par les musiciens (Allegri, Scarlatti...). Le *De profundis* est devenu le psaume des funérailles ou des situations de détresse, le *Miserere* le chant du repentir après une faute, ou de l'appel à l'aide divine pour un être qui se sait faillible.

Le XVIe siècle a vu l'élaboration du Psautier huguenot : paraphrases de Clément Marot, puis de Théodore de Bèze (1539-1562), mises en musique par Goudimel, Janequin et de nombreux autres artistes. Le trésor ainsi constitué s'est maintenu jusqu'à nos jours. Du côté catholique se multiplièrent les paraphrases de psaumes (Bertaut, Desportes, Chassignet, Malherbe, etc.). En 1648 parut celle de Godeau ; mise en musique, elle connut un vif succès. Le psaume musical s'épanouit avec Monteverdi, Jean-Sébastien Bach et Vivaldi, parmi beaucoup d'autres. Au XXe siècle, Stravinski a composé une œuvre symphonique avec chœurs, la *Symphonie des Psaumes* (1930), Darius Milhaud une *Cantate des Psaumes* (1967) et *Trois Psaumes de David*, où s'exprime sa foi de croyant israélite.

L'écho des Lamentations

Les Lamentations offrent l'un des plus poignants poèmes lyriques de l'Ancien Testament. Un grand poète comme Racine, ne s'y est pas trompé. Aussi a-t-il nourri les chœurs d'*Esther* et d'*Athalie* à la fois des Psaumes et de ces déplorations :

> Déplorable Sion, qu'as-tu fait de ta gloire ?
>   Tout l'univers admirait ta splendeur :
> Tu n'es plus que poussière ; et de cette grandeur
> Il ne nous reste plus que la triste mémoire.
> Sion, jusques au Ciel élevée autrefois,
>   Jusqu'aux enfers maintenant abaissée,
>   Puissé-je demeurer sans voix,
>   Si dans mes chants ta douleur retracée
> Jusqu'au dernier soupir n'occupe ma pensée !

Comme l'*Énéide* de Virgile ou d'autres textes célèbres, l'ouvrage attribué à Jérémie a donné lieu aux jeux du burlesque, pendant les années où a sévi la mode de ces transpositions d'œuvres nobles en style bas (autour de 1650) : c'est à ce moment-là qu'apparaît en français le terme péjoratif de « jérémiades » pour désigner les longues complaintes.

Les Lamentations furent traduites au XVIIIᵉ siècle par Lefranc de Pompignan, travail qui lui valut une épigramme mordante de Voltaire :

> Savez-vous pourquoi Jérémie
> A tant pleuré pendant sa vie ?
> C'est qu'en prophète il prévoyait
> Qu'un jour Lefranc le traduirait.

Parmi les peintres, après Rubens, Rembrandt a consacré l'un de ses tableaux bibliques à Jérémie : *Jérémie se lamente sur la ruine de Jérusalem* (1630, Amsterdam) ; le visage du prophète, accoudé d'accablement, est aussi lumineux que celui de l'*Ermite lisant* peint la même année et actuellement au Louvre.

La musique a souvent servi les poèmes des Lamentations. Roland de Lassus, l'Orphée belge, a composé des *Lamentationes Jeremiæ prophetæ* (fin du XVIᵉ siècle). Comme, au matin des trois jours qui précèdent le dimanche de Pâques, les lectures ou «leçons» de l'office liturgique catholique proviennent des Lamentations, on ne compte plus les mises en musique des *Leçons de Ténèbres*: ainsi, au tournant du XVIIᵉ et du XVIIIᵉ siècle, avec Charpentier, Delalande ou Couperin. Plus près de nous, les *Threni, id est lamentationes Jeremiæ prophetæ* ont été, en 1958, la première œuvre totalement sérielle de Stravinski et l'un des sommets de sa production religieuse. À la fois hiératiques et tragiques, ils témoignent de la foi profonde du grand compositeur.

«Pauvre comme Job»

La figure de Job a connu un immense succès. Les chrétiens l'ont considéré comme une image du Christ et un modèle de patience dans les épreuves. La fin du chapitre 19 (23-26) a été interprétée comme un éclair de foi dans l'intervention d'un mystérieux Médiateur et la résurrection de la chair, au sein d'un poème où le juste demeure néanmoins dans la perspective d'un quasi-anéantissement parmi les ombres du *schéol*. Au XVIIᵉ siècle, Pascal voit dans le Livre de Job et dans l'Ecclésiaste les peintures les plus saisissantes de la misère humaine:

> Salomon et Job ont le mieux connu et le mieux parlé de la misère de l'homme, l'un le plus heureux et l'autre le plus malheureux, l'un connaissant la vanité des plaisirs par expérience, l'autre la réalité des maux.

Le romantisme n'a cessé d'illustrer cette Pensée (fr. 22) : il est obsédé par les plaintes et les interrogations de Job. L'entreprise monumentale de Chateaubriand, les *Mémoires d'outre-tombe* (1848), se place tout entière dans son sillage, avec l'épigraphe : «*Sicut nubes* […] *quasi naves* […] *velut umbra*», l'existence humaine se dissipe «comme les nuages […] glisse aussi vite qu'un navire […] s'enfuit comme une ombre» (30,15 ; 9,2 et 14,2). Victor Hugo, terrassé par la mort de sa fille Léopoldine, s'identifie au quasi-désespéré biblique, dans *Les Contemplations* (« *Veni, vidi, vixi*») :

> Dans ce bagne terrestre où ne s'ouvre aucune aile,
> Sans me plaindre, saignant, et tombant sur les mains,
> Morne, épuisé, raillé par les forçats humains,
> J'ai porté mon chaînon de la chaîne éternelle.
>
> Maintenant, mon regard ne s'ouvre qu'à demi ;
> Je ne me tourne plus même quand on me nomme ;
> Je suis plein de stupeur et d'ennui, comme un homme
> Qui se lève avant l'aube et qui n'a pas dormi.
>
> Je ne daigne plus même, en ma sombre paresse,
> Répondre à l'envieux dont la bouche me nuit.
> Ô Seigneur ! ouvrez-moi les portes de la nuit,
> Afin que je m'en aille et que je disparaisse.

Lautréamont, dans *Les Chants de Maldoror* (IV, 4), évoque Job : «Je suis sale. Les poux me rongent […]. Les croûtes et les escarres ont écaillé ma peau.» Mais la puissance revendicatrice du modèle, comme l'a vu Maurice Blanchot, fait place à un vœu silencieux d'inertie et de mort.

Les horreurs du XXe siècle ont rendu le personnage encore plus présent dans la culture, qu'il s'agisse de Kafka ou de Beckett. Au lendemain de la Seconde Guerre mondiale, Élie Wiesel découvrait Job «sur tous les chemins de l'Europe» (*Célébration hassidique*, 1975), et ses terribles épreuves consonent à la Shoah. Un moraliste désespéré comme Cioran lui emprunte, en 1973, l'un de ses titres : *De l'inconvénient d'être né* (3,3).

Tout récemment, en 2003, un roman puissant de Richard Millet, au titre éloquent, *Ma vie parmi les ombres*, choisit pour épigraphe trois versets de Job, dans la fluide traduction de la Bible de Port-Royal (8,8-10) :

> Interrogez les races passées ; consultez avec soin les histoires de nos pères.
> (Car nous ne sommes que d'hier au monde, et nous ignorons que nos jours s'écoulent comme l'ombre.)
> Et nos ancêtres vous enseigneront ce que je vous dis ; ils vous parleront, et vous découvriront les sentiments de leur cœur.

Précisément, l'écrivain est convaincu que nous errons à l'intérieur d'une mémoire qui nous dépasse, comme si les morts continuaient de rêver en nous.

La langue a conservé l'expression «pauvre commme Job», ainsi que l'image du léviathan, monstre mythique hostile à Dieu, qui ressemble à un crocodile (40,25-32). Un léviathan est en français un être énorme, d'apparence monstrueuse. Le philosophe anglais Thomas Hobbes a intitulé *Léviathan* (1651) un traité strictement matérialiste où la force crée le droit, et où la guerre de tous contre tous ne peut être jugulée que par la toute-puissance de l'État, monstre froid. Le frontispice de l'ouvrage représente un géant qui tient d'une main une épée et de l'autre une crosse, symboles de tous les pouvoirs.

En musique, Roland de Lassus est l'auteur de *Sacræ lectiones ex propheta Job* (entre 1575 et 1585). Le Russe Nicolas Nabokov écrit en 1932 un oratorio, *Job*. Les arts plastiques ont abondamment représenté les souffrances du malheureux : enluminures, vitraux, chapiteaux, stalles, tympans, fresques. De grands peintres lui ont consacré des toiles : Rubens, La Tour, Ribera, Blake, Kokoschka (*Hiob*, 1917). Souvent, le héros est assis sur son « fumier » (traduction que la Bible grecque a donnée de la « cendre » du texte hébreu), et râcle ses plaies avec un tesson de bouteille, comme sur le tympan nord de la cathédrale de Chartres. L'incompréhension des trois amis ou de l'épouse a inspiré aussi bien des œuvres (Dürer, Bosch).

La guirlande du Cantique des cantiques

Le dialogue amoureux de la Sulamite – c'est le nom donné à la jeune fille (7,1), construit sur une racine hébraïque qui parle de paix – et de son bien-aimé a été inlassablement repris par les mystiques, de Grégoire de Nysse à Thérèse d'Avila et à saint François de Sales (*Traité de l'amour de Dieu*, 1616). La guirlande d'images poétiques dont le Cantique enveloppe la fiancée est venue entourer la Vierge Marie : « lys des vallées parmi les ronces » (2,1), « tour de David » (4,4), « jardin bien clos » et « fontaine scellée » (4,12), « bassin d'eaux vives » (4,15). La recherche inquiète du Bien-Aimé a été appliquée à Marie-Madeleine cherchant Jésus disparu, au matin de la Résurrection, comme dans l'admirable *Élévation vers sainte Madeleine* (1627), de Pierre de Bérulle.

Les poètes de l'époque de Louis XIII ont multiplié les sonnets sur le verset « Je suis noire, mais belle » (1,5). En un temps où le modèle de la beauté féminine est la blonde aux yeux bleus, on s'émerveille de la « splendeur noire » de « La belle Égyptienne » (Georges de Scudéry) ou sur l'« ébène poli » de « La belle esclave maure » (Tristan L'Hermite), plaisir baroque du paradoxe, de la coïncidence des contraires :

La belle Égyptienne

Sombre divinité, de qui la splendeur noire
Brille de feux obscurs, qui peuvent tout brûler ;
La neige n'a plus rien qui te puisse égaler,
Et l'ébène aujourd'hui l'emporte sur l'ivoire.

De ton obscurité vient l'éclat de ta gloire ;
Et je vois dans tes yeux, dont je n'ose parler,
Un Amour africain, qui s'apprête à voler,
Et qui d'un arc d'ébène, aspire à la victoire.

Sorcière sans démons, qui prédis l'avenir ;
Qui regardant la main, nous viens entretenir ;
Et qui charmes nos sens d'une aimable imposture ;

Tu parais peu savante en l'art de deviner ;
Mais sans t'amuser plus à la bonne aventure,
Sombre divinité, tu nous la peux donner.

Au cours de la seconde moitié du XVIIe siècle, certaines tendances de la mystique deviennent suspectes, et commence pour le Cantique un repli de plus de deux siècles, avant le renouveau des années 1920. Cela n'a pas empêché nombre d'écrivains, même agnostiques ou athées, de paraphraser dans leurs œuvres ces chants d'amour. Tel est le cas de Zola dans *La Faute de l'abbé Mouret* (1875), inspirée aussi du récit de l'Éden dans la Genèse. Louis Aragon compose un poème intitulé « Cantique des cantiques ». Claudel se souvient de la Sulamite dans sa pièce *Le Père humilié* (1916), et le romancier Richard Millet entrelace les déclarations d'amour de l'un de ses personnages avec les versets bibliques (*Le Renard dans le nom*, 2001).

Assignant à l'art la mission de susciter « toutes les aspirations de rêve, de tendresse, d'amour, d'enthousiasme et d'élévation religieuse vers les sphères supérieures », Gustave Moreau a peint un *Cantique des cantiques* (1853). Célébrant un monde aérien, dansant, Marc Chagall a consacré aux poèmes hébreux cinq toiles de son *Message biblique* (offert à la ville de Nice en 1973).

Les musiciens ont évidemment succombé aux charmes de la Sulamite, de Palestrina ou Monteverdi à Honegger. En 1937, Darius Milhaud compose une *Cantate nuptiale*. De son côté, en 1953, Daniel Lesur, dans son *Cantique des cantiques*, se refuse judicieusement à séparer poème charnel et portée symbolique, «l'union amoureuse du couple formé par l'homme et la femme servant d'image sensible à l'union de Dieu et de son peuple, puis du Christ et de son Église».

CHAPITRE VI

Les Livres de sagesse

La Bible hébraïque compte parmi les Écrits le Livre des Proverbes et L'Ecclésiaste (en hébreu *Qohéleth*), deux méditations sur la sagesse comme art de vivre. Dans le même genre littéraire, la Bible grecque leur a adjoint La Sagesse du fils de Sirach (ou L'Ecclésiastique) et Le Livre de la Sagesse. Tous relèvent d'un type de littérature répandu dans l'Orient antique, où l'on s'interroge sur le sens de la destinée personnelle, sans situer celle-ci au sein de l'histoire collective. Cette caractéristique explique que les hauts faits d'Israël, l'Alliance et le culte soient absents des deux premiers livres retenus par la Bible, et assez partiellement pris en considération dans les deux derniers.

Comme la Sagesse divine, personnifiée, s'y trouve souvent célébrée, les chrétiens ont vu dans cette personnification l'annonce du Christ lui-même, Sagesse éternelle.

Le Livre des Proverbes

Le Livre des Proverbes est le plus typique des écrits de sagesse d'Israël. Il consiste en une collection de recueils, encadrés entre un prologue – où la Sagesse personnifiée prend la parole dans un poème magnifique (8-9) – et un épilogue (31). Les deux plus anciens sont présentés comme des «proverbes de Salomon»: l'un de 376 sentences (10-22,16), l'autre de

127 (25-29). Ce dernier a été transcrit vers 700 par des scribes du roi Ézéchias. Mais rien n'interdit de penser que ces recueils remontent à Salomon, le sage par excellence, auteur de trois mille sentences selon le Premier Livre des Rois (5,12).

Sur cette partie ancienne se sont greffées plusieurs collections d'écrits de sages. L'ensemble a trouvé sa forme définitive au Ve siècle. L'ouvrage offre ainsi une méditation multi-séculaire, qui frappe par son ouverture aux sagesses d'Égypte, d'Arabie et de Mésopotamie. Les maximes se trouvent assumées à l'intérieur de la foi d'Israël sans perdre leur consistance propre. De là un climat de sagesse humaine, d'art de vivre, caractéristique d'un Livre où seul un proverbe sur sept a une portée directement religieuse.

Loin de mépriser ces sentences, le Nouveau Testament contient une cinquantaine de citations ou d'allusions qui y renvoient.

L'Ecclésiaste

L'Ecclésiaste a été l'un des livres qui a le plus vivement frappé l'Occident. Son refrain lancinant : « Vanité des vanités, tout n'est que vanité » et « Il n'y a rien de nouveau sous le soleil » a suscité un véritable genre pictural, dont l'âge d'or a été le XVIIe siècle : les Vanités. Déjà, un géant de la littérature comme Montaigne avait inscrit quatorze sentences de ce Livre sur les poutres de sa bibliothèque (sur cinquante-sept en tout).

Comme on ne prête qu'aux riches, l'ouvrage a été très longtemps attribué à Salomon, sur la foi de son premier verset qui l'attribue au roi fils de David. C'est là, comme nous l'avons vu, une habitude de nombreux écrits juifs qui s'inventent un patronage illustre – d'où leur nom de « pseudépi-graphes ». En fait l'état de la langue et la contestation de la croyance traditionnelle en une récompense terrestre des justes conduisent à considérer que la date de la rédaction fut bien postérieure au retour d'Exil, sans doute vers le milieu du IIIe siècle avant notre ère, en Palestine.

Le titre hébraïque «Propos de Qohéleth» a été rendu par «L'Ecclésiaste», qui signifie l'«homme qui s'adresse à l'assemblée» (en grec *Ecclesia*, mot d'où est venu «Église») et – comme l'ont écrit de nombreux commentateurs – le «Prédicateur du genre humain».

L'Ecclésiaste efface l'histoire (y compris celle d'Israël), la géographie, la théologie, pour s'installer au cœur de l'expérience humaine en ce qu'elle a d'universel. Il considère l'ombre portée par la mort sur toute vie. Il condamne ce qu'un moraliste contemporain, Georges Roditi, dans *L'Esprit de perfection* (1984), a nommé l'«homme de buts» : l'effort, l'agitation sont vains. La sagesse consiste dans le divertissement (5,19), dans le plaisir pris aux modestes joies de l'existence (2,24 ; 3,12 ; 5,17 ; 8,15 ; 9,7-10). Il n'y aura pas de lendemains qui chantent, même pour nos descendants.

Il serait pourtant inexact de réduire certains versets à l'épicurisme courant. Car l'appel à effleurer les plaisirs simples de ce monde se situe dans une pâle lumière divine. Fuyant aussi bien tout ascétisme que les fièvres passionnelles, la sagesse consiste dans un goût léger pour des plaisirs calmes, qui sont un don de Dieu, même s'ils sont évanescents.

Sur ce Dieu incompréhensible (12-13), aucune réflexion théologique. Il est simplement Créateur, auteur d'une loi morale et Juge (3,17 ; 11,9 ; 12,14). Mais sur quelles valeurs jugera-t-il, et quand ? L'Écclésiaste hésite entre le rappel traditionnel d'une rétribution sur cette terre, fugacement évoquée (8,12-13), et le constat courageux, corrosif, que cette vieille théorie d'une longue et heureuse vie terrestre pour les justes ne correspond pas à l'expérience. C'est surtout ce constat qui revient comme une hantise, constituant l'un des bonds en avant de la méditation. Dès lors le sage israélite s'attriste – avant Beckett – de la condamnation à vivre, ou à survivre, sans autre horizon que la nuit des larves du *schéol*. L'étonnant, et la contradiction la plus émouvante du *lamento*, c'est que l'appel à suivre malgré tout la loi morale (12, 13) esquisse une sorte de postulat de la raison pratique : il y aura un Jugement. Mais, contrairement à Kant, Qohéleth n'ira pas jusqu'à postuler clairement l'immortalité de l'âme, inconnue en Israël avant le IIe siècle.

Le message rémanent de L'Écclésiaste consiste dans un éloge résigné du paisible au sein de l'éphémère. Il offre l'exemple non pas de l'incroyance, mais de ce que l'on peut appeler un régime de foi faible, assez caractéristique des Livres de sagesse de l'Ancien Testament. De là les soupçons sur l'orthodoxie religieuse de l'un de leurs héritiers, Pierre Charron, auteur d'un traité *De la sagesse* (1603). Régime de foi faible dans un texte muet sur l'Alliance divine avec Israël, dépourvu de tout lyrisme sur la Torah, sans la moindre allusion à la joie dans la prière. Totalement dépourvu du feu des prophètes, il ne pleure pas sur les infidélités d'Israël, mais sur la condamnation à vivre. La révolte de Job, son énergie, le procès qu'il intente à Dieu, tout cela lui est étranger. Mélancolique, l'Ecclésiaste ne cesse de broder – comme La Rochefoucauld – toutes sortes de variations sur un thème unique : pour lui, « tout n'est que vanité, et poursuite de vent ».

La sagesse du Siracide

Le Siracide, ou fils de Sirach, est un scribe de Jérusalem, qui a écrit en hébreu vers 180 avant notre ère. Peu après 132, son petit-fils, en Égypte, traduisit le livre. Est-ce parce que les manuscrits en hébreu apparaissaient comme peu sûrs, ou à cause de sa date tardive ? toujours est-il que l'ouvrage n'a pas été retenu dans le canon de la Bible hébraïque. C'est la traduction grecque qui a pris place dans la Bible catholique.

Le titre longtemps répandu L'Ecclésiastique, c'est-à-dire le

« Livre ecclésial », date du début du IIIᵉ siècle. Il s'explique par son utilisation liturgique dans la préparation des convertis au baptême.

Le Siracide n'obéit à aucune organisation systématique. On peut toutefois discerner deux ensembles : tout d'abord un éloge insistant de la sagesse, autour duquel gravitent des sentences variées, avec diverses digressions (1-42,14). Puis une sorte d'histoire sainte, qui fait défiler les plus hautes figures de l'Ancien Testament jusqu'à Néhémie (44-50). L'ouvrage célèbre la gloire de Dieu dans l'univers (42-43) et s'achève avec un poème sur la sagesse (51).

Il est frappant de constater qu'en 180 demeure vivante – malgré l'Ecclésiaste – la conviction d'une récompense terrestre des justes. C'est la persécution du tyran Antiochus Épiphane qui, un quart de siècle plus tard, permettra à la pensée israélite de s'élever à l'affirmation de l'immortalité, bien après Platon. L'auteur connaît la tripartition du canon de la Bible hébraïque : la Loi, les Prophètes, les autres Écrits (prologue et 39,1). Le livre atteste une volonté de bilan et de défense de la foi d'Israël, menacée par l'influence de la culture grecque tardive.

Bien qu'elle ne figure pas dans la Bible hébraïque, la sagesse du Siracide a nourri pendant des siècles la méditation de la Synagogue. Elle est présente dans la Lettre de saint Jacques. Sa limpidité a fait d'elle un des textes de l'Ancien Testament les plus utilisés par la liturgie catholique.

Le Livre de la Sagesse

Comme L'Ecclésiaste, le Livre de la Sagesse s'est placé sous le patronage de Salomon (7-9), mais il ne s'agit là que d'un artifice littéraire. Composé directement en grec vers la fin du Iᵉʳ siècle avant Jésus-Christ, il est absent de la Bible hébraïque. Dans la Bible catholique, il est l'écrit le plus récent de l'Ancien Testament.

Il a pour auteur un juif, probablement d'Alexandrie. Celui-ci, très au courant de la culture grecque, réagit à son influence par la réaffirmation de la foi israélite, selon trois perspectives : tout d'abord une méditation poétique sur l'heureuse destinée des justes, promis à l'immortalité tandis que les impies seront confondus (1-5). Puis une célébration de la sagesse, cachée au cœur des événements, mais aussi qui se découvre à ceux qui la cherchent de tout leur être (6-11,3). Enfin un rappel de l'Exode comme manifestation de cette sagesse (11-19).

L'élévation de pensée du Livre de la Sagesse intègre la réflexion platonicienne du *Phédon* sur l'immortalité de l'âme (2,23 et 6,18-19). La sagesse apparaît comme créatrice et comme associée à toutes les œuvres de Dieu. Elle gouverne l'univers et inspire les justes. La personnification est par moments si poussée que les chrétiens l'ont souvent identifiée à une Personne divine, le Christ ou l'Esprit-Saint.

L'idéal d'atteindre une « sagesse » invite à la recherche d'une sérénité, d'une conformité à l'ordre du monde, caractéristique en particulier de la philosophie stoïcienne. Très vivant encore chez un Montaigne ou un Spinoza, il décline à mesure que s'affirment les ambitions prométhéennes de l'homme et sa volonté de « changer le monde » (Marx), y compris l'organisation sociopolitique des sociétés. Qui plus est, à partir de la seconde moitié du XIXᵉ siècle, écrivains et philosophes ont souvent appelé à une vie ardente plutôt qu'au retrait du sage. Baudelaire compose un appel à l'ivresse, qu'elle soit de vin, de drogue ou de voyage (« Enivrez-vous », dans *Le Spleen de Paris*) et une « Invitation au voyage ». Rimbaud est surnommé « l'homme aux semelles de vent ». Nietzsche voudrait un dieu qui saurait danser, et Artaud invite à la transe. L'expansion de l'érotisme, de musiques trépidantes, le rêve de « s'éclater », tout cela a fait reculer le prestige de la sagesse. L'attrait de celle-ci n'a pourtant pas totalement disparu : on peut en venir à se lasser de toute cette agitation. Tout homme a besoin aussi de solitude et de silence. C'est ce qui explique les pèlerinages vers l'Inde, l'attrait du bouddhisme. Les Livres bibliques de sagesse n'ont que peu bénéficié de ce retour partiel à la recherche d'un art de vivre tout personnel, si l'on excepte la séduction permanente de L'Ecclésiaste.

En France, l'âge d'or des Livres sapientiaux a été le XVIIᵉ siècle. Leur présence est aussi grande dans la poésie baroque que dans la peinture des Vanités. Avec les années 1650 commencent à surgir les chefs de file de ceux qu'on appelle les «moralistes français»: La Rochefoucauld, Pascal, La Bruyère. C'est dans ce climat que Port-Royal entreprend sa traduction de l'Ancien Testament; aussi ne sera-t-on pas surpris de le voir commencer par le Livre des Proverbes (1672), suivi de L'Ecclésiaste (1673). Paraissent des ouvrages comme *La Morale du Sage* (1667), où Marie-Éléonore de Rohan travaille sur les Proverbes, l'Ecclésiaste et le Livre de la Sagesse, ou comme *Les Conseils de la Sagesse* (1677) de Michel Boutauld. Dans son second recueil de *Fables* (1678), La Fontaine se révèle imprégné des Livres sapientiaux. Tout à la fin du Grand Siècle, Fénelon publie *Les Aventures de Télémaque* (1699) – le best-seller de l'édition française avec les *Contes* de Perrault –, où le héros est guidé par la Sagesse personnifiée.

La forme brève qui règne dans la plus grande partie des Livres sapientiaux, l'absence de liaison entre proverbes et maximes ont contribué au choix de la brièveté et de la discontinuité dans la tradition des «moralistes français», dont se réclame aussi Nietzsche.

Sur deux textes des Proverbes

La sagesse est un trésor caché (2,1-4), image dont le Christ fera naître une parabole (Matthieu 13,44): le vrai chrétien vend tout ce qu'il possède pour acquérir le terrain où il sait que ce trésor est enfoui. Aux chapitres 8 et 9 – sommet du Livre – elle est célébrée comme associée à l'œuvre créatrice, en des versets qui ont connu une immense fortune :

> Dieu m'a engendrée au début de ses desseins,
> avant ses œuvres les plus anciennes.
> J'ai été établie dès l'éternité,
> dès les origines, avant que la terre fût créée.
> Alors que les abîmes n'existaient pas, je fus enfantée,
> avant que les sources sortissent de la terre […].
> Quand il affermit les cieux, j'étais là […]
> et quand il posa les fondements de la terre
> je fus maître d'œuvre à ses côtés,
> objet de ses délices chaque jour,
> jouant en sa présence en tout temps,
> jouant au sein du monde,
> et mes délices sont d'être avec les enfants des hommes.

On s'en doute, de tels versets ont été lus par les chrétiens comme un poème au Christ. Jésus a laissé entendre qu'il était lui-même la Sagesse divine (Matthieu 11,19), et a repris les invitations pressantes de la Sagesse en ces mêmes chapitres des Proverbes : « Venez à moi […]. Qui vient à moi n'aura plus jamais faim, qui croit en moi n'aura plus soif » (Jean 6,35 et Proverbes 9,1-6). Les majestueuses ouvertures de l'Évangile de Jean et de l'Épître aux Colossiens ont célébré la présence du Christ aux origines de la Création.

C'est en faisant parler la Sagesse divine sur le modèle des Proverbes que Pascal a composé une magnifique prosopopée dans les *Pensées* (fr. 182). C'est aussi de ces versets que s'inspire Fénelon dans *Les Aventures de Télémaque*, lorsqu'il célèbre l'enjouement de la vraie sagesse et en fait même une musicienne. Au XXe siècle, l'aventurier Lawrence d'Arabie, quand il intitule son maître-livre *Les Sept Piliers de la Sagesse* (1926), se souvient du début du chapitre 9 : « La Sagesse s'est bâti une maison, elle a taillé sept piliers », c'est-à-dire – étant donné la symbolique du chiffre sept – qu'elle réside dans une demeure royale, conformément à sa dignité.

Il est enfin une dialectique qui va traverser les millénaires, entre la sagesse et la folie. La deuxième aussi est parfois personnifiée (9,13-18). Orchestrée par saint Paul – sagesse ou folie de la Croix (1 Corinthiens 1,18-31) –, cette dialectique a trouvé l'un de ses chantres les plus prestigieux dans le prince des humanistes, Érasme, auteur d'un immensément célèbre *Éloge de la folie* (1511) : la folie se livre à une joyeuse satire de la mascarade humaine, avant de s'identifier mystiquement à la folie de la Croix. Érasme réconcilie Salomon, Socrate et le Christ.

À ce portrait de la Sagesse (8 et 9) répond, dans l'épilogue de l'ouvrage, celui de la Femme forte, un poème alphabétique qui magnifie chez la femme la force de caractère. Même s'il est à nos yeux culturellement daté, il a joué un rôle important dans l'affirmation d'une grandeur féminine. À la fin de l'époque Louis XIII, alors qu'Anne d'Autriche est régente (à partir de 1643) et que la savante Christine de Suède monte sur le trône en 1644, se multiplient les ouvrages à la gloire des femmes marquantes : Clélie à Rome, Judith, Jeanne d'Arc… Un écrivain connu, Pierre Le Moyne, publie en 1647 *La Galerie des femmes fortes*, qui connaît nombre de rééditions.

La langue a conservé l'adage : « La crainte de Dieu est le commencement de la sagesse » (1,7), humoristiquement laïcisé en « la crainte du gendarme ». Au XXᵉ siècle, le musicien Darius Milhaud a composé une *Cantate des Proverbes*.

« Vanité des vanités, dit l'Ecclésiaste »

Montaigne commence l'un des plus importants de ses *Essais*, « De la vanité », par cet éloge d'un Livre qui lui est cher : « Ce que la divinité nous en a si clairement exprimé devrait être soigneusement et continuellement médité par les gens d'entendement. » Moins d'un siècle après, Pascal comptait ouvrir son apologie de la vision catholique du monde (fr. 70) par une série de variations ludiques sur le refrain de l'Ecclésiaste, « Vanité des vanités » : vanité des sciences, vanité de l'amour, vanité de la peinture, etc., avec cette vue d'ensemble :

> Qui ne voit la vanité du monde, est bien vain lui-même.
> Aussi qui ne la voit, excepté de jeunes gens qui sont tous dans le bruit, dans le divertissement et dans la pensée de l'avenir ? Mais ôtez leur divertissement, vous les verrez se sécher d'ennui.
> Ils sentent alors leur néant sans le connaître, car c'est bien être malheureux que d'être dans une tristesse insupportable aussitôt qu'on est réduit à se considérer et à n'en être point diverti.

Entre ces deux écrivains, la poésie baroque n'a cessé d'orchestrer les thèmes de l'Ecclésiaste. C'est ainsi que Chassignet, en 1594, écrit :

> Est-il rien de plus vain qu'un songe mensonger,
> Un songe passager, vagabond et muable ?
> La vie est toutefois au songe comparable,
> Au songe vagabond, muable et passager.

Et Brébœuf, en 1660 :

> Âme toute abîmée au fond de la matière,
> Cendre présomptueuse, insolente poussière,
> Ambitieux néant, fantôme audacieux,
> Sur ta bassesse enfin tâche d'ouvrir les yeux.

On reconnaît ici, inspiré de la Genèse (3,19), le verset de Qohéleth : « Tout vient de la poussière et retourne à la poussière » (3,20), magnifié par la liturgie du mercredi des Cendres, le jour de l'ouverture du carême, cette période de prière intense et de jeûne qui prépare les chrétiens à célébrer la Passion du Christ et sa Résurrection. Ce seul verset a fait proliférer les poèmes, comme cette méditation de Pierre Motin en 1601 :

> Souviens-toi que tu n'es que cendre
> Et qu'il te faut bientôt descendre
> Dans le fond d'un sépulcre noir,
> Où la terre te doit reprendre
> Et la cendre te recevoir.

Rarement le compagnonnage des arts a été aussi étroit qu'entre cette littérature et les arts plastiques. Les peintres multiplient les tableaux appelés Vanités, dont le nom même vient – comme nous l'avons vu – du petit Livre biblique, d'ailleurs souvent présent sur la toile par une inscription ou une banderole portant le refrain. Ces Vanités sont tantôt explicites, avec les objets significatifs que constituent un crâne, un sablier, une fleur fanée, un livre à demi détruit ou un instrument de musique aux cordes cassées ; tantôt implicites, avec une profusion d'objets apparemment riants, mais au sein desquels se laisse apercevoir le travail de la mort. Deux saisissantes Vanités littéraires ont paru à quelques années d'écart : cette Vanité explicite qu'est l'*Oraison funèbre d'Henriette d'Angleterre* (Bossuet, 1670), tout entière sous une épigraphe de L'Ecclésiaste ; et la Vanité implicite que représente le roman de Mme de Lafayette *La Princesse de Clèves* (1678) : l'héroïne, d'abord séduite par l'éclat des fêtes, des bals, des tournois, et même menacée par la séduction des amours, va peu à peu se déprendre du «monde», et, comme la Marie-Madeleine de tant de tableaux, demeurer seule face au crâne et au sablier.

La langue a conservé trois des leitmotive de L'Ecclésiaste, dont les deux auxquels nous avons fait allusion : «Vanité des vanités, tout n'est que vanité» (1,2…) ; «Il n'y a rien de nouveau sous le soleil» (1,9) ; et celui-ci : «Il y a un temps pour tout» (3,1-8). Nous sont aussi restés deux autres versets : «Malheur à celui qui est seul!» (4,10) et «Un chien vivant vaut mieux qu'un lion mort» (9,4).

Dans le domaine musical, Johannes Brahms, déjà en proie au cancer qui allait l'emporter, a livré son testament spirituel avec ses *Quatre Chants sérieux* (1896), un des chefs-d'œuvre de la musique romantique d'inspiration religieuse. Les textes de ces quatre *Lieder* ont été choisis par le compositeur lui-même : les deux premiers proviennent de L'Ecclésiaste (3,19 et 4,1) ; le troisième, hymne à la mort libératrice, de l'Ecclésiastique (41) ; le dernier est emprunté à saint Paul (1 Corinthiens 13,1). Brahms termine ainsi sur la célébration de la charité. Plus récemment, au cours des annnées 1960, Georges Migot a composé une cantate, *L'Ecclésiaste*.

Clarté de l'Ecclésiastique

L'Ecclésiastique a été abondamment utilisé dans les liturgies, à cause de sa clarté, du caractère simple et populaire de ses maximes et de sa section finale sur la grandeur divine tout au long de l'histoire sainte. Il contient deux passages qui ont été fréquemment cités : un Éloge de la sagesse (24,1-22) et une évocation de la misère de l'homme (40, 1-11), «un joug pesant accable les enfants d'Adam». Comme les autres Livres sapientiaux, il était bien connu des écrivains français du Grand Siècle. Même si le fabuliste s'abreuve à toutes sortes de sources, il est piquant de découvrir dans le seul chapitre 13 plusieurs héros des *Fables* de La Fontaine : le pot de terre et le pot de fer, le loup et l'agneau, l'âne et le lion des «Animaux malades de la peste».

Mais ce même côté populaire et sa fragmentation expliquent que l'ouvrage n'ait pas suscité de puissante reprise.

Douceur et force de la Sagesse

Le Livre de la Sagesse séduit par son lyrisme chaleureux. Maintes de ses formules se sont gravées dans les mémoires : la Sagesse est « un effluve de la puissance de Dieu, une pure irradiation de la gloire du Tout-Puissant [...], elle est l'éclat de la lumière éternelle, le miroir sans tache de la majesté de Dieu et l'image de sa bonté » (7,25-26). Le premier verset du chapitre 8 la montre « disposant toutes choses avec force et douceur » : cette alliance de douceur et de force représente l'idéal de Fénelon dans *Les Aventures de Télémaque*; Pascal s'appuie sur elle pour rejeter catégoriquement tout recours à la contrainte en matière religieuse (fr. 203) :

> La conduite de Dieu, qui dispose toutes choses avec douceur, est de mettre la religion dans l'esprit par les raisons et dans le cœur par la grâce. Mais de la vouloir mettre dans l'esprit et le cœur par la force et par les menaces, ce n'est pas y mettre la religion mais la terreur, *terrorem potiusquam religionem*.

La Sagesse a réglé « l'univers avec mesure, nombre et poids » (11,21), verset qui annonce la conviction de Galilée que la nature est écrite en langage mathématique.

Dans le Livre de la Sagesse s'esquisse le mariage entre le monothéisme juif et la philosophie grecque. L'ouvrage a sans doute été composé à Alexandrie, la métropole où précisément cette union sera pleinement réalisée. L'influence du platonisme explique des formules comme celle-ci, souvent citée et particulièrement chère à saint Augustin : « Le corps, soumis à la corruption, appesantit l'âme, et cette enveloppe de terre est un fardeau pour l'esprit aux mille pensées » (9,15).

En 1694, Racine a consacré le second de ses *Cantiques spirituels* au chapitre 5, « Sur le bonheur des Justes et sur le malheur des Réprouvés » :

De quelle douleur profonde
Seront un jour pénétrés
Ces insensés, qui du monde,
Seigneur, vivent enivrés ;
Quand par une fin soudaine
Détrompés d'une ombre vaine,
Qui passe, et ne revient plus,
Leurs yeux du fond de l'abîme
Près de ton trône sublime
Verront briller tes Élus !

Presque aussitôt ce Cantique a été mis en musique par Delalande, par Pascal Collasse (un élève de Lully).

Avant de quitter l'Ancien Testament, considérons-le d'un regard panoramique : il est clair qu'il a joué un rôle incommensurable dans la culture occidentale. Les onze premiers chapitres de la Genèse – avec Adam et Ève, l'Éden et la Chute, Caïn, le Déluge et la tour de Babel – lui ont servi de mythologie : cette construction cosmogonique a expliqué aux générations successives leur état présent, entre grandeur et misère, image de Dieu et face à face avec la mort.

La saga des Patriarches a nourri les rêves de douceur patriarcale, tels que les développe, par exemple, un Claude Fleury dans *Les Mœurs des Israélites* (1681), promises à un immense succès et qui annoncent les thèmes de Jean-Jacques Rousseau : il était une fois un temps de la frugalité et de la vertu, qui a été gangrené par les progrès de la civilisation. Mais Jacob, Joseph et particulièrement Abraham ont surtout constamment soutenu la foi des croyants.

La traversée du Désert n'a cessé d'être lue comme le modèle de tout cheminement chrétien, sur le mode initiatique, où l'on grandit en triomphant des épreuves, pour entrer dans une vie nouvelle. Les Psaumes de David ont offert à l'humanité un exceptionnel recueil lyrique, nourriture idéale des âmes. Et

Salomon a fourni le modèle de la sagesse. À l'intérieur d'un cadre historique restreint à quelques millénaires, rassurant, toutes sortes d'autres figures familières ont habité les luttes et les rêves : Job et L'Ecclésiaste dans les moments sombres, et, en des heures plus claires, Judith, Esther, Tobie, Daniel...

Le prophétisme a rappelé de façon étincelante à la fois la transcendance du Dieu unique et le scandale de l'oppression des pauvres par les riches. En affirmant l'intériorité et la responsabilité personnelle, il a laissé entrevoir l'absolu de la personne humaine. En revanche, ce que ses oracles pouvaient avoir de particulariste, de limité au petit peuple d'Israël, s'est effacé.

Le soleil qui a éclairé ce riche univers de textes n'est autre que le Cantique des cantiques, célébration d'un Dieu-Amour qui sera au cœur du Nouveau Testament.

Le Nouveau Testament

Chapitre I

Le sommet du Nouveau Testament : les quatre Évangiles

« Jésus, en commençant, était âgé d'environ trente ans » (Luc 3,23), plus précisément de près de trente-deux ans. Sa prédication a duré approximativement trois ans. Il est mort alors que Ponce-Pilate était le procurateur romain pour la Judée, le vendredi 7 avril 30, vers l'âge de trente-cinq ans.

Quelques mois plus tard, ses disciples – convaincus de sa Résurrection le troisième jour après sa mise au tombeau – se comptaient déjà par milliers. Ils annoncèrent d'abord aux juifs la venue en Jésus du Messie qu'ils attendaient, puis, surtout à partir de 45, la prédication missionnaire s'élargit aux païens du pourtour méditerranéen. De cette publication de la « bonne nouvelle » – c'est le sens du mot « évangile » – du passage de Dieu incarné dans l'histoire, les Actes des apôtres fournissent divers exemples.

Comme on pouvait s'y attendre, ceux qui avaient accompagné le Christ pendant sa vie terrestre s'appuyaient sans cesse sur les épisodes qui les avaient frappés et sur les plus marquantes de ses paroles. Ainsi se mirent à circuler de brefs récits, ou « péricopes » : telle guérison à valeur symbolique, telle controverse avec des groupes juifs sceptiques ou hostiles, telle vocation, telle marque de foi, tel moment décisif (comme les deux épisodes antithétiques de la Transfiguration et de l'Agonie au Jardin des Oliviers). On se mit aussi à constituer des recueils de «Paroles» de Jésus. Qui voudra se faire une idée de ces petits récits n'aura qu'à se plonger dans l'Évangile de Marc, où les pierres de la mosaïque sont aisément reconnaissables. En ce qui concerne les recueils de «Paroles», cinq d'entre eux se rencontrent dans l'Évangile de Matthieu.

Nos quatre évangélistes ont donc disposé de traditions orales dont la plupart avaient pris une forme écrite avant même qu'ils se mettent au travail. Comment chacun d'entre eux allait-il organiser ces éléments dont il disposait? L'ordre adopté a varié selon la personnalité de chaque auteur, le milieu pour lequel il écrivait, la visée qui était la sienne. À une exception près: le déroulement de la Passion de Jésus, depuis l'entrée festive à Jérusalem jusqu'à la mise au tombeau, est à peu près identique dans les quatre Évangiles, tant ces journées cruciales ont été intensément mémorisées et transmises avec une précision minutieuse.

Élucider dans le détail cette élaboration conduit à se pencher d'abord sur les trois Évangiles les plus anciens – Matthieu, Marc et Luc – parce que leur parenté saute aux yeux. Souvent tous trois racontent les mêmes épisodes, ce qui a conduit à les comparer en constituant des tableaux à trois colonnes. D'où leur nom d'Évangiles «synoptiques», c'est-à-dire qu'on peut lire en les réunissant sous un seul regard, et l'appellation de «question synoptique» pour désigner l'étude de leurs ressemblances et de leurs différences. Ainsi certains récits ou paroles de Jésus sont présentés par les trois évangélistes, d'autres par deux, d'autres enfin ne nous sont connus que par un seul. L'examen rigoureux de ces données a conduit à des conclusions aujourd'hui globalement admises: Marc est le plus ancien. Il était connu de Matthieu et de Luc; ces derniers disposaient en outre, non seulement de leur documentation propre, mais aussi d'un Recueil de paroles aujourd'hui perdu, qu'on a appelé la source Q (du mot allemand *Quelle*, «source»). On aboutit au schéma suivant:

```
        Marc            Q
          \            /
           \          /
            \        /
             X      X
            /        \
           /          \
          v            v
Documentation ──→ Matthieu    Luc ←── Documentation
propre                              propre
```

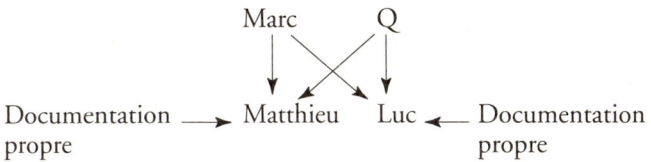

Cette synthèse, proposée dès 1832 par le bibliste allemand Schleiermacher, demeure la plus sûre au service d'une lecture exigeante des synoptiques, en dépit des hypothèses d'affinement qui ont été envisagées depuis la Seconde Guerre mondiale.

Les synoptiques avaient ordonné épisodes et paroles selon une montée progressive du Christ depuis la Galilée vers Jérusalem et vers sa Passion. Dans la dernière décennie du Ier siècle, l'apôtre Jean décida de les compléter en fonction de son expérience personnelle de Jésus, et en se limitant à un petit nombre d'épisodes intensément médités. Grâce à lui, nous disposons de maintes précisions sur les déplacements du Maître. Il synthétise l'enseignement de Jésus en d'amples et riches discours, dont le plus connu est le magnifique entretien testamentaire qui précède l'arrestation et la mort (13,31-17).

Ces quatre Évangiles ont été reconnus par les premières communautés chrétiennes comme exprimant authentiquement leur foi et comme régulateurs de l'existence catholique. À la différence d'une profusion de textes, parfois fantaisistes ou déviants, surgis à partir du IIe siècle, et qu'on appelle «apocryphes».

L'art chrétien a usé de quatre symboles pour représenter les évangélistes : un ange ou un homme pour Matthieu, qui commence son récit avec la généalogie humaine du Christ et par un songe où l'Ange du Seigneur apparaît à Joseph ; le lion pour Marc, dont l'Évangile débute dans le Désert ; le bœuf pour Luc, dont le récit s'ouvre dans le Temple, lieu des sacrifices d'animaux ; l'aigle pour Jean, à cause de l'élévation souveraine de son évangile, sensible dès le prologue.

L'Évangile selon saint Matthieu

L'Évangile de Matthieu a été longtemps privilégié par l'Église catholique, en particulier parce qu'elle y retrouvait, regroupées en cinq ensembles, de nombreuses paroles du Maître. Parmi eux figure le célèbre Sermon sur la montagne (5-7).

Selon le témoignage de saint Irénée (vers 180), Matthieu composa un évangile en hébreu, « à l'époque où Pierre et Paul évangélisaient Rome ». Ce texte aurait disparu, mais il aurait fait l'objet d'une reprise peut-être amplifiée, en grec, rédigée probablement en Syrie vers 80. L'auteur a été identifié fréquemment à Matthieu-Lévi, qui exerçait le métier de percepteur d'impôts et que le Christ a appelé parmi ses apôtres (Matthieu 9,9-13). Quoi qu'il en soit, il connaît fort bien les traditions juives et s'attaque aux autorités religieuses, dont il souligne la responsabilité dans la Passion. Écrivant pour des chrétiens issus du judaïsme, il manifeste que Jésus est bien le Messie annoncé par les prophètes, et qu'il a non pas aboli, mais porté à sa perfection spirituelle la Loi de Moïse. L'Église qu'il a fondée va se répandre dans tout l'univers : elle propose à tout homme une existence ardente, l'entrée dans une réalité supérieure, le « Royaume de Dieu ».

L'agencement de l'ensemble du texte obéit à une visée théologique : après l'enfance (1-2) et la présentation du précurseur, Jean-Baptiste (3), commence la prédication en Galilée (4-13). De là, le Maître s'achemine vers Jérusalem (14-20), où il sait que l'attendent les souffrances, la mort et la Résurrection (21-28).

Cette progression est suspendue par cinq pauses, où l'évangéliste a rassemblé des paroles du Christ, qui ont pu être prononcées en des circonstances diverses : le Sermon sur la montagne, l'annonce du Royaume par ses disciples (10), les sept paraboles sur ce Royaume mystérieux (13), le discours sur les enfants du Royaume (18) et celui sur l'attente et la fin du monde, avec le Jugement dernier (24-25).

Le Christ de Matthieu se révèle comme le Maître par excellence, rempli de sagesse et d'une autorité qui impressionne et déconcerte ceux qui l'entendent.

L'Évangile selon saint Marc

« Après la mort de Pierre et de Paul, Marc, le disciple et l'interprète de Pierre, nous transmit par écrit ce que prêchait Pierre. » Ce témoignage de saint Irénée de Lyon n'a pas été infirmé par les progrès de l'exégèse. Marc était tout jeune à la mort de Jésus, mais sa mère avait été une disciple de la première heure. D'abord compagnon de Paul, il se trouvait à Rome avec Pierre dans les années 62-63. La mort tragique de Paul et de Pierre fit progresser l'idée de fixer par écrit un récit complet de la trajectoire de Jésus. Car chacun des évangélistes propose un récit certes bien loin d'être exhaustif, mais qui retrace l'ensemble du parcours du Maître.

Marc a composé son Évangile vers 64, en grec, à Rome. De là divers latinismes de sa langue, et sa propension à expliquer les coutumes juives à un milieu auquel elles étaient souvent inconnues. L'atmosphère de persécution de ces années-là permet de comprendre que la Passion et la Résurrection occupent presque la moitié de son livre (8,31-16). Peut-être faut-il voir un trait autobiographique dans ces versets sur la Passion : « Tous abandonnèrent Jésus et s'enfuirent. Un jeune homme le suivait, n'ayant qu'un drap sur le corps. On l'arrête, mais lui, lâchant le drap, s'enfuit tout nu. » (14,51-52.)

Au cœur de l'Évangile de Marc règnent l'interrogation et le trouble qui ont habité les compagnons de Jésus : qui donc est cet homme ? Personne ne parvient à percer le secret de cette personnalité inouïe, pas même ses disciples les plus proches, du moins pendant longtemps. Le Maître en personne n'a d'abord parlé que de façon voilée, tant son message spirituel décevait l'attente juive d'un Messie humainement triomphant. Cet incognito de Dieu n'a été levé qu'à l'heure suprême, lorsque Jésus s'est révélé comme le Messie inattendu, le Fils de Dieu (14,61-62). Marc souligne l'incompréhension des apôtres, leur lenteur à croire. Seul l'événement de la Résurrection, puis les apparitions du Ressuscité balayent les doutes et finissent par éclairer pour eux les étrangetés des trois années de présence du Dieu-homme.

L'Évangile selon saint Luc

L'Évangile de Luc constitue le premier volume d'une œuvre sur les origines de la foi chrétienne, qui s'étend de la naissance de Jean-Baptiste à l'arrivée de saint Paul à Rome, au début des années soixante. Il a été assez rapidement séparé du second, qui a reçu pour titre les «Actes des apôtres». L'attribution très ancienne de l'ouvrage à Luc, compagnon de Paul, n'a pas été mise en question de façon décisive. La composition se situe vers 65-70. L'auteur, sans doute originaire d'Antioche, en Syrie, écrit dans un grec plus pur que celui des autres évangélistes.

Comme les deux autres synoptiques, Luc – après les récits de l'enfance de Jésus (1-2) – adopte une progression à la fois géographique et théologique: des commencements de la prédication en Galilée (4,14-9,50) à la montée vers Jérusalem (9,51-19,28), jusqu'aux derniers enseignements, avant la Passion et à la Résurrection (19,29 à la fin).

Le Christ de Luc respire la miséricorde divine, l'accueil des exclus, l'appel au détachement et à la pauvreté avec le terrible «Malheureux êtes-vous, vous, les riches!» (6,24). L'art discret de l'auteur et sa sensibilité animent tout le texte. Convaincu de la présence agissante de l'Esprit-Saint dans les cœurs, Luc est l'évangéliste de la joie. Il est le seul à mentionner nombre des épisodes les plus attachants de l'existence de Jésus : l'Annonciation (1,26-38), la naissance dans une mangeoire (2,1-21), l'enfant parmi les docteurs de la Loi (2,41-52), les deux sœurs Marthe et Marie (10,38-42), le pardon accordé au Bon Larron (23,39-43), l'inoubliable récit des disciples d'Emmaüs (24,13-35). Lui seul nous a conservé certaines des plus belles paraboles : le Bon Samaritain (10,29-37), l'Enfant prodigue (15,11-32), l'Intendant avisé (16,1-3), le Pharisien et le Publicain (18,9-14).

L'Évangile selon saint Jean

Le quatrième évangile a été rédigé probablement à Éphèse, vers 90. Son attribution à l'apôtre Jean était déjà attestée par saint Irénée à la fin du IIᵉ siècle. Très différent des trois synoptiques, souvent plus précis, il ne rapporte qu'un petit nombre d'événements – si l'on excepte la Passion et la Résurrection – mais il en approfondit la portée. De là la lenteur méditative de bien des pages. Il insiste sur la divinité de Jésus, en opposition à des tendances pré-gnostiques apparues dès la fin du Iᵉʳ siècle.

Si le récit laisse apparaître des unités bien nettes, son organisation d'ensemble demeure discutée. Ce qui frappe, c'est la multiplication des indications chronologiques et le rôle des fêtes. Aussi a-t-on proposé une interprétation liturgique du texte, qui manifesterait l'abolition des rites de l'ancienne Alliance au profit de la nouvelle. Après un prologue d'une rare élévation, une première « semaine » présente le surgissement éclatant de la Sagesse divine venue habiter parmi les hommes (1,19-2,11). Ensuite se succèdent une première Pâque à Jérusalem (2,12-3), le magnifique entretien avec la

Samaritaine (4), une fête non précisée de nouveau à Jérusalem (5), le Discours sur le pain dc vie (6), la fête des Tentes avec le pardon à la femme adultère et la guérison de l'aveugle-né (7,11-10,21), la fête de la Dédicace avec la résurrection de Lazare (10,22-11,54), et enfin la Pâque de la Passion (11,55-19). L'évangile se clôt comme il avait commencé, sur une «semaine»: les manifestations du Christ ressuscité (20). Le dernier chapitre (21) semble un ajout composé par l'entourage de Jean.

Le quatrième Évangile célèbre l'Incarnation du Fils de Dieu, préexistant à toute la Création: «Avant qu'Abraham parût, Je suis.» (8,58). Parole de Dieu, Jésus est le Témoin, l'Envoyé, chargé d'une mission: manifester la Gloire divine dans les ténèbres du monde, puissance hostile, opposée à un message qui la met en question. Pleinement inséré dans le temps humain, le Christ avance vers l'heure de la Croix, à la fois échec apparent et glorification de Dieu par la traversée de la mort. Ceux qui croiront en lui naîtront à une existence tout autre: la Vie éternelle est commencée dès l'existence terrestre; et le Jugement, invisible, est à l'œuvre. Au terme de l'histoire, le Retour du Ressuscité révèlera les secrets des cœurs, les choix de la liberté.

Les deux récits de l'Enfance

Universellement connus, les récits sur l'enfance de Jésus ne se trouvent rapportés que par Matthieu et Luc. Il importe de faire passer à l'arrière-plan la folklorisation partielle de Noël pour saisir la portée théologique de ces chapitres.

Matthieu raconte les événements du point de vue de Joseph: annonce de l'Ange du Seigneur (Dieu lui-même) à Joseph, naissance et adoration des Mages, fuite en Égypte, massacre des Innocents, retour et installation à Nazareth. Dès son entrée dans le monde, Jésus est rejeté par certains juifs, mais les païens le reconnaissent. Il apparaît comme un nouveau Moïse, menacé dès sa naissance, et plus grand que Moïse.

Luc multiplie les indications sur sa source : Marie. Il développe un parallèle entre Jean-Baptiste, qui clôt l'Ancien Testament, et Jésus : annonce d'un ange à Zacharie, père de Jean, Annonciation à Marie, Visitation de Marie à Élisabeth, mère de Jean, naissance de Jésus, Présentation de Jésus au Temple, l'Enfant parmi les docteurs de la Loi. Nombre de versets de Luc montrent aussi en Jésus un nouveau Samuel, plus grand que Samuel.

C'est un apocryphe, le *Protévangile de Jacques* (IIe siècle), qui situe l'accouchement de Marie dans une grotte. Le bœuf et l'âne viennent de l'*Évangile du Pseudo-Matthieu* (VIe siècle), lui-même inspiré d'un verset d'Isaïe (1,3).

Les Mages de Matthieu étaient sans doute des astrologues. C'est un autre apocryphe, le *Livre arménien de l'enfance* (VIe siècle) qui a fait d'eux trois rois, nommés Gaspard, Melkon (qui deviendra Melchior) et Balthazar. Trois à partir des trois présents mentionnés par le texte biblique. Comme ce nombre en est venu à symboliser les trois parties du monde connu (Europe, Asie et Afrique), l'un des mages a été représenté en souverain noir, mais cette caractérisation du personnage ne se répandra dans l'art qu'à partir du XIVe siècle.

C'est en 354 que le pape Libère décida de fixer la fête de la naissance du Christ le jour où se célébrait le solstice d'hiver : un soleil nouveau semble manifester sa victoire au moment où les jours commencent à s'allonger. De même le Christ, soleil de justice, triomphe des ténèbres du seul fait de son apparition dans le monde. Le mot «Noël» vient du latin *Dies natalis*, «jour de la naissance». La célébration d'une messe à minuit date du concile d'Éphèse (431).

Il faut attendre ensuite saint François d'Assise, au XIIIe siècle, pour voir apparaître les représentations de la «crèche». Quant au sapin de Noël, s'il en existe des exemples en Allemagne dès le début du XVIIe siècle, c'est seulement à partir du XIXe que sa pratique se répand, d'abord en Europe. Le dernier venu est le Père Noël qui, avec sa longue barbe blanche, son capuchon et sa hotte, dépose des cadeaux pour les enfants au pied des cheminées; il est parfois accompagné du Père Fouettard, dont les parents menacent les enfants pas sages. Cette création publicitaire est venue des États-Unis au début du XXe siècle.

Le Sermon sur la montagne

Les Évangiles ont à diverses reprises laissé la parole à Jésus tout au long d'un chapitre, ainsi chez Matthieu au chapitre 10 ou au chapitre 18. Saint Jean a présenté un Discours sur le pain de vie (6), dont la teneur eucharistique constitue sa contribution à la célébration de ce mystère : aussi s'est-il abstenu de répéter le récit de l'institution lors de la dernière Cène, déjà bien connu par les synoptiques et par Paul. Le quatrième évangéliste a aussi fait parler très longuement Jésus au cours de ce dernier repas (13,31-17,26) : cet «entretien suprême» sur l'union mystique avec le Christ, sur la Trinité divine et la joie chrétienne, a nourri par son extraordinaire richesse religieuse la méditation et la contemplation les plus intimes des chrétiens sans avoir véritablement essaimé dans la culture.

Il n'en est pas de même du fameux Sermon sur la montagne, des paraboles et du Discours sur l'attente et la fin du monde.

Le Sermon sur la montagne occupe les chapitres 5 à 7 de l'Évangile de Matthieu. Il s'agit d'un recueil de propos dont certains ont dû être prononcés en diverses occasions. Matthieu, qui aime la symbolique des montagnes comme hauts lieux de la Révélation, situe ce discours sur l'une d'entre elles. Il s'agit probablement des premiers contreforts qui bordent le lac de Tibériade. Le mot latin *sermo* signifie «conversation, entretien», et non «sermon» au sens moderne. L'ensemble du discours offre une véritable charte de l'existence chrétienne, et il a imprimé toutes sortes de marques dans la langue courante.

Il s'ouvre par les neuf célèbres Béatitudes :

> Bienheureux les pauvres de cœur :
> le Royaume des cieux est à eux.
> Bienheureux les doux : ils auront la Terre Promise en partage.
> Bienheureux ceux qui pleurent : ils seront consolés.
> Bienheureux ceux qui ont faim et soif de la justice :
> ils seront rassasiés.
> Bienheureux les miséricordieux,
> car il leur sera fait miséricorde.
> Bienheureux les cœurs purs : ils verront Dieu.
> Bienheureux les artisans de paix :
> ils seront appelés fils de Dieu.
> Bienheureux ceux qui sont persécutés pour la justice :
> le Royaume des cieux est à eux.
> Bienheureux êtes-vous lorsque l'on vous insulte, que l'on vous persécute […] à cause de moi.
> Soyez dans la joie et l'allégresse, car votre récompense est grande dans les cieux.

Le vrai bonheur n'est pas où le monde le cherche. Un Dieu paradoxal vient révéler que les apparences de la comédie sociale ne sont qu'illusion, que «les premiers seront les derniers, et les derniers les premiers» (Marc 10,28-31), «qu'il est plus difficile à un riche d'entrer dans le Royaume de Dieu qu'à un chameau de passer par le trou d'une aiguille» (Marc 10,25).

Après les Béatitudes viennent au sujet des chrétiens deux propos passés, eux aussi, dans le langage courant, à l'instar de «les premiers seront les derniers». Il s'agit de deux images :

« vous êtes le sel de la terre », et « vous êtes la lumière du monde », qui entraîne la formule bien connue : « Quand on allume une lampe, ce n'est pas pour la mettre sous le boisseau. » Le boisseau était un récipient cylindrique, et la locution figurée « mettre, tenir, garder, rester sous le boisseau » est employée au sens de dissimuler ce qui devrait être exposé aux regards.

Jésus accomplit et dépasse la Loi juive (5,17-48)

« Je ne suis pas venu abroger, mais conduire à la perfection », avertit d'abord le Christ. « Avant que ne passent le ciel et la terre, pas un iota ne sera supprimé de la Loi. » Le *iota* est la neuvième lettre de l'alphabet grec et la plus petite ; la version grecque de l'Évangile a translittéré le *yod* hébraïque, qui est aussi la plus petite lettre de l'alphabet. Aujourd'hui encore, « copier un texte sans y changer un iota » signifie « sans y apporter la moindre altération ».

Cette clé d'interprétation étant fournie, Jésus va multiplier les exemples de dépassement de la Loi par le haut : « Tu ne tueras pas » cède la place à la condamnation de toute manifestation d'animosité contre autrui. « Tu ne commettras pas d'adultère » se transforme en exigence de ne même pas envisager de s'approprier la femme d'autrui. L'autorisation concédée par Moïse de répudier sa femme est abolie. L'ancienne interdiction du parjure se mue en invitation à dire le vrai sans jamais jurer. La vieille loi du talion : « Œil pour œil, dent pour dent », jadis un progrès par rapport à la sauvagerie des représailles illimitées, est jugée insuffisante : le Christ appelle à « ne pas résister au méchant » et promulgue la règle devenue célèbre : « Si quelqu'un te frappe sur la joue droite, tends-lui aussi l'autre. » D'où est restée en français la locution « tendre l'autre joue », à propos de quelqu'un qui, après avoir subi une avanie, prend le risque d'en essuyer une seconde.

Couronnement de cet appel au dépassement, l'invitation si difficile : «Aimez vos ennemis», que Freud, dans *Malaise dans la civilisation* (1929), jugeait irréalisable humainement. Ces mises en cause paradoxales de la Loi de l'Ancien Testament sans pour autant rejeter ses exigences, devenues un minimum insuffisant, Jésus les énonce avec une autorité qui ne pouvait que scandaliser les dévots : «Vous avez appris que Moïse a dit, mais moi je vous dis… », formule reprise comme un leitmotiv. Ainsi qu'il l'affirmera un peu plus loin, dans une formule passée, elle aussi, dans notre langue : «On ne met pas du vin nouveau dans de vieilles outres» (Matthieu 9,17).

L'aumône, le jeûne et la prière (6,1-18)

Tout en invitant à la discrétion, au secret, dans la pratique de l'aumône et du jeûne, dans la prière, Jésus regroupe en une triade puissante ces trois pratiques, si présentes dans l'Ancien Testament. Elles deviendront trois des «cinq piliers» de l'islam. Cette invitation au secret est assortie d'une condamnation de l'hypocrisie, l'attitude la plus durement condamnée dans les Évangiles avec l'asservissement à l'argent.

Il faut prier le plus souvent dans le secret, sans être vu des hommes, et ne pas rabâcher, car Dieu regarde au cœur et non aux flots de paroles. Que dire à Dieu dans ce dialogue intime ? Pour éclairer ses disciples, Jésus a réuni sept types de demandes caractéristiques de la prière chrétienne, trois soucieuses de la transcendance et de la sainteté divines et quatre orientées vers les existences humaines. Cet ensemble constitue la prière fondamentale de tous les chrétiens du monde. On la désigne par son incipit : le «Notre Père» (en latin, le *Pater*) :

Notre Père qui êtes aux cieux,
Que votre Nom soit sanctifié,
Que votre Règne vienne,

Que votre volonté soit faite sur la terre comme au ciel,
Donnez-nous aujourd'hui notre pain quotidien,
Pardonnez-nous nos offenses, comme nous pardonnons
    à ceux qui nous ont offensés,
Et ne nous laissez pas succomber à la tentation,
Mais délivrez-nous du mal. Ainsi soit-il.

Inlassablement récitée, commentée, cette prière a laissé dans la langue trois expressions : le « pain quotidien », pour désigner ce qui est nécessaire à l'existence ordinaire, et parfois ce qu'on éprouve sans cesse (les contrariétés sont mon pain quotidien) ; le « pardon des offenses », comme idéal, et « succomber à la tentation ». De même, à propos de l'aumône, le français a conservé en mémoire la formule : « Que ta main gauche ignore ce que fait ta main droite. » (6,3.) L'expression l'« obole de la veuve » renvoie, elle, à une « scène vue » : assis dans le Temple, Jésus regardait les passants déposer des offrandes dans un tronc. Des gens riches donnaient beaucoup. Survint une pauvre veuve qui ne mit que deux petites pièces de faible valeur. Jésus dit à ses disciples : « Vraiment, cette veuve a mis plus que tous les autres, car ceux-ci ont donné de leur superflu, tandis qu'elle, elle a prélevé sur sa misère. » (Marc 12,41-44.) En français, ce passage a été intitulé « l'obole de la veuve », parce que l'obole désignait une monnaie à la valeur minime.

Ultimes conseils (6,19-7,29)

Une succession de douze conseils clôt le Sermon sur la montagne : renoncez à accumuler des trésors périssables et recherchez le trésor qui ne périt pas. Regardez Dieu dans la simplicité du cœur, avec une « simplicité biblique », comme le dit le langage courant. Refusez l'asservissement à l'argent, car « nul ne peut servir deux maîtres : vous ne pouvez servir Dieu et l'argent » (« et Mammon », selon Luc [16,13], qui reprend un

mot araméen). Ne vivez pas dans la fébrilité de l'inquiétude :
« Cherchez d'abord le Royaume de Dieu et sa sainteté, et tout
vous sera donné par surcroît : soyez donc sans inquiétude du
lendemain. À chaque jour suffit sa peine » (on reconnaît la
formule devenue courante l'« inquiétude du lendemain » et
l'un de nos proverbes). Ne vous posez pas en juge de la vie
d'autrui : « Hypocrite ! Qu'as-tu à regarder la paille qui se
trouve dans l'œil de ton frère, sans remarquer la poutre qui
est dans le tien. Commence par enlever la poutre de ton œil,
et puis tu verras clair pour ôter la paille de l'œil de ton frère. »

Ne donnez pas aux chiens ce qui est saint, ne jetez pas
vos perles aux pourceaux, de peur qu'ils ne vous piétinent.
« Demandez, on vous donnera ; cherchez, et vous trouverez ;
frappez, et l'on vous ouvrira », car votre Père céleste vous aime
comme ses enfants.

Suit la règle d'or : « Tout ce que vous voulez que les hommes
fassent pour vous, faites-le vous-mêmes pour eux », c'est le
cœur de la Loi et des Prophètes.

Cette règle est terriblement exigeante, et beaucoup s'en
soucieront peu. C'est pourquoi Jésus enchaîne : « Entrez par
la porte étroite. Large est la porte et spacieux le chemin qui
conduisent à la perdition : beaucoup s'y engagent. Que la
porte qui ouvre sur la vie est étroite, et que le chemin qui
y conduit est resserré ! peu nombreux sont ceux qui le
trouvent. » Jésus prononcera un peu plus loin un constat
comparable : « Il y a beaucoup d'appelés, mais peu d'élus »
(Matthieu 22,14).

Gardez-vous des faux prophètes, qui viennent à vous sous
des dehors de brebis, mais qui, au-dedans, sont des loups
rapaces. De même qu'un mauvais arbre produit de mauvais
fruits, c'est à leurs fruits que vous les démasquerez.

Ne vous contentez pas de me dire : « Seigneur, Seigneur ! »
Les paroles, les dévotions ne suffisent pas. Il vous faut agir, et
faire la volonté de mon Père. En mettant en pratique ce que

je viens de vous dire, vous bâtirez sur le roc, et non pas sur le sable.

Au terme de cet enseignement, poursuit Matthieu, les foules étaient frappées d'étonnement : Jésus parlait en homme qui a autorité, et non pas comme les juristes d'Israël.

Peu propice aux représentations plastiques, le Sermon sur la montagne a inspiré écrivains et musiciens. Pour nous en tenir à une période récente, César Franck a composé un oratorio *Les Béatitudes* en 1891, Stravinsky deux *Pater noster*, chantés l'un en slavon (1926), l'autre en latin (1929) ; et Georges Migot un oratorio, *Le Sermon sur la montagne* (1936).

Gide a intitulé l'un de ses romans les plus lus *La Porte étroite* (1909) : il s'y interroge sur l'appel du Christ, sublime et terrifiant. L'héroïne, Alissa, renonce à s'unir à l'homme qu'elle aime pour mieux s'élever avec lui : « La route que vous enseignez, Seigneur, est une route étroite, étroite à n'y pouvoir marcher deux de front. »

Péguy a ouvert son *Mystère de la charité de Jeanne d'Arc* (1910) par un Notre Père inattendu, placé dans la bouche de l'héroïne : « Notre Père, notre Père qui êtes aux cieux, de combien il s'en faut que votre nom soit sanctifié ; de combien il s'en faut que votre règne arrive [...]. Seulement, si on voyait seulement se lever le soleil de votre justice ! Mais on dirait, mon Dieu, mon Dieu, pardonnez-moi ! on dirait que votre règne s'en va. »

Les paraboles

S'adressant à des auditeurs souvent simples, Jésus a recouru fréquemment à de courts récits imagés, les paraboles, qui parlent de vignes, de brebis, d'intendants plus ou moins honnêtes. Contrairement à l'allégorie, où chaque détail a un correspondant précis, comme dans la superbe « allégorie de la vigne» (Jean 15,1-17), la parabole ne révèle son sens que prise dans son ensemble. Certains de ses détails peuvent n'être que des broderies de conteur. En comprendre la portée implique de saisir ce qu'on appelle la «pointe» de la parabole. Ainsi la petite histoire de l'intendant malhonnête, loin de recommander l'escroquerie, loue-t-elle l'énergie efficace à laquelle sont invités les «enfants de lumière» (Luc 16,1-8).

En multipliant les paraboles, le Christ a pratiqué ce que Pascal a appelé «l'ordre du cœur». Au lieu de la progression linéaire et des architectures des traités, il s'agit, tout en semblant sauter légèrement de sujet en sujet, de ne graviter perpétuellement qu'autour d'un unique centre : ici le mystère d'un Dieu d'amour, qui appelle les hommes à l'amour (*Pensées*, fr. 329) : «Tu aimeras le Seigneur ton Dieu de tout ton cœur […]. Tu aimeras ton prochain comme toi-même» (Matthieu 22,37-39).

Certaines ne sont bien connues que des chrétiens, comme celles du filet, de la perle (Matthieu 13,45-46), du grain de sénevé (Matthieu 13,31-32), du riche insensé (Luc 12,13-21), de la veuve importune (Luc 18,1-8), ou du débiteur impitoyable (Matthieu 18,23-35). Six d'entre elles, qui ont eu la faveur des artistes, seront présentées dans le chapitre suivant. Leurs titres mêmes sont restés dans la langue : la Brebis perdue, l'Enfant prodigue, le Bon Samaritain, le Pauvre Lazare et le Riche, le Bon Pasteur, les Vierges sages et les Vierges folles. Parcourons ici les autres qui – sans avoir invité à une foule de représentations plastiques – n'en ont pourtant pas moins marqué la culture de tous.

La parabole du semeur (Marc 4,3-20)

Ce petit récit a été raconté par Jésus au bord du lac de Tibériade : voici que le semeur est sorti pour semer. Or il a d'abord laissé tomber des grains sur le bord du chemin, et les oiseaux les ont mangés. Il en est ensuite tombé sur un sol trop pierreux, et faute de bonne terre, le blé n'a pu enfoncer ses racines, de sorte que le soleil l'a desséché. D'autres grains, tombés dans des épines, ont été étouffés par elles. Mais ceux qui sont tombés dans la bonne terre se sont heureusement développés et ont rapporté de trente à cent pour un. «Qui a des oreilles pour entendre, qu'il entende!» Pour répondre aux questions de ses disciples, Jésus livre le sens de l'image, toute proche ici de l'allégorie: la semence, c'est la Parole divine. Celle qui est tombée au bord du chemin représente la situation de ceux qui n'y prêtent même pas attention. Les endroits pierreux sont les cœurs qui s'ouvrent à cette Parole, mais ne s'y attachent qu'un moment: la moindre épreuve les emporte. Les épines symbolisent les fièvres païennes (l'argent et les autres convoitises), qui étouffent ceux qui n'y résistent pas. Enfin la bonne terre, ce sont les cœurs qui accueillent la Parole et qui portent des fruits abondants.

Le bon grain et l'ivraie (Matthieu 13,24-30)

Cette parabole fournit l'origine de la formule courante «séparer le bon grain de l'ivraie». Comme l'ivraie se dit en latin, d'après le grec, *zizania*, le français a conservé aussi l'expression «semer la zizanie» pour «insinuer le trouble, la discorde».

Aussitôt après le semeur, Jésus poursuit: «Il en va du Royaume des cieux comme d'un homme qui a semé du bon grain dans son champ.» Mais pendant que tout le monde dormait, son ennemi est venu semer une plante nuisible, de l'ivraie. Les serviteurs s'en aperçoivent et demandent au maître: «Veux-tu que nous l'arrachions?» Mais celui-ci leur répond: «Non, car vous risqueriez de déraciner le blé avec elle. Attendons le temps de la moisson. C'est à ce moment-là que vous saisirez l'ivraie, et vous la lierez en bottes pour la jeter au feu. Quant aux épis de blé, vous les recueillerez dans ma grange. »

Dans *La Cité de Dieu* (413-427), saint Augustin a orchestré somptueusement cette parabole : la cité de Dieu et la cité du mal, les bons et les méchants coexistent et sont mêlés tant que dure ce monde en clair-obscur. C'est à la fin des temps, lors du Jugement dernier que sera séparé le bon grain de l'ivraie.

Le levain (Matthieu 13,33)

Réduite à un verset, cette parabole a donné naissance à la formule « être le levain dans la pâte », au sens de « faire évoluer », d'« animer un groupe un peu inerte » : « Le Royaume des cieux est comparable au levain qu'une femme prend et qu'elle mêle à trois mesures de farine, jusqu'à ce que toute la pâte lève. »

L'image du levain qui travaille la pâte caractérise la lente action de l'Évangile chrétien au sein des cultures humaines. C'est ainsi que, peu à peu, ont été mis en cause l'esclavage ou l'immémoriale imbrication du politique et du religieux, malgré les compromissions de l'Église elle-même, en vertu du principe posé par le Christ : « Rendez à César ce qui est à César, et à Dieu ce qui est à Dieu. » (Matthieu 22,21.)

Le trésor caché (Matthieu 13,44)

Brève elle aussi, la parabole du trésor a été souvent reprise dans la méditation chrétienne : « Le Royaume des cieux est semblable à un trésor caché dans un champ, qu'un homme trouve et qu'il cache à nouveau. Et dans sa joie il va vendre tout ce qu'il a, et achète ce champ. »

Cet appel au dépouillement pour gagner le Christ, développé par saint Luc (14,25-33), n'a cessé de retentir dans de nombreux cœurs. Un des Pères du désert, au IVe siècle, était allé jusqu'à vendre même son Évangile, en assurant qu'il fallait vendre même le livre qui dit de tout vendre.

Le choix des places (Luc 14,7-11)

Jésus convie ses disciples à ne pas se mettre narcissiquement en avant, à choisir les places modestes, car ils ont toute chance alors d'être priés de venir à une place d'honneur. Tandis que ceux qui s'arrogent les places de choix, risquent souvent d'être invités à s'en éloigner, car «qui s'élève sera abaissé, et qui s'abaisse sera élevé».

Les invités qui se dérobent (Luc 14,15-24)

Un homme donna un grand dîner et y invita beaucoup de monde (comme beaucoup sont conviés dans le Royaume de Dieu). Mais les invités se dérobaient tous, sous divers prétextes. Le maître de maison, furieux, dit alors à ses serviteurs: «Allez aux pauvres gens, et pressez-les de venir. Car aucun des premiers invités ne participera à mon festin.»

Cette parabole dont la pointe vise le peuple juif, invité le premier et qui va céder son privilège aux nations venues du paganisme, a fait l'objet d'un contresens tragique. La formule «presse-les d'entrer», en latin *compelle intrare*, a été comprise au sens de «fais-les entrer de force», et elle a été utilisée pour tenter de justifier le recours à la contrainte dans la démarche de croire (par saint Augustin, notammentt), ce qui faisait d'elle un bien étrange cas, unique dans le Nouveau Testament, où l'on chercherait en vain un seul verset favorable à la violence, tandis qu'on en trouve de nombreux qui la condamnent.

Les ouvriers de la onzième heure (Matthieu 20,1-16)

Le propriétaire d'une vigne embaucha des ouvriers agricoles tout au long d'une même journée. À la onzième heure – c'est-à-dire vers cinq heures du soir – il requit encore plusieurs travailleurs. Une fois le labeur du jour terminé, le maître donna à tous ses aides la même somme d'argent. Furieux, ceux qui s'étaient fatigués depuis le lever du soleil, récriminaient. Mais il leur fut répondu : «Mes amis, n'est-ce pas la rétribution dont nous étions convenus ? Vos regards sont-ils mauvais parce que je suis bon ? »

Cette parabole ouvre à la gratuité des dons de Dieu, à une logique qui n'est pas celle d'un comptable, en même temps qu'elle annonce l'accueil des tard venus dans l'Alliance avec Dieu, les nations païennes. L'expression «ouvriers de la onzième heure» s'emploie souvent pour parler, parfois avec une nuance moqueuse, de ceux qui ne mettent la main à l'ouvrage que sur le tard.

Les talents (Matthieu 25,14-30)

De trois serviteurs à qui leur maître a confié une grosse somme d'argent à faire fructifier, deux réussissent effectivement à doubler le capital qui leur a été remis. Le troisième, prétextant son appréhension, se contente de restituer au maître l'argent qu'il en a reçu et se voit condamner. La portée de cette parabole est claire : chacun doit faire fructifier hardiment les dons qu'il a reçus de Dieu.

C'est la parabole qui a fait passer du sens propre du mot «talent» (une somme de six mille francs-or) au sens métaphorique actuel de «don», «aptitude».

Les vignerons homicides (Matthieu 21,33-46)

Il y avait un propriétaire, qui planta une vigne, l'entoura d'une haie, y creusa un pressoir et y bâtit une tour (voilà les fioritures typiques des paraboles); puis il confia sa vigne à des métayers et partit en voyage. Au moment des vendanges, il envoya ses serviteurs pour percevoir la part de la récolte qui lui revenait. Mais les métayers maltraitèrent ou même tuèrent ces envoyés. En désespoir de cause, il envoya son propre fils. Mais les vignerons cupides, voyant l'héritier, s'en saisirent et le firent périr.

« Que doit faire ce père ? », demanda Jésus aux autorités juives qui tentaient de lui tendre des pièges. Elles répondirent : « Il mettra à mort ces misérables, et il confiera sa vigne à d'autres métayers. » Jésus leur dit alors : « N'avez-vous jamais lu cette parole dans les Écritures : "La pierre qu'ont rejetée les bâtisseurs est devenue la pierre d'angle" ? Le Royaume de Dieu va vous être ôté, et il sera donné à un peuple qui en produira les fruits. »

Furieux, ses interlocuteurs comprirent qu'il parlait d'eux. Et cela ne fit qu'affirmer leur décision de le faire mourir.

Une telle parabole, sur laquelle l'Église chrétienne s'est appuyée pour se définir comme le nouvel Israël, le nouveau Peuple favorisé de l'Alliance divine, annonce les propos du Christ sur la ruine de Jérusalem et sur la fin des temps.

L'attente et la fin du monde
(Matthieu 24-25)

En dehors du Sermon sur la montagne et des paraboles, la plupart des autres paroles du Christ ont été nettement moins mémorisées et introduites dans le langage courant. On peut encore glaner « nul n'est prophète en son pays » (Luc 4,24),

« une foi à transporter les montagnes » (Matthieu 17,20), « celui par qui le scandale arrive » (Matthieu 18,7), le nom de Belzébuth pour le diable, ou l'adage : « Tout royaume divisé contre lui-même périt » (Luc 11,15-17). Mais le troisième et dernier ensemble d'enseignements qui a laissé plusieurs marques est le Discours sur l'attente et la fin du monde. Jésus y recourt à un genre littéraire et à des images caractéristiques de l'apocalyptique juive, qui s'épanouira dans le dernier livre du Nouveau Testament, l'Apocalypse de Jean. En outre, il surimprime deux cataclysmes, images l'un de l'autre, la ruine de Jérusalem en 70 et la fin du monde.

Bientôt, de ce Temple de Jérusalem que les disciples de Jésus admiraient, il ne restera pas « pierre sur pierre » (24,2). Règnera dans ce Temple « l'abomination de la désolation » (24,15).

Quant à la survenue de la Fin, « Veillez, avertit Jésus, car vous ne savez ni le jour ni l'heure » (25,13). Cet avertissement est illustré par la parabole des Vierges sages et des Vierges folles (25,1-13), si abondamment reprise dans les arts plastiques que nous l'aborderons dans le chapitre suivant. Il en est de même de la célèbre scène du Jugement dernier (25,31-46). Sont demeurés dans la langue « la trompette du Jugement » (24,31) et l'un des noms hébreux de l'enfer, la « géhenne », d'où est sorti le verbe « gêner » (géhenner).

Si les quatre Évangiles constituent le sommet du Nouveau Testament, et de l'ensemble de la Bible chrétienne, c'est parce que la Sagesse divine, créatrice de l'univers et animatrice de l'histoire, s'est incarnée en la personne de Jésus de Nazareth. Même si celui-ci a parlé une langue particulière, s'est situé au sein d'une culture limitée et devait s'exprimer de façon à être compris de ses interlocuteurs, la réfraction culturelle de son message a été minimale. Les générations successives n'ont cessé d'être frappées par la limpidité des Évangiles. L'accomodation du regard nécessaire pour les comprendre est exceptionnellement faible : il suffit de transposer quelques éléments d'imagerie apocalyptique, d'interpréter l'attribution des maladies à des forces malfaisantes et d'acquérir quelques connaissances sur le contexte juif. On s'aperçoit alors que le message n'a pas pris une ride.

Chapitre II

La Vie de Jésus et les arts :
l'enfance et la vie publique

Le Christ était-il beau, ou était-il laid ? Le silence absolu du Nouveau Testament et le caractère légendaire des représentations de Jésus qui ont été diffusées expliquent les réponses contradictoires à ces questions, et cela jusqu'à nous, puisque Claudel et Mauriac penchaient chacun pour l'une des positions opposées. Saint Irénée, Tertullien et, au IVe siècle, Cyrille de Jérusalem et saint Basile concluaient à la laideur, en s'appuyant sur Isaïe, qui présente le Serviteur messianique comme «une racine en terre aride, sans beauté ni éclat pour attirer les regards, sans aucune apparence capable de séduire» (53,2). Mais il était difficile à des chrétiens souvent familiers de l'art grec de faire crédit à ce texte énigmatique. Beaucoup préférèrent mettre en avant un verset du Psaume 45 appliqué au Messie : «Tu es le plus beau des enfants des hommes, la grâce coule de tes lèvres.» Et c'est cette vision de beauté qui a triomphé, aussi bien en Orient qu'en Occident, en particulier depuis la Renaissance.

Les représentations dominantes se sont concentrées sur quatre phases de la vie de Jésus : l'Enfant, le Christ enseignant, qui seront détaillées dans ce chapitre ; le Serviteur souffrant et le Christ en gloire, abordées dans le chapitre suivant.

On le voit, ces phases dessinent une trajectoire. Irrépressiblement, écrivains, artistes, aussi bien que la plupart des esprits, se constituent une Vie de Jésus, au sein de laquelle vient se placer tel ou tel épisode particulier. C'est donc ce «modèle», même s'il expose aux critiques de biblistes, qui guidera ici la succession des épisodes, de la Nativité à la Résurrection.

Une tentation insistante : les « Vies de Jésus »

Les quatre Évangiles ne sont nullement des biographies. Ils présentent des témoignages, la proclamation d'une «bonne nouvelle». Malgré leur résistance, la tentation a été quasi immédiate, et durable, de synthétiser leurs apports en traçant la trajectoire d'une biographie. La plus ancienne forme en a été la pure et simple fusion des quatre Évangiles en un seul récit suivi. Tel est le sens du titre *Diatessaron* – «à travers les quatre» – adopté par le chrétien Tatien pour une œuvre élaborée vers 180, qui connut un exceptionnel succès et fut traduite du grec en diverses langues. L'entreprise fut ensuite fréquemment renouvelée sous les titres d'« Harmonies » ou de «Concordes évangéliques». C'est au sein de cette tradition que se situe l'*Abrégé de la vie de Jésus-Christ* composé par Pascal en 1655. Aujourd'hui, les ouvrages appelés «Synopses» offrent un tableau comparatif des quatre Évangiles en colonnes, selon un fil chronologique.

Le premier livre à porter le titre de *Vie de Jésus* est l'œuvre du chartreux Ludolphe de Saxe (1474). Un genre littéraire était ainsi créé, et un nombre impressionnant de «Vies de Jésus» ne tarda pas à voir le jour. Mais la contestation de l'historicité des événements christiques à partir de la fin du XVIIIᵉ siècle aboutit à deux attaques célèbres : la *Vie de Jésus repensée à la lumière de la critique* (1835) de l'Allemand David-Friedrich Strauss, traduite en français par Émile Littré – l'auteur du *Dictionnaire* – dès 1839 ; puis la *Vie de Jésus* d'Ernest Renan, dont les à-peu-près et la religiosité sirupeuse furent sévèrement jugés par nombre d'exégètes. Néanmoins un défi se trouvait lancé. À partir de la fin du XIXᵉ siècle se multiplièrent les ouvrages sur Jésus, même si, en 1928, le père Lagrange, fondateur de l'École biblique de Jérusalem, put écrire avec prudence dans *L'Évangile de Jésus-Christ* : « Les Évangiles sont la seule vie de Jésus que l'on puisse écrire. » Aussi, sollicité de mettre en œuvre son immense savoir dans une nouvelle *Vie de Jésus*, le savant dominicain se contenta-t-il de publier une *Synopse*, fondée sur l'ordre de saint Luc et surtout sur la chronologie de saint Jean.

Malgré cette mise en garde, la séduction du genre est demeurée si forte que les « Vies de Jésus » ont continué. En 1946, le *Jésus en son temps* de l'académicien Daniel-Rops connut un succès exceptionnel : lors d'une soirée où l'auteur était présent accompagné de sa femme en manteau de vison, un confrère charitable, François Mauriac, caressa la fourrure et s'écria : « Doux Jésus ! » Les « Vies de Jésus » intègrent progressivement les apports indubitables de la critique biblique. Parcourons les étapes de cette « Vie ».

L'Enfance du Christ

En dépit des représentations plastiques, la méditation et la contemplation chrétiennes ne se sont vraiment attachées à l'Enfance du Christ qu'à partir de la fin du Moyen Âge, avec saint Bernard, saint François d'Assise et les franciscains. Ce courant se renforça au début du XVIIᵉ siècle, d'abord avec Pierre de Bérulle, puis sous l'influence des carmélites de Beaune. Dès lors le culte pour l'Enfance du Christ ne fit que grandir. La fameuse mystique Mᵐᵉ Guyon, au tournant du XVIIᵉ et du XVIIIᵉ siècle, lui accorda une place centrale. Une dizaine de congrégations religieuses s'y consacrèrent et, à la fin du XIXᵉ siècle, la jeune carmélite Thérèse de Lisieux prit en religion le nom de Thérèse de l'Enfant-Jésus.

L'une des représentations les plus répandues est l'Enfant Jésus de Prague, une petite statue où Jésus semble bénir le monde de sa main droite, tandis que la gauche tient le globe de la terre ; il porte sur la tête une couronne, symbole de sa puissance. De nombreuses images en ont été diffusées dans la plupart des pays catholiques à partir du XVIIe siècle : la statue date de 1628, sculptée sans doute sous l'influence du Carmel de Beaune.

En 1850-1854, Berlioz a composé *L'Enfance du Christ*, un oratorio d'une extraordinaire sérénité dont il a rédigé lui-même les paroles. Un siècle plus tard, Messiaen a écrit *Vingt Regards sur l'Enfant Jésus*, pour piano (1944).

L'arbre de Jessé

Reproduit dans d'innombrables sculptures, peintures, vitraux, l'arbre de Jessé rappelle que le Christ est un descendant de Jessé, père de David. Il correspond aux deux généalogies de Jésus, l'une qui ouvre l'Évangile de Matthieu (1,1-17) et l'autre celui de Luc (3,23-38), ainsi qu'à une prophétie d'Isaïe (11,1-3). La racine de l'arbre est Jessé ; les branches du tronc portent les rois ancêtres du Christ et souvent certains prophètes ; la fleur a été d'abord le Sauveur, puis sa mère, « fleur d'Israël ».

La naissance et l'enfance de Marie

Ces épisodes, inconnus des Évangiles canoniques, ont été proposés à la curiosité des chrétiens par trois textes apocryphes : le *Protévangile de Jacques*, l'*Évangile du Pseudo-Matthieu* et l'*Évangile de la Nativité de la Vierge*. Les deux derniers seront popularisés au XIIIe siècle par Vincent de Beauvais et surtout par la fameuse *Légende dorée* du dominicain Jacques de Voragine. Ces récits ne font que reprendre des épisodes de l'Ancien Testament : les parents de Marie s'appellent Joachim et Anne. Anne restant stérile au bout de vingt ans de mariage, Joachim se voit chassé du Temple et se retire parmi des bergers ; mais l'ange Gabriel leur annonce la naissance d'un enfant. Les deux époux, joyeux, se rencontrent à la Porte d'or de Jérusalem et échangent un baiser, d'où serait née miraculeusement Marie. Cette scène de baiser sur les lèvres est unique au Moyen Âge : le baiser sur les lèvres n'entrera dans l'histoire de l'art qu'au XVIᵉ siècle.

Les épisodes les plus présents dans les arts sont la nativité de la Vierge, sa présentation au Temple, sa vie dans le Temple, son apprentissage de la lecture avec sa mère Anne (chez Rubens, Poussin, Georges de La Tour, Murillo ou Delacroix) et enfin son mariage. Nombre de toiles célèbrent l'Immaculée Conception de Marie, c'est-à-dire le fait qu'elle est née « toute sainte », indemne de la contagion du mal qui affecte les hommes.

L'annonce à Zacharie de la naissance de Jean-Baptiste

Le prêtre Zacharie avait pour épouse Élisabeth, qui était stérile. Un jour, pendant qu'il officiait dans le Temple de Jérusalem, un ange lui apparut et lui annonça qu'il allait avoir un fils, qu'il devrait prénommer Jean et qui serait l'un des grands prophètes d'Israël. Comme Zacharie, âgé, ne croyait pas à cette promesse, l'ange le frappa de mutisme jusqu'à la naissance.

Miniatures et chapiteaux ont illustré cette annonce, avant Andrea del Sarto (1523) ou William Blake.

L'Annonciation (Luc 1,26-38)

Dans la petite ville de Nazareth, en Galilée, l'ange Gabriel annonce à Marie le mystère de l'Incarnation du Fils de Dieu : de même qu'aux origines du monde l'Esprit de Dieu planait sur les eaux, de même, « l'Esprit-Saint viendra sur toi et la puissance du Très-Haut te couvrira de son ombre ». Adviendra une nouvelle Création.

Parmi les tableaux les plus célèbres figurent ceux de Fra Angelico (1440), de Hans Memling, du Corrège, de Titien, de Zurbarán, et de Poussin. Maurice Denis, au début du XXᵉ siècle, a peint deux *Annonciation*.

Marie répondit : « Qu'il m'advienne selon ta parole. » Dans le latin de la Vulgate, *Fiat mihi secundum verbum tuum*. Le *Fiat* en est venu à désigner la soumission du croyant à la volonté divine.

La « Salutation angélique » a été reprise dans l'une des prières catholiques les plus populaires : « Je vous salue [Marie], pleine de grâce, le Seigneur est avec vous » (1,27). La suite est empruntée aux paroles adressées à la Vierge par la mère de Jean-Baptiste : « Vous êtes bénie entre toutes les femmes, et [Jésus] votre enfant est béni » (1,42). La fin de la prière, ajoutée beaucoup plus tard, ne se répand et ne s'impose qu'au cours du XVIᵉ siècle : « Sainte Marie, mère de Dieu, priez pour nous, pauvres pécheurs, maintenant et à l'heure de notre mort. Amen. » Sous sa forme latine – *Ave Maria* – la Salutation angélique a été, à diverses reprises, mise en musique : les deux *Ave Maria* les plus connus sont ceux de Schubert et de Gounod (XIXᵉ siècle). Cette Salutation compose la base de deux « guirlandes » de prières à la Vierge : le chapelet et le rosaire. À l'origine, le « chapel » est une couronne de fleurs. Réciter le chapelet (prononcer cinq fois dix *Ave Maria* entre le

Notre Père et la glorification de Dieu) revient à tresser une couronne à la Vierge. La pratique en remonterait au XIII⁰ siècle. C'est au XV⁰ siècle que le chapelet s'élargit en « rosaire », avec quinze dizaines d'*Ave Maria*, chacune consacrée à un « mystère » ou épisode de la vie de Jésus. Ces cent cinquante *Ave Maria* ont été appelés le Psautier des laïcs.

Par ailleurs, l'Annonciation a inspiré une autre prière populaire, qui se récite le matin, à midi et le soir : l'« Angélus », dont le nom vient de son début : *Angelus Domini nuntiavit Mariæ…*, « l'Ange du Seigneur apporta l'annonce à Marie ». Le peintre Millet, de l'École de Barbizon, a peint des paysans récitant cette prière : *L'Angélus*, 1858. Et *L'Annonce faite à Marie* a fourni à Claudel le titre d'une de ses pièces les plus souvent jouées (1912).

Si la Salutation angélique et l'Angélus suivent immédiatement le Notre Père parmi les prières catholiques, c'est parce qu'ils sont incomparables pour mettre en présence du mystère de l'Incarnation du Christ.

Le Songe de Joseph (Matthieu 1,18-24)

Dieu révèle à Joseph, descendant de David, l'intervention de l'Esprit-Saint dans la conception miraculeuse de Jésus, qui réalise la prophétie d'Isaïe (dans la Bible d'Alexandrie) : « Voici que la Vierge va concevoir. Elle enfantera un fils auquel on donnera le nom d'Emmanuel », c'est-à-dire « Dieu avec nous » (7,14).

Peu présent dans les Évangiles, Joseph a longtemps été représenté en vieillard méditatif. Le Moyen Âge l'a même parfois moqué. Au XVI⁰ siècle, son culte prend un rapide essor sous l'influence des franciscains, des carmes et des jésuites. Ces derniers popularisent une triade : « Jésus, Marie, Joseph », devenue même une exclamation fréquente pour marquer la surprise ou l'effroi. Le recours à ce prénom se répand. Sa fête est fixée au 19 mars par le pape Pie IX (1870).

Le Songe, traité par des mosaïques (Vᵉ siècle), des fresques, des vitraux, a attiré de grands peintres du XVIIᵉ siècle, comme Vouet, La Tour et Philippe de Champaigne (*Le Songe de Joseph*, 1638).

La Visitation (Luc 1,39-56)

Marie, enceinte, rend visite, en Judée, à sa cousine Élisabeth, qui, elle-même, attend la naissance du futur Jean-Baptiste, prophète et précurseur de Jésus. La scène orne, dès le Vᵉ siècle, un sarcophage de Ravenne; on la retrouve sous le pinceau de Giotto (1305), de Pontormo, de Rubens, de Rembrandt. Marie magnifie Dieu par un chant devenu extrêmement célèbre et constamment repris, désigné par son incipit latin, *Magnificat*.

À lui seul, le maître de la polyphonie au XVIᵉ siècle, Roland de Lassus a écrit... cent un *Magnificat*, et le *Magnificat* de Jean-Sébastien Bach constitue l'un des sommets de son œuvre (1723).

La Nativité de Jésus (Luc 2,1-21)

L'empereur romain Auguste (mort en 14 après Jésus-Christ) ayant décrété un recensement, Joseph dut quitter Nazareth pour se rendre dans la cité d'origine de sa famille, Bethléem, en Judée. Pendant que lui-même et son épouse se trouvaient là, Marie accoucha de son fils, l'emmaillota et le coucha dans une mangeoire, parce qu'il n'y avait pas de place dans la salle du caravansérail.

Aux alentours, des bergers gardaient leur troupeau. Un ange les enveloppa de lumière et leur dit: «N'ayez pas peur, car je vous annonce une bonne nouvelle: il vous est né aujourd'hui dans la cité de David un Sauveur, qui est le Messie Seigneur. » Et des chœurs angéliques se mirent à chanter : « Gloire à Dieu au plus haut des cieux, et paix sur la terre aux hommes qu'il aime. »

Quand les anges eurent disparu, les bergers se rendirent à Bethléem, et ils y trouvèrent Marie, Joseph et l'enfant dans la mangeoire. Ils racontèrent ce qu'ils avaient vu et entendu. Puis ils s'en retournèrent en célébrant les louanges de Dieu.

Le chant des anges a donné naissance à l'hymne *Gloria in excelsis Deo*, chantée au début des messes catholiques et si souvent mise en musique. Nombre de cantiques populaires ont repris cette scène, comme « Les anges dans nos campagnes / Ont entonné l'hymne des cieux[…]. *Gloria…* ». Jean-Sébastien Bach a composé un magnifique *Oratorio de Noël* (1735), et Olivier Messiaen, neuf méditations pour orgue sur *La Nativité du Seigneur* (1935).

Pendant des siècles, à partir du IVe, les Nativités ont présenté la jeune accouchée étendue, avec l'enfant auprès d'elle. Dès le XIIIe siècle, la scène s'anime souvent (Marie soulève Jésus, lui donne le sein…). C'est au XIVe siècle que se répand en Occident le motif de l'Adoration : Marie et les bergers adorent l'Enfant-Dieu. L'Adoration des bergers a connu un succès inouï non seulement chez les peintres, mais dans les crèches et les groupes de santons provençaux.

La littérature a multiplié les contes de Noël, comme le fameux *A Christmas Carol* (1843) de Dickens.

L'Adoration des Mages (Matthieu 2,1-12)

Jésus étant né à Bethléem, au temps du roi Hérode (mort en 4 avant notre ère), voici qu'arrivèrent d'Orient des Mages – sans doute des astrologues – qui demandèrent aux autorités de Jérusalem : « Où est le roi des Juifs qui vient de naître ?

Nous avons vu se lever son étoile et nous sommes venus lui rendre hommage.» Ceux qui étaient versés dans la connaissance des Écritures leur répondirent: «C'est à Bethléem que doit naître le Messie», selon l'annonce du prophète Michée (5,1). Alors Hérode, inquiet de cette venue dont il avait été averti, appela secrètement les Mages et leur dit: «Allez donc à Bethléem, prenez tous les renseignements, et revenez m'avertir, afin que moi aussi j'aille lui rendre hommage.»

Les Mages se mirent en route, et voici que l'étoile reparut à leurs yeux et les précéda jusqu'à l'endroit où se trouvait Jésus. Y étant entrés, ils virent l'enfant avec Marie, sa mère. Ils se prosternèrent devant lui, ouvrirent leurs coffrets et lui offrirent en présents de l'or, de l'encens et de la myrrhe.

Ensuite, avertis en rêve de ne surtout pas revenir informer Hérode, ils regagnèrent leur pays.

L'Adoration des Mages est la première des trois manifestations divines célébrées par la fête de l'Épiphanie, avant le Baptême de Jésus (Luc 3,21-22) et les Noces de Cana (Jean 2,1-12). C'est pourquoi cette fête, fixée au 6 janvier, s'appelle aussi la fête des Rois. On a pris l'habitude d'y déguster des galettes où a été cachée une petite figurine: celui ou celle qui la trouve est roi, ou reine, et choisit sa reine, ou son roi.

L'iconographie des Mages est surabondante: on a représenté leur voyage vers Jérusalem et leur entrevue avec Hérode, mais surtout la scène de l'Adoration. À lui seul, Rubens l'a traitée au moins six fois.

Le romancier Michel Tournier a consacré aux Mages un récit, *Gaspard, Melchior et Balthazar* (1980).

La Présentation au Temple (Luc 2,22-40)

Conformément à la Loi juive, l'enfant fut circoncis à son huitième jour, où on lui donna le nom de Jésus. La loi hébraïque ordonnait d'offrir à Dieu les premiers produits de la terre, ou «prémices» (Deutéronome 26,1-11) et de lui consacrer tout fils premier-né (Exode 13,2). Les parents de Jésus, bien que cela ne fût pas prescrit, décidèrent de le présenter au Temple de Jérusalem au quarantième jour, en même temps que serait célébrée la purification de sa mère (Lévitique 12).

Or se trouvait là un vieillard appelé Siméon, à qui l'Esprit-Saint avait révélé qu'il ne mourrait pas avant d'avoir vu le Messie. Poussé par l'Esprit, il prit l'enfant dans ses bras et se mit à célébrer Dieu : «Maintenant, Maître, c'est en paix que tu laisses partir ton serviteur, car mes yeux ont vu ton salut, lumière pour tous les peuples.» Et Siméon dit à Marie : «Cet enfant est là pour la chute et le relèvement de beaucoup en Israël. Toi-même, un glaive te percera le cœur.»

La fête de la Purification de Marie et de la Présentation de Jésus, fixée par la liturgie catholique au 2 février, s'appelle aussi la Chandeleur ou fête des Chandelles (*Dies festus candelarum*), parce qu'une procession s'y déroulait avec des cierges, dont la flamme symbolisait l'avènement de Jésus, Lumière du monde.

La prière de Siméon, le *Nunc dimittis* (d'après la traduction latine de la Vulgate), est reprise par prêtres et moines chaque soir, au cours de l'office de complies, qui précède le sommeil. L'incipit est passé en français : «Prononcer son *Nunc dimittis*» signifie qu'on accepte de partir, de s'effacer.

La scène a été surabondamment illustrée par les arts plastiques, dès le Ve siècle. On ne compte plus les grands peintres qui l'ont reproduite, à commencer par Giotto à Padoue. La prophétie du vieil homme est à l'origine de la célébration des souffrances de Marie et des nombreuses représentations de la Vierge aux sept douleurs.

La fuite en Égypte (Matthieu 2,13-15)

Peu après la visite des Mages, l'Ange du Seigneur apparut en rêve à Joseph et lui dit : « Lève-toi, prends l'enfant et sa mère, et fuis en Égypte. Car Hérode va rechercher l'enfant pour le faire mourir. » Joseph s'enfuit donc en Égypte, et y resta jusqu'à la mort d'Hérode. Il regagna alors son pays et s'établit à Nazareth.

Les artistes ont beaucoup brodé sur cet épisode. Ils ont évidemment peint le rêve (Giotto, Rembrandt). Si Matthieu précisait que le départ avait eu lieu la nuit, l'âne qui porte la Vierge et l'Enfant est un ajout, ainsi que l'ange qui parfois conduit la petite caravane. On a même imaginé Joseph doté d'un tonnelet où il boit à la régalade pour reprendre des forces. En s'appuyant sur les récits apocryphes, la marche s'est enrichie d'attaques de brigands ou de dragons. Enfin, les haltes ont inspiré de nombreuses œuvres à partir du XVIᵉ siècle : Corrège (*La Madone à l'écuelle*, 1530), le Caravage (*Le Repos pendant la Fuite en Égypte*, 1596), Poussin (*La Sainte Famille*), Boucher (1750), Rouault (*La Fuite en Égypte*, 1946).

Le massacre des saints Innocents (Matthieu 2,16-18)

Hérode, furieux d'avoir été joué par les Mages, envoya ses sbires tuer tous les enfants de moins de deux ans qu'ils trouveraient à Bethléem et aux alentours dans l'espoir de supprimer le Roi-Messie mentionné par les Mages.

Considérés comme les premiers martyrs chrétiens, les saints Innocents devinrent rapidement l'objet d'un culte. Leur fête fut fixée peu après Noël, le 28 décembre.

Représentés d'abord par des mosaïques, des miniatures, des chapiteaux ou sur des portails d'églises (comme à Notre-Dame de Paris), ils envahirent la peinture à partir du XIVᵉ siècle, avec Giotto (1305), Duccio. Le Tintoret, Guido Reni, Rubens leur ont consacré des toiles. L'une des plus saisissantes est *Le Massacre des saints Innocents* de Poussin, peint au cours des années 1627-1633. Péguy a publié en 1912 un *Mystère des saints Innocents*, dont toute la fin célèbre ces « fleurs des martyrs ».

La sainte Famille (Luc 2, 40)

Un seul verset de l'Évangile de Luc, relié aux figures de Joseph, de Marie et parfois de la mère de la Vierge, Anne, se trouve à l'origine des nombreuses représentations connues sous l'appellation de « sainte Famille » : « L'enfant grandissait et se fortifiait, tout rempli de sagesse, et la grâce de Dieu était sur lui. »

La triade sainte Anne, la Vierge et Jésus a inspiré à Léonard de Vinci sa célèbre toile *Sainte Anne, la Vierge et l'Enfant Jésus* (1510), qui est au Louvre et à propos de laquelle Freud a écrit *Un souvenir d'enfance de Léonard de Vinci* (1910). Holbein a peint une toile charmante, *Premier Pas de l'Enfant Jésus*. Ce même groupe a aussi séduit Masaccio et le Caravage.

Beaucoup plus fréquente est la triade Jésus, Marie, Joseph, dont le culte se répand à partir de la Renaissance. La sainte Famille est un sujet cher au peintre vénitien Giovanni Bellini (mort en 1516). Murillo représente cette triade comme un reflet de la Trinité divine.

L'Enfant Jésus au milieu des docteurs de la Loi (Luc 2,41-51)

Lorsque Jésus eut douze ans, ses parents l'emmenèrent à Jérusalem en pèlerinage pour la fête de la Pâque. Le croyant parti devant avec des amis, ses parents prirent ensuite la route du retour. Au bout d'une journée de marche, ne le voyant avec aucune de leurs connaissances, ils furent saisis d'inquiétude et revinrent à Jérusalem. Là, après trois jours de recherches, ils le découvrirent dans le Temple, assis parmi les docteurs de la Loi, à les écouter et les questionner. Tous ceux qui l'entendaient s'extasiaient sur l'intelligence de ses réponses. Ses parents stupéfaits lui demandèrent : « Mon enfant, pourquoi as-tu agi ainsi avec nous ? Vois, nous étions remplis d'angoisse. »

Jésus leur répondit : « Pourquoi me cherchiez-vous ? Ne saviez-vous pas que je dois être occupé aux affaires de mon Père ? » Mais ils ne comprirent pas ces paroles.

Première manifestation du Christ enseignant, cette scène est devenue extrêmement populaire à partir du Moyen Âge. On a souvent représenté Jésus tenant un codex, ancêtre du livre moderne, en face des Docteurs déroulant des rouleaux, selon les pratiques anciennes, pour marquer le dépassement de la Torah par l'Évangile. On a aussi placé cette scène entre deux épisodes qui l'annoncent : Joseph interprétant les rêves de Pharaon et Daniel ceux de Nabuchodonosor. Les images populaires ont fait de Jésus un prédicateur installé dans une petite chaire. La dernière toile peinte par Ingres, en 1862, est un *Jésus parmi les docteurs* qui se trouve au musée de Montauban.

La vie publique

La vie publique de Jésus a duré environ trois ans, de son Baptême par Jean-Baptiste à la veille de sa Passion. Deux activités dominent : la délivrance de son message, peu propice aux élaborations artistiques et qui a donc été présentée plus tôt ; les guérisons miraculeuses à portée symbolique, extrêmement nombreuses et, elles, souvent représentées. En dehors de ces deux vastes ensembles, toutes sortes d'épisodes singuliers ont marqué cette rapide trajectoire. Beaucoup d'entre eux ont suscité des œuvres d'art littéraires, plastiques ou musicales. Il faut leur ajouter six paraboles, qui ont été abondamment reprises : le Pauvre Lazare et le riche, le Bon Samaritain, l'Enfant prodigue, la Brebis perdue, le Bon Pasteur, les Vierges sages et les Vierges folles.

Saint Jean-Baptiste, le précurseur

Présent dans les quatre Évangiles, Jean-Baptiste, dernier prophète de l'Ancien Testament et désigné par le Christ comme le nouvel Élie, ouvre de façon abrupte le récit de Marc. Si les circonstances de sa naissance ne se rencontrent que chez Luc (1-2), sa prédication dans le Désert est évoquée par tous les évangélistes. Le précurseur reparaîtra pour le Baptême de Jésus dans le Jourdain (Marc 1,9-11 et Jean 1,29-34), avant d'être jeté en prison pour avoir critiqué l'adultère d'Hérode Antipas avec sa belle-sœur, Hérodiade. La mort du Baptiste a frappé les imaginations : la fille d'Hérodiade ayant exécuté une danse qui charma Hérode, celui-ci lui promit d'exaucer la demande qu'elle lui adresserait. Poussée par sa mère, la jeune fille réclama la tête du prisonnier. Aussitôt Jean fut décapité, et le garde leur apporta la tête sur un plat (Marc 6,17-29). C'est cet épisode qui a été connu comme la « Décollation » de saint Jean-Baptiste.

Le culte du Baptiste a été extrêmement populaire. Sa nativité est célébrée le 24 juin, jour qui fut longtemps appelé la Noël d'été et où l'on allumait sur les collines les « feux de la Saint-Jean », qui marquaient le solstice d'été. Sa Décollation a suscité une seconde fête, fixée au 29 août.

Les arts plastiques ont inventé les scènes où le petit Jean joue avec l'enfant Jésus, absentes des récits évangéliques (Botticelli,

Léonard de Vinci, Murillo). Mais le plus souvent, c'est l'ascète adulte, vêtu de poil de chameau et appelant à la conversion, qui a été représenté, ainsi dans le superbe tableau de Philippe de Champaigne que possède le Musée de Grenoble. Le saint est évidemment présent sur les innombrables illustrations du Baptême du Christ. La danse de la fille d'Hérodiade, Salomé, la mise à mort et l'ostension de la tête coupée ont sollicité non seulement les plus grands peintres, comme Titien ou le Caravage, mais aussi, après Flaubert (*Trois Contes*), les écrivains du décadentisme, à la fin du XIXᵉ siècle : Mallarmé (*Hérodiade*, 1869), Huysmans, Oscar Wilde (*Salomé*, 1896). Massenet en 1881 et Richard Strauss en 1905, ont composé chacun un opéra : *Hérodiade* et *Salomé*. On ne s'étonnera pas que cet épisode ait suscité des ballets : ainsi la *Salomé* de Florent Schmitt, montée par Diaghilev en 1913.

Le Baptême de Jésus

Le Baptême de Jésus est raconté par les quatre évangélistes. Jean-Baptiste avait annoncé : « Moi, je vous baptise dans l'eau en vue de votre conversion ; mais celui qui vient après moi est plus puissant que moi, et je ne suis pas digne de délier la courroie de ses sandales. » Voyant venir Jésus au bord du Jourdain, il proclama : « Voici l'Agneau de Dieu qui enlève le péché du monde [...]. Celui qui m'a envoyé baptiser dans l'eau m'a dit : "Celui sur qui tu verras l'Esprit descendre et demeurer, c'est lui qui baptise dans l'Esprit-Saint". » (Jean 1,29 et 33). En dépit des protestations du Baptiste, Jésus – commençant à démentir l'attente juive d'un Messie triomphant – exige de se soumettre au rite baptismal. À peine remonté du fleuve, écrit Matthieu (3,16-17), « voici que les cieux s'ouvrirent, et Jean vit l'Esprit de Dieu descendre comme une colombe et venir sur lui. Et au même instant une voix se fit entendre du ciel : "Celui-ci est mon Fils bien-aimé, dans lequel j'ai mis ma complaisance" ».

Les paroles de Jean-Baptiste sur l'Agneau de Dieu sont passées dans la messe catholique, juste avant la communion. Cet *Agnus Dei* constitue l'une des pièces maîtresses de toute messe musicale. Le Baptême de Jésus constitue le second volet du triptyque de l'Épiphanie, entre l'Adoration des Mages et les Noces de Cana : la fête se célèbre au début de janvier.

Cette scène a été abondamment représentée dans l'art byzantin, où, selon la pratique ancienne du baptême, Jésus est engagé dans le fleuve au moins à mi-corps. C'est au XIIᵉ siècle que le rite devient le simple versement d'un peu d'eau sur la tête. À partir de la Renaissance, les artistes insistent soit sur l'humilité du Christ, à genoux devant le Baptiste, soit sur sa grandeur, et c'est le Baptiste qui s'agenouille devant lui : Raphaël, Rubens, Restout (1745), Corot (1846). Rude a sculpté la scène pour l'église de la Madeleine à Paris.

Les tentations au Désert

Immédiatement après son baptême, Jésus poussé par l'Esprit-Saint se retire dans le Désert où il se livre à un jeûne de quarante jours et quarante nuits (selon un nombre qui symbolise la longueur et reproduit le jeûne de Moïse au Sinaï). Là, il est soumis par le diable à trois tentations : celle de renoncer aux limites de sa condition humaine en commandant magiquement que les pierres deviennent des pains ; en se jetant du sommet du Temple dans le vide, puisque des anges le porteraient ; et celle de la puissance sur tous les royaumes du monde, qu'il obtiendrait en se prosternant devant le Tentateur.

À la première tentation, Jésus répond par une parole qui s'est incrustée dans la langue : « L'homme ne vit pas seulement de pain, mais de toute parole qui sort de la bouche de Dieu »

(Matthieu 4,3). À la dernière, il oppose que l'adoration est réservée au Dieu unique et il chasse le diable : « Retire-toi, Satan ! », en latin *Vade retro, Satanas !* – formule qui est également souvent reprise pour marquer le refus d'une suggestion perverse. Lors de la seconde tentation, Jésus avait été conduit sur une corniche supérieure du Temple, appelée d'après un mot grec passé en latin *pinnaculum,* « pinacle ». Aujourd'hui, « porter quelqu'un au pinacle » se dit pour « placer quelqu'un au-dessus de tous les autres ».

Les « quarante jours » ont suscité le cadre du Carême, qui se met en place entre le IVe et le VIIe siècle comme période préparatoire à la célébration de la Passion et de la Résurrection. Le terme même de « Carême » vient du latin *Quadragesima (dies),* le « quarantième jour » avant Pâques.

Les arts plastiques n'ont traité des Tentations du Christ qu'à partir des Xe-XIe siècles. Ils ont beaucoup brodé sur l'apparence du diable : un négrillon ailé (à Saint-Marc de Venise), un être avec des cornes, des pieds fourchus, et même en habit de franciscain (Botticelli en 1482). D'autres ont préféré reprendre la mention des anges qui servaient Jésus en signe de l'aide divine et de sa victoire (Matthieu 4,11), comme Fra Angelico ou Charles Le Brun (au Louvre).

L'appel des Douze Apôtres

Les quatre évangélistes racontent comment Jésus a constitué le groupe des Douze. Jean (1,35-51) évoque André et son frère Simon (Pierre), Philippe et Nathanaël, et sans doute lui-même ; les trois synoptiques ajoutent aux deux premiers et à Jean, le frère de celui-ci, Jacques, tous pêcheurs et appelés à devenir « pêcheurs d'hommes » (Luc 5,1-11) ; un peu plus loin, c'est au tour du percepteur d'impôts Lévi (Matthieu). La liste complète du groupe apostolique est fournie par les synoptiques (dont Matthieu en 10,1-4) et les Actes des apôtres (1,13).

Après avoir choisi ses apôtres, Jésus leur donne un chef en la personne de Pierre : « Tu es Pierre, et sur cette pierre je bâtirai mon Église, et la puissance de la mort ne pourra rien contre elle. Je te donnerai les clés du Royaume des cieux : tout ce que tu lieras sur la terre sera lié dans les cieux ; et tout ce que tu délieras sur la terre sera délié dans les cieux. » (Matthieu 16,18-19.)

« Lier / délier » signifiait dans la culture juive « interdire / permettre ». Cette autorité se manifestera en particulier dans le pardon des péchés. Le « pouvoir des clés », les « clés de saint Pierre » désignent l'autorité pontificale. La piété populaire, à partir de cette image, a fait de Pierre le portier du Paradis.

Peintres et sculpteurs ont représenté les vocations des apôtres : Pierre et André dans une barque, Jacques et Jean raccommodant leurs filets, Matthieu-Lévi à son comptoir de percepteur. La chapelle Sixtine a accueilli une fresque du Pérugin où Pierre à genoux reçoit les clés des mains du Sauveur (1481).

Le Nathanaël de Jean a été assimilé à l'apôtre Barthélemy (qui ne signifie que « fils de Tholmaï »), dont la fête, le 24 août, est restée tristement célèbre par le massacre des protestants à Paris en 1572. André Gide a choisi de nommer Nathanaël le disciple auquel il adresse *Les Nourritures terrestres* (1897), frappé par le jugement de Jésus sur cet apôtre : « Voici un véritable Israélite, en qui il n'y a nul artifice » (Jean 1,47). L'« Avertissement » des *Nourritures* affirme en effet : « Nathanaël […], ces choses ne sont pas plus des mensonges que ton nom. »

Claudel, dans *Corona benignitatis anni Dei* (1915), a consacré douze poèmes au « groupe des apôtres ».

Les Noces de Cana (Jean 2,1-11)

Au seuil même de l'activité prophétique de Jésus, il y eut une noce à Cana, en Galilée. Jésus y avait été invité avec sa mère et ses disciples. Or le vin venant à manquer, sa mère se tourna vers lui et lui dit : « Ils n'ont plus de vin. » Il y avait là six grandes urnes de pierre, pour servir aux purifications qui étaient en usage chez les juifs. Jésus ordonna de les remplir d'eau. Puis il ajouta : « Maintenant, puisez, et portez-en au maître d'hôtel. » Celui-ci en goûta et ne sachant d'où venait ce vin, il appela le marié : « Tout homme sert d'abord le bon vin et, après que les convives ont beaucoup bu, il en sert un moins bon. Mais toi, tu as gardé pour la fin le bon vin ? »

Tel fut le premier miracle, un « signe » qui manifeste la Gloire de Jésus. C'est pourquoi – après l'Adoration des Mages et le Baptême dans le Jourdain – les Noces de Cana constituent le troisième volet de la fête de l'Épiphanie, ou « Manifestation divine » (début de janvier).

Souvent interprété comme le passage de l'eau de l'Ancien Testament au vin du Nouveau, cet épisode a été traité par les arts plastiques dès le IVe siècle. On y a vu aussi, avec la Multiplication des pains, un symbole eucharistique. Dans l'art byzantin, la disposition de Jésus à table annonce la dernière Cène. Peintes par Giotto, le Tintoret, Jérôme Bosch, Murillo…, les Noces de Cana ont donné naissance à une toile colossale de Véronèse, destinée au réfectoire des bénédictins de San Giorgio Maggiore, à Venise (1562), et actuellement au Louvre. Ce banquet tout profane, dans un chatoiement de couleurs et dans un somptueux décor, marque un effacement de la profondeur religieuse fréquent à la Renaissance.

Les guérisons miraculeuses

Le Christ a multiplié les guérisons, à la fois par bonté, pour accréditer sa mission et pour délivrer symboliquement un message. Comme l'écrit Pascal dans les *Pensées* (fr. 570) :

> Les figures de l'Évangile pour l'état de l'âme malade sont des corps malades. Mais parce qu'un corps ne peut être assez malade pour le bien exprimer, il en a fallu plusieurs. Ainsi il y a le sourd, le muet, l'aveugle, le paralytique, le Lazare mort, le possédé : tout cela ensemble est dans l'âme malade.

Parmi les guérisons les plus souvent représentées figurent celle de l'aveugle-né (Jean 9,1-35), peinte par le Greco en 1570, celle des deux aveugles de Jéricho (Matthieu 9,27-31), qui a retenu Poussin. Si le serviteur paralysé d'un centurion de Capharnaüm (Matthieu 8,5-13) a inspiré Véronèse, ce sont les guérisons spectaculaires du paralytique dont le grabat est descendu par le toit de la maison où se trouve le Christ (Marc 2,1-12) ou de celui qui entre dans la piscine de Béthesda (Jean 5,1-15), qui ont connu le plus durable et le plus ample succès. Du côté des femmes miraculées, les arts plastiques ont privilégié la femme qui souffrait de pertes de sang (Marc 5,25-34), peinte par Véronèse, Lucas Cranach, William Blake, et la fille de la Cananéenne (Matthieu 15,21-28), avec les toiles de Véronèse, d'Annibal Carrache.

Une très célèbre eau-forte de Rembrandt, dite l'*Estampe aux cent florins* (1650), parce qu'une épreuve monta à ce prix lors d'une vente, représente Jésus guérissant une foule de malades venus de pays lointains (Marc 3,7-12).

L'épisode du paralytique de Capharnaüm, dont on fait passer la civière par une ouverture du toit à cause de la foule en désordre qui obstruait l'entrée de la maison, a donné naissance au mot français « capharnaüm », introduit par Balzac pour marquer un lieu renfermant pêle-mêle toutes sortes d'objets hétéroclites.

Jésus et la Samaritaine (Jean 4)

Venant de Jérusalem et se rendant en Galilée, Jésus traversa la Samarie, dont les habitants avaient fait schisme par rapport au judaïsme et dont, par conséquent, les juifs fuyaient le contact. Parvenu à l'endroit où se trouve le «puits de Jacob», comme il était fatigué, il s'assit sur la margelle. Il était environ midi. Arrive alors une femme de Samarie, pour tirer de l'eau. Jésus lui dit: «Donne-moi à boire.» La Samaritaine fut surprise: «Comment! toi qui es juif, tu m'adresses la parole!»

Jésus lui répondit: «Si tu savais le don de Dieu, et qui est celui qui te parle, c'est toi qui lui aurais demandé à boire, et il t'aurait donné de l'eau vive. Quiconque boit de l'eau de ce puits aura encore soif, mais celui qui boira de l'eau que je lui donnerai n'aura plus jamais soif.»

Puis il ajouta: «Va chercher ton mari.» La femme lui répondit: «Je n'ai point de mari.» Jésus poursuivit: «Tu dis vrai, car tu as eu cinq maris, et celui avec lequel tu vis présentement n'est pas ton mari.» Suffoquée, la Samaritaine s'écria: «Seigneur, je vois bien que tu es un prophète. Nos pères ont adoré Dieu sur notre mont Garizim, tandis que vous, les juifs, exigez qu'on l'adore à Jérusalem.» Jésus répondit: «Femme, crois-moi, le temps vient, et il est déjà là, où les vrais adorateurs adoreront le Père en esprit et en vérité. Dieu est esprit, et il faut que ceux qui l'adorent l'adorent en esprit et en vérité.»

La femme lui dit: «Je sais qu'un Messie doit venir. Lorsqu'il sera venu, il nous annoncera toutes choses.» Jésus lui répondit: «Je le suis, moi qui te parle.»

Ce texte magnifique a fasciné les générations chrétiennes. Les thèmes de l'eau vive, des «vrais adorateurs», de l'adoration

« en esprit et en vérité » ont été indéfiniment repris. Le philosophe Malebranche a écrit un *De l'adoration en esprit et en vérité*.

Dans les arts plastiques, les Orientaux ont représenté Jésus assis, tandis que les Occidentaux ont privilégié pour les deux interlocuteurs la position debout, mais sans exclusive. Parmi les grands peintres de cette scène se rencontrent Véronèse (1580), Annibal Carrache, Rembrandt (1655 et 1657), Philippe de Champaigne, Boucher, Turner.

À Paris, le grand magasin La Samaritaine tire son nom du fait que, de 1603 à 1813, un système hydraulique voisin fournissait en eau de la Seine le Louvre et les Tuileries. Le petit pavillon qui l'abritait était couronné par un groupe de statues en métal de la Samaritaine donnant à boire à Jésus.

La Tempête apaisée, la Marche sur les eaux

Deux épisodes évangéliques manifestent la maîtrise de Jésus sur les eaux, symboles de la mort menaçante. Ce faisant, ils lui attribuent une prérogative que l'Ancien Testament réservait à Dieu. Le premier, celui de la Tempête apaisée, est raconté par les trois synoptiques : alors que, sur le lac de Tibériade, Jésus se trouvait en barque avec ses disciples, il s'endormit à la poupe, la tête sur un coussin. Survint une bourrasque, et les vagues menaçaient d'engloutir la barque. Les apôtres le réveillèrent : « Maître, sauve-nous, nous périssons. » Jésus leur dit : « Pourquoi avez-vous peur, hommes de peu de foi ? » S'étant levé, il commanda aux vents et aux eaux, et il se fit un grand calme. Les apôtres stupéfaits se demandaient les uns aux autres : « Qui donc est celui-ci, que même le vent et la mer lui obéissent ? » (Marc 4,36-41.)

La Marche sur les eaux est absente de l'Évangile de Luc. Sa version la plus détaillée se trouve chez Matthieu (14,22-33). Les apôtres avaient entrepris de traverser le lac, de nuit, tandis que le Maître était resté sur la côte. Vers la fin de la nuit, Jésus vint vers eux en marchant sur les eaux. Affolés, les disciples crurent avoir affaire à un fantôme et se mirent à pousser des cris. Mais Jésus les rassura : « C'est moi, n'ayez pas peur. » Pierre lui dit : « Si c'est vraiment toi, ordonne que je puisse venir vers toi sur les eaux. » Sur l'assentiment de Jésus, il commença à s'avancer vers lui. Mais devant la violence du vent, il prit peur et commença à couler. Le saisissant par la main, Jésus lui reprocha : « Homme de peu de foi, pourquoi as-tu douté ? » Puis il monta dans la barque, et le vent tomba.

Ces deux épisodes renvoient à un fantasme universel, l'angoisse d'être englouti par les eaux, c'est-à-dire de refaire en sens inverse le chemin de la vie, puisque tout être humain est sorti des eaux amniotiques. Nous l'avons déjà rencontré à propos du Déluge, de la naissance de Moïse et du Livre de Jonas. Dans les deux cas, Jésus affirme son triomphe sur les menaces de la mort.

Vers 1300, Giotto assimile l'Église à la barque secouée par les flots mais protégée par le Christ, selon une symbolique courante dans la pensée chrétienne. Rembrandt (1633), Delacroix (1853) ont consacré des toiles à *La Tempête apaisée*, que le second a peinte quatre fois.

Quant à la Marche sur les eaux, on la rencontre dès le IIIᵉ siècle dans une fresque chrétienne de Doura-Europos. Le Tintoret et Rubens ont été séduits par cette scène, et Delacroix a reproduit en 1850 l'œuvre du peintre flamand.

La Multiplication des pains

Les Évangiles présentent deux épisodes de Multiplication des pains. On peut lire le premier dans le récit le plus développé, qui, pour une fois, est celui de Marc (6,30-44). Jésus et ses disciples s'étaient retirés dans un lieu désert, ce qui n'empêcha pas une grande foule de les retrouver. Se posa la question de nourrir tous ces gens qui ne se lassaient pas d'écouter le Maître. Or les apôtres n'avaient que cinq pains et deux poissons. Jésus fit disposer ses auditeurs par groupes, sur l'herbe. Puis, prenant les cinq pains et les deux poissons, il prononça une bénédiction, rompit les pains, partagea les poissons et les donna à distribuer. Tous purent manger à satiété, et il en resta de quoi remplir douze corbeilles à provisions.

La seconde Multiplication, analogue, avec sept pains et de petits poissons, est rapportée par Marc deux chapitres plus loin (8,1-10). Ce type de miracle est présenté par Jean comme suivi d'un ample Discours sur le pain de vie (6), où Jésus oppose les pains périssables au « véritable pain du Ciel », qui est lui-même : « Je suis le pain de vie, et celui qui vient à moi n'aura jamais faim [...]. Celui qui croit en moi aura la Vie éternelle. En vérité, en vérité, je vous le dis, si vous ne mangez la chair du Fils de l'homme, et ne buvez son sang, vous n'aurez point la Vie en vous. »

Cette révélation du mystère eucharistique provoque le scandale. Plusieurs de ses disciples abandonnent Jésus. Celui-ci demande alors aux Douze : « Vous aussi, voulez-vous me quitter ? » Et Pierre lui répond : « Seigneur, à qui irions-nous ? Tu as les paroles de la Vie éternelle. »

L'art des catacombes évoque allusivement le miracle en montrant des corbeilles remplies de pain, au cours d'un repas eucharistique. Mais, très vite, se répand la représentation du Christ bénissant les pains. Le Tintoret, en 1580, associe cet épisode à la dernière Cène. Lucas Cranach et Murillo figurent parmi les maîtres qui l'ont illustré.

Des centaines de messes musicales ont orchestré la célébration de l'Eucharistie. Mozart a composé un inoubliable *Ave verum* (« Salut, vrai Corps du Christ »). L'une des œuvres les plus récentes est le *Livre du Saint-Sacrement* (1984) d'Olivier Messiaen.

La Transfiguration

Les trois synoptiques nous ont conservé l'épisode de la Transfiguration de Jésus «sur une haute montagne», que la tradition a identifiée au mont Thabor (au sud de la Galilée). Le récit de Luc (9,28-36) précise que la théophanie se produisit «pendant que Jésus était en prière», détail qui a frappé tout particulièrement les mystiques.

Jésus prend avec lui Pierre, Jacques et Jean et gagne le sommet de la montagne pour prier. Pendant qu'il priait, son visage se mit à resplendir comme le soleil et ses vêtements devinrent d'une blancheur fulgurante. Et voici qu'apparurent les deux plus grands prophètes, Moïse et Élie, qui parlaient avec lui de la Passion qu'il allait souffrir à Jérusalem. Survint une nuée lumineuse qui les enveloppa tous, d'où une voix se fit entendre : «Celui-ci est mon Fils bien-aimé. Écoutez-le.» Les apôtres terrifiés tombèrent face contre terre. Mais Jésus s'approcha et leur dit : «N'ayez pas peur, levez-vous.» Regardant alors autour d'eux, ils ne virent plus personne, sinon Jésus seul.

Cette théophanie forme diptyque avec l'agonie au Jardin des Oliviers, où Jésus se trouve à nouveau en compagnie des trois mêmes apôtres. Elle prémunit ceux-ci contre le désespoir dans la traversée de la Passion, que le Maître leur a déjà annoncée à diverses reprises.

La Transfiguration est devenue au IXe siècle une des plus grandes fêtes de l'Orient chrétien, la *Metamorphosis*, et elle a inspiré nombre de ses écrivains spirituels, en quête de la «lumière thaborique» et de la «divinisation». Célébrée dès la même époque dans certaines régions de l'Église latine, elle n'y est entrée dans la liturgie universelle qu'en 1456 et a été fixée au 6 août. Mais cette théophanie forme aussi l'évangile du deuxième dimanche de Carême – pause lumineuse en cette période de marche vers la Passion.

Étant donné la faveur dont a joui très tôt cet épisode dans l'art byzantin, l'Occident a d'abord puisé à cette source.

À partir du XIVe siècle, sous l'influence des récits de l'Ascension, le Christ transfiguré est représenté souvent entre terre et ciel, tandis qu'Élie et Moïse sont agenouillés, et les trois apôtres prosternés ou éblouis. Tel est le cas chez Giotto, Raphaël et Rubens. Mais nombre d'autres artistes préfèrent un Christ debout sur le sommet de la montagne : Fra Angelico ou Giovanni Bellini.

La Transfiguration a joué un rôle décisif dans la naissance de sa vision du monde chez Teilhard de Chardin (1881-1955). Ce paléontologue, qui contribua à la découverte du fossile de l'Homme de Pékin, vécut une expérience religieuse intense en priant devant une *Transfiguration* : il vit la lumière du Christ s'étendre sur le monde. Et cette vision a conféré toute son énergie à sa théologie d'un Christ cosmique, Créateur de toutes choses, et s'immergeant dans l'univers pour l'entraîner tout entier avec lui – comme des replis de sa robe de chair – vers le Dieu invisible. La Transfiguration se surimprime chez lui à l'ouverture grandiose de l'Épître aux Colossiens.

Olivier Messiaen a composé une *Transfiguration de Notre Seigneur Jésus-Christ* en 1969.

La parabole du Bon Samaritain (Luc 10,29-37)

Un docteur de la Loi, après avoir mentionné le principal commandement : « Aimer Dieu de tout son cœur et son prochain comme soi-même » (Deutéronome 6,5 et Lévitique 19,18), demande à Jésus : « Mais qui est mon prochain ? »

Question d'autant plus pertinente que, selon le contexte du Lévitique, les malédictions de nombreux Psaumes et bien d'autres passages de l'Ancien Testament, les juifs entendaient le plus souvent par ce terme leurs frères israélites. Jésus va au contraire ouvrir sur l'universel, grâce à une parabole qui met en scène un Samaritain, dont le peuple était, comme nous l'avons vu, jugé infréquentable par les juifs :

> Un homme, qui descendait de Jérusalem à Jéricho, tomba entre les mains des voleurs, qui le dépouillèrent et le couvrirent de plaies, le laissant à demi-mort. Il se trouva qu'un prêtre descendait par le même chemin : il l'aperçut et passa à bonne distance. De même fit un lévite. Mais un Samaritain, qui était en voyage, passa aussi par là : il vit le blessé et fut saisi de compassion. Il s'approcha donc de lui, versa de l'huile et du vin sur ses plaies et les banda. Et, l'ayant mis sur son cheval, il le conduisit dans une auberge et s'occupa de lui. Le lendemain, il tira deux pièces d'argent, les donna à l'aubergiste et lui dit : « Aie bien soin de cet homme ; et tout ce que tu dépenseras de plus, je te le rembourserai à mon retour. »
> « Lequel de ces trois te semble avoir été le prochain de celui qui était tombé entre les mains des voleurs ? » Le docteur répondit : « Celui qui a fait preuve de bonté envers lui. » Jésus lui dit : « Va, et toi aussi, fais de même. »

Cette parabole a suscité l'expression « jouer les bons Samaritains », pour désigner quelqu'un qui vient en aide à une personne malmenée par la vie, non sans parfois une nuance moqueuse.

Le personnage du demi-mort couvert de plaies a été vite interprété par la pensée chrétienne comme une figure de l'humanité déchue, à laquelle vient en aide le Christ médecin. Dès le VIᵉ siècle, des représentations plastiques illustrent cette symbolisation. Mais d'autres artistes sont restés fidèles à la lettre, si exigeante, du récit, comme Ribera, Hogarth ou, en 1850, Delacroix.

Marthe et Marie (Luc 10,38-42)

Reçu dans la maison de Marthe et Marie, Jésus était écouté religieusement par Marie, assise à ses pieds, laissant à sa sœur tout le travail du foyer. Cette dernière se plaignit à Jésus de ce que Marie ne l'aidât aucunement dans le service : « Dis-lui donc de m'aider. » Le Seigneur lui répondit : « Marthe, tu t'agites beaucoup. Mais une seule chose est nécessaire. Marie a choisi la meilleure part, qui ne lui sera point ôtée. »

Ce passage a exercé une immense influence. Les deux sœurs ont servi à distinguer deux choix de vie : la vie active et la vie contemplative (des moines et religieux). Lorsque saint Paul fait l'éloge de la virginité consacrée, il la juge préférable au mariage, source de toutes sortes de tracas qui distraient de la recherche de Dieu (1 Corinthiens 7,32-35).

Pourtant les artistes ne se sont vraiment intéressés à cet épisode qu'à partir de la Réforme catholique, au milieu du XVIe siècle : le Tintoret, le Greco, le Caravage, Velázquez, Vermeer… En 1920, Maurice Denis a repris cette scène dans un tableau qui se trouve au Musée d'Art moderne de la Ville de Paris.

La parabole de l'Enfant prodigue (Luc 15,11-31)

Le chapitre 15 de Luc est occupé tout entier par trois paraboles sur la miséricorde, le souci des plus petits d'entre les hommes : d'abord la brebis perdue, puis la pièce de monnaie égarée. La dernière, un des plus beaux passages de cet Évangile, met en scène un père et ses deux fils. Tandis que l'aîné demeurait auprès du père, le cadet exigea son héritage et partit au loin, où il dissipa son argent en excès et en débauches. Tombé dans l'indigence, il dut se faire gardien de porcs, mais endura la faim. Rentrant alors en lui-même, il se rappela l'heureux temps passé auprès de son père, et décida de regagner la demeure familiale. Dès que son père le vit de loin arriver, il accourut à sa rencontre et le prit dans ses bras. Le fils lui dit : « Père, j'ai péché contre le Ciel et contre toi. Je ne suis pas digne d'être appelé ton fils. » Mais le père commanda une fête, et fit tuer le veau gras en se réjouissant : « Mon fils que voici était mort, et il est revenu à la vie. »

Rentrant des travaux des champs, l'aîné survint au milieu de la fête. Il se mit en colère : « Père, tu ne fais rien pour moi qui te suis resté fidèle ! Mais tu organises un grand festin pour ce garnement qui a mangé ton bien avec des filles ! » Le père lui répondit : « Mon enfant, tu es toujours auprès de moi, et tout ce que j'ai est à toi. Mais il fallait festoyer, parce que ton frère était mort, et le voici vivant ; il était perdu, et il est retrouvé. »

La langue a conservé de cette parabole deux expressions : le « retour de l'enfant prodigue », pour désigner un fils ou une fille qui renoue avec sa famille après une période de crise ; et « tuer le veau gras », pour parler d'une fête organisée au retour d'un être cher ou à l'occasion d'une très heureuse nouvelle.

Très connue, la parabole a été reprise par la littérature, le théâtre, les arts plastiques, la musique et le cinéma. Portée à la scène, elle a été très populaire au Moyen Âge, avant un remarquable *auto* de Lope de Vega. En 1909, Gide publie son *Retour de l'Enfant prodigue*, à l'issue inattendue : le second fils a un frère cadet qui, peu convaincu par la mésaventure de son aîné, décide à son tour de rompre les amarres familiales, estimant que lui sera plus fort et réussira à mener seul sa propre barque.

Dans le champ des arts plastiques, ce sont les miniatures et les vitraux qui ont créé les modèles dont s'inspireront sculpteurs, tapissiers, graveurs et peintres, avec parfois des cycles de scènes : ainsi Murillo a-t-il peint six sujets, inspirés de gravures de Callot. Rembrandt a consacré au *Retour de l'Enfant prodigue* sept dessins, une gravure et un tableau (1668).

En musique, sa cantate *L'Enfant prodigue* (1884) a valu à Debussy le Prix de Rome ; et Prokofiev a consacré au même sujet un opéra (1929). Au cinéma, Richard Thorpe a réalisé *Le Prodigue* en 1956.

Le Pauvre Lazare et le Riche (Luc 16,19-31)

Cette parabole présente un riche vivant dans le luxe, tandis que gisait à l'entrée de sa demeure un pauvre couvert d'ulcères. Pas une miette des festins ne lui était donnée. Ce malheureux mourut, et il fut emporté par les anges au côté d'Abraham. Le riche mourut aussi, et il eut pour sépulcre l'enfer. De ce lieu de souffrances, il vit le pauvre Lazare «dans le sein» d'Abraham, c'est-à-dire tout contre lui. Il s'écria : «Père Abraham, prends-moi en pitié, envoie-moi Lazare, afin qu'il trempe son doigt dans l'eau pour me rafraîchir.» Mais Abraham lui répondit : «Tu as reçu ton bonheur pendant ta vie, et Lazare les maux ; c'est pourquoi il est maintenant dans la consolation et toi dans les tourments.»

Le riche dit alors : «Envoie Lazare dans la maison de mon père, pour qu'il atteste à mes cinq frères l'existence de ce lieu de tourments afin qu'ils vivent de façon à l'éviter.» Mais Abraham repartit : «Ils ont Moïse et les prophètes. Qu'ils les écoutent.»

Propre à Luc, cette parabole a frappé l'évangéliste qui insiste le plus sur la condamnation de l'asservissement à l'argent : «Malheureux êtes-vous, vous les riches !» (6,24.) L'écrivain Léon Bloy, au tournant du XIXᵉ et du XXᵉ siècle, s'indignait de l'édulcoration de nombreuses traductions lénifiantes qui intitulaient ce récit «Lazare et le *mauvais* riche», alors que l'Évangile écrit de façon abrupte « le riche ». L'épisode illustre un leitmotiv des Évangiles. La sainteté n'a guère à voir avec les apparences de la farce sociale. Ici sont annoncés les critères du Jugement dernier (Matthieu 25,31-46).

On a beaucoup représenté le festin du riche, que la tradition a nommé Épulon : bons vins, vêtements somptueux, victuailles, musique et courtisanes ; la mort du riche, avec le diable à son chevet, ou son supplice au milieu des flammes ; mais surtout Lazare dans le sein d'Abraham. Cette dernière scène a envahi chapiteaux, porches et portails d'église (où se tenaient souvent des mendiants), vitraux et fresques.

La Femme adultère (Jean 8,1-11)

La Loi de Moïse, dans les cas d'adultère, ordonnait la mise à mort, et les juifs pratiquaient la lapidation (Deutéronome 22,22-24). Or un jour, les scribes et les pharisiens pousssèrent devant Jésus une femme surprise en flagrant délit : « Moïse nous a ordonné de lapider les adultères. Selon toi, que devons-nous faire ? » C'était un piège, pour ensuite l'accuser. Mais Jésus, se baissant, se mit à tracer des traits sur le sol. Comme ils insistaient, il se releva et leur dit : « Que celui d'entre vous qui est sans péché lui jette la pierre le premier. » Alors ils se retirèrent l'un après l'autre et, note malicieusement l'évangéliste, en commençant par les plus vieux. Jésus resta seul avec la femme. Il lui dit : « Je ne te condamne pas. Va, et désormais ne pèche plus. »

Considérée très tôt comme l'une des scènes qui expriment l'essence du christianisme, à savoir l'amour et le pardon, la Femme adultère se trouve associée à la Samaritaine dès le VIe siècle dans une mosaïque de Ravenne : la femme est en pleurs, agenouillée aux pieds de celui qui vient de la sauver. Si cet aspect de l'épisode a été souvent traité, on lui a préféré, à partir de la fin du Moyen Âge, l'image du Christ écrivant mystérieusement sur le sol : Poussin en 1653, Blake en 1810.

L'expression « ne pas jeter la pierre à quelqu'un » est courante en français pour dire qu'on ne veut pas s'associer à une réprobation éventuelle. Le poète Georges Brassens a repris humoristiquement la parole du Christ dans une de ses chansons :

> Ne jetez pas la pierre à la femme adultère,
>   Je suis derrière.

Le Bon Pasteur (Jean 10,1-21)

Condamnant la multitude des charlatans qui nourrissent les hommes d'illusions, Jésus se présente comme le vrai berger, qui aime ses brebis et les appelle chacune par son nom. Et chacune reconnaît sa voix.

> Je suis le bon pasteur. Le bon pasteur donne sa vie pour ses brebis. Tandis que le mercenaire, s'il voit le troupeau menacé par le loup, l'abandonne et prend la fuite. Je suis le bon pasteur, je connais mes brebis et mes brebis me connaissent. Je donne ma vie pour elles. J'ai d'autres brebis qui ne sont pas de cette bergerie, celles-là aussi il faut que je les conduise. Elles écouteront ma voix, et il n'y aura qu'un seul troupeau et un seul pasteur.

De cette parabole rapportée par Jean se rapproche celle de la brebis perdue (Luc 15,1-7) : « Qui d'entre vous, s'il a cent brebis et en perd une, ne laisse pas les quatre-vingt-dix-neuf-autres, pour se lancer à la recherche de celle qu'il a perdue ? Et quand il l'a retrouvée, plein de joie, il la charge sur ses épaules. »

Le thème du Bon Pasteur – présent dans l'Ancien Testament (Isaïe 40,11 ; Ézéchiel 34,12 ; Psaume 23) – apparaît dès le IIe siècle dans l'art des catacombes : fresques, bas-reliefs des sarcophages. On représente Jésus tantôt gardant son troupeau (ainsi dans la mosaïque du mausolée de Galla Placidia, à Ravenne au Vᵉ siècle), tantôt portant sur ses épaules la brebis retrouvée. Éclipsé pendant la plus grande partie du Moyen Âge, qui préfère le Christ enseignant, souffrant ou triomphant, le Bon Pasteur reparaît à partir du XVIᵉ siècle : l'une des toiles les plus reproduites dans l'imagerie populaire est *Le Bon Pasteur* de Philippe de Champaigne (vers 1654), sur laquelle Jésus revient avec la brebis égarée, qui a les pattes liées autour de son cou.

Plusieurs congrégations de religieuses portent le nom du Bon-Pasteur ou du Bon-Sauveur : créées à partir du XVIIᵉ siècle, elles veulent redonner espoir à des jeunes filles qui avaient sombré dans la prostitution.

« Ramener la brebis égarée » : l'expression est passée dans la langue pour signifier qu'on a ramené à la raison tel membre d'un groupe dont la conduite laissait à désirer.

La résurrection de Lazare de Béthanie (Jean 11)

Dans le bourg de Béthanie, proche de Jérusalem, Jésus s'était lié d'amitié à un homme nommé Lazare et à ses deux sœurs, Marthe et Marie (rencontrées plus haut). Hélas ! celui-ci tomba malade et mourut. Jésus n'arriva à Béthanie que quatre jours plus tard, alors que son ami était déjà dans sa tombe. Voyant Marie pleurer, il frémit lui-même et se troubla. Mais il dit à Marthe : « Je suis la résurrection et la vie. Qui croit en moi, même s'il meurt, vivra. Et quiconque vit et croit en moi ne mourra jamais. »

Arrivé devant le sépulcre, Jésus pleura. Malgré son trouble, il ordonna : « Enlevez la pierre. » Mais Marthe objecta : la décomposition avait déjà commencé. Jésus lui répondit : « Si tu crois, tu verras la gloire de Dieu. » On ôta la pierre et, après avoir rendu grâces à Dieu, il cria : « Lazare, viens dehors. » Le mort sortit malgré ses bandelettes, le visage enveloppé d'un suaire. Jésus commanda : « Déliez-le et laissez-le aller. » Beaucoup des assistants, voyant ce qui venait d'arriver, crurent en lui.

La plus ancienne représentation plastique est une peinture des catacombes (IIIe siècle). Longtemps, les artistes ont tenu compte du fait que les juifs ensevelissaient leurs morts debout dans des sépulcres-grottes, et ont représenté Lazare debout, emmaillotté de bandelettes comme une momie égyptienne (art byzantin). L'évolution des rites d'ensevelissement a conduit à un personnage revêtu d'un linceul et couché. Parmi les peintres les plus illustres figurent Fra Angelico, Caravage, Rubens, Rembrandt.

Les deux autres résurrections rapportées par les Évangiles, ont eu aussi la faveur des artistes : celle du fils unique d'une veuve de Naïn (Luc 7,11-17) et celle de la fille de Jaïre (dans les trois synoptiques, dont Luc 8,40-56). Toutes deux ornent des sarcophages dès le IVe siècle, avant de passer dans les miniatures, les mosaïques et les fresques.

Les marchands chassés du Temple (Jean 2,18-22)

Racontée par les quatre évangélistes, cette scène célèbre est particulièrement saisissante dans l'Évangile de Jean, qui, pour des raisons symboliques, la place au seuil de son Évangile, alors que les synoptiques la situent peu avant la Passion. À l'approche de la fête de la Pâque, Jésus fut indigné du trafic qui s'opérait dans l'enceinte du Temple, encombrée d'animaux qu'on vendait pour les sacrifices et de changeurs d'argent pour les pèlerins cosmopolites venus à Jérusalem. Il se confectionna un fouet, renversa les caisses des changeurs et chassa les marchands.

L'expression de «marchands du Temple» est passée dans la langue pour fustiger ceux qui cherchent à tirer profit des pratiques religieuses.

On peut rapprocher de cet épisode les terribles malédictions du Christ contre l'hypocrisie de certains pharisiens (Matthieu 23,13-36). Les pharisiens étaient des groupes de juifs pieux, sourcilleux sur le respect des observances. Jésus leur a reproché un légalisme sans souplesse humaine et un sentiment de supériorité et d'autosatisfaction. Une parabole oppose l'arrogance d'un pharisien à l'humilité d'un publicain, un percepteur d'impôts détesté parce qu'on le jugeait compromis avec les occupants romains (Luc 18,9-14).

La scène des marchands se rencontre dans les arts plastiques dès le VIᵉ siècle. De nombreux peintres l'ont traitée, comme Giotto ou Rembrandt. Mais à partir du XVIᵉ siècle, sa portée religieuse disparaît chez certains au profit de la peinture de genre : les Bassano la transforment en scène de marché (volailles, œufs, etc.) ; l'accessoire a supplanté l'essentiel.

Les Réformés ont comparé leur réaction devant le trafic des Indulgences au geste de Jésus chassant les marchands : Rome publiait des Indulgences, qui délivraient des peines du Purgatoire ceux qui associaient à des œuvres indiscutables (prières, pèlerinages, œuvres de miséricorde) le versement d'argent, en particulier, alors, pour la construction de la coûteuse basilique Saint-Pierre.

L'un des meilleurs romans de François Mauriac s'intitule *La Pharisienne* (1941) : il peint l'hypocrisie d'une certaine bourgeoisie catholique, imbue d'elle-même et sans perméabilité à autrui.

L'Entrée triomphale à Jérusalem

Tous les évangélistes ont raconté l'Entrée de Jésus à Jérusalem, cinq jours avant la Passion. La foule, sachant qu'il approchait, se rassembla en brandissant des rameaux de palmiers et en chantant : « *Hosanna*! Béni soit celui qui vient au nom du Seigneur. » Jésus fit son entrée monté sur un ânon, conformément à une prophétie de Zacharie (9,9). Les assistants avaient déposé sur la route leurs manteaux et de la verdure. Cet accueil exaspéra les pharisiens (Jean 12,12-19).

Cet épisode se trouve à l'origine de la bénédiction des rameaux, le dernier dimanche avant Pâques : les participants agitent et font bénir des rameaux en commémoration de cette entrée. Et la journée a pris le nom de Dimanche des Rameaux, ou de la Passion. L'acclamation *Hosanna!* vient d'un appel en hébreu qui signifie « Sauve donc ». La suite, *Benedictus qui venit in nomine Domini* a été intégrée au *Sanctus* de la messe catholique, mis en musique dans toute *Messe*.

Les arts plastiques ont représenté cette scène dès le IVᵉ siècle : des enfants étendent des manteaux sur la route ; un ou deux apôtres accompagnent Jésus, assis sur l'âne, tantôt de côté (art byzantin), tantôt à califourchon. Parfois un petit personnage monté sur un sycomore observe le passage du cortège : il s'agit d'un riche collecteur d'impôts appelé Zachée, qui avait choisi cet observatoire, un peu plus tôt, lors de l'entrée de Jésus à Jéricho et avait accueilli le Maître chez lui (Luc 19, 1-10).

L'expression malicieuse « faire Pâques avant les Rameaux » se dit des amoureux qui couchent ensemble avant le mariage, en inversant la succession traditionnelle des événements.

Les Vierges sages et les Vierges folles (Matthieu 25,1-13)

Entre son entrée triomphale à Jérusalem et sa Passion, Jésus a beaucoup parlé des derniers temps de l'histoire humaine (Matthieu 22-25). Parmi les paraboles de cette courte période, la plus célèbre est celle des Vierges sages et des Vierges folles.

Il s'agit de deux groupes de cinq jeunes filles, qui, lors d'un dîner de noces, attendent l'époux, très en retard. Les cinq prévoyantes s'étaient munies de réserves d'huile, pour entretenir leurs lampes, mais les cinq autres n'avaient rien prévu. Lorsque, au milieu de la nuit, fut annoncée l'arrivée de l'Époux, seules les Vierges sages furent prêtes à l'accueillir. Les autres, prises au dépourvu, se virent interdire l'accès aux noces. Et le Christ conclut : « Veillez donc, car vous ne savez ni le jour ni l'heure. »

Cette dernière formule a été souvent reprise, pour rappeler l'imminence toujours possible de la mort.

La parabole, traitée en fresque dès le IVe siècle, a connu un vif succès dans l'art du Moyen Âge : au XIIe siècle, elle a été portée sur la scène et fréquemment associée au Jugement dernier. Tandis que la France multiplie les bas-reliefs, les pays germaniques privilégient les groupes sculptés monumentaux. Le graveur Abraham Bosse consacre à ce sujet sept eaux-fortes, et, en 1822, Blake représente les deux groupes sous un ange qui passe en tourbillon au-dessus d'eux, dans un ciel d'orage, en sonnant de la trompette du Jugement.

Dans *Une Saison en enfer* (1873), Rimbaud a joué avec cette parabole : il identifie son amant, le poète Paul Verlaine, à une « Vierge folle », qui a quitté l'Époux divin pour un « époux infernal », Rimbaud lui-même, en proie à des oscillations effrayantes, entre la séduction du bien et l'attrait du mal.

Le Jugement dernier (Matthieu 25,31-46)

Juste avant la Passion, Matthieu place la scène grandiose du Jugement dernier : le Christ dans toute sa gloire siègera sur un trône, devant lequel seront rassemblées toutes les nations. Il placera à sa droite ses élus et à sa gauche les réprouvés, comme un berger sépare les brebis des boucs. Quel sera le critère de discernement ? L'ouverture de cœur et l'action en faveur des affamés, de ceux qui ont soif, des étrangers, des démunis, des malades et des prisonniers. Les cœurs durs s'en iront à un châtiment éternel, et les justes à la Vie éternelle.

L'iconographie du Jugement dernier s'est nourrie non seulement de ce texte, mais aussi du Livre de Daniel (12) et de l'Apocalypse (20,11-15). À partir du IXe siècle, l'art byzantin a enrichi la vision du trône et du Jugement de diverses scènes : la pesée des âmes, motif égyptien transmis par l'Église copte ; la résurrection des morts ; des visions du ciel et de l'enfer.

En Occident, le Jugement dernier n'a d'abord été représenté que par l'opposition des brebis et des boucs, ou des Vierges sages et des Vierges folles (mosaïque de Ravenne, VIe siècle). C'est vers 800 que les compositions s'étoffent : le Juge suprême au sommet, et au-dessous un ange séparant les élus des damnés. Puis l'influence des Mystères se fait sentir : ainsi l'on peut voir l'archange Michel pesant les âmes sur une balance, tandis qu'un diable essaie de faire s'abaisser le plateau de son côté. Le cadre le plus digne de cette scène grandiose a semblé bientôt la façade occidentale des églises, qui voit chaque soir le soleil se coucher, comme les morts, pour ressusciter le lendemain. L'ampleur du sujet s'est déployée aussi dans des triptyques d'autel (Memling, 1473). La fresque de Michel-Ange, dans la chapelle Sixtine, à Rome, introduit la puissance et le mouvement (1536-1541), avec un Christ d'une force surhumaine, entouré des prophètes, des apôtres et des saints, tandis qu'au-dessous les morts ressuscitent. En 1615, Rubens insiste sur les tourments des damnés : cet appel au pathétique se poursuivra jusqu'à la fin du XIXe siècle (Rodin, *Porte de l'enfer*).

L'Évangile de Matthieu énumérait six « œuvres de miséricorde ». Pour arriver à sept et faire pendant aux sept sacrements, on ajouta au XIIe siècle l'ensevelissement des morts.

Ce septénaire a été traité par peintres et sculpteurs. Ainsi à l'Hôpital de la Charité de Séville, Murillo a symbolisé les sept œuvres par sept épisodes bibliques : Jésus nourrit la foule lors de la multiplication des pains, Moïse remédie à la soif des Hébreux en faisant jaillir l'eau du rocher, Abraham offre l'hospitalité, l'Enfant prodigue est revêtu de neuf par son père, Jésus guérit un paralytique, un ange délivre saint Pierre de sa prison (Actes des apôtres, 12, 6-11), le père de Tobie ensevelit les morts. Parfois les sept œuvres se trouvent réunies dans une unique composition (le Caravage).

Une toile titanesque du Tintoret, *La Gloire du Paradis*, pour la salle du Grand Conseil, au palais des Doges de Venise, manifeste le bonheur éternel des Élus après le Jugement.

Le bonheur des saints, le poète italien Dante l'avait décrit dans la cathédrale littéraire du Moyen Âge, sa *Commedia*, qui sera qualifiée de « divine » en 1555 par un éditeur vénitien. Dans cette œuvre monumentale, composée entre 1306 et 1321, Dante raconte un voyage imaginaire qu'il aurait effectué au pays des morts entre le Vendredi saint de l'an 1300 et le vendredi suivant. Guidé par le poète Virgile, il parcourt les neuf « cercles » de l'enfer, puis les neuf degrés du Purgatoire. Virgile, païen, ne pouvant pénétrer dans le ciel, l'explorateur est ensuite guidé par celle qu'il a aimée et prématurément perdue, Béatrice, qui lui fait découvrir la grande rose des bienheureux, dont les âmes resplendissantes jouissent de l'éternelle félicité. Mais c'est le réalisme hallucinant des visions de *L'Enfer* qui a frappé les siècles suivants, jusqu'au Russe Soljénitsyne, dont l'un des romans porte un titre tiré de *La Divine Comédie* : *Le Premier Cercle* (1965), où l'enfer moderne s'incarne dans l'univers concentrationnaire du stalinisme.

Trois siècles après Dante, dans une œuvre d'une rare puissance, *Les Tragiques* (1617), le poète protestant Agrippa d'Aubigné, nourri de l'Apocalypse, évoque de façon saisissante la résurrection des morts et le Jugement. Le livre VII, le dernier, s'intitule d'ailleurs « Jugement » :

> Vous qui avez laissé mes membres aux froidures,
> Qui leur avez versé injure sur injure,
> Qui à ma sèche soif et à mon âpre faim
> Donnâtes fiel pour eau et pierre au lieu de pain,
> Allez, maudits, allez grincer vos dents rebelles
> Au gouffre ténébreux des peines éternelles.

Avec une composition testamentaire, le *Dies iræ* (1791), Mozart a légué l'un des plus hauts sommets de la musique. En 1939, Olivier Messiaen a composé *Les Corps glorieux. Sept visions brèves de la vie des ressuscités.*

C'est sur ces grandioses perspectives que l'Évangile de Matthieu fait pivoter vers la Passion une trajectoire dont il avait présenté les débuts avec l'annonce de l'Incarnation du Christ et suivi la montée tout au long de la vie publique de Jésus. Aussitôt après le tableau du Jugement dernier, le Maître dit à ses disciples : « Le Fils de l'homme va maintenant être livré pour être crucifié. »

Chapitre III

La Vie de Jésus et les arts :
la Passion-Résurrection

La Passion du Christ et sa Résurrection sont indissociablement liées. Au cours de sa route vers Jérusalem, lieu de son supplice, Jésus a préparé ses apôtres à la traversée des ténèbres en leur annonçant à diverses reprises – trois fois selon les Évangiles synoptiques – les deux volets du diptyque (Luc 18,31-34) :

> « Voici que nous montons à Jérusalem, et tout ce que les prophètes ont écrit touchant le Fils de l'homme va s'y accomplir. Car il sera livré aux païens, soumis aux moqueries, aux outrages, on lui crachera au visage. Après l'avoir fouetté, ils le tueront. Et le troisième jour, il ressuscitera. »
> Mais ils ne comprirent rien à ces paroles.

L'un des textes prophétiques les plus saisissants comme esquisse de la Passion-Résurrection est l'un des Chants du Serviteur, dans le second Isaïe (52,13-53,12) : il présente un mystérieux Serviteur, d'abord homme de douleur et méprisé, agneau silencieux traîné à l'abattoir, mis à mort pour tous, puis exalté par Dieu et triomphant.

Un grand poète de l'époque baroque, Jean de La Ceppède (1548-1623), a consacré 515 sonnets au cycle Passion-Résurrection, sous le titre *Les Théorèmes sur le Sacré Mystère de notre*

Rédemption («théorèmes» a le sens étymologique de «contemplations»).

La Passion

Si, en dépit du caractère organique du lien entre Passion et Résurrection, la Passion est traitée ici à part, c'est que la littérature, le théâtre, le cinéma et la musique l'ont constituée en «genre» artistique clos sur les souffrances et la mise au tombeau. Le silence du sépulcre a paru une césure propice à un intense recueillement, avant le retournement pascal.

Placée infiniment au-dessus de toute tragédie, au-dessus de la mort sereine de Socrate racontée par Platon (dans le *Phédon* ou *De l'immortalité de l'âme*), la Passion de Jésus a été célébrée par tous les arts. Une foule de méditations, de sermons… l'ont scrutée. L'un des textes les plus beaux est le *Sermon sur la Passion*, de Bossuet, prononcé pour le Vendredi saint de 1660 : en visionnaire, l'orateur assiste à tel point aux scènes évangéliques qu'il se lamente sur le «pauvre Jésus», recrée les moqueries épouvantables de la soldatesque ; il est hanté par ce sang qui coule, par cette face «autrefois les délices, maintenant l'horreur des yeux» ; les prophètes lui prêtent leurs pathétiques lamentations ; les évocations heurtées se succèdent, avec, par moments, une pause, un regard atterré sur l'Agneau silencieux et sanglant.

À partir du XIVe siècle, les représentations théâtrales de la Passion connurent un succès prodigieux. Leur exécution nécessitait souvent la collaboration de plusieurs centaines d'acteurs et la mise en œuvre complexe de décors simultanés, correspondant chacun à un lieu. Le chef-d'œuvre en est le *Mystère de la Passion* composé vers 1450 par un clerc de Notre-Dame, Arnoul Gréban : 35 000 vers récités par plus de deux cents personnages. Ce monument en quatre journées fut amplifié vers 1489 par un Angevin, Jean Michel, qui porta le spectacle à dix journées. Hélas ! l'introduction croissante de scènes profanes finit par discréditer le genre, qui s'effaça en France au milieu du XVIe siècle. On continua cependant à jouer de façon sporadique des reconstitutions plus modestes. Aujourd'hui encore, des représentations sont parfois données devant Notre-Dame de Paris ; et en Bavière, la *Passion* d'Oberammergau reste un événement qui suscite un grand rassemblement.

Le cinéma a, lui aussi, relevé le défi. Plusieurs réalisateurs, dès l'époque du cinéma muet, ont porté la Passion à l'écran. Le plus récent d'entre eux, l'Américain Mel Gibson a allumé en 2004 un incendie de controverses avec sa très réaliste *Passion du Christ*.

Mais – bien plus que les «cycles» des maîtres-verriers, des graveurs ou des peintres – c'est la musique qui a rendu la Passion mondialement présente en dehors même des communautés chrétiennes. Le plus illustre polyphoniste du XVIe siècle, Roland de Lassus, a composé quatre *Passion*, Heinrich Schütz trois (1653-1666) et Telemann quarante-quatre. Ce dernier, malgré sa fécondité et sa gloire, ne tarda pas à être éclipsé par son contemporain, Jean-Sébastien Bach : la *Passion selon saint Jean* (1724) et la *Passion selon saint Matthieu* (1729), qui conduisent de l'Arrestation du Christ à sa Mise au tombeau, sont devenues universellement célèbres et sont souvent jouées. Les musiciens ont certes continué à écrire des *Passion* – comme Penderecki, auteur d'une *Passion selon saint Luc* en 1965 – mais les deux chefs-d'œuvre de Bach surpassent tout.

Le Lavement des pieds (Jean 13,1-20)

Transmis par saint Jean, le Lavement des pieds se situe au début du dernier repas pris par Jésus, où il va instituer l'Eucharistie. Sachant son heure venue et qu'il allait vers Dieu, de qui il était sorti, Jésus se lève de table, dépose son manteau et se ceint d'un linge. Puis il verse de l'eau dans un bassin et se met à laver les pieds de ses apôtres, comme le faisaient les serviteurs du plus bas rang en accueillant certains visiteurs de marque. Pierre tente de s'y opposer, mais il lui est répondu : « Si je ne te lave pas, tu ne pourras avoir de part avec moi. »

Quand il a achevé, il se remet à table et leur dit : « Vous m'appelez Seigneur et Maître, et vous avez raison, car je le suis. Si donc moi, qui suis votre Seigneur et votre Maître, je vous ai lavé les pieds, vous devez vous aussi vous laver les pieds les uns aux autres. Car c'est un exemple que je vous ai donné : ce que j'ai fait pour vous, faites-le vous aussi. »

Tandis que dans l'iconographie byzantine le Christ se tient debout, l'Occident le représente agenouillé, d'après la cérémonie liturgique du Jeudi saint où l'abbé d'un monastère, l'évêque d'une cathédrale reproduisaient le geste de Jésus. La scène est représentée sur une mosaïque de Saint-Marc de Venise (XIIᵉ siècle), sur un vitrail de la cathédrale de Chartres (XIIIᵉ). Elle a été peinte par Giotto, Fra Angelico, le Tintoret, Fragonard et Ford Madox-Brown (1852).

L'annonce de la trahison de Judas (Jean 13,21-30)

Un fait aussi décisif que la trahison de l'un des apôtres, avec ses conséquences, a évidemment été rapporté par tous les évangélistes. Mais c'est le récit de Jean qui est le plus précis. Au cours de son dernier repas, Jésus déclara : « En vérité, je vous le dis, l'un de vous va me trahir. » Et devant les questions de Jean, il ajouta : « C'est celui à qui je donnerai le morceau de pain que j'aurai trempé. » Et il le donna à Judas en lui disant : « Ce que tu as à faire, fais-le vite. » Judas sortit. C'était la nuit.

Au tendre dévouement de Jean, incliné vers la poitrine de Jésus pendant la dernière Cène (Jean 13,25), les artistes se sont plu à opposer l'animosité sournoise de Judas. Souvent assis à part, il est dépourvu de nimbe ; Giotto et Fra Angelico l'ont même doté de cheveux roux et d'un nimbe noir. D'autres ont montré sa bourse gonflée des trente deniers de la trahison. Comme Jean précisait qu'aussitôt le morceau de pain avalé, « Satan entra en lui » (13,27), on a peint aussi un petit démon entrant dans sa bouche sous la forme d'un oiseau rouge ou d'un crapaud.

La dernière Cène et l'Eucharistie

Au cours de ce dernier repas – en latin *cena* veut dire « dîner » –, Jésus prononça un long discours testamentaire, rapporté par Jean (13,31-17,26), et institua le mémorial eucharistique, scrupuleusement reproduit par les trois synoptiques et par saint Paul (1 Corinthiens 11,23-26). Voici la version qu'en donne Luc (22,19-20) :

> Il prit le pain ; et ayant rendu grâces, il le rompit et le leur donna, en disant : « Ceci est mon corps, qui est donné pour vous. Faites ceci en mémoire de moi. »
> Il prit de même la coupe, après le repas, en disant : « Cette coupe est la nouvelle Alliance en mon sang, qui va être répandu pour vous. »

Absente de l'art chrétien pendant les quatre premiers siècles, la Cène l'a peu à peu envahi ensuite. L'œuvre la plus connue est *La Cène* de Léonard de Vinci (1495). Au XVIᵉ siècle, la contestation de la présence réelle du Christ dans l'Eucharistie par certains réformés a suscité un mouvement de Contre-Réforme chez les catholiques, et l'institution de ce sacrement a été représentée de façon surabondante. Au sein de cette profusion dominent Philippe de Champaigne (1648, 1654) et Nicolas Poussin (*Les Sept Sacrements*, 1644-1648). Au XXᵉ siècle, Emil Nolde (1909) et Salvador Dalí (1955).

Privilège des œuvres très connues, la Cène a suscité naturellement la parodie : de Prévert à Buñuel, dans son film *Viridiana*, en 1961, ou bien encore à des trafics publicitaires de marchands, qui ont fait scandale en 2005.

L'Agonie au mont des Oliviers

L'« agonie » est un terme propre à Luc. Il signifie « la lutte ». Car comme on rapporte qu'il fut dit par Victor Hugo à l'instant de mourir :

C'est ici le combat du jour et de la nuit.

Mais l'épisode est présent dans les trois synoptiques : après le dîner, Jésus et ses apôtres gagnèrent un jardin, sur une colline toute proche de la ville, appelée Gethsémani ou mont des Oliviers. Prenant avec lui Pierre, Jacques et Jean – comme à la Transfiguration – il leur dit : « Mon âme est triste jusqu'à la mort. Restez ici, et veillez avec moi. » Puis il s'éloigna quelque peu et tomba la face contre terre en priant : « Mon Père, s'il est possible, que cette coupe de douleurs passe loin de moi… » Un ange le réconfortait, mais, sous l'angoisse, sa sueur devint comme des gouttes de sang qui tombaient jusqu'à terre (Luc 22,44). Les apôtres, pendant ce temps, s'étaient endormis de tristesse. Jésus les réveilla et leur dit : « Priez, pour ne pas être submergés par la tentation. » Mais ils se rendormaient. Il leur dit alors : « Maintenant, c'en est fait. L'heure est venue. Voici que le Fils de l'homme est livré aux mains des pécheurs. Voici qu'approche celui qui me livre. »

Les poètes français ont été nombreux à reprendre cette scène, qui suscite l'effroi. Pascal lui consacre un admirable poème en prose, communément appelé le « Mystère de Jésus » :

Jésus est dans un jardin, non de délices, comme le premier Adam, où il se perdit et tout le genre humain, mais dans un de supplices, où il s'est sauvé et tout le genre humain.

———

Il souffre cette peine et cet abandon dans l'horreur de la nuit.

———

Je crois que Jésus ne s'est jamais plaint que cette seule fois. Mais alors il se plaint comme s'il n'eût plus pu contenir sa douleur excessive : *Mon âme est triste jusqu'à la mort…*

———

Jésus sera en agonie jusqu'à la fin du monde. Il ne faut pas dormir pendant ce temps-là.

Les grands romantiques se sont presque tous approprié cette « agonie » : Nerval (« Le Christ aux Oliviers ») ; Hugo dans un de ses plus beaux textes, « À celle qui est restée en France », épilogue des *Contemplations* (1859) dédié à sa fille morte, Léopoldine :

> Oh ! quoi que nous fassions et quoi que nous disions,
> Soit que notre âme plane au vent des visions,
> Soit qu'elle se cramponne à l'argile natale,
> Toujours nous arrivons à ta grotte fatale,
> Gethsémani, qu'éclaire une vague lueur !
> Ô rocher de l'étrange et funèbre sueur !..
> Toujours nous arrivons à cette solitude.

Vigny, agnostique, imagine Jésus désespéré, dans « Le mont des Oliviers », paru au sein du recueil de « Poèmes philosophiques », *Les Destinées*, en 1864.

En 1935, Pierre Jean Jouve a intitulé *Sueur de sang* l'un de ses recueils les plus importants, ouvert par un manifeste : « Inconscient, spiritualité et catastrophe ».

La langue française conserve l'expression « boire le calice jusqu'à la lie » dans laquelle « calice » signifie « coupe », d'après le latin *calix*, pour dire qu'on doit vivre une situation d'amertume ou d'angoisse, une épreuve, jusqu'au bout, sans espoir d'allègement. Mais elle s'emploie souvent humoristiquement.

Bien que cet épisode soit raconté par les trois synoptiques, les artistes ont le plus souvent choisi le récit de Luc. Dès le VIᵉ siècle, il apparaît sur une mosaïque de Ravenne. Traité longtemps avec discrétion, il est limité à Jésus en prière. Mais à partir du XVᵉ siècle, la scène s'anime, se fait pathétique. Dürer l'a reprise cinq fois dans ses gravures et ses dessins, entre 1507 et 1521. Les plus grands peintres nous ont laissé des tableaux de *L'Agonie*: Fra Angelico, Mantegna, le Greco, Corrège, le Tintoret, le Caravage, Goya, Delacroix.

Beethoven a composé un oratorio, *Le Christ au mont des Oliviers* (1801). L'épisode fait partie des nombreuses *Passion* mises en musique.

L'Arrestation de Jésus (Matthieu 26,47-56)

Commune aux quatre évangélistes, la scène de l'Arrestation est plus développée chez Matthieu. Judas arrive au mont des Oliviers avec une escorte armée, à laquelle il avait donné ce signe: «Celui à qui je donnerai un baiser, c'est lui, saisissez-le.» Quand il le voit s'approcher, Jésus lui dit: «Judas, c'est par un baiser que tu livres le Fils de l'homme!» Pierre, qui avait un glaive, le dégaine et frappe un serviteur du grand-prêtre. Jésus lui ordonne: «Remets ton glaive au fourreau. Qui se sert de l'épée périra par l'épée. Il faut que s'accomplissent les Écritures. C'est maintenant le pouvoir des ténèbres.» Alors tous ses disciples l'abandonnent et prennent la fuite.

Dans la langue, «un judas» est un traître; et le «baiser de Judas» désigne une trahison doucereuse, entourée d'hypocrisie. Phénomène moins prévisible, à partir du XVIIIᵉ siècle, on appelle «judas» une petite ouverture dans un mur ou une porte, qui permet d'épier sans être vu. L'adage «Qui se sert de

l'épée périra par l'épée » est demeuré, lui aussi, vivant en français. Il marque le radical refus de la logique de la violence
constamment répété par le Nouveau Testament.

L'Arrestation a été souvent représentée jusqu'à la fin du
XVIᵉ siècle. Les médiévaux en ont vu la préfiguration dans
deux épisodes de l'Ancien Testament : Joseph vendu par ses
frères, Samson trahi par Dalila. Dans son admirable fresque
de l'Arena de Padoue, *Le Baiser de Judas* (1304-1306), Giotto
oppose un traître au visage de brute, aux cheveux roux, vêtu
de jaune, à la noblesse sereine de Jésus. Les artistes ont aimé
reprendre le « détail » sur le serviteur du grand-prêtre, nommé
Malchus, comme illustration de la bonté du Christ qui le
guérit de la blessure qui a ensanglanté son oreille.

Le Reniement de saint Pierre

Alors que Pierre se vantait de lui être fidèle jusqu'à la mort,
Jésus lui avait annoncé : « Avant que le coq chante, tu m'auras
renié trois fois. » Trahi par son accent galiléen, Pierre est soup-
çonné d'être de l'entourage du Christ ; à trois reprises, il jure :
« Non, je ne connais pas cet homme. » Au moment où il
s'éloigne, un coq se met à chanter. Il se rappelle alors la parole
du Seigneur et se met à pleurer amèrement.

Le peu glorieux Reniement de saint Pierre a connu un succès inattendu. Il figure sur des bas-reliefs de sarcophages chrétiens des premiers siècles, la faiblesse momentanée du chef des
apôtres rassurant sur les défaillances du défunt. Le repentir du
coupable a été proposé en modèle par les artistes du Moyen
Âge ; il a été particulièrement exalté après le Concile de Trente
(1546-1563), dans le souci de défendre contre les attaques
protestantes le sacrement de pénitence. Aussi ce motif orne-
t-il souvent les confessionnaux. On a beaucoup comparé le
repentir de Pierre à celui de David, et à ceux, postérieurs, de

la Madeleine et du Bon Larron. En 1615, Rubens les associe dans un tableau *Le Christ et les Pécheurs repentis*. Georges de La Tour a peint la scène deux fois, en 1645 et 1650. Sur une eau-forte de Rembrandt, Pierre à genoux restitue la « clé » du Royaume des cieux que lui avait remise le Christ. Le thème médiéval des Larmes de saint Pierre, qui a inspiré un poème à Malherbe, a été repris par Zurbarán pour la cathédrale de Séville (1625).

Le Christ aux outrages

Les quatre évangélistes ont rapporté les brimades de la soldatesque : injures, crachats au visage, gifles. On lui couvrait la tête d'un voile en lui demandant : « Dis donc, prophète, qui t'a frappé ? » (Luc 22,64.)

Bien qu'il ait été souvent associé au Couronnement d'épines, ce motif plastique en diffère nettement. Ici, Jésus ne voit pas : on le représente les yeux bandés ou le visage couvert d'un voile ; il a les mains liées (Jean 18,12), tandis que dans le Couronnement, il porte en guise de sceptre un roseau ; il est bafoué par des policiers juifs, alors que pendant le Couronnement il est livré aux soldats romains.

L'art du Moyen Âge a porté à son paroxysme le contraste entre la victime résignée, sans défense, et la férocité inventive des tortionnaires. Ceux-ci s'abandonnent à un jeu sauvage de colin-maillard, orchestré par un charivari assourdissant. Plus rare à partir du XVIIe siècle, cette scène a encore inspiré Manet en 1865, et elle a hanté Georges Rouault.

Les poètes de l'âge baroque, si habités par la coïncidence des contraires, se sont plu à souligner le contraste entre le Christ aux liens et le Sauveur venu délivrer tous les hommes de leurs chaînes. Ainsi La Ceppède :

> Or sus donc, serrez fort, liez fort, ô canaille,
> Celui qui vient à vous pour dénouer vos nœuds […].
> Déliez nos liens, soulagez nos misères,
> Délivrez-nous des fers de l'éternel courroux,
> Et combattez l'effort de nos forts adversaires

Ou Zacharie de Vitré, en 1659 :

> Mais il est aux liens pour nous en mettre hors ;
> Pour détacher notre âme, on attache son corps ;
> Pour rompre notre chaîne, une chaîne le serre.

Jésus devant le sanhédrin et la mort de Judas (Marc 14,55-64 et Matthieu 27,3-10)

Jésus comparaît devant le sanhédrin, un conseil de soixante-dix membres qui pouvait juger, mais il semble que ses sentences de mort devaient être ratifiées par le procurateur romain. On fait venir de faux témoins qui se contredisent. Le grand-prêtre, Caïphe, demande alors à Jésus : « Est-ce toi qui es le Messie ? » Jésus lui répond : « Je le suis. Et vous verrez le Fils de l'homme siégeant à la droite du Tout-Puissant et venant sur les nuées du Ciel. » À ces mots, le grand-prêtre crie au blasphème, et le conseil condamne Jésus à mort.

Voyant Jésus aussi gravement condamné, Judas est saisi de remords, jette dans le Temple l'argent de sa trahison et va se pendre.

Un apocryphe de la fin du IIe siècle, l'*Évangile de Judas*, présente une tentative de réhabilitation de cet apôtre. Mais ce texte appartient banalement à cette littérature gnostique qui a entrepris d'exalter les grands personnages maudits de l'Écriture depuis Caïn.

L'iconographie a souvent associé la mort du traître au Portement de la Croix. Sculpture et peinture ont représenté la pendaison. Celle-ci devient très populaire à la fin du Moyen Âge, où – sous l'influence des Mystères – les détails réalistes envahissent les tableaux. La *Passion* du dramaturge Jean Michel précise : « Le traître crève par le ventre et ses tripes saillent dehors. » Aussi peint-on le pendu étripé, avec parfois un bouc à ses côtés, tandis que sa bourse ouverte laisse échapper sur le sol trente deniers. Cette version de la mort s'appuie sur une rumeur rapportée par les Actes des apôtres (1,18). Au XXᵉ siècle, les nombreux films consacrés à la Passion se gardent bien d'omettre cet épisode tragique.

La comparution devant le sanhédrin, elle, a inspiré Giotto, Albert Dürer, Jordaens. Elle fait partie des sculptures du Calvaire de Plougastel en Bretagne (1602).

Jésus devant Pilate

Au point du jour, on emmena le condamné du palais du grand-prêtre chez le gouverneur romain, Ponce Pilate. Celui-ci interrogea Jésus : « Es-tu le roi des Juifs ? » Mais Jésus répondit : « Ma royauté n'est pas de ce monde. Je suis venu dans le monde pour rendre témoignage à la vérité. » Pilate laissa tomber : « Qu'est-ce que la vérité ? » (Jean 18,29-38.)

Ayant appris que l'accusé était galiléen, Pilate l'envoya chez Hérode, tétrarque de Galilée et alors à Jérusalem. Mais Jésus, devant celui-ci, garda le silence. Furieux, Hérode le fit revêtir par dérision d'habits somptueux, et le renvoya à Pilate (Luc 23, 6-12).

Celui-ci, ne trouvant aucun motif de condamnation, proposa de relâcher Jésus, selon sa coutume d'amnistier quelqu'un à l'occasion de la fête des juifs, la Pâque. Or il y avait un autre prisonnier, nommé Barabbas. La foule hurla qu'elle demandait la libération de ce dernier, et le crucifiement de Jésus. Voyant que la situation risquait de tourner à la révolte, Pilate se fit apporter de l'eau et se lava les mains publiquement, en disant : « Je suis innocent de ce sang. » (Matthieu 27,11-25.)

Pilate est devenu partie intégrante de la langue française : « jouer les Ponce Pilate » signifie de quelqu'un qu'il n'a pas le courage de prendre le parti du bien. « S'en laver les mains », à propos d'une situation, indique un refus de prendre ses responsabilités.

Les artistes ont nettement privilégié la seconde comparution devant Pilate, et cela dès le IVe siècle, avec une insistance grandissante sur le Lavement des mains, que Rembrandt peint deux fois, en 1633 et en 1665. Jacques Callot l'a gravé avec cette inscription :

Non lavat ille manus, sed Christi sanguine fœdat.
Nulla potest tantum lympha lavare scelus.

Il ne se lave pas les mains, il les souille du sang du Christ.
Aucun liquide ne peut laver un si grand crime.

La Flagellation et le Couronnement d'épines (Matthieu 27,26-31)

Cédant à la foule, Pilate fit fouetter Jésus. Les soldats romains lui arrachèrent ses vêtements et lui passèrent un manteau écarlate. Ils lui mirent sur la tête une couronne d'épines, et dans la main droite un sceptre de roseau. Puis, s'agenouillant devant lui, ils se moquaient : « Salut, roi des juifs ! » Et avec le roseau ils le frappaient à la tête, et crachaient sur lui.

Toutes les représentations plastiques de la Flagellation sont sorties d'un seul verbe donné par le récit évangélique : « flageller ». Les artistes ont inventé la colonne à laquelle le Christ est attaché. D'où le titre fréquent de « Christ à la colonne ». Les bourreaux sont au nombre de deux ou trois. Attesté à partir du IXe siècle, le motif a été traité avec une insistance grandissante sur la cruauté du supplice. Il a été peint par Rubens, par Rembrandt, par Vélazquez. En 1911, Georges Desvallières représente Jésus après la Flagellation, accablé, à genoux, couvert de sang (Musée d'Art moderne de la Ville de Paris).

Lors de la Flagellation, le Christ était debout – selon la pratique romaine qui précédait la crucifixion –, la victime du Couronnement d'épines est assise. La scène figure déjà sur un sarcophage du IVe siècle. Nombre de peintres l'ont reprise depuis Giotto. C'est seulement à partir du XIe siècle qu'on voit des Crucifiés couronnés d'épines, car en fait la mascarade avait cessé avant le départ pour le Calvaire (Marc 15,20).

La Couronne d'épines a une histoire. Longtemps conservée comme une précieuse relique à Constantinople, elle fut acquise en 1239, à prix d'or, par saint Louis, qui fit construire pour l'abriter la Sainte-Chapelle, d'où elle passera plus tard dans le trésor de Notre-Dame. Des épines en furent probablement détachées, qui devinrent un objet de vénération. L'une d'entre elles joue un rôle marquant : prêtée au début de 1656 au monastère de Port-Royal de Paris, elle y opéra de multiples guérisons, dont celle de la petite Marguerite Périer, nièce et filleule de Blaise Pascal. Bouleversé par cette intervention divine en faveur d'une communauté alors persécutée, survenue dans sa propre famille, le jeune savant entreprit de composer un *Traité des miracles*. Mais le projet prit de l'ampleur, lui échappa et se mua en apologie de la vision catholique du monde. Ce sont les fragments de cette œuvre inachevée qui sont devenus si célèbres, sous le titre de *Pensées sur la religion et sur quelques autres sujets* (1670).

« *Ecce homo* » (*Jean 19,4*)

Ensuite, Pilate sortit du prétoire et dit aux juifs : « Je vais vous l'amener dehors. » On fit sortir Jésus : il portait la couronne d'épines et le manteau de pourpre. Pilate leur dit : « Voilà l'homme ! »

Cette scène n'a donné lieu à aucune œuvre plastique avant le Xe siècle, et elle ne se répand vraiment qu'à partir du XVe. Titien y est revenu trois fois, entre 1543 et 1565. Jacques Callot et Rembrandt l'ont gravée. À compter du XVIe siècle se multiplient les images de piété, souvent inspirées du Caravage (1605), et le thème de l'*Ecce homo* devient très populaire.

Pour le Vendredi saint de 1660, Bossuet « voit » cette scène et se livre à une lancinante gravitation autour de la formule de Pilate :

> Contemplez cette face, autrefois les délices, maintenant l'horreur des yeux ; regardez cet homme que Pilate vous présente. Le voilà, cet homme ; le voilà, cet homme de douleur : *Ecce homo, ecce homo ! Voilà l'homme.* Hé quoi ! est-ce un homme vivant ou une victime écorchée ? On vous le dit, c'est un homme : *Ecce homo ! Voilà l'homme.* Le voilà, l'homme de douleurs ; le voilà dans le triste état où l'ont mis nos péchés, nos propres péchés, qui ont fait fondre sur cet innocent tout ce déluge de maux. Ô Jésus ! qui pourrait vous reconnaître ? *Nous l'avons vu,* dit le prophète, *et il n'était plus reconnaissable* ; bien loin de paraître Dieu, il avait même perdu l'apparence d'homme.

C'est dans un tout autre registre que Nietzsche compose, en 1888, une présentation de lui-même au public, qu'il intitule *Ecce homo*. Non exempt de sympathie pour la personne du Christ, le philosophe s'oppose passionnément à ce que sa prédication est devenue, comme le marque un autre de ses livres, paru cette même année, *L'Antéchrist. Ecce homo* se termine sur ces mots : « M'a-t-on compris ? Dionysos contre le Crucifié. »

Le Chemin de Croix (Luc 23,26-32)

On remit à Jésus ses vêtements et on l'emmena pour être crucifié. Au cours du trajet, on réquisitionna un passant, qui s'appelait Simon de Cyrène, pour qu'il porte la Croix, derrière le condamné exténué. Au long du chemin, beaucoup de gens se lamentaient sur le sort de Jésus et se frappaient la poitrine.

Les pèlerinages en Terre sainte ont contribué à développer la contemplation de la Passion. Pourtant la pratique appelée « chemin de croix » n'est pas née à Jérusalem, mais en Flandre ou en Rhénanie vers le XVe siècle. Il s'agit de s'associer au parcours de Jésus depuis la sentence de Pilate jusqu'à la mise au tombeau. À partir du XVIIe siècle, ce cheminement est scandé par quatorze « stations », représentées tout le long des murs intérieurs de nombreuses églises catholiques. Jésus y porte sa Croix, comme il a dû le faire, conformément à la loi romaine (Jean 19,17), avant de tomber d'épuisement et d'être remplacé par Simon de Cyrène. En 1911, Claudel a composé un saisissant *Chemin de la Croix*.

L'expression « porter sa croix » est demeurée dans le langage courant au sens d'« assumer les épreuves inéluctables de la vie ».

Selon une tradition latine qui ne remonte pas au-delà du VIe siècle, une femme a essuyé la face sanglante de Jésus pendant sa marche vers le Calvaire, et les traits du visage s'imprimèrent sur le linge. Son nom, Véronique, est peut-être un jeu sur *vera icona*, l'« image authentique ». Ce voile de Véronique, particulièrement vénéré au Moyen Âge, se trouve actuellement à Saint-Pierre de Rome. Il a inspiré tant de peintres que des expositions entières ont été consacrées à ce seul sujet. L'Orient, lui, vénérait une autre image miraculeuse, celle du Christ *acheïropoïète*, c'est-à-dire « qui n'a pas été faite de main d'homme » ; voici son histoire : Abgar, roi d'Édesse, avait demandé à l'un de ses envoyés de peindre pour lui le visage de Jésus. Or comme le peintre ne pouvait « saisir » les traits du Christ, celui-ci lui donna un linge sur lequel il avait apposé son visage. L'image miraculeuse aurait guéri le roi de la lèpre. Transportée à Constantinople en 944, elle disparut lors du pillage de la ville par les croisés.

La vénération de Véronique a atteint son apogée à la fin du Moyen Âge, à une période où la dévotion s'attachait tout particulièrement à l'Humanité du Christ souffrant. Le plus souvent, la sainte déploie devant elle le voile sur lequel se sont imprimés les traits de Jésus ; mais elle est aussi représentée en train d'essuyer la sueur de son visage, dans le Calvaire breton de Plougastel-Daoulas, par exemple

À la fin du XIXᵉ siècle, sainte Thérèse de Lisieux adopte pour nom de religieuse Thérèse de l'Enfant-Jésus et de la Sainte-Face. Peu de temps après commence la carrière de Georges Rouault (1871-1958), singulier artiste qui, toute sa vie, a vécu en compagnie du Christ de la Passion, traversée douloureuse sur laquelle il a multiplié les tableaux, avec des *Tête de Christ*, des *Christ aux outrages*, des *Passion* (sept en 1937-1938), un *Ecce homo* (1952), une *Véronique* (1945), des *Christ en croix*, des *Saint Suaire*, mais surtout un grand nombre de *Sainte Face*, de 1912 à 1954, avec en particulier la splendide toile de 1933, *La Sainte Face*.

Plus généralement, le Portement de la Croix, appelé aussi la Montée au Calvaire, apparaît sur une mosaïque byzantine dès le VIᵉ siècle. L'art byzantin a représenté Simon de Cyrène avec l'instrument du supplice, tandis que l'art d'Occident insiste sur le Christ seul ployant sous le fardeau : Giotto, Holbein l'Ancien, Lesueur (au Louvre), Tiepolo. Dans son *Christ montant au Calvaire*, Delacroix a métamorphosé en cheminement accablé une toile de Rubens où Jésus s'avançait avec majesté. Sous l'influence des Mystères médiévaux, se développa un « détail » absent des récits évangéliques : la Pâmoison de la Vierge, dont on suppose qu'elle a suivi le cortège, puisqu'on la voit ensuite au pied de la Croix. Peint par Raphaël ou par son atelier, ce motif se rencontre aussi dans le *Livre de la Sagesse éternelle* (vers 1335) du mystique allemand Henri Suso, dont Charles Péguy s'est inspiré pour l'extraordinaire « Passion » qui clôt son *Mystère de la charité de Jeanne d'Arc* (1910), Passion de Jésus et Passion de Marie : une invasion créatrice de cent cinquante pages, ajoutée… sur épreuves.

Le Crucifiement

Les quatre Évangiles se complètent ici très heureusement. Le cortège se rendit vers un lieu appelé Golgotha, en hébreu « lieu du crâne » (et en latin *calvariae locus*), sans doute à cause de sa forme. On offrit à Jésus du vin mêlé de myrrhe – de fiel, selon Matthieu –, boisson assoupissante qu'on donnait aux condamnés ; mais il n'en voulut pas. Puis on le crucifia en même temps que deux brigands, lui au milieu. Au-dessus de sa tête, on plaça un écriteau : « Jésus de Nazareth, roi des juifs », en hébreu, en grec et en latin : *Jesus Nazarenus Rex Judæorum* (qui sera abrégé par les peintres en I.N.R.I.). Les soldats se partagèrent ses vêtements, mais tirèrent au sort sa tunique, qui était sans couture. Il était environ neuf heures. Les passants se moquaient : « Toi qui es le Fils de Dieu, descends de la croix. »

Les arts plastiques ont suscité une sorte de petit « cycle » de la Crucifixion, mais assez tardivement : la première représentation date de 430. Puis, pendant un demi-millénaire, le Christ en croix n'est représenté que vivant et majestueux, couronné d'un diadème royal. À partir du XIe siècle commence à

se répandre le type du Crucifié aux yeux clos, coiffé de la
Couronne d'épines, pitoyable ; peu à peu le nombre de personnages va croissant : la mère du Christ, saint Jean, la Madeleine, un groupe de femmes ou des soldats romains. Certaines
œuvres représentent Jésus assis, dans l'attente de sa mise
à mort : on les a appelées le « Dieu de pitié » ou le « Dieu
piteux » (Dürer) ; d'autres s'attardent sur le condamné abreuvé
de fiel (Lucas de Leyde) ou sur Jésus dépouillé de ses vêtements (Giotto, Fra Angelico, le Greco, Tiepolo). Autres
« plans » du film de la Crucifixion : Jésus est cloué sur la Croix
étendue à terre (Philippe de Champaigne) ; suit l'Érection de
la Croix (Tintoret, Rembrandt, Lebrun) ; ou au contraire
le condamné est cloué à la Croix verticale (art byzantin,
Fra Angelico). Après la Mise en croix, les soldats jouent aux
dés pour se partager les vêtements (Memling).

Comme la Crucifixion a eu lieu sur le « lieu du crâne »,
certains artistes ont illustré une légende : la Croix aurait été
dressée à l'endroit même où Adam avait été enseveli. Cette
fable offrait l'avantage de mettre en relation immédiate
la Chute et la Rédemption. De là, sur nombre de tableaux, la
présence du « crâne d'Adam ».

La pensée chrétienne s'est abondamment référée à la symbolique générale de la croix, qui est un signe d'universalité, avec
l'orientation vers les quatre points cardinaux, l'ouverture à
l'univers. Les bras grands ouverts du Crucifié avaient la même
valeur symbolique. La position des bras a néanmoins été très
variable : il existe des Crucifiés « aux bras étroits », élevés presque
verticalement. On a voulu voir là des « Christs jansénistes »,
illustrant la théologie du petit nombre des élus. Mais ce motif
apparaît dès la fin du Moyen Âge, bien avant Jansénius, mort
en 1638. Qui plus est, cette posture du Crucifié est parfois liée
à des contraintes techniques de la sculpture sur ivoire.

La contemplation chrétienne a pu se fixer sur divers
moments de la trajectoire du Christ : sa Nativité, où l'Incar-

nation divine introduit une lumière définitive dans le monde ; la majesté du Christ enseignant, qui révèle à chacun le secret de sa présence dans l'histoire ; les deux épisodes du diptyque de la Transfiguration et de Gethsémani. Mais les chrétiens ont été immanquablement attirés par la traversée qui conduit de la Croix à la gloire de Pâques puisque, pour eux, la miséricorde divine a voulu que son don et son pardon culminent dans le sacrifice qui abolit tous les autres, un total don de soi par amour pour les hommes. C'est ce qui explique que la Croix soit devenue le symbole du christianisme, mais une Croix lumineuse où s'annonce Pâques, telle qu'elle a été souvent représentée par l'art roman.

Les deux larrons (Luc 23,39-43)

L'un des deux malfaiteurs tournait Jésus en dérision : « Toi qui te prétends le Messie, sauve-toi toi-même, et nous avec toi ! » L'autre le réprimandait, et il dit au Christ : « Souviens-toi de moi quand tu seras dans ton royaume. » Alors Jésus : « En vérité, je te le dis, aujourd'hui tu seras avec moi dans le Paradis. »

La tradition populaire a distingué le « Bon Larron » et le « Mauvais Larron », « larron » étant un vieux mot issu du latin *latro*, « voleur ». Les arts plastiques ont exploré toutes sortes de manières de les distinguer du Christ : on les représente ligotés et non cloués, ou sur une croix en T. Le Bon Larron est toujours placé à droite du Christ, et il est jeune et imberbe, tandis que le Mauvais est barbu et détourne la tête.

Au pied de la Croix (Jean 19,25-27)

Près de la Croix de Jésus se tenaient sa mère et la sœur de sa mère, ainsi que Marie-Madeleine et l'apôtre Jean, « le dis-

ciple que Jésus aimait ». Jésus dit à sa mère en parlant de Jean :
« Femme, voici ton fils. » Puis au disciple : « Voici ta mère. » Et
dès lors le disciple la prit chez lui.

Ces paroles expliquent que la tradition chrétienne ait situé
l'Assomption de la Vierge à Éphèse, la ville dont Jean dirigeait
l'Église.

La présence de la Vierge Marie au pied de la Croix a donné
naissance à une admirable complainte attribuée au franciscain
Jacopone da Todi (fin du XIIIᵉ siècle) :

> *Stabat Mater dolorosa*
> *Juxta Crucem lacrimosa*
> *Dum pendebat Filius.*
>
> La Mère douloureuse se tenait debout
> auprès de la Croix, toute en larmes,
> pendant que son Fils y était suspendu.

Le poème se compose de vingt tercets, qui rappellent la
prophétie de Syméon (Luc 2,35) et associent les chrétiens à la
douleur de la Mère de Dieu, dans l'attente de leur union glorieuse au Christ. Il a été mis en musique par Josquin des Prés,
Palestrina, Charpentier, Pergolèse, Scarlatti, Haydn, Verdi,
Dvorak, Poulenc et Penderecki (1962).

Marie-Madeleine a été représentée par des œuvres plastiques innombrables, comme on le verra bientôt.

Jusqu'à la fin du XIIIᵉ siècle, la Vierge et saint Jean se tiennent
chacun d'un côté de la Croix, mais ensuite s'établit la coutume
de les situer ensemble du même côté. Parfois la Vierge défaille
de douleur dans les bras de l'apôtre, mais l'Église a combattu
cette seconde Pâmoison comme contraire au récit évangélique,
pas toujours avec succès (Simon Vouet).

Le groupe féminin, dolent, joue le rôle du chœur dans la
tragédie grecque.

La Mort de Jésus

De midi à trois heures, les ténèbres couvrirent le pays. Vers trois heures, Jésus poussa un grand cri : *Eli, Eli, lamma sabactani ?* c'est-à-dire « Mon Dieu, mon Dieu, pourquoi m'as-tu abandonné ? ». Un moment après, il murmura : « J'ai soif. » Un des assistants courut prendre une éponge qu'il imbiba de vinaigre et la lui tendit au bout d'un roseau (Matthieu 27,45-49). Quand il eut pris le vinaigre, Jésus dit : « Tout est consommé », puis « Père, entre tes mains je remets mon esprit ». Et, penchant la tête, il rendit l'esprit.

Alors le rideau qui isolait le Saint des Saints, la partie la plus sacrée du Temple, se déchira. Des signes apocalyptiques se produisirent. Voyant cela, le centurion qui se trouvait là, s'écria : « Vraiment, cet homme était Fils de Dieu. » (Matthieu 27,45-46.)

Comme il fallait faire vite à cause de l'approche du Sabbat, les autorités demandèrent à Pilate de faire achever, si nécessaire, les condamnés. Les soldats brisèrent les jambes des deux brigands (ce qui provoquait une crispation rapide des muscles et l'asphyxie). Parvenus devant Jésus, ils constatèrent qu'il était déjà mort. Par précaution, un des soldats le frappa d'un coup de lance au côté : il en sortit du sang et de l'eau. Ainsi fut réalisée la prophétie de Zacharie (12,10) : « Ils verront celui qu'ils ont transpercé. » (Jean 19,28-37.)

La plus belle de toutes les Crucifixions romanes – un vitrail de la cathédrale de Poitiers – représente le Crucifié encore vivant, cloué à une Croix écarlate, lumineuse ; à sa droite se tiennent la Vierge et le porteur de lance, à sa gauche, saint Jean et le porte-éponge (XIIᵉ siècle). C'est à partir du XIᵉ siècle que commence à apparaître le Christ mort : ainsi sur un vitrail de Chartres (XIIᵉ siècle). Ce motif gagne peu à peu tous les autres arts plastiques : Giotto, Fra Angelico, Rubens (auteur de quatre *Crucifixion*, à l'instar de Van Dick), Philippe de Champaigne, Prud'hon (1822), Klinger (1900), et, s'inspirant d'un dessin de saint Jean de la Croix, Salvador Dalí (1952).

Les Sept paroles prononcées par le Christ en croix ont évidemment habité la méditation des chrétiens. C'est à la musique qu'il revenait de tenter de faire approcher de l'ineffable d'une telle mort. Ces sept paroles ont en effet suscité toutes sortes d'œuvres musicales : outre les nombreuses *Passion*, qui les reprennent, elles ont donné naissance à des compositions spécifiques, comme *Les Sept Paroles du Christ en croix* de Heinrich Schütz (XVIIe siècle), découvertes seulement en 1855 et jouées en 1873, ou *Les Paroles du Sauveur sur la Croix* de Haydn (1796).

Bien qu'il s'agisse du premier verset d'un Psaume de confiance, le Psaume 22, le fait que le Christ ait traversé le *Lamma sabactani* a terrifié un saint Jean de la Croix ou le Péguy du *Dialogue de l'histoire et de l'âme charnelle* (1909), qui voyait dans cette « effrayante clameur », un rebondissement du « Mon âme est triste jusqu'à la mort » du Jardin des Oliviers.

« Entre tes mains je remets mon esprit » est récité ou chanté chaque soir dans l'office liturgique de la nuit tombante, les complies.

L'eau pleurale qui sort du côté du Christ frappé par la lance symbolise les eaux vives dont Jésus avait annoncé qu'elles jailliraient de son sein (Jean 7,38-39) comme d'une source de Vie éternelle ; elles manifestent l'effusion de l'Esprit-Saint. La solennité avec laquelle le quatrième Évangile atteste « le sang et l'eau » a fait penser qu'il s'agit là, aux yeux de saint Jean, d'une annonce du baptême et de l'Eucharistie.

La Descente de Croix et la Mise au tombeau
(Matthieu 27,55-66)

Comme le soir était arrivé, un homme juste et bon, Joseph d'Arimathie, obtint de Pilate le corps de Jésus. Il le descendit de la Croix, l'enveloppa dans un linceul et l'ensevelit non loin de là dans un tombeau qu'il avait fait tailler à même le roc. Marie-Madeleine et d'autres femmes venues de Galilée avec Jésus regardaient tout cela. Immédiatement, elles préparèrent des aromates et des parfums, puisqu'il leur fallait le lendemain respecter le repos du Sabbat.

Les responsables juifs, sachant que Jésus avait parlé de sa résurrection «le troisième jour» après sa mort, obtinrent de Pilate que le sépulcre fût placé sous bonne garde, de peur d'une imposture de ses disciples.

La méditation sur le Christ au tombeau occupe tout particulièrement la journée du Samedi saint, veille de la fête de la Résurrection : dans les églises, l'autel est dénudé, et il ne se célèbre aucune eucharistie. Pascal a consacré à ce «mystère» l'une de ses *Pensées* (fr. 467) :

> Sépulcre de Jésus-Christ
> Jésus-Christ était mort, mais vu, sur la croix. Il est mort et caché dans le sépulcre.
> Jésus-Christ n'a été enseveli que par des saints.
> Jésus-Christ n'a fait aucun miracle au sépulcre.
> Il n'y a que des saints qui y entrent.
> C'est là où Jésus-Christ prend une vie nouvelle, non sur la croix.
> C'est le dernier mystère de la Passion et de la Rédemption.
> (*Jésus-Christ enseigne vivant, mort, enseveli, ressuscité.*)
> Jésus-Christ n'a point eu où se reposer sur la terre qu'au sépulcre.
> Ses ennemis n'ont cessé de le travailler qu'au sépulcre.

Le Maître a traversé lui-même l'épreuve à laquelle il appelait tout chrétien : « En vérité, en vérité, je vous le dis, si le grain de blé ne meurt après qu'on l'a jeté en terre, il demeure seul ; mais quand il est mort, il porte beaucoup de fruits. » (Jean 12,24.) Parole qui a donné son titre à un bilan autobiographique de Gide, *Si le grain ne meurt*, en 1924.

Les arts plastiques ont traité quatre moments : la Descente de croix (Fra Angelico, Véronèse, le Caravage, Rubens) ; les Lamentations sur le Christ étendu (Giotto, Botticelli, Rubens, Poussin, Delacroix, Manet) ; la *Pietà*, où la Vierge tient sur ses genoux son Fils et dont la plus célèbre est celle de Michel-Ange ; la Mise au tombeau, conçue comme un tableau vivant, dont les sept personnages s'animent à partir de la fin du XVe siècle : la Vierge et saint Jean, Marie-Madeleine et deux Saintes Femmes, Joseph d'Arimathie et Nicodème (un disciple présenté par Jean 3). La Mise au tombeau, appelée aussi le Saint-Sépulcre, a donné naissance à de nombreux groupes sculptés (Donatello, Ligier Richier), et elle a été représentée par les plus grands peintres : Mantegna, Piero della Francesca, Raphaël, Titien, le Caravage, Rembrandt… Certains artistes s'en sont tenus à un gros plan sur le Christ mort : Mantegna, Holbein… avec parfois le risque d'oublier la gravité religieuse au profit de la recherche du tour de force dans l'exactitude anatomique ou la technique du raccourci. Le Louvre possède *Le Christ mort* de Philippe de Champaigne, dont les blessures n'altèrent en rien la noblesse.

Vers 1357, apparaît dans la collégiale de Lirey, en Champagne, un étrange linceul de lin qui porte la double empreinte face et dos, du corps nu d'un homme flagellé, couronné d'épines, crucifié, blessé au côté, avec des taches de sang. Ce Saint-Suaire, dont on ignore totalement l'origine, ne tarde pas à attirer les foules comme étant le linceul du Christ. La relique passe en 1453 à la Maison de Savoie. En 1506, le pape

Jules II en institue le culte public. Le Suaire est bientôt transféré à Turin et se trouve désormais désigné comme le Saint-Suaire de Turin. À la fin du XIXᵉ siècle, les investigations scientifiques, d'abord favorables à l'authenticité, avivent la dévotion. Mais en 1988, la datation au carbone 14 situe le linceul entre 1260 et 1390, résultats qui ont été contestés depuis. Le Saint-Suaire formerait-il la troisième image *acheïropoïète*, «non faite de main d'homme», du Christ en sa Passion, avec le Voile de Véronique et l'image disparue d'Abgar?

Un des chœurs les plus poignants de *La Passion selon saint Jean* de Jean-Sébastien Bach, met en présence du *Christ au Sépulcre*:

> *Ruht wolh, ihr heiligen Gebeine,*
> *Die ich nun weiter nicht beweine,*
> *Ruht wolh und bring auch mich zur Ruh!*

> Repose en paix, dépouille sainte
> Que déjà je ne pleure plus,
> Repose en paix, et conduis-moi, moi aussi, vers le repos.

Georges Migot a consacré un oratorio à *La Mise au tombeau* (1949), après une imposante *Passion* composée pendant les heures sombres de l'occupation allemande.

Le nom de Joseph d'Arimathie est partie intégrante d'un cycle littéraire promis à un long succès: l'histoire du saint Graal, un thème celtique lancé par Chrétien de Troyes et christianisé par Robert de Boron vers 1200. Le Graal est le vase précieux utilisé par Jésus lors de la dernière Cène et dans lequel Joseph d'Arimathie a recueilli le sang du Christ en croix. Ce mythe est, avec celui de Tristan et Yseut, le plus puissant de tous ceux qu'a conçus le Moyen Âge. Il a donné naissance à un vaste ensemble de romans entre 1215 et 1235. Transporté en Grande-Bretagne par Joseph, évangélisateur du pays et fondateur de la chevalerie, le Graal fait l'objet de la recherche, de la « quête » de chevaliers purs, « célestes », Perceval ou Galaad. Adapté, enrichi, ce cycle a inspiré toutes sortes d'œuvres en Allemagne, en Angleterre, en Espagne et au Portugal, aux Pays-Bas. La plus célèbre est un opéra de Wagner, *Parsifal* (1882).

La Résurrection

L'événement même de la Résurrection n'a eu aucun témoin. Aussi les artistes ont-ils été réduits à imaginer les représentations qu'ils en créent. Il n'en est pas de même des apparitions du Ressuscité. Celles-ci forment un véritable « cycle ». Si certaines ne sont que mentionnées – à Pierre le premier jour, à Jacques, « à plus de cinq cents frères » (1 Corinthiens 15,5-7) – et si nous possédons trois récits de la conversion de Paul, les Évangiles en décrivent cinq, qui ont connu d'innombrables reprises.

Jésus ressuscitant ne semble pas avoir été représenté par les arts plastiques avant le XIᵉ siècle : on le voit alors sortant du tombeau, de face, et tenant une croix-étendard. À partir du XIVᵉ siècle se développe une autre figuration : le Christ plane au-dessus du tombeau, et souvent les gardes terrorisés sont éblouis par sa lumière (Giotto, Fra Angelico).

Le poète Pierre Jean Jouve a célébré le visage du Ressuscité dans *Gloire* (1942) :

> Tu surgis seule et dans le feu de ton visage
> Encore et pourtant je te reconnais
> Ô face blonde et qui sur cette terre
> Vécut auréolée de cheveux d'or flambants
> Ô corps immense et qui sur cette terre
> A porté le buisson le plus rouge et ardent
> Visage dur qui eut des yeux ou lacs profonds
> Velours où tu t'évanouis de plaisir pur.
> Mais tu as bien changé : tout le vrai a cédé

> Sous la fatale invasion de la merveille
> Tu es heureuse enfin après la tombe vieille
> Tu n'as qu'un seul regard pour ton ascension.

En musique, Jean-Sébastien Bach a créé son oratorio de Pâques en 1729.

Les femmes au tombeau (Luc 24,1-10)

Le premier jour de la semaine (notre dimanche), Marie-Madeleine et ses compagnes, dès l'aube, se rendirent au tombeau avec les aromates qu'elles avaient préparés. Mais en y arrivant, elles découvrirent que la lourde pierre arrondie qu'on roulait devant les sépulcres pour en interdire l'accès, avait été mise sur le côté. Il n'y avait personne, car les gardes terrorisés s'étaient enfuis. Entrées à l'intérieur, elles trouvèrent le tombeau vide. Comme elles étaient déconcertées, voici que se présentèrent à elles deux hommes aux vêtements éblouissants, qui leur dirent : « Pourquoi cherchez-vous parmi les morts celui qui est vivant ? Ne vous avait-il pas annoncé que le Fils de l'homme serait crucifié et le troisième jour ressusciterait ? » Alors elles se rappelèrent en effet ces paroles. Elles s'empressèrent d'aller raconter aux apôtres ce qu'elles avaient vu. Mais ceux-ci crurent d'abord qu'elles radotaient.

Cet épisode a connu une immense fortune chez les artistes à partir du IIIe siècle. La visite au tombeau de celles qu'on appelle les Saintes Femmes est souvent représentée sur les portails des cathédrales gothiques (ainsi à Strasbourg). À la fin du Moyen Âge, ce groupe féminin devient un élément secondaire, à l'arrière-plan des *Résurrections*. Souvent, du XVIIe au XVIIIe siècle, un ange déploie le linceul devenu inutile. Gustave Doré a repris cette scène dans sa magnifique *Bible illustrée* (1866).

Pierre et Jean au tombeau (Jean 20,2-10)

Malgré leurs doutes Pierre et Jean coururent jusqu'au tombeau. Jean y parvint le premier et ne vit que les bandelettes sur le sol, mais n'entra pas. Pierre, lui, pénétra dans le sépulcre : les bandelettes gisaient à terre et le linceul était roulé à part. Jean à son tour entra : « Il vit, et il crut. » Jusque-là, ni l'un ni l'autre n'avait compris que, selon l'Écriture, Jésus devait ressusciter d'entre les morts. Ensuite, ils quittèrent le tombeau.

On trouve cette scène représentée dès le IVᵉ siècle sur un coffret en argent du Trésor de Latran, à Rome : les deux apôtres, au seuil du tombeau, lèvent la main en signe de stupeur. Elle orne aussi la clôture du chœur à Notre-Dame de Paris (XIVᵉ siècle).

L'Apparition à Marie-Madeleine (Jean 20,11-18)

Marie-Madeleine, revenue auprès du tombeau, pleurait. Se retournant, elle voit quelqu'un qu'elle prend pour le gardien du jardin et qui lui demande : « Femme, pourquoi pleures-tu ? » Elle lui répond : « On a enlevé mon Seigneur, et je ne sais où on l'a mis. » Jésus lui dit simplement : « Marie ». Alors elle le reconnut, et lui dit en hébreu : *Rabbouni*, c'est-à-dire « Maître ». Jésus lui dit : « Ne me touche pas. Va dire à mes frères que je monte vers mon Père, qui est votre Père, vers mon Dieu, qui est votre Dieu. »

Marie-Madeleine vint donc annoncer aux apôtres : « J'ai vu le Seigneur, et voici ce qu'il m'a dit. »

Cette apparition orne des manuscrits à partir du IXᵉ siècle : le Christ porte le nimbe cruciforme qui le caractérise, et deux anges sont assis sur le rebord du tombeau vide. Les anges disparaissent entre le XIᵉ et le XIIIᵉ siècle, mais reparaissent au XIVᵉ. À partir du siècle suivant, l'insistance porte sur le mouvement de Jésus, sur le « Ne me touche pas », dont la forme latine, *Noli me tangere*, a donné leur titre à de nombreux tableaux, comme celui de Le Sueur en 1651 (au Louvre).

Dans son célèbre « Mémorial », trace écrite de la « Nuit de feu » qu'il vécut du 23 au 24 novembre 1654, Pascal oppose le « Dieu d'Abraham » au dieu « des philosophes et des savants ». Deux scènes bibliques se sont présentées à lui : le Buisson ardent (Exode 3,6) et l'Apparition du Christ ressuscité à Marie-Madeleine, avec sa parole « Mon Dieu, qui est votre Dieu ». C'est le Dieu de Jésus-Christ qui est le Dieu des chrétiens, et non pas seulement quelque cause première ou autre principe abstrait.

L'Apparition aux disciples d'Emmaüs (Luc 24,13-35)

Le soir du même jour, tandis que deux disciples découragés étaient en route vers un village nommé Emmaüs, Jésus se joignit à eux sans qu'ils le reconnussent et leur demanda de quoi ils s'entretenaient en cheminant. Ils répondirent : « Comment ! Tu ne sais pas ce qui vient de se passer à Jérusalem ! Jésus de Nazareth, un grand prophète, a été mis à mort, alors que nous attendions de lui la délivrance d'Israël. Quelques femmes qui sont des nôtres nous ont frappés d'étonnement en racontant qu'étant allées à son tombeau, elles n'y ont pas trouvé son corps et que des anges l'ont dit vivant. Mais personne ne l'a vu. »

Jésus leur dit alors : « Esprits lents à comprendre et à croire les prophètes ! Ne fallait-il pas que le Christ souffrît pour entrer dans sa gloire ? » Et, reprenant Moïse et tous les prophètes, il leur expliqua dans les Écritures ce qui le concernait.

Comme ils approchaient du village, Jésus fit semblant de

poursuivre sa route. Mais ils le pressèrent de s'arrêter avec eux : « Reste avec nous, car déjà le soir tombe. » Il resta donc avec eux. Au cours de leur dîner, il prit du pain, le bénit et le leur donna. Alors leurs yeux s'ouvrirent, et ils le reconnurent. Mais il disparut. Ils se dirent l'un à l'autre : « Notre cœur n'était-il pas tout brûlant pendant qu'il nous expliquait les Écritures ? »

Aussitôt, ils décidèrent de regagner Jérusalem. Aux disciples, ils racontèrent ce qui s'était passé sur le chemin, et comment ils l'avaient reconnu à la fraction du pain.

Ce récit, connu sous le titre « Les pèlerins d'Emmaüs » (au sens ancien de « pèlerin », « voyageur »), a connu une immense fortune. D'abord parce que c'est l'un des plus beaux textes de Luc, mais aussi parce que des chrétiens innombrables se sont retrouvés eux-mêmes dans ce cheminement : « Reste avec nous, car déjà le soir tombe », « Notre cœur n'était-il pas tout brûlant... ? »

Jésus reprend pour les deux voyageurs le cœur de la Bible hébraïque, la Loi (Moïse) et les Prophètes. Une expression est passée dans le langage courant : « Ce n'est tout de même pas la Loi et les Prophètes », avec le même sens que « ce n'est pas parole d'Évangile », pour désigner des affirmations qu'on peut discuter.

Assez peu présents dans les arts plastiques des premiers siècles, les Pèlerins d'Emmaüs envahissent les bas-reliefs, les vitraux, les chapiteaux et surtout les miniatures à partir du XIᵉ siècle. Les grands peintres s'en emparent au XVIᵉ siècle et au XVIIᵉ : Titien, le Tintoret, Rubens, Velázquez. Le Caravage les peint deux fois, Véronèse aussi. Les artistes des Pays-Bas y voient l'occasion d'effets de lumière dans une atmosphère intime et mystérieuse : Rembrandt est revenu à ce sujet une dizaine de fois. Philippe de Champaigne l'a traité trois fois et, au XXᵉ siècle, Maurice Denis quatre. Bien des œuvres insistent sur le climat sacré du repas, qui évoque la dernière Cène et l'Eucharistie. Arcabas, en 1993-1994, a consacré sept toiles à un cycle d'Emmaüs d'une simplicité fluide et qui respire la joie.

Les Apparitions aux apôtres (Jean 20,19-29)

Ce même soir du premier jour de la semaine, alors que les disciples s'étaient enfermés par crainte des responsables juifs, Jésus soudain se tint au milieu d'eux et leur dit : « La paix soit avec vous. » Il leur montra ses mains et son côté, puis il souffla sur eux : « Recevez l'Esprit-Saint. Ceux à qui vous remettrez leurs péchés, ils leur seront remis. Ceux à qui vous les retiendrez, ils seront retenus. » De le revoir, tous étaient remplis de joie.

L'un des apôtres, Thomas, était absent ce soir-là. Les autres lui annoncèrent : « Nous avons vu le Seigneur ! » Mais il ne les crut pas : « Si je ne vois pas dans ses mains la marque des clous, si je ne mets pas ma main à son côté, je ne croirai pas. » Une semaine plus tard, alors que Thomas et les autres apôtres se trouvaient réunis au même lieu, toutes portes fermées, Jésus se tint au milieu d'eux. Il dit à Thomas : « Porte ton doigt ici, vois mes mains et touche mon côté. Ne sois plus incrédule, mais croyant. » Thomas dit seulement : « Mon Seigneur et mon Dieu ! » Jésus poursuivit : « Parce que tu as vu, tu as cru. Heureux ceux qui ont cru sans avoir vu ! »

Ces épisodes ont laissé des marques dans la langue : « être comme saint Thomas » veut dire qu'on attend des preuves pour croire un événement, qu'on n'est pas crédule. D'autre part, comme on a supposé que les disciples se trouvaient réunis dans une chambre haute, appelée en latin *cenaculum*, le mot français « cénacle » a désigné une réunion fermée, avec parfois le sens péjoratif de « coterie ». Dans les années 1820, les romantiques français ont appelé Cénacle le groupe restreint qu'ils formaient, avec pour chef Victor Hugo. Des deux Apparitions, c'est la seconde qui a été le plus représentée par les artistes. Jésus montre ses plaies, ou les fait toucher à Thomas ; mais à la fin du Moyen Âge, c'est la palpation qui l'emporte. La scène se rencontre sur des sarcophages dès le Vᵉ siècle. Verrochio l'a sculptée ; le Caravage, Poussin et Rembrandt l'ont peinte.

L'Apparition au bord du lac (Jean 21,1-14)

Sur la demande de Jésus, les apôtres avaient regagné la Galilée. Une nuit que sept d'entre eux pêchaient dans le lac de Tibériade, ils restèrent sans rien prendre. Au matin, quelqu'un qui se trouvait sur le rivage leur cria : « Les enfants, jetez vos filets sur la droite de votre barque. » Ils le firent, et il y eut tant de poissons qu'ils ne parvenaient plus à les retirer. Alors « le disciple que Jésus aimait » – en qui la tradition a reconnu Jean – dit à Pierre : « C'est le Seigneur ! » Pierre, qui était nu, se ceignit d'un vêtement et se jeta à l'eau. Les autres revinrent sur la côte avec la barque. Jésus, qui avait préparé du pain et des poissons, les leur distribua. Ce fut la troisième apparition à un groupe de disciples.

Jean reconnaît Jésus parce qu'un épisode comparable avait marqué ses premières rencontres avec lui (Luc 5,1-11), et l'un et l'autre épisode sont d'ailleurs connus sous le titre de la « Pêche miraculeuse ». Dans le plus ancien, Jésus est assis dans la barque de Pierre ; dans le récit de Jean, il se tient sur le rivage ; mais les artistes ont souvent confondu les deux scènes. Celle qu'a racontée Luc a été reprise dans une mosaïque de la basilique Saint-Marc, à Venise (XIIIᵉ siècle), et peinte, d'autre part, par Rubens (1619) et par Jouvenet (1706). Le texte de Jean a inspiré à Conrad Witz un retable où le lac de Genève dominé par le mont Salève sert de décor (1444).

La mission universelle

À la fin de l'Apparition au bord du lac, Jésus demanda trois fois à Pierre : « Simon, m'aimes-tu ? » Pierre attristé répondit : « Seigneur, tu connais toutes choses : tu sais bien que je t'aime. » Et par trois fois Jésus enchaîna : « Sois le pasteur de mon troupeau. » (Jean 21,15-17.)

L'avant-dernière apparition aux apôtres eut lieu sur une montagne de Galilée. Elle constitue le finale de l'Évangile de Matthieu (28,16-20). Jésus leur déclara : « Tout pouvoir m'a été donné au ciel et sur la terre. Allez, instruisez toutes les nations, et baptisez-les au nom du Père, du Fils et du Saint-Esprit. Apprenez-leur à garder tout ce que je vous ai prescrit. Et moi, je suis avec vous jusqu'à la fin du monde. »

Le baptême chrétien apparaît dès les Actes des apôtres : le jour même de la Pentecôte, Pierre commence à baptiser (2,28-41) ; le diacre Philippe baptise (8,12-13 et 36-38). Paul est baptisé à Damas (9,18 et 22,16) Dès le IIe siècle existent auprès des adultes qui viennent de se convertir des répondants qui accompagnent leur cheminement ; il en est bientôt de même pour les enfants dont les parents sont morts ou prisonniers pour leur foi. C'est vers le VIIIe siècle que ces *patrini*, diminutif de *patres*, « pères », deviennent les « parrains » et les « marraines » que nous connaissons. Le baptême se pratiquait par l'immersion totale, par une immersion à mi-corps avec versement d'eau sur la tête, ou encore par simple versement d'eau sur la tête. C'est cette dernière modalité qui a fini par prévaloir dans la plupart des communautés chrétiennes.

Le premier geste que le prêtre accomplit sur le futur baptisé est un signe de croix tracé sur le front. On ne sait pas exactement à quel moment ce signe sur le front, qui rappelait à chacun son baptême, s'est élargi à l'ensemble de la personne, de la tête à la poitrine et d'une épaule à l'autre.

L'Ascension

À l'issue de ces semaines où Jésus affermit les apôtres dans la foi au Ressuscité – Luc parle de «quarante jours», chiffre à portée symbolique –, le Christ réunit le groupe apostolique à Jérusalem : il leur annonça la venue prochaine en eux de l'Esprit-Saint (ce sera la Pentecôte, au cinquantième jour après Pâques) et confirma leur mission universelle. Puis il s'éleva et une nuée le fit disparaître à leurs yeux. Comme leurs regards demeuraient fixés vers le ciel, voici que deux hommes en vêtements blancs leur dirent : «Galiléens, pourquoi restez-vous là à regarder le ciel ? Ce Jésus qui vient de vous être enlevé reviendra de la même manière» sur les nuées du ciel.

Cet épisode qui ouvre les Actes des apôtres, le même Luc l'a étroitement lié à la Résurrection à la fin de son Évangile. Pour souligner ce lien, il a comprimé les quarante jours en quelques instants au soir de Pâques (24,36-52).

L'Orient chrétien, insistant sur la gloire divine du Christ, a représenté l'Ascension comme une apothéose : Jésus est vu de face, immobile dans l'ovale lumineux de sa mandorle, ou «amande mystique» – le mot vient en effet de l'italien *mandorla* qui signifie «amande». L'Occident, soucieux de ne pas atténuer l'humanité du Sauveur, l'a peint dans un mouvement d'élévation, soit les bras étendus, soit montrant les plaies de sa Passion. Un tel sujet se prêtait admirablement à la décoration des coupoles, dont il soulignait l'élan : Corrège a ainsi décoré la coupole de l'église Saint-Jean, à Parme.

En musique, Jean-Sébastien Bach a composé un oratorio de l'Ascension en 1735 et Messiaen quatre méditations symphoniques *L'Ascension* en 1933.

Marie-Madeleine

Le nom de Marie-Madeleine vient du bourg de Magdala, au bord du lac de Tibériade : Marie de Magdala devint en latin *Maria Magdalena* et en français moderne Marie-Madeleine.

Marie de Magdala, guérie par Jésus d'une maladie énigmatique, faisait partie d'un groupe de femmes qui l'accompagnait (Luc 8,2). D'une fidélité sans faille, elle se tenait au pied de la Croix pendant la Crucifixion (Jean 19,25) ; à l'aube du dimanche, elle se rendit au tombeau, et peu après elle eut le privilège de voir lui apparaître le Ressuscité (Jean 20,11-18). C'est elle qui annonça aux apôtres la Résurrection : de là son titre d'« apôtre des apôtres », *apostola apostolorum*.

Ces quelques traits faisaient déjà d'elle une figure peu ordinaire. Mais – au contraire de l'Église grecque – l'Église latine l'entoura en outre d'une ample légende. Tout d'abord, elle la confondit avec Marie de Béthanie, la sœur de Lazare et de Marthe. Comme Luc avait parlé d'une pécheresse anonyme qui, lors d'un repas de Jésus chez le pharisien Simon, avait apporté un flacon de parfum en albâtre et, tout en pleurs, avait répandu ce parfum sur ses pieds, qu'elle avait ensuite essuyés de ses cheveux (Luc 7,36-50), on identifia cette femme à Marie de Magdala. Bien plus, on compléta ces données bibliques en amont et en aval : la sainte aurait d'abord été une riche mondaine, éprise de sa propre beauté, vivant dans le luxe et le faste, voire dans le libertinage. Et, après l'Ascension du Christ, elle aurait été persécutée, embarquée de force avec quelques compagnons sur un navire sans pilote, et serait arrivée en Provence, au port dénommé depuis lors les Saintes-Maries-de-la-Mer ; elle aurait prêché à Marseille la foi catholique avant de se retirer en ermite dans une grotte de la Sainte-Baume pour se vouer à la vie contemplative : là, elle aurait vécu trente ans, à demi nue, dans la plus sévère ascèse.

La foisonnante richesse symbolique du récit ainsi constitué explique que la sainte ait été souvent représentée, et cela dès le Moyen Âge : la Madeleine dans la vie mondaine, puis se dépouillant de ses bijoux ; la Madeleine versant un vase de parfum sur les pieds du Christ et les essuyant de ses cheveux ; Marie et sa sœur Marthe ; la résurrection de son frère Lazare ; Marie de Magdala au pied de la Croix, au sépulcre, le matin de Pâques, reconnaissant le Christ ressuscité ; la Madeleine en Provence. Mais l'époque de la Réforme catholique, au lendemain du Concile de Trente (1545-1563), va plus souvent isoler Madeleine, la peindre seule en gros plan (même au pied de la Croix), et sa célébration va connaître en France son zénith des années 1570 aux années 1660, ce qui correspond exactement à la floraison du baroque littéraire. Cette invasion magdalénienne a gagné à la fois les arts plastiques et la littérature. Parmi les peintres, se rencontrent Georges de La Tour, Simon Vouet, Philippe de Champaigne, Eustache Le Sueur, Nicolas Poussin, Charles Le Brun ; et à l'étranger, Guido Reni, le Caravage ou Rubens. En littérature ne paraissent pas moins de sept épopées, entre 1607 et 1669, mais la sainte habite aussi la poésie lyrique et la prédication. Si elle est moins présente au théâtre, c'est que la succession de scènes qui composent sa trajectoire ne s'organise que malaisément en construction dramatique. Quant aux fictions romanesques, souvent décriées, elles étaient incompatibles avec la vérité biblique d'une figure qui apparaissait alors comme la plus grande sainte après la Vierge ; de là son patronage sur tant de personnalités, telles Madeleine de Sablé, Madeleine de Scudéry ou Marie-Madeleine de Lafayette.

Pourquoi un tel succès ? Les raisons en sont multiples. Tout d'abord la vigueur de la Contre-Réforme, qui oppose aux protestants une *sainte biblique* selon leur principe de la *Sola Scriptura* ; une *mystique*, alors qu'ils se méfient du mysticisme ;

une *pénitente*, conduisant à l'apologie du sacrement de pénitence, rejeté par les réformés ; et enfin une *ermite*, autorisant
la vie monastique, décriée depuis Luther. On verra aussi
se développer les représentations de la Madeleine recevant
l'eucharistie. En revanche le thème médiéval de la missionnaire de Marseille s'efface, parce que cette promotion d'une
laïque comme prédicateur risquerait de favoriser l'hérésie
nouvelle.

À côté de la Contre-Réforme militante, il s'impose de faire
une place à une « invasion mystique » qui est loin d'être seulement un phénomène de réaction aux Réformes. La profusion
de la littérature mystique aux XVIᵉ et XVIIᵉ siècles explique, elle
aussi, le culte pour l'orante de la Sainte-Baume. La Madeleine
se trouve fréquemment associée à la fiancée du Cantique
des cantiques, éperdue à la recherche de son bien-aimé. Tel
est le cas dans l'admirable poème en prose du cardinal Pierre
de Bérulle, *Élévation… vers sainte Madeleine* (1627).

Mais il existe un troisième élément d'explication : les affinités exceptionnelles de la figure magdalénienne avec l'imaginaire baroque. Les dates, à elles seules, suggèrent cette
complicité, puisque cet âge d'or fait suite à un fléchissement
(pendant les deux premiers tiers du XVIᵉ siècle) et que les
représentations de la Madeleine perdent beaucoup de leur
force après la décennie 1660.

Si l'on est conscient que le cœur d'une vision baroque du
monde réside dans le sentiment aigu d'une coïncidence des
contraires, créatrice d'incertitude et de vertige, la Madeleine
est une *coincidentia oppositorum* vivante. Le fait est si frappant
qu'il s'est inscrit dans certains titres. La magnifique exposition
du palais Pitti, à Florence, s'intitulait *Maddalena tra Sacro e
Profano…* (1986). Un ouvrage de Marjorie Malvern, *Venus
in Sackcloth* (1975), illustre une autre fusion des contraires :
l'érotisme et la pénitence, la séduisante nudité (peu) vêtue de
sac, la chair et l'âme. La légende s'était en effet enrichie de la

vie de sainte Marie l'Égyptienne, qui aurait vécu nue dans le désert de Juda. De là tant de belles gorges en prière, et l'étonnante *Extase de sainte Madeleine* du Caravage, plus orgasmique que la *Transverbération de sainte Thérèse* du Bernin. La Madeleine est une Vénus en cilice, une « sainte amante ». Georges de La Tour, lui, a réuni éclat de la chair et proximité de la mort dans sa célèbre *Madeleine à la veilleuse,* où la sainte a la main droite posée sur un crâne, tandis que le rouge de sa jupe et la beauté de l'épaule droite dénudée contrastent avec l'objet funèbre situé à la lisière de l'ombre et de la lumière. Une telle toile manifeste le rapport étroit des *Madeleine* baroques avec les Vanités.

On peut aisément poursuivre : on a opposé aussi le luxe insolent de la riche mondaine et le dénuement de l'ascète provençale. Comme l'a noté malicieusement Louis Réau dans son *Iconographie de l'art chrétien* (III, 2), la Madeleine est plus vêtue dans ses égarements que dans sa pénitence. Sa longue chevelure blonde hésite entre le feu et l'eau. Ses larmes autorisent une rêverie de la source en pays aride, ou opposent une âme de feu à un « orage de pleurs », ou allument dans les cœurs le feu de la conversion.

Exemple prestigieux de la métamorphose extérieure et intérieure, modèle de toute conversion, la Madeleine illustre aussi la tension entre le quasi-néant de la créature et son aspiration à l'Absolu. C'est pourquoi la scène où le Christ lui dit : « Ne me touche pas » (*Noli me tangere*), fort anciennement peinte, ainsi dans les fresques de Giotto à Padoue, se trouve abondamment reprise à l'époque baroque par Le Sueur (au Louvre), ou par Laurent de La Hyre (au musée de Grenoble).

Après un tel âge d'or de la séduisante figure magdalénienne, les chefs-d'œuvre se sont faits moins nombreux. Néanmoins le XIXᵉ siècle s'est vivement intéressé à la sainte : une *Madeleine repentante* sculptée par Canova, une *Madeleine dans le désert*, peinte par Delacroix (1845). Ary Scheffer,

Rossetti, Gustave Moreau (*Sainte Madeleine au Calvaire*), Puvis de Chavannes (en 1870) ont précédé le Provençal Cézanne (*La Madeleine ou la douleur*, au musée d'Orsay). Au XXᵉ siècle, Maurice Denis a repris le *Noli me tangere*. L'église de la Madeleine, à Paris, consacrée en 1842, représente à son fronton la pécheresse agenouillée aux pieds du Christ-Juge, symbole d'une France qui se repent d'avoir mis à mort Louis XVI (Hector Lemaire) ; au-dessus de l'autel, un groupe en marbre, œuvre de Marochetti, glorifie Marie-Madeleine entourée d'anges dansant.

Nombre de musiciens ont célébré la sainte : Gabrieli (XVIᵉ siècle), Monteverdi, Frescobaldi, Marc-Antoine Charpentier (*Dialogus inter Magdalenam et Jesum*), Johannes Brahms (*Magdalena*).

Dans un registre plus familier, la langue a conservé l'expression « pleurer comme une Madeleine ». En revanche le petit gâteau appelé « madeleine » tire son nom de celle qui l'a créé au XVIIIᵉ siècle, Madeleine Paumier.

La Trinité dans l'art

L'Ancien Testament avait conduit peu à peu le peuple hébreu à la découverte de l'absolue unicité de Dieu et de sa transcendance : « Mes pensées ne sont pas vos pensées et mes voies ne sont pas vos voies » (Isaïe 55,8). Le Nouveau Testament approfondit la connaissance entrevue du mystère de cet être que la raison humaine ne saurait saisir : il est impossible de lire les Évangiles et d'apercevoir la personnalité du Christ sans considérer comme essentielle la relation intime qu'il entretient avec une Personne divine qu'il appelle « Mon Père ». Et à maintes reprises intervient une autre manifestation transcendante, que Jésus désigne comme l'« Avocat » des hommes (d'après le terme grec, le *Paraclet*) et leur « inspirateur intime » (Jean 15,26 ; 16,4-15), l'Esprit-Saint : il en est ainsi lors du

Baptême et lors de la Transfiguration où sont présents le Fils, le Père et l'Esprit.

Cette révélation paradoxale d'un Dieu qui dépasse celui des philosophes a été défendue contre les réductions rationalistes par les deux conciles œcuméniques du IVe siècle : Nicée (325) et Constantinople (381). Elle a fait l'objet du puissant traité de saint Augustin *De la Trinité* (398-422) et constitue le socle de la foi dans toutes les confessions chrétiennes. La reconnaître est la condition *sine qua non* de l'entrée dans le mouvement œcuménique, qui depuis le milieu du XXe siècle fait dialoguer les diverses communautés ou Églises authentiquement chrétiennes.

Mais était-il possible, acceptable, de représenter la Trinité divine, alors que le Décalogue avait proscrit toute image de la divinité ? Malgré les controverses, l'Église avait admis que – du fait de l'Incarnation – le Christ échappe à cet interdit. Aussi, tout au long du premier millénaire, ne trouve-t-on que des images christiques. La seule visibilité de Dieu était le visage de Jésus, selon cette parole du Maître dans l'Évangile de Jean : « Qui m'a vu a vu le Père. » (14,9.) Tout au plus rencontrait-on quelques symboles : une Main sortant des cieux pour marquer la toute-puissance, ou la Colombe du Baptême dans le Jourdain. Aux environs de l'an mil, et surtout à partir du XIIIe siècle, apparaissent peu à peu des images du Père en vieillard, qui s'autorisent d'une vision du Livre de Daniel : « Je regardais : des trônes furent installés et un Être avancé en jours s'assit : son vêtement était blanc comme de la neige, et sa chevelure comme de la laine nettoyée. » (7, 9.) Malgré l'opposition de nombreux théologiens, ce type de représentation ne fit que progresser, et personne, au début du XVIe siècle, ne se scandalisera de l'humanisation du Dieu Père par Michel-Ange, dans *La Création* peinte pour la chapelle Sixtine, à Rome même. C'est Calvin qui rappela avec véhémence l'interdit du Décalogue, mais le concile de Trente resta évasif sur les représentations de Dieu le Père et de la Trinité. En 1566, le *Catéchisme romain* admit ces dernières pourvu qu'elles aient un fondement biblique, et il donna comme exemple l'«Ancien des jours» de la vision de Daniel, symbole de l'éternité divine. La position catholique fut plus nettement précisée en 1745 par la lettre *Sollicitudini Nostræ* du pape Benoît XIV, qui confirma la légitimité du recours aux symboles fournis par la Bible elle-même.

Si l'on excepte les images tricéphales de la Trinité – un buste à trois têtes ou une tête à trois visages – qui tentèrent de s'imposer entre le XIe et le XIXe siècle, mais furent condamnées comme non bibliques, le mystère du Dieu unique a été représenté de trois manières.

La première, justifiée par l'Apparition de trois hommes à Abraham sous les chênes de Mambré (Genèse 18,1-15), réunit trois personnages aux visages semblables, mais avec des attributs distinctifs. Elle règne dans le monde byzantin, et l'œuvre la plus connue est l'*Icône de la Trinité* du peintre russe Andreï Roublev (XVe siècle). En Occident, toutefois, le Père peut être symbolisé par un Vieillard et l'Esprit par une Colombe.

Dans la seconde, appelée le Trône de grâce, le Père soutient au-dessous de lui la Croix où est fixé son Fils, tandis que la Colombe du Saint-Esprit plane entre eux deux. Née sans doute en France au XIIe siècle, cette composition se diversifie à partir du XIIIe : le corps du Fils repose sur les genoux du Père (le Greco, *La Trinité douloureuse*, 1579).

Enfin, de façon plus abstraite, on recourt à des triades symboliques, comme le triangle équilatéral, avec ou sans le tétragramme du Nom divin en hébreu.

On le voit, le principe posé par Benoît XIV n'a pas toujours été respecté. Ces débordements font souhaiter le retour à la sobriété des premiers siècles chrétiens, qui déchiffraient le mystère divin sur le visage et dans les paroles du Christ.

En musique, Olivier Messiaen a composé des *Méditations sur le mystère de la Sainte Trinité* (1969), et Francis Poulenc a adopté le même titre en 1972.

La Passion-Résurrection est l'étape de la trajectoire du Christ qui a marqué le plus profondément la culture occidentale. Après elle viennent les épisodes de la Naissance et de l'Enfance. Rien d'étonnant à cela, puisqu'il s'agit de deux « mystères » fondamentaux de la foi chrétienne : l'Incarnation divine et le sacrifice de l'« Agneau qui ôte le péché du monde » (Jean 1,29). Au sens chrétien, un « mystère » n'est pas une énigme contre laquelle vient buter la raison, mais une réalité infinie qui la dépasse et au sein de laquelle elle devient plus forte, comme on respire en haute montagne un air plus vif. C'est pourquoi l'événement de la Crèche et celui de la Croix excèdent les théologies successives qui ont peiné à tenter d'en rendre compte.

Entre les deux s'est déployé le rayonnement du Christ enseignant. Celui-ci est beaucoup moins passé dans l'imaginaire occidental, en partie parce que les appels et suggestions du Sermon sur la montagne ou des paraboles se prêtent moins aisément aux représentations plastiques ou musicales. Il a en revanche marqué la langue et la littérature. Sans doute serait-il heureux que cet éclat du Christ enseignant soit plus intensément représenté dans le christianisme latin, de façon que les trois années de la vie publique ne soient pas éclipsées par les quelques jours de la Passion et de la Résurrection, ni tant de moments lumineux par l'heure des ténèbres.

Chapitre IV

Les Actes des apôtres

L'Évangile de Luc et les Actes des apôtres formaient originellement les deux parties d'un même livre. La seconde fut rapidement isolée sous son titre actuel. Les prologues et le style des deux ouvrages renvoient à un auteur unique. Rien n'a remis en cause de façon décisive l'attribution à Luc, connue déjà vers 175. On comprend dès lors aisément que ce compagnon de Paul ait utilisé à quatre reprises la première personne du pluriel, «nous» : 16,10 ; 20,5-15 ; 21,1-18, et en particulier dans les chapitres 27-28, dont la précision et la justesse suscitent l'admiration des spécialistes de l'histoire des pratiques maritimes.

Rédigés à la suite du troisième Évangile, les Actes sont à dater comme lui des années 65-70. Couvrant une trentaine d'années, de 30 à 63, ils présentent d'abord l'activité missionnaire de l'apôtre Pierre, orientée surtout vers la conversion des juifs (1-12), puis celle de Paul, qui parcourt la Méditerranée en trois grands voyages (13-28). Nous assistons à la naissance d'une partie des Églises, nullement de toutes, puisque d'autres se sont établies ailleurs, d'Alexandrie à la côte indienne, à propos desquelles malheureusement des relations comparables nous manquent. Nous apprenons que c'est à Antioche que le nom de «chrétiens» fut utilisé pour la première fois (11,26).

Les Actes ont exercé une immense influence. Le tableau idyllique des premières communautés a créé une nostalgie de la « vie des temps apostoliques ». L'exemple de la lapidation d'Étienne (6-7) a soutenu le courage des martyrs. Les Actes ont été introduits dans la liturgie du Temps de Pâques au plus tard au IVe siècle.

La Pentecôte (2,1-41)

Cinquante jours après leur fête de la Pâque, les juifs commémoraient l'Alliance conclue entre Dieu et Israël sur le mont Sinaï. Cette célébration faisait affluer à Jérusalem des juifs venus de tout le pourtour méditerranéen. Ce jour de la « Cinquantaine », en grec *Pentecostè*, a donné son nom à la fête chrétienne de la Pentecôte, qui marque l'effusion de l'Esprit de Dieu et la naissance de l'Église.

Quand arriva le jour de la Cinquantaine, les apôtres se trouvaient tous réunis à Jérusalem. Survint tout à coup un grand bruit, comme celui d'un vent violent et impétueux qui venait du ciel, et qui remplit toute la maison où ils se tenaient. Et en même temps, ils virent paraître des sortes de langues de feu qui se partagèrent et s'arrêtèrent sur chacun d'eux. Aussitôt ils furent remplis du Saint-Esprit, et ils commencèrent à parler diverses langues, comme l'Esprit leur donnait de s'exprimer.

Au bruit qui venait de se faire, une foule se rassembla. Les gens étaient stupéfaits, car chacun les entendait parler sa propre langue. C'est alors que Pierre proclama pour la première fois le cœur même du message chrétien : Jésus de Nazareth, Envoyé de Dieu, mort sur une croix, est ressuscité : il siège désormais à la droite de Dieu et répand dans les cœurs l'Esprit-Saint qu'il avait annoncé. Ce centre de la foi, on l'appelle depuis lors le *kérygme*, d'après le mot grec qui veut dire « proclamation par un héraut » ; il se distingue de l'expansion de la catéchèse, qui approfondit l'ensemble du parcours et du message du Christ. Cette catéchèse se greffe immédiatement sur le kérygme : des convertis de ce premier jour de l'Église, les Actes nous disent qu'« ils étaient assidus à l'enseignement des apôtres et à la communion fraternelle, à la fraction du pain et aux prières » (2,42). Kérygme et catéchèse sont à l'origine des quatre Évangiles, avec leur insistance sur la Passion-Résurrection, et de tous les discours des apôtres ou de leurs disciples immédiats, dans les Actes aussi bien que dans leurs Lettres ou dans la symbolique de l'Apocalypse.

Particulièrement intense dans l'Orient chrétien, la célébration du Saint-Esprit a suscité en Occident deux hymnes très souvent chantées : le *Veni Creator Spiritus* (« Viens, Esprit Créateur »), attribué à Raban Maur (IXᵉ siècle), et le *Veni Sancte Spiritus* (« Viens, Esprit-Saint »), d'auteur inconnu (XIIIᵉ siècle). En se fondant sur un court passage d'Isaïe (11,1-5), la pensée catholique a développé une méditation sur les sept dons du Saint-Esprit.

Le langage courant a accueilli diverses locutions : « L'Esprit souffle où il veut », d'après une parole de Jésus (Jean 3,8) ; l'opposition entre la lettre et l'esprit, selon une formule de saint Paul : « La lettre tue, l'Esprit vivifie » (2 Corinthiens 3,6). La conception miraculeuse de Jésus « par l'opération du Saint-Esprit » sert à désigner une action inaccessible à l'intelligence, souvent avec une nuance de moquerie : « Cela ne s'est pas produit par l'opération du Saint-Esprit. » Enfin de quelqu'un qui les apprend facilement, on dit qu'« il a le don des langues ».

Les représentations plastiques de la Pentecôte, déjà nombreuses dans les mosaïques et les miniatures paléochrétiennes, se sont multipliées à la fin du Moyen Âge. Tantôt les apôtres sont seuls, avec souvent Pierre au centre ; tantôt ils sont groupés autour de la Vierge Marie, selon une indication des Actes des apôtres (1,14), comme dans le tableau du Greco, dominé par une colombe, de laquelle procèdent les langues de feu (1610). Cette scène a évidemment séduit les maîtres-verriers, de la cathédrale du Mans (1145) à l'église parisienne de Saint-Étienne-du-Mont (1580). Venise l'a reproduite sur une mosaïque de la coupole dans la basilique Saint-Marc (XIIᵉ siècle) et dans l'église de la Salute avec un tableau du Titien (1560).

On appelle «pentecôtisme» un mouvement extrêmement puissant qui s'est affirmé d'abord aux États-Unis, au tout début du XXᵉ siècle. Il s'enracinait dans un «Réveil» (*Revival*) de la foi à l'intérieur du méthodisme, qui insiste sur l'expérience de conversion. Chacun est appelé à vivre une nouvelle expérience intense (*second blessing, crisis experience*) qui le dégage de tout englument dans le péché. Ce «baptême dans l'Esprit» produit les signes mêmes qui marquèrent la Pentecôte : le parler en d'autres langues, la prophétie, les guérisons et l'extase.

Malgré le dédain avec lequel les grandes communautés chrétiennes regardèrent d'abord ces phénomènes, le mouvement se répandit rapidement dans toute l'Amérique, en Afrique et en Europe. En 1960, il commença à gagner les Églises les plus anciennes ; et à partir de 1967 se développa un pentecôtisme catholique. Ce «renouveau charismatique» – «charismes» désignant les dons de l'Esprit (1 Corinthiens 12) – a suscité au sein du catholicisme toutes sortes de communautés nouvelles, et il a essaimé dans une centaine de pays.

La première communauté

À trois reprises, les Actes des apôtres présentent un court tableau de la communauté primitive, de sa ferveur, de sa joie, de l'union fraternelle, de la mise en commun des biens : «Ils n'avaient qu'un cœur et qu'une âme.» Les apôtres guérissaient les malades. Les conversions se multipliaient (2,42-47 ; 4,32-37 ; 5,12-16).

Un couple qui avait détourné de la mise en commun une

partie de son patrimoine, Ananie et Saphire, fut démasqué par Pierre, et tous deux se trouvèrent exemplairement frappés de mort (5,1-11).

Ces tableaux de la ferveur primitive ont hanté nombre de générations chrétiennes. Ils ont été souvent rappelés comme un reproche, et ils ont contribué à toutes sortes de Réveils, de réformes. Par exemple, au début du XIIIᵉ siècle, avec le surgissement des ordres mendiants (franciscains, dominicains, etc.). Au XVIIᵉ siècle, Port-Royal a été habité par la nostalgie de ces débuts de l'Église, et ses adversaires l'ont accusé de « primitivisme », d'idéalisation des origines. En se laïcisant, le rêve d'une absolue mise en commun des biens a animé maints programmes du « socialisme utopique » au XIXᵉ siècle. Tandis que dans la seconde moitié du XXᵉ, il a repris force avec la multiplication en France des groupes « charismatiques », au sein du « pentecôtisme catholique ».

Paul sur le chemin de Damas

Complice de la mise à mort du premier martyr de l'Église, le diacre Étienne (6-7), le jeune pharisien Saül de Tarse, dont le nom de citoyen romain était *Paulus*, a d'abord été un persécuteur des chrétiens. Ne respirant que menaces et que meurtre contre la foi naissante, il se rendait de Jérusalem à Damas pour y arrêter les disciples du Christ, lorsque soudain une lumière éblouissante l'enveloppa. Il tomba à terre et entendit une voix : « Saül, Saül, pourquoi me persécutes-tu ? Il t'est dur de regimber contre l'aiguillon. » Il répondit : « Qui me parle ? » Et le Seigneur lui dit : « Je suis Jésus, que tu persécutes. Relève-toi, rends-toi à Damas, et là mon disciple Ananias t'indiquera ce que tu dois faire. »

Paul se releva. La lumière l'avait rendu aveugle. Conduit à Damas par ses compagnons, il reçut la visite d'Ananias, qui lui imposa les mains : des sortes d'écailles lui tombèrent des yeux, et il recouvra la vue. Et Ananias lui dit : « Dieu t'a choisi pour être le témoin de la vision que tu viens d'avoir et pour porter le message de Jésus devant les païens, les rois et les Israélites. » Instruit par les disciples, il reçut le baptême et – à la stupeur de ceux qui l'écoutaient – il se mit à proclamer dans les synagogues de Damas que Jésus était le Messie, Fils de Dieu (9,1-19 ; 22,4-21 et 26,9-18).

La langue a conservé les locutions « trouver » ou « connaître son chemin de Damas » pour parler d'un changement radical, d'un retournement complet de vie ou de pensée. On dit aussi « les écailles lui sont tombées des yeux » (d'après les Actes 9,18) pour marquer que quelqu'un qui s'aveuglait a enfin compris la réalité des choses, d'une situation.

Comme les récits des Actes ne précisent pas si Paul allait à pied ou à cheval, les artistes ont choisi à leur gré entre les deux représentations. La seconde, plus spectaculaire, a séduit Michel-Ange, Raphaël, Dürer, Rubens. Un superbe tableau du Caravage montre un cheval pommelé qui se cabre, tandis que Paul, renversé sur le dos, étend le bras gauche vers le ciel, d'où se manifestent la lumière et la voix (1601).

Saint Pierre

Pierre est la figure dominante de la première moitié des Actes des apôtres, et deux Épîtres lui ont été attribuées. Un apocryphe du IIIe siècle, les *Actes de Pierre*, raconte comment, emprisonné à Rome, il aurait converti ses deux gardiens ; puis, cherchant à s'enfuir de la Ville pour échapper aux persécutions, il aurait rencontré sur la voie Appienne le Christ, auquel il aurait demandé : *Quo vadis, Domine ?* (« Où vas-tu, Seigneur ? »). Jésus lui aurait répondu : « À Rome, pour me faire crucifier une seconde fois. » Honteux, le chef des apôtres aurait regagné la capitale, où la tradition le fait mourir martyr vers 64, sous Néron : il aurait été crucifié la tête en bas.

L'iconographie de Pierre défie tout dénombrement. Il est souvent représenté avec les clés, qui lui permettent d'absoudre ou de condamner (Matthieu 16,19), ce qui a fait de lui, comme on l'a vu, un portier du Ciel. Mais chaque épisode des Évangiles ou des Actes où il apparaît a suscité toutes sortes d'œuvres : sa Vocation (Marc 1,16-18), sa Marche sur les eaux (Matthieu 14,22-33), son Reniement (Matthieu 26,69-75), la Pêche miraculeuse (Jean 21), la Guérison d'un boiteux (Actes 3), la Mort d'Ananie (Actes 5,1-11), sa Délivrance de prison (Actes 12), etc.

La plus grande église du monde chrétien est Saint-Pierre-de-Rome, construite au XVIe siècle, avec une gigantesque coupole édifiée selon les plans de Michel-Ange. En 1661, le Bernin fit édifier la colonnade qui enserre la place Saint-Pierre.

L'épisode de la voie Appienne a donné son titre au roman du Polonais Sienkiewicz, *Quo vadis ?* (1894), traduit en de nombreuses langues et porté au cinéma.

La langue a intégré l'incipit latin *Non possumus* de la réponse de Pierre aux autorités juives, qui le mettaient en demeure de ne plus annoncer l'Évangile : « *Nous ne pouvons* certes *pas* nous taire sur ce que nous avons vu et entendu » (Actes 4,20). Cette expression s'emploie pour désigner un refus moral absolu. D'inspiration voisine se révèle une autre formule de Pierre : « Mieux vaut obéir à Dieu qu'aux hommes » (Actes 5,29).

Saint Paul et les arts

Si Pierre domine la première moitié des Actes, Paul occupe toute la seconde (13-28). L'Apôtre (terme qui, avec la majuscule, désigne traditionnellement Paul) confie dans ses Épîtres qu'il était de petite taille. Aussi a-t-il souvent été représenté ainsi, chauve mais avec une longue barbe. Toutefois son iconographie, beaucoup moins variée que celle de Pierre, le montre parfois grand et majestueux.

Les scènes les plus fréquemment reprises sont, outre la conversion sur le chemin de Damas, son évasion le long de la muraille de cette même ville dans un panier (Actes 9,23-25), la prédication à Athènes (Actes 17,16-34), ses miracles (Actes 13,8-12 ; 14,8-18 et 28,1-7), et enfin son martyre, ce qui explique que son attribut soit l'épée par laquelle il aurait été décapité. Plusieurs toiles de Raphaël sont consacrées à Paul.

Le compagnon de Paul, Luc, auteur du troisième Évangile et des Actes des apôtres, était médecin (Colossiens 4,14). Mais une légende du VIe siècle a fait de lui un peintre de la Vierge, sans doute parce qu'il met son récit de l'Enfance du Christ en rapport avec des confidences de celle-ci (Luc 2,19 ; 2,51). C'est ce qui explique qu'il ait été souvent représenté non seulement comme en train de composer son Évangile (Mantegna, Lucas de Leyde), mais aussi comme en train de peindre Marie (le Greco, Mignard).

Dans son *Panégyrique de saint Paul* (1657), Bossuet célèbre une parole irrégulière, non travaillée :

> N'attendez pas de l'Apôtre ni qu'il vienne flatter les oreilles par des cadences harmonieuses, ni qu'il veuille charmer les esprits par de vaines curiosités. Écoutez ce qu'il dit lui-même : *Nous prêchons une sagesse cachée ; nous prêchons un Dieu crucifié.* Ne cherchons pas de vains ornements à ce Dieu, qui rejette tout l'éclat du monde [...]. Il ira, cet ignorant dans l'art de bien dire, avec cette locution rude, avec cette phrase qui sent l'étranger, il ira en cette Grèce polie, la mère des philosophes et des orateurs ; et malgré la résistance du monde, il y établira plus d'Églises que Platon n'a gagné de disciples par cette éloquence qu'on a crue divine.

L'une des compositions musicales les plus remarquables est le *Paulus* de Mendelssohn, un oratorio terminé en 1835 : il s'ouvre sur le Saül persécuteur et s'achève sur les adieux aux chrétiens de Milet et d'Éphèse (Actes 20,17-38).

Le fabuleux destin de Denys l'Aréopagite (17,34)

Annonçant l'Évangile du Christ à Athènes, Paul s'y heurta aux philosophes de la ville, mais il suscita plusieurs conversions, «dont celle de Denys l'Aréopagite», c'est-à-dire d'un magistrat membre du Conseil athénien appelé l'Aréopage. Ce personnage a été confondu avec Denis, le premier évêque de Paris, décapité vers 280 ; et on lui a attribué les écrits, très répandus jusqu'au XVIIe siècle, d'un moine du VIe siècle, désigné aujourd'hui comme le Pseudo-Denys l'Aréopagite.

Selon sa légende, forgée au IXe siècle par Hilduin, abbé de Saint-Denis, le converti de saint Paul, après avoir été évêque d'Athènes, serait venu évangéliser Paris. Sous la persécution de Domitien, à la fin du Ier siècle, il aurait subi toutes sortes de supplices, avant d'être décapité sur la colline de Montmartre, le «mont des Martyrs». Comme on représentait les martyrs décapités portant leur propre tête entre leurs mains, la légende s'enrichit encore de la scène où le saint prend sa tête coupée et marche jusqu'au lieu de sa sépulture. Il apparaît ainsi comme le premier des *céphalophores*, des saints «qui portent leur propre tête» ; la France n'en recense pas moins d'une quarantaine, dont certains sont inscrits dans la toponymie : Ferréol, Gaudens, Hélier, Symphorien, Maxence…

Jusqu'au XVIIe siècle, où la critique historique la pulvérise, cette légende a engendré une iconographie foisonnante.

Les douze apôtres

Le mot « apôtre » veut dire « envoyé » (du grec *apostolos*). Ils sont au nombre de douze, comme les douze tribus d'Israël (Matthieu 19,28). Après la mort de Judas, les Onze complètent leur groupe en élisant Matthias (Actes 1,16). Par l'importance de son rôle, Paul – bien qu'il n'ait pas connu Jésus pendant sa vie terrestre – s'est trouvé assimilé à eux. Voici les Douze : Simon-Pierre, Jacques (dit Jacques le Majeur) et Jean, fils de Zébédée, André, Philippe, Barthélemy, Matthieu-Lévi, Thomas, Jacques, fils d'Alphée, Thadée, Simon le Zélote, Judas, remplacé par Matthias (Marc 3,16-19).

La piété populaire a parfois suppléé à l'absence de documents pour faire de tous des martyrs. Cinq d'entre eux auraient été crucifiés : Pierre et Philippe, la tête en bas, et André sur une croix en X (appelée depuis lors « croix de saint André »).

Représentés par les arts plastiques dès le IVe siècle sur des sarcophages, avec le Christ au centre du groupe, les Douze accueillent souvent les fidèles à l'entrée des cathédrales. Vers 1250, à Paris, la Sainte-Chapelle inaugure une autre symbolique : adossés aux piliers, à l'intérieur, ils illustrent un verset de l'Épître aux Galates (2,9), qui fait d'eux les « colonnes » de l'Église. Souvent, ils sont associés aux prophètes de l'Ancien Testament, et parfois juchés sur leurs épaules pour marquer la supériorité de l'Évangile. Le groupe a été peint par Raphaël, Corrège, Ribera, Rubens ; Jouvenet, au XVIIe siècle, en a orné la coupole du dôme des Invalides, à Paris. Il figure évidemment sur les innombrables tableaux de la dernière Cène. Le groupe des Douze, selon la légende, s'est trouvé réuni une dernière fois lors de la Dormition de la Vierge, située soit à Éphèse, soit à Jérusalem : un superbe bas-relief du portail de la Vierge, à Notre-Dame-de-Paris, a fixé ces adieux à celle que le Christ va élever immédiatement auprès de lui.

Si les Actes des apôtres ont laissé des traces aussi profondes dans la mémoire occidentale, en particulier dans la vie spirituelle et dans les arts plastiques, c'est à cause de l'allant dont font preuve ces récits des premières années de l'Église. L'irruption de l'Esprit-Saint, le radicalisme de la première communauté, la geste de Pierre, le renversement de Paul et l'élan missionnaire du converti de Damas, ces débuts au pas de charge ont parlé de dynamisme et de joie aux générations successives.

CHAPITRE V

Les Écrits de circonstance

Entre les Actes des apôtres et le dernier Livre de la Bible, l'Apocalypse, prennent place vingt et une Lettres ou Épîtres : treize de saint Paul (ou de son entourage) ; une d'auteur inconnu, l'Épître aux Hébreux ; une de saint Jacques, deux attribuées à saint Pierre, trois de saint Jean et une attribuée à Jude, « frère du Seigneur ».

La plus ancienne de ces missives, la Première Épître de Paul aux chrétiens de Thessalonique date de l'hiver 50-51 et constitue le premier écrit qui nous reste des communautés chrétiennes primitives. La plus tardive, la Seconde Épître de Pierre, se situe vers 110, et elle offre le texte le plus récent du Nouveau Testament.

Dispersées ainsi sur une soixantaine d'années, ces Lettres dépendent beaucoup plus que les Évangiles de la culture et des problèmes de leur époque. Les évangélistes, qui étaient astreints à transmettre un donné – des faits et des paroles – ne pouvaient guère jouer que sur le choix des événements retenus et sur leur organisation littéraire et théologique. Les Lettres, en revanche, appartiennent au genre des « écrits de circonstance ». Certains des sujets qu'elles abordent sont pour nous périmés : ainsi le débat sur les viandes de victimes offertes aux idoles (1 Corinthiens 8), ou la pratique alors courante du voile des femmes (1 Corinthiens 11). Mais ces documents sont précieux ; ils témoignent en effet de la foi des premières générations chrétiennes. Le chapitre même qui commence sur la coutume du voile féminin s'achève sur la plus ancienne mention qui nous reste de l'institution de l'Eucharistie. Maintes formulations éclatantes ont immédiatement acquis droit de cité dans les Églises.

Les Lettres de saint Paul

L'Apôtre Paul est la personnalité la mieux connue du Nouveau Testament, hormis le cas tout à fait singulier du Christ lui-même, grâce aux Actes des apôtres et aux treize Lettres ou Épîtres qui lui sont attribuées. Le mot « épître » désigne souvent un écrit adressé à une communauté et porteur d'un enseignement, tandis que « lettre », plus familier, s'adresse à une personne : Timothée, Tite, Philémon. Mais on utilise fréquemment « lettre » pour tous ces textes, y compris les Épîtres.

Paul est né vers l'an 10 à Tarse, au sud de la Turquie actuelle. Nourri de culture grecque, il reçut aussi une éducation poussée conforme aux idéaux de l'élite des pharisiens. Aussi s'affirma-t-il violemment opposé aux premiers disciples du Christ, comme nous l'avons vu. Il était présent lors de la lapidation du diacre Étienne (Actes 7,54-60) ; et alors qu'il se rendait en Syrie pour en extirper la nouvelle doctrine – vers 35 –, il fut saisi par une expérience de conversion sur le chemin de Damas ; celle-ci est racontée à trois reprises dans les Actes des apôtres (9,1-19 ; 22,4-21 et 26,9-18). Le Christ se manifesta à lui, et dès lors l'ancien persécuteur se voua à l'annonce de l'Évangile.

Après divers séjours à Damas, puis en Arabie, à Tarse et à Antioche, Paul fut envoyé en 44 à Jérusalem. L'année suivante commença son premier grand voyage d'évangélisation (45-49) : c'est à ce moment-là qu'il remplaça son nom juif, Saül, par son nom de citoyen romain, Paul. À son retour à Jérusalem, il participa à une rencontre décisive où les responsables chrétiens décidèrent que les païens convertis à la foi nouvelle n'avaient pas à se soumettre aux prescriptions de la Loi juive (50).

Deux autres voyages missionnaires se déroulèrent de 50 à 52, puis de 53 à 58. Les succès de sa prédication lui attirèrent l'hostilité des autorités juives de Jérusalem, qui, dès son retour, le firent arrêter par les Romains (juin 58). Gardé prisonnier à Césarée pendant deux ans, il finit par être envoyé à Rome pour y être jugé. Son procès traîna, pour aboutir à un non-lieu (61-63). Au-delà de cette date, les informations sûres manquent. Après peut-être un voyage en Espagne (Romains 15,22), Paul serait revenu à Rome, où il aurait connu le martyre, au plus tard lors de la persécution de Néron (68).

Les treize missives ont été classées par ordre de longueur décroissante : d'abord les neuf Épîtres, puis les quatre Lettres. Si on veut les lire selon la date, voici la chronologie la plus communément reconnue :

Hiver 50-51 : Première Épître aux Thessaloniciens.

Printemps 51 : Deuxième Épître aux Thessaloniciens.

Printemps 56 : Première Épître aux Corinthiens.

Été 57 : Épître aux Galates.

Fin 57 : Deuxième Épître aux Corinthiens.

Printemps 58 : Épître aux Romains.

61-63 : « Épîtres de la captivité » à Rome : Colossiens, Éphésiens, Philippiens ; Lettre à Philémon.

Vers 64 : Première Lettre à Timothée

Entre 64 et 66 : Lettre à Tite

66-67 : Deuxième Lettre à Timothée.

Les premières missives de Paul sont les plus anciens écrits que nous possédions du Nouveau Testament. Certains passages remontent aux toutes premières années qui ont suivi la Passion et Pâques : ainsi, lorsque, au début de 56, il rappelle aux

Corinthiens l'enseignement qu'il a lui-même reçu – sans doute en 35 à Damas – sur la célébration eucharistique (1 Corinthiens 11,23-29), ou lorsqu'il cite vers 62 une hymne chrétienne à substrat sémitique, reçue elle aussi (Philippiens 2,6-11).

Composées pour répondre à des difficultés concrètes des jeunes communautés, les Lettres de Paul – comme les autres Lettres du Nouveau Testament – fournissent parfois, à des questions souvent datées, des réponses aujourd'hui caduques : l'un des exemples les plus parlants, ainsi que nous l'avons mentionné, est l'insistance de Paul sur le port d'un voile par les femmes, appel à ne pas se singulariser par rapport aux « habitudes » de ces siècles lointains, et appuyé sur un mode de raisonnement rabbinique lui aussi périmé (1 Corinthiens 11,1-16). Le même Paul suscite ailleurs un éclair porteur d'avenir : désormais « il n'y a plus ni Juif, ni Grec, ni esclave ni homme libre, ni homme ni femme. Car tous, vous n'êtes qu'un en Jésus-Christ » (Galates 3,28).

Ces Lettres s'avèrent aussi d'une richesse et d'une profondeur théologiques dont toutes les générations chrétiennes se sont nourries. Personnalité mobile et passionnée, Paul a multiplié les formules éblouissantes, dans un style heurté et sans apprêt. Il s'agit d'une pensée à l'état incandescent, d'un feu mouvant.

L'Épître aux Romains

Écrite à Corinthe à la fin du troisième grand périple de l'Apôtre, l'Épître aux Romains est célèbre pour son affirmation abrupte de la nouveauté chrétienne : le primat absolu de la foi au Christ sur quelque pratique que ce soit, la gratuité de l'appel de Dieu. Sur ce thème central sont brodées trois variations : 1,16-4, puis 5-6, enfin 7-8. Les chapitres 9-11 rappellent que les dons de Dieu, son alliance avec Israël, sont « sans repentance », irrévocables, et que viendra un temps où le peuple élu se convertira. L'Épître s'achève sur des exhortations et des confidences personnelles.

La Première Épître aux Corinthiens

La Première Épître aux Corinthiens constitue un document saisissant sur ce nous appelons aujourd'hui le choc des cultures. Elle s'adresse à une Église que Paul avait fondée lui-même de la fin de 50 à 52. Quatre ans plus tard, alors qu'il se trouve à Éphèse, l'Apôtre reçoit du grand port grec des nouvelles inquiétantes. Sa missive aborde successivement les divers problèmes qui ont surgi : les dangers de division (1,10-4,21) ; la contamination des chrétiens par le laisser-aller sexuel «à la corinthienne», bien connu à cette époque (5-7) ; le statut des viandes immolées aux idoles (8-11,1) ; les anomalies des assemblées eucharistiques (11,2-14) ; enfin les tensions entre la foi en la Résurrection et les habitudes de pensée des philosophes grecs, nombreux dans la cité. Mais cette énumération ne rend pas compte de l'éclat d'un texte dont tant de pages sont dans bien des mémoires : la méditation sur la sagesse et la folie de la Croix (1,18-2), les préfigurations de l'Évangile dans l'Ancien Testament (10,1-11), les dons ou charismes dans l'Église (12), l'hymne à l'amour chrétien (13), la célébration de la Résurrection (15). C'est le chapitre 11 qui livre le récit le plus ancien qui nous reste de l'institution de l'Eucharistie, évoqué précédemment.

La Deuxième Épître aux Corinthiens

Écrite de Macédoine, alors que Paul s'apprêtait à gagner Corinthe (fin de l'année 57), la Deuxième Épître aux Corinthiens abonde en traits autobiographiques, à l'occasion de la présentation du ministère apostolique (2,14-7,4 ; 10-13). Pour la première fois, la Bible juive est désignée comme l'«Ancien Testament» (3,14). Le mystère du Dieu unique et trinitaire se laisse entrevoir à plusieurs reprises (1,21-22 ; 3,3-4 et 13,13).

L'Épître aux Galates

L'Épître aux Galates réagit avec vivacité à des manifestations d'intégrisme judéo-chrétien apparues en Galatie du Nord (dans la région actuelle d'Ankara). Elle a été rédigée au milieu de l'an 57, à Éphèse, quelques mois avant l'Épître aux Romains, dont elle annonce le thème central : le salut par la foi au Christ, et non par les œuvres de la Loi de Moïse.

L'Épître aux Éphésiens

Cette Épître, dont l'attribution ne fait pas l'unanimité, appartient à un ensemble de quatre missives considérées traditionnellement comme composées pendant la première captivité de Paul à Rome (61-63), avec l'Épître aux Philippiens, l'Épître aux Colossiens et le Billet à Philémon. Les perspectives qu'elle ouvre sont grandioses. Elle présente d'abord le déploiement du dessein éternel de Dieu dans l'histoire, qui a étincelé dans la personne du Christ (1-3). L'Église constitue le corps du Christ, qui grandit au fil du temps. De là une succession d'exhortations imagées devenues célèbres dans la vie chrétienne : revêtir le Christ (4,17-32), imiter Dieu (5,1-2), passer des ténèbres à la lumière (5,3-20), porter l'armure de Dieu dans les combats de l'existence (6,10-20). L'union du Christ et de l'Église est célébrée en termes nuptiaux, conformément à l'un des leitmotive de l'Ancien Testament (5,25-32) : le caractère culturellement daté de la « soumission » de l'épouse au mari tend à s'effacer devant l'ampleur des perspectives et la richesse d'une image qui renvoie aux prophètes et au Cantique des cantiques.

L'Épître aux Philippiens

L'Épître aux Philippiens s'adresse à la première communauté fondée par Paul en Europe, à Philippes, en Macédoine (Actes 16). L'Apôtre était très attaché à ce groupe. De là, dans ce texte peu doctrinal, une chaleur, une effusion qui en font la séduction. L'invitation à la joie, à la «vie en Christ», revient sans arrêt. Le chapitre 2 cite une hymne ancienne qui renvoie à une liturgie des toutes premières années après l'événement de Pâques.

L'Épître aux Colossiens

Écrite pour les chrétiens de Colosses, ville située à 200 km à l'est d'Éphèse, l'Épître aux Colossiens célèbre la place centrale du Christ à l'origine et dans le gouvernement de l'univers. Unis à lui, les chrétiens se trouvent affranchis de toutes les superstitions et peurs de l'occulte qui pullulaient chez les païens.

La Première Épître aux Thessaloniciens

Cette missive qui date de l'hiver 50-51, a été écrite à Corinthe, pour la communauté fondée dans la capitale de la Macédoine quelques mois auparavant. Comme les chrétiens de sa génération, Paul attend le retour glorieux du Christ et la fin du monde comme imminents, et il célèbre ce «Jour» de la manifestation de Dieu avec les images traditionnelles du genre apocalyptique. De là une exhortation à la vigilance.

La Deuxième Épître aux Thessaloniciens

Rédigée quelques mois après la Première, la Deuxième Épître aux Thessaloniciens insiste sur un autre thème apocalyptique promis à une immense fortune : avant le triomphe final du Christ glorieux, les forces du mal connaîtront un paroxysme et se personnifieront en un personnage diabolique, un «Anti-Christ» que les siècles ultérieurs redouteront comme l'*Antéchrist*, «l'Avant-Christ», celui dont les méfaits précéderont le Retour du Christ.

La Première Lettre à Timothée

Apparentée de sujet et de style à la Deuxième Lettre à Timothée et à la Lettre à Tite, la Première Lettre à Timothée a été réunie avec celles-ci depuis le début du XVIIIe siècle sous l'appellation d'«Épîtres pastorales». Elles sont centrées sur les problèmes d'organisation des communautés ou sur leurs pasteurs. Leur écriture fluide et lente a fait douter certains exégètes de leur attribution à Paul, mais la question demeure ouverte. Timothée était devenu, tout jeune, l'un des compagnons de l'Apôtre. La lettre semble dater de 64, après le non-lieu prononcé à Rome.

La Seconde Lettre à Timothée

Plus tardive, cette deuxième missive semble avoir été écrite vers 66-67. Elle trace le portrait idéal du ministre de l'Évangile.

La Lettre à Tite

Adressée à un autre compagnon de Paul, la Lettre à Tite se place entre 64 et 66, dates des deux captivités à Rome. Elle propose des directives pour la conduite des communautés.

La Lettre à Philémon

La Lettre à Philémon, qui est un chrétien de Colosses, prie ce dernier d'affranchir un esclave en fuite au lieu de le punir. Dans une civilisation où l'esclavage était une pratique invétérée, c'est la première transposition sociale de la formule: en Christ, il n'existe plus «ni esclave ni homme libre» (Galates 3,28).

L'Épître aux Hébreux

L'Épître aux Hébreux, rédigée dans un grec élégant, constitue la réflexion la plus approfondie sur l'accomplissement de l'Ancien Testament dans le Nouveau: le Christ y est manifesté comme le véritable prêtre, dont le sacrifice sur la Croix a aboli pour toujours les vieilles pratiques sacrificielles. Pénétrer dans cette «forêt de symboles» demande par moments un effort au lecteur actuel, mais la démarche en vaut la peine car le texte abonde en formules magnifiques.

Longtemps attribuée à Paul à cause de sa parenté avec les axes de sa théologie (comme l'abrogation de la Loi ancienne), cet écrit ne peut cependant être de lui : le style et divers thèmes sont trop différents. L'auteur nous est tout aussi inconnu que les destinataires. L'appellation «aux Hébreux», qui n'apparaît qu'au IIᵉ siècle, peut désigner des Israélites convertis, dont des prêtres du Temple, exilés de Jérusalem et menacés par le découragement. La rédaction se situe entre 60 et 67, en tout cas avant la prise de Jérusalem par les Romains en 70, puisque la liturgie juive du Temple est évoquée comme continuant à se dérouler.

Les sept Épîtres catholiques

Les sept Épîtres qui n'ont jamais été attribuées à saint Paul ont été de ce fait réunies très tôt sous l'appellation d'«Épîtres catholiques», due sans doute à la visée universelle (c'est le sens du mot d'origine grecque «catholique») que manifestent la plupart d'entre elles, alors que les missives précédentes s'adressaient à des communautés particulières ou à des personnes.

L'Épître de saint Jacques

Cette missive est traditionnellement attribuée à Jacques, «frère du Seigneur» (Marc 6,3) et chef de la communauté chrétienne de Jérusalem, mort martyr en 62. Il importe de ne pas confondre cette personnalité avec l'apôtre Jacques, frère de Jean, et souvent désigné comme Jacques le Majeur, c'est-à-dire «le plus grand», qui fut l'un des Douze, et mourut assassiné sur l'ordre d'Hérode en 44. Si l'on maintient l'attribution à Jacques, «frère du Seigneur», le texte est ancien : 49 selon certains, entre 58 et 62 selon d'autres, qui y voient une réaction à des abus engendrés par la théologie paulinienne de la foi seule.

On souligne alors la proximité de nombreux passages avec l'enseignement du Christ (contre les riches, contre la foi qui n'agit pas). D'autres voient dans cet écrit une œuvre de la fin du Ier siècle, issue de milieux judéo-chrétiens traditionalistes.

La Première Épître de saint Pierre

La Première Épître de Pierre a été rédigée à Rome (la « Babylone » de 5,13), peu avant le martyre du chef des apôtres, vers 64. Dans ses encouragements chaleureux, Pierre rappelle le modèle du Christ, le Serviteur souffrant prophétisé par Isaïe (52-53), ce qui renvoie à la plus ancienne prédication apostolique telle que nous la font connaître les Actes des apôtres. La grandeur de l'Église est célébrée en des formules souvent reprises : édifice de « pierres vivantes », « ordre de prêtres », « nation sainte » (2,2-10).

La Deuxième Épître de saint Pierre

La Deuxième Épître de Pierre s'avère en revanche un texte « pseudépigraphe », c'est-à-dire, comme nous l'avons vu, placé sous un patronage prestigieux, sans doute parce que son auteur est un disciple de Pierre. Datant vraisemblablement du début du IIe siècle, elle est l'écrit le plus tardif du Nouveau Testament. Composée dans un grec élégant tout en étant nourrie de l'apocalyptique juive, l'Épître dénonce avec virulence des doctrines déviantes (2) qui annoncent la gnose : le salut apporté par une connaissance mystérieuse, le débordement de la liberté en licence. Elle insiste sur l'inspiration des Écritures (1,19-21) et se réfère au recueil des Épîtres de Paul (3,15-16). D'elle provient la formule qui fait des chrétiens des « participants de la nature divine » (1,4).

Les Épîtres de saint Jean

Au nombre de trois, les missives de Jean datent des années 90-95. Elles sont manifestement du même auteur que le quatrième Évangile. Celui-ci se présente solennellement comme un témoin oculaire de la vie terrestre de Jésus (1 Jean 1,1-3 et 4-14). La première Épître gravite inlassablement autour d'un leitmotiv : la communion avec un Dieu qui est amour et lumière. Elle offre une coloration de liturgie baptismale. Les deux suivantes se réduisent à des billets, simples mises en garde contre diverses tensions.

L'Épître de saint Jude

L'Épître de Jude se présente comme l'œuvre du frère de Jacques (l'auteur de l'Épître) et date vraisemblablement des années 70-80. Nourrie d'apocryphes juifs contemporains, d'inspiration apocalyptique, elle dénonce en termes allusifs des groupes déviants.

Portrait de Paul en agitateur de l'Occident

Les formules-éclairs de saint Paul ont illuminé les générations chrétiennes : « Pour moi, vivre c'est le Christ » (Philippiens 1,21) ; « Ce n'est plus moi qui vis, c'est le Christ qui vit en moi » (Galates 2,20) ; « Imitez Dieu » (Éphésiens 5,1) ; la Croix du Christ est folie, et suprême sagesse (1 Corinthiens 1,18-31) ; « Vous vous êtes dépouillés du vieil homme, et vous avez revêtu l'homme nouveau » (Colossiens 3,9-10).

Certains chapitres pauliniens ont été indéfiniment médités : le plus célèbre d'entre eux est l'hymne à la charité, cœur du message du Christ (1 Corinthiens 13).

Mais les éclairs peuvent aussi éblouir, voire aveugler. Les formules abruptes, et parfois énigmatiques, de l'Apôtre ont suscité quatre vastes débats.

Le premier a surgi du caractère parfois très sévère des jugements sur la Loi juive dans l'Épître aux Romains et dans l'Épître aux Galates. Ceux-ci ont donné naissance à un mouvement qui a pris forme vers 144, sans doute à Rome, puis s'est diffusé très rapidement, avant de reculer au siècle suivant : le « marcionisme », qui demeure une tentation permanente, puisque la philosophe Simone Weil (1909-1943) inclinait vers les mêmes positions. Marcion, né à la fin du Iᵉʳ siècle, était frappé par la nouveauté et la pureté de l'Évangile, et il se réclamait de Paul, qui dénonçait l'archaïsme de la Loi juive. Selon lui, il fallait tirer toutes les conséquences de cette dénonciation et rejeter tout l'Ancien Testament avec son Dieu étriqué, ses centaines de préceptes accablants, ses menaces à n'en plus finir, sa violence, ses éloges de la guerre sainte. Jésus nous a révélé un Dieu tout-puissant et infiniment bon, que Paul appelle avec raison le « Père de miséricorde et le Dieu de toute consolation » (2 Corinthiens 1,3). À l'ancienne Loi s'est substitué un appel à l'amour, à la confiance, à la joie. Malheureusement pour Marcion, le Nouveau Testament s'avère organiquement relié à l'Ancien. Aussi la contestation radicale de la Bible juive entraînait-elle le rejet de toute une part des Évangiles eux-mêmes : Marcion en venait à ne conserver qu'une grande partie des Lettres de Paul et de l'Évangile de Luc, sans doute parce que compagnon de Paul. Pour conjurer aujourd'hui la « tentation marcionite », il suffit de considérer la « pédagogie » de Dieu – comprise par saint Irénée dès la fin du IIᵉ siècle – qui a fait progresser lentement un peuple fruste, et s'est révélée à lui selon ce que cette ethnie archaïque pouvait peu à peu entrevoir de son mystère. L'intérêt de Marcion réside dans sa vive conscience de la nouveauté chrétienne : c'en est fini de toute complicité avec la violence. Comme le martèle Jésus dans le Sermon sur la montagne : « L'Ancien Testament vous a dit… Mais moi je vous dis… »

Seconde source de controverses, un verset au sens peu clair de l'Épître aux Romains (5,12) : « La mort a atteint tous les hommes, parce que tous ont péché. » Le péché – distinct du concept pénal de « faute » – est une catégorie religieuse : le refus de Dieu, la fermeture à Dieu. Le verset paulinien a nourri toute la théorie du Péché originel, développée surtout par saint Augustin. Celle-ci est interrogée aujourd'hui, où – après Auschwitz – nous sommes certes plus que jamais conscients des brumes du mal qui nous enveloppent, mais où la parabole adamique des origines n'est plus lue comme un récit historique (Paul Ricœur, *Finitude et Culpabilité*, 1960).

Un troisième débat s'élève parce que Paul affirme de façon abrupte la justification par la foi seule : «le juste vit de la foi» (Galates 2,16 et 3,11 ; Romains 1,17). Aucun chrétien ne récusera ces formules, qui sont passées dans la langue : «Il n'y a que la foi qui sauve.» Mais on sait qu'elles se sont trouvées à la source des Réformes protestantes, d'abord sous l'impulsion de Luther, et en réaction contre une insistance suspecte sur les «œuvres». Néanmoins, pour reprendre un vers de Racine :

La foi qui n'agit point, est-ce une foi sincère ?

Dès la fin des années cinquante, l'Épître de Jacques a dénoncé la foi sans œuvres (2,14-26) comme une «foi morte», et l'on se demande s'il ne s'agissait pas là de condamner des dérives s'autorisant des éclairs de Paul.

Pour finir, les fulgurations de Paul ont tellement frappé certains esprits que s'est développée, surtout à la fin du XIXᵉ siècle et au début du XXᵉ, la thèse selon laquelle il serait le véritable fondateur du christianisme. Tel a été le cas de certaines tendances du protestantisme libéral ou de l'incroyance. Nietzsche parle de «ce *terrifiant imposteur*» qui a corrompu le message de Jésus «avec la logique cynique d'un rabbin» (*L'Antéchrist*, § 44-45). On ne croit plus guère à ces constructions. Les progrès de l'exégèse n'ont cessé de manifester la continuité entre Jésus, la communauté primitive et Paul. Après le séisme du chemin de Damas, ce dernier a été instruit par les tout premiers disciples de Jésus ; il rappelle ce qu'il a

reçu (1 Corinthiens 11) ; il cite des hymnes anciennes à
substrat araméen (Philippiens 2,6-11), où sont célébrés les
axes mêmes de la foi ; il reprend nombre de paroles de Jésus
(1 Corinthiens 7,10 ; 9,14 et 13,2 ; Romains, 12,14 ; 13,9 et
14,19). Sa théologie est tout entière centrée sur le cœur de la
foi, telle que les autres apôtres ou les diacres l'énoncent dans
les Actes des apôtres. De surcroît, voir dans Paul l'inventeur
du christianisme trahit une grave illusion d'optique : ses
Épîtres forment l'essentiel des premiers écrits de missionnaires
chrétiens qui nous aient été conservés. Or, pendant que
l'Apôtre évangélisait certaines villes d'Asie Mineure et de
Grèce, beaucoup d'autres annonçaient le message chrétien à
Alexandrie, à Rome, etc. Et c'est bien un même christianisme
qui règne partout à la fin du Iᵉʳ siècle.

Après ce qui a donné matière à controverses, voici quelques
grandes « ouvertures » – au sens où l'on ouvre l'esprit – dues à
Paul. Tout d'abord l'affirmation féconde, héritée du Christ
lui-même, que l'Ancien Testament était déjà un cheminement
vers le Nouveau : les grands épisodes de l'Exode, « tout cela
arrivait en figure » (1 Corinthiens 10,11). De là le grand principe : le Nouveau Testament est caché, esquissé dans l'Ancien.
Pour lire celui-ci, le chrétien le soumet à une radiographie
évangélique. Ainsi la liturgie catholique a-t-elle souvent orga-
nisé ses lectures de la Bible en proposant d'abord la préfiguration ancienne, puis la plénitude christique.

Un autre verset a orienté vers un optimisme radical : « Dieu
veut que tous les hommes soient sauvés » (1 Timothée 2,3-4),
« faire à tous miséricorde », comme l'avait déjà affirmé l'Épître
aux Romains (11,32). Cet universalisme dresse un bouclier
contre tout repli sectaire, contre tout ésotérisme.

Une troisième grande ouverture est présentée par le début
de l'Épître aux Colossiens, qui souligne la place centrale
du Christ, « image du Dieu invisible », à l'origine et dans le
gouvernement de l'univers. Reprise peu après dans l'Épître

aux Éphésiens, cette vue grandiose a nourri la méditation de croyants déchiffrant la présence divine dans l'ample déploiement de l'évolution du monde. Tel a été le cas du paléontologue Pierre Teilhard de Chardin (1881-1955), jésuite, qui voit le Christ agissant au sein de l'évolution et entraînant l'univers vers cet état d'achèvement qui mettra fin à l'histoire. L'Incarnation a immergé Jésus dans la matière, en le faisant homme ; et désormais tout l'univers est animé de ses énergies divines : il est la clef de voûte de la Création. Quand la montée de l'amour aura rassemblé l'humanité en une seule constellation de personnes innombrables, alors éclatera le Christ, en sa Présence glorieuse, ou Parousie. Et il introduira les uns dans l'infinie communion avec Dieu, tandis qu'il prendra acte du dessèchement des autres, qui n'avaient pas laissé la sève de l'amour circuler en eux. Mystérieuse plénitude – le « *plérôme* » dans le grec de saint Paul – que cette unité organique de Dieu et du monde ! Il écrit ainsi dans *Le Phénomène humain* (1955) :

> Créer, achever et purifier le monde, lisons-nous déjà dans Paul et Jean, c'est pour Dieu l'unifier en l'unissant organiquement à soi. Or comment l'unifie-t-il ? En s'immmergeant partiellement dans les choses, en se faisant « élément », et puis, grâce à ce point d'appui trouvé intérieurement au cœur de la Matière, en prenant la conduite et la tête de ce que nous appelons maintenant l'Évolution. Principe de vitalité universelle, le Christ, parce que surgi homme parmi les hommes, s'est mis en position, et il est en train, depuis toujours, de courber sous lui, d'épurer, de diriger et de suranimer la montée générale des consciences dans laquelle il s'est inséré […] et quand il aura ainsi tout assemblé et tout transformé, rejoignant dans un geste final le foyer divin dont il n'est jamais sorti, il se refermera sur soi et sur sa conquête. Et alors, nous dit saint Paul, « il n'y aura plus que Dieu, tout en tous ».

Les Lettres des deux apôtres : Pierre et Jean

Contrairement à Paul, Pierre et Jean ont été des disciples de la première heure. Avec Jacques, frère de Jean, ils forment un groupe de trois apôtres particulièrement proches de Jésus : ce sont eux seuls qui assistent à la Transfiguration et à l'Agonie au Jardin des Oliviers. Jean se tient au pied de la Croix. Et Pierre et Jean courent au Tombeau, le matin de Pâques, sur le témoignage de Marie-Madeleine et de ses compagnes. Ils se trouvent souvent associés, au début des Actes des apôtres.

La Première Épître de Pierre reprend une ancienne profession de foi : Jésus est mort, « descendu aux enfers », ressuscité, monté à la droite de Dieu et reviendra juger les vivants et les morts (3,18-4,5). Dans la représentation archaïque du monde, les Enfers désignaient tout simplement les régions inférieures, « sous la terre », le séjour des morts : le Christ est donc mort, vraiment mort. Deux versets assez énigmatiques (19 et 20) font état d'une proclamation du salut par le Christ à ceux dont la méchanceté avait causé le Déluge. On a vu là une proclamation universelle à tous les morts.

Ces versets, diversement interprétés, ont donné lieu à une iconographie abondante, du Ve au XVIe siècle. Le plus souvent, le Christ ressuscité foule aux pieds les portes du royaume des morts, les Enfers, qu'il faut donc distinguer nettement de l'Enfer – comme privation éternelle de Dieu – dont parle Jésus. Ces portes en tombant écrasent Satan, tandis que le Christ entraîne avec lui Adam et Ève, ainsi que tous les justes des temps anciens. Dans l'art gréco-byzantin, cette remontée du séjour des morts – ou *anastasis* – se confond avec la Résurrection. En Occident, cet épisode a été représenté par Fra Angelico, Dürer, le Tintoret.

La Première Épître de Jean, d'une rare sérénité, a marqué la culture par deux thèmes antithétiques. L'un présente une mise en garde :

> Tout ce qui est dans le monde :
> la convoitise de la chair,
> la convoitise des yeux
> et l'orgueil de la richesse,
> ne provient pas du Père,
> mais provient du monde.
> Or le monde passe, avec ses convoitises,
> mais celui qui fait la volonté de Dieu
> demeure éternellement.

Orchestré par saint Augustin dans les *Confessions* (X, 30-39), ce thème s'est répandu dans tout l'Occident latin sous la dénomination des « trois concupiscences » : la *libido sentiendi*, les voluptés charnelles, la *libido sciendi*, la « curiosité », comme désir déréglé de tout voir et de tout savoir, la *libido dominandi* ou orgueil. On a rattaché tout le feuillage des conduites mauvaises à ces trois maîtresses branches. Pascal s'écrie dans les *Pensées* : « Malheureuse la terre de malédiction que ces trois fleuves de feu embrasent plutôt qu'ils n'arrosent ! » (fr. 460). Et à la fin du XVIIe siècle, Bossuet vieillissant compose un *Traité de la concupiscence* (1694), d'une splendeur noire. En 1923, François Mauriac publie son roman *Le Fleuve de feu*, avec en épigraphes trois textes : saint Jean, Pascal, Bossuet.

Pourtant, dans l'Épître de Jean, ces quelques versets sombres sont comme noyés dans une intarissable hymne à la lumière et à l'amour (4,7-9 et 20) :

> Aimons-nous les uns les autres,
> car l'amour vient de Dieu,
> et quiconque aime
> est né de Dieu et connaît Dieu.
> Dieu est amour […]

Voici comment Dieu a fait paraître son amour pour nous :
il a envoyé son Fils unique dans le monde,
afin que nous vivions par lui [...]
Si quelqu'un dit : « J'aime Dieu »
et qu'il n'aime pas son frère,
c'est un menteur [...]
car celui qui n'aime pas son frère, qu'il voit,
ne peut pas aimer Dieu, qu'il ne voit pas.

Peu narratives, riches en enseignements, les vingt et une Lettres du Nouveau Testament ont laissé dans les esprits surtout des formules étincelantes, dont les chrétiens n'ont cessé de se nourrir et dont quelques penseurs ont su manifester toute la portée. Comme le Sermon sur la montagne ou le Discours après la Cène, elles pouvaient difficilement inspirer les artistes. Mais un peu comme eux, plus modestement, elles ont construit l'existence chrétienne : c'est par les écrits et la langue qu'elles ont marqué la culture.

CHAPITRE VI

L'Apocalypse de Jean

Dernier Livre du Nouveau Testament, l'Apocalypse illustre un genre littéraire bien différent des Évangiles et des Épîtres. Son titre provient d'un mot grec, *apocalypsis*, qui signifie « dévoilement, révélation ». Ce genre est ancien en Israël, aussi en trouve-t-on des manifestations chez plusieurs des prophètes, dans quelques passages des Évangiles synoptiques et dans les Épîtres aux Thessaloniciens ; il occupe une ample partie du Livre de Daniel.

Dans la littérature apocalyptique, Dieu se révèle aux hommes soit directement, soit par l'intervention d'anges, par des songes, des visions, des extases célestes. Ainsi sont communiqués des secrets sur le mystère divin, sur les origines ou sur la fin du monde. Les anges, bons ou mauvais, jouent un rôle important, et souvent le chef des anges rebelles et prince de ce monde, Satan, livre bataille, mais il est écrasé. La prolifération des fléaux, les crises et les cataclysmes marquent l'irruption des derniers temps.

Le dévoilement s'opère grâce à des trombes d'images, empruntées le plus souvent au bestiaire et au lapidaire. Conformément à la logique du monstrueux, des êtres composites menacent. Le récit progresse par sauts et multiplie les hyperboles. La luxuriance, la profusion des symbolismes ne peuvent que déconcerter le lecteur moderne, d'autant plus que, souvent, leur sens échappe même aux meilleurs exégètes.

Il importe pourtant de décrypter la portée générale de ce flamboiement symbolique. Il affirme – contrairement à la religiosité grecque avec sa tendance à s'évader des contingences de l'histoire pour s'élever dans un ciel de sérénité – que le Dieu de la Bible domine, anime et juge les événements humains. Si le prophète Élie, dans une rencontre qui constitue l'un des sommets de l'Ancien Testament (1 Rois 19), avait entraperçu la discrétion de Dieu, ne lui révélant sa présence que par «une voix de fin silence», les apocalypses présentent les interventions divines en privilégiant les antiques images de l'ébranlement cosmique (Exode 20).

Le caractère déroutant de l'Apocalypse de Jean explique qu'il y ait eu des contestations pour la faire entrer dans le canon du Nouveau Testament. Mais son attribution à l'apôtre Jean par saint Irénée, à la fin du IIe siècle, finit par lever les hésitations. Il est vrai que les thèmes et la pensée sont assez proches des écrits johanniques, mais le style en est si différent qu'il est impossible de soutenir cette attribution prestigieuse, conforme à une pratique fréquente du genre, qui aime se placer sous de hauts patronages, comme l'attestent ces titres d'apocryphes: *Apocalypse de Baruch*, ou *Assomption de Moïse*. La rédaction doit être attribuée à un membre de l'entourage de l'apôtre, à un disciple qui lui aussi se nomme Jean (1,4 et 9; 22,8-9). L'ouvrage est adressé aux «sept Églises d'Asie» (1,3 et 11; 2,3), c'est-à-dire – le chiffre sept signifiant la plénitude – à l'ensemble des communautés chrétiennes d'Asie Mineure. La métropole de celles-ci était Éphèse, et c'est là que résidait l'apôtre Jean. Au-delà, l'Apocalypse parle à toute l'Église.

Elle a été composée à une époque de persécution, que quelques-uns situent sous Néron, en proposant pour date de rédaction les années 65-70; mais la plupart des exégètes penchent pour la fin du règne de Domitien, aux alentours de 95.

L'auteur transmet un ensemble de visions qu'il eut dans

l'île de Patmos, au large de l'Asie Mineure. Sept lettres présentent une ouverture de type prophétique (1-3). Puis, dans le cadre d'une liturgie céleste, surgit le mystérieux Agneau pascal, appelé à décacheter le Livre des desseins divins, scellé de sept sceaux (4 et 5). Quand il brise les six premiers, des catastrophes frappent les impies. À l'ouverture des quatre premiers, par exemple, s'assemblent les quatre terrifiants « cavaliers de l'Apocalypse », chargés d'apporter sur la terre la ruine et la mort (6). Mais la foule des 144 000 élus de Dieu – chiffre symbolique qui désigne la totalité des vrais chrétiens – est épargnée parce qu'elle est revêtue de robes blanches, purifiées par le Christ (7).

Lorsque est brisé le septième sceau, se déclenche le châtiment du monde (8 et 9), avec la scène du petit livre dont le Voyant – comme Ézéchiel – doit se nourrir, symbole de la Parole de Dieu, et l'épisode des « deux témoins » (11).

Après la vision d'« une femme vêtue de soleil, la lune sous les pieds, et sur la tête une couronne de douze étoiles » (12) – symbole de l'Église – et celle des « deux bêtes » (13) – l'Empire romain persécuteur et les faux prophètes –, le Christ apparaît sous la forme d'un Agneau, puis du Fils de l'homme, annoncé par le Livre de Daniel (7,13-14), qui, armé d'une faucille, procède à la moisson du monde (14). Ensuite sept anges apportent les « sept coupes de la colère de Dieu » (15 et 16) : la dernière consomme la ruine de « la grande prostituée », Rome, « une femme assise sur une bête écarlate » (17 et 18).

Au cours d'une liturgie céleste une rumeur immense se répand, ponctuée de l'*Alleluia* – « Dieu soit béni » – et de l'*Amen* – « Oui, c'est vrai » – qui sont passés dans le culte chrétien. Alors surgit le Christ Juge, monté sur un cheval blanc, et les deux bêtes sont précipitées dans un étang de feu et de soufre (19). Satan est jeté dans l'abîme, et les saints règneront pendant mille ans avec leur Maître. Au bout de ce délai, Satan relèvera la tête, mais il sera englouti pour toujours dans l'étang de feu (20). L'Apocalypse se clôt sur une vision radieuse de la Jérusalem céleste (21 et 22).

Sous la succession rapide et heurtée des images, le message est simple : le Messie attendu par Israël est désormais venu. En son Fils, Dieu irradie et domine toute l'histoire humaine. À chacun de choisir ! Le Livre dessine la distinction des deux cités qui sera amplifiée par saint Augustin dans *La Cité de Dieu*. La cité des vrais chrétiens et celle des idolâtres d'eux-mêmes coexistent en ce monde. Mais la cité du mal vagabonde vers sa perte. Aux saints de vivre tout de suite ce que l'Évangile de Jean appelle « la Vie éternelle ».

Le livre d'images de l'Église

Malgré le défi que jetaient aux artistes nombre de ses scènes, l'Apocalypse a été – après les Évangiles – le livre biblique le plus abondamment repris par peintres, sculpteurs et graveurs, sans parler des tapisseries ou des vitraux. Dès le Ve siècle, elle apparaît sur les mosaïques de Rome et de Ravenne. Elle suscite une floraison de miniatures en Espagne aux Xe-XIe siècles. Pendant le Moyen Âge français, l'œuvre la plus imposante est l'*Apocalypse d'Angers* (vers 1375) : aujourd'hui encore, malgré les mutilations, cette tapisserie présente 71 scènes sur 116 mètres de long et 4 de haut.

En 1498, Albert Dürer publie son *Apocalypse avec figures*, un ensemble de 14 grandes gravures sur bois, qui exerça une influence immense, en particulier sur Lucas Cranach et Holbein le jeune, mais aussi jusque sur les fresques peintes au XVIIe siècle dans les monastères du mont Athos et dans plusieurs églises russes.

De la fin du XVIIe siècle à celle du XIXe, l'Apocalypse a moins attiré les artistes, mais elle a exercé une séduction croissante à partir des lithographies d'Odilon Redon (1899). Les horreurs commises au XXe siècle expliquent certainement le net retour au Livre de Jean, qu'il s'agisse de gravures, de fresques, de vitraux, de tableaux ou de tapisseries. L'extraordinaire *Apocalypse* de Joseph Foret (1961) a fait appel à Bernard Buffet, Salvador Dalí, Leonor Fini, Foujita, Mathieu, Zadkine…

Parmi les écrivains, le plus puissant orchestrateur de l'Apocalypse a été le poète protestant Agrippa d'Aubigné, dans l'ouvrage que lui ont inspiré les guerres de religion, *Les Tragiques* (1617), avec ses sept livres aux titres eux-mêmes souvent apocalyptiques : « Feux », « Fers », « Vengeance » et « Jugement » ; avec une alternance de scènes terrestres et de scènes célestes ; avec les verbes typiques de l'apocalyptique : « Je fus transporté… et je vis… et j'entendis… » ; avec la célébration du Triomphe final et de la liturgie du ciel (VII, 719-720) :

> Le ciel neuf retentit du son de ses louanges.
> L'air n'est plus que rayons tant il est semé d'anges.

Victor Hugo et Lautréamont (*Les Chants de Maldoror*, 1870) ont eux aussi rêvé dans les lumières et les stridences de l'Apocalypse. Comme l'écrit Hugo dans *Les Contemplations* (1859) :

> Écoutez, je suis Jean. J'ai vu des choses sombres.

Au XXe siècle, nombre de musiciens se sont sentis en harmonie avec le dernier Livre du Nouveau Testament : en 1937, Florent Schmidt compose *Le Livre aux sept sceaux*. Quatre ans plus tard, Olivier Messiaen, qui méditait l'Apocalypse alors qu'il était prisonnier dans un camp de Silésie, élabore son *Quatuor pour la fin des temps* ; les *Visions de l'Amen*, pour deux pianos, datent de 1943, et les *Couleurs de la cité céleste* de 1963. En 1974, Pierre Henry écrit l'*Apocalypse de Jean*.

Le cinéma n'a pas été en reste. Ingmar Bergman, fils de pasteur, réalise en 1957 *Le Septième Sceau*. Dans *Les Quatre Cavaliers de l'Apocalypse* (1962), Vincente Minnelli dénonce les horreurs de la Seconde Guerre mondiale : en surimpression aux bombardements passe la sinistre chevauchée dont les ravages ont hanté l'Occident depuis le Xᵉ siècle, c'est-à-dire la guerre, la famine, la peste.

Chaque détail du dernier livre biblique a donné lieu à des reprises. Aussi n'est-il pas possible de les rappeler tous : chacun des fléaux a inspiré les artistes, de même que la scène des deux témoins (11,3-13), le Christ vendangeant le monde avec une faucille (14,14-20), la vision de la grande prostituée (17), le Christ sur un Cheval blanc (19,11-16).

« *Je suis l'Alpha et l'Oméga* » *(1,8 et 22,13)*

Au commencement et à la fin de l'Apocalypse, le Christ en gloire dit : « Je suis l'Alpha et l'Oméga, le commencement et la fin. »

Alpha et *Oméga* sont respectivement la première et la dernière lettre de l'alphabet grec. La formule est passée en français : dire de quelqu'un qu'il se prend pour l'alpha et l'oméga, c'est se moquer de sa prétention à tout savoir et à tout diriger.

Dans sa tentative de placer le Christ au centre de la théorie de l'Évolution, Teilhard de Chardin voit le Fils de Dieu, présent à l'origine de l'univers et immergé dans la matière par l'Incarnation, comme entraînant tout le mouvement cosmique vers son but, le « point oméga » : dans l'histoire humaine, toute la montée de la pensée et des énergies de l'amour progresse irrésistiblement vers la communion dans la plénitude divine.

Jean à Patmos et les trois premières théophanies

C'est dans une petite île des Sporades, Patmos, que l'auteur de l'Apocalypse, exilé à cause de sa foi, situe les visions du Livre. Avant l'apparition des fléaux, il bénéficie de trois théophanies, ou «manifestations divines»: un Fils d'homme éblouissant, au milieu de sept chandeliers (1,9-16); quelqu'un sur un trône, irradiant comme plusieurs pierres précieuses, et célébré par quatre animaux et vingt-quatre vieillards (4); un agneau comme immolé qui surgit au milieu du trône (5).

Selon une légende rapportée pour la première fois par Tertullien, saint Jean, jugé à Rome, aurait été condamné à être jeté dans une chaudière d'huile bouillante, devant une porte de la ville nommée la Porte latine. Mais il en serait sorti indemne et aurait été exilé dans l'île de Patmos. Cette scène de martyre sert de frontispice au cycle des gravures de Dürer sur l'Apocalypse et elle a été souvent représentée. Le visionnaire de Patmos a été peint par Memling (1479), par Jérôme Bosch, par Poussin. Revenu à Éphèse, Jean y aurait accompli divers miracles, qui ont suscité une riche iconographie jusqu'au XVIIe siècle.

La vision du Christ en majesté, entre les quatre animaux et les vingt-quatre vieillards a été l'une des scènes privilégiées des arts plastiques au Moyen Âge: elle a occupé d'abord la conque des absides, avant de dominer, à partir du XIIe siècle, le tympan du grand portail, comme à Chartres, à Saint-Jacques-de-Compostelle et à Notre-Dame de Paris. Mais assez rapidement ce motif reculera devant celui du Jugement dernier.

Les quatre animaux ont été interprétés comme les symboles des quatre évangélistes. Qui représentent les vingt-quatre vieillards? Les auteurs des Livres de l'Ancien Testament? Les responsables des premières communautés chrétiennes?

La femme revêtue de soleil (12)

«Un grand signe apparut dans le ciel: une femme revêtue du soleil, qui avait la lune sous ses pieds, et sur la tête une couronne de douze étoiles. Elle était enceinte et criait dans les douleurs de l'enfantement.»

Survint ensuite un autre prodige : un grand dragon roux, qui avait sept têtes et dix cornes, et sur ses sept têtes, sept diadèmes. Il balaya de sa queue le tiers des étoiles du ciel et s'arrêta devant la femme pour dévorer l'enfant aussitôt né. Elle accoucha d'un enfant mâle, qui devait gouverner les nations et qui fut enlevé vers Dieu. La femme s'enfuit dans le Désert. Il y eut un combat dans le ciel : Michel et ses anges contre le dragon et son armée. Et il fut vaincu, « l'antique serpent, celui qu'on nomme diable et Satan, le séducteur du monde ».

Cette femme revêtue de soleil désigne la communauté des justes, qui enfante le Messie et qui triomphe des forces du mal. Nombre d'écrivains chrétiens, à partir du IXe siècle, puis la liturgie catholique, ont appliqué cette évocation poétique à la Vierge Marie : ce passage de l'Apocalypse fait partie des lectures pour la fête de l'Assomption, le 15 août.

Dans les arts plastiques, cette scène a été très souvent traitée. Une miniature du IXe siècle, à la Bibliothèque de Valenciennes, montre la Vierge debout sur un croissant de lune, et au-dessous d'elle un serpent roux à sept têtes. Les peintres représentent souvent Marie couronnée d'étoiles, avec, au-dessus de sa couronne, la colombe du Saint-Esprit : Ludovic Carrache (1590), Le Guerchin (1622), Ribera (1637). En 1966, une tapisserie de Jean Lurçat illustre la Femme et le Dragon, dans l'église du plateau d'Assy, en Haute-Savoie.

Le combat de l'archange Michel contre le dragon a inspiré à Dürer l'une des plus belles planches de son cycle sur l'Apocalypse, et à Raphaël un tableau (1505) qui est au Louvre.

Les anges

Les anges sont omniprésents dans l'Apocalypse de Jean, comme ils le sont dans les écrits qui appartiennent au genre apocalyptique, où sont dévoilés certains secrets du monde céleste. Mais leur action se manifeste tout au long de la Bible. Fidèle à son monothéisme intransigeant, celle-ci en fait des créatures purement spirituelles, dont le nom même signifie la fonction : ce sont des « messagers », des serviteurs de Dieu. Parmi eux, les « chérubins » protègent les lieux sacrés (Genèse 3,24 ; 1 Rois 6,23-29) ; les « séraphins » – les « brûlants » – purifient les lèvres du prophète Isaïe lors de sa « vocation » (Isaïe 6,7). La Bible livre les noms de plusieurs de ces créatures habituellement invisibles : Raphaël (« Dieu guérit »), dans le Livre de Tobie, Gabriel (« Héros de Dieu ») dans le Livre de Daniel et lors de l'Annonciation à Marie, Michel (« Qui est comme Dieu ? ») dans le Livre de Daniel et dans l'Apocalypse (12,7). Ainsi des présences bienveillantes entourent les hommes et célèbrent la Gloire divine dans une liturgie grandiose, à laquelle l'Église de la terre s'associe par la prière, en particulier lors du chant *Gloria in excelsis Deo* et lors de ce moment de la messe catholique qu'on appelle la « Préface ».

Autour de ces données relativement sobres s'est développée une imagerie foisonnante. Un moine du VIᵉ siècle, le Pseudo-Denys l'Aréopagite, a composé un magnifique traité des anges, *La Hiérarchie céleste*, qui a connu un succès inouï jusqu'au XVIIᵉ siècle. C'est lui qui les a répartis en neuf « chœurs ». Dante les fait apparaître dans sa *Divine Comédie*, lorsqu'il présente les anges et les bienheureux (« Le Ciel », chants XXVIII-XXXII). C'est au XVIᵉ siècle que s'est développé le culte des anges. En 1670, le pape Clément X fixe au 2 octobre la fête de l'Ange gardien, qui veille sur chaque homme.

Les anges ont été surabondamment représentés par les arts plastiques, non sans d'importantes variations, puisque ces êtres invisibles laissaient les créateurs relativement libres. Distingués des mortels par un simple nimbe au cours des premiers siècles, certains d'entre eux ne se voient dotés d'ailes qu'à partir du IVe. D'abord semblables à des éphèbes, ils commencent à se féminiser au XVe siècle. Un peu plus tôt, vers 1200, sont apparus les anges-enfants, qui vont proliférer en Italie, sous l'influence de l'art romain et de ses «génies»: Giotto, Raphaël, Corrège… Les anges musiciens ne se font entendre qu'à partir du XIIe siècle. Leurs chœurs entourent la Nativité de Jésus, souvent la sainte Famille, l'Assomption de la Vierge, les scènes de l'Apocalypse et le Jugement dernier avec les «trompettes du Jugement». Les bons anges sont la plupart du temps vêtus de rouge, pour symboliser l'ardeur de leur charité, tandis que les anges déchus ont pour couleur le bleu.

En littérature, le romantisme s'est étonnamment intéressé aux anges. Vigny publie en 1824 *Éloa ou la Sœur des anges*: née d'une larme du Christ versée à la vue de Lazare mort, Éloa voudrait racheter Satan en l'aimant, mais cet amour entraîne sa chute. En 1838 paraît *La Chute d'un ange*, de Lamartine. Et en 1886, Hugo invente l'ange Liberté, né d'une plume tombée de l'aile de Satan, dans *La Fin de Satan*.

Dans le sillage du romantisme, le réalisateur allemand Wim Wenders oppose à l'expérience humaine, charnelle, riche de sensations et d'émotions, la froide sérénité angélique: dans son film *Les Ailes du désir* (1987), un ange devenu homme découvre la saveur du monde.

La langue a été particulièrement accueillante aux anges. Le mot désigne une personne parfaite; de là les expressions «tu es un ange», ou «je ne suis pas un ange», ainsi que le terme affectueux «mon ange». Quelqu'un qui me protège sera considéré comme «mon bon ange» ou «mon ange gardien». L'ange gardien d'une personnalité importante désigne son garde du corps. «Être aux anges» veut dire être ravi de quelque chose; «rire aux anges», c'est avoir un air béat sans raison apparente. «Un ange passe», quand, dans une conversation, se prolonge un silence gênant. «Discuter sur le sexe des anges», c'est débattre de questions oiseuses ou byzantines. On peut rencontrer encore les «faiseuses d'anges» (les avorteuses), les «cheveux d'ange» (des vermicelles très fins) et même le «saut de l'ange», un plongeon qui commence par une élévation spectaculaire les bras écartés. On accuse d'«angélisme» ceux qui ne savent pas prendre la mesure des contraintes concrètes de la vie, de l'action politique. Et Pascal a rendu célèbre l'adage «Qui veut faire l'ange, fait la bête».

Satan

Les chapitres 12 à 20 de l'Apocalypse font assister à la défaite de Satan, au triomphe du Christ sur les forces du mal. Le mot hébreu *satan* signifie l'«adversaire»; le même être est appelé aussi le «diable», du terme grec *diabolos* dont la signification est le «calomniateur».

L'Ancien Testament parle peu de ce personnage, que le Livre de la Sagesse (2,24) assimile au serpent du jardin d'Éden. Le Christ présente son cheminement comme une lutte contre le règne de Satan: celui-ci est vaincu par la Passion-Résurrection, mais conserve un pouvoir de nuisance contre les hommes en les tentant de rejeter les appels de Dieu.

La pensée chrétienne a pris acte du refus juif de tout dualisme: il ne s'agit nullement d'une lutte entre deux principes, l'un du bien, l'autre du mal, comme dans la Perse ancienne. Satan n'est qu'une créature, un ange déchu. Originellement être de lumière, *Lucifer*, «le Porte-Lumière», cet ange s'est révolté contre son Créateur, avec tout un ensemble d'autres. Privés désormais de la lumière divine, ces «démons» ne peuvent plus qu'essayer de s'opposer au règne de Dieu. Aussi soupçonne-t-on leur action dans trois types de phénomènes: la tentation, comme dans le Jardin d'Éden; la possession, où la victime se sent habitée par la présence d'un «autre», qui tourmente son corps ou son esprit; et – moins connue –

l'«infestation», où Satan tente de faire renoncer un saint à sa vocation par de véritables assauts, comme cela a été raconté du fameux saint Antoine (IIIe-IVe siècles) ou du curé d'Ars (XIXe siècle).

Du XIVe au milieu du XVIIe siècle, prend place un phénomène collectif de satanisation de la sorcellerie. On se met à croire à l'existence de pactes avec le diable, qui dote les sorciers de pouvoirs surhumains et qui est célébré lors d'orgies nocturnes appelées «sabbats», où certaines sorcières s'accouplent avec des démons. Prise de terreur, l'Europe développe une impitoyable «chasse aux sorcières». C'est dans ce climat qu'est né le mythe de Faust, à la fin du XVIe siècle, immédiatement porté à la scène par Marlowe (1590), en attendant le chef-d'œuvre de Goethe (1808), *La Damnation de Faust* (1828-1846) de Berlioz et l'opéra de Gounod *Faust* (1859).

Encore très redouté au XVIIe siècle, comme dans les *Histoires tragiques* (1614) de François de Rosset, le diable va être traité humoristiquement par le XVIIIe siècle, entre *Le Diable boiteux* (1707) de Lesage et *Le Diable amoureux* (1772) de Cazotte.

Mais avec le romantisme Satan retrouve sa gravité. Comme Caïn et Prométhée, il est célébré en héros de la révolte, ou réhabilité comme une victime : chez Blake, Byron, Baudelaire, Carducci (*Hymne à Satan*, 1863), Lautréamont (1870) ou Strindberg (*Lucifer et Dieu*). Dans les morceaux grandioses qui nous restent de *La Fin de Satan*, publiée seulement en 1886, Victor Hugo imagine l'archange ultimement pardonné :

Satan est mort. Renais, ô Lucifer céleste.

Après *Les Possédés* (1873) de Dostoïevski et les superbes nouvelles de Barbey d'Aurevilly *Les Diaboliques* (1874), l'œuvre de Bernanos est une longue méditation sur l'action insidieuse du démon : *Sous le soleil de Satan* (1928), porté à l'écran en 1987 par Maurice Pialat, et *Monsieur Ouine* (1946). Au cours de ces mêmes années, l'écrivain russe Mikhaïl Boulgakov élaborait son chef-d'œuvre, *Le Maître et Marguerite*, avec l'intrusion du diable à Moscou dans les années 1930 et la satire de la société soviétique.

Aujourd'hui, « Satanas » est devenu un personnage de bande dessinée, tandis que certains pays islamiques dénoncent les États-Unis comme « le grand Satan ».

Satan a suscité une iconographie variée, puisque ce maître du mensonge et de l'illusion peut prendre toutes sortes de formes, animales ou humaines. Sous une apparence animale, il est serpent (Chute d'Adam et Ève), lion, chien, ours, bouc, chauve-souris, et surtout dragon, d'après l'Apocalypse. Lorsqu'il est anthropomorphe, il a le plus souvent hérité des disgrâces des satyres de la mythologie grecque : oreilles velues, nez camard, queue de singe, pieds de bouc, cornes. On le représente aussi la bouche fendue jusqu'aux oreilles, laissant voir ses crocs, et avec des cheveux-flammes. Les couleurs des démons sont le noir, le vert (du serpent) et le feu (de l'enfer). Comme les tentations sont souvent érotiques, la civilisation patriarcale de l'Occident n'a pas hésité à faire surgir le diable sous les traits séducteurs d'une femme affolant les malheureux hommes.

Tel est le cas dans les célèbres Tentations de saint Antoine, le père des ermites, retiré dans le désert d'Égypte (251-350). Celui-ci, en proie à des rêves de luxure, voyait, comme le dit Baudelaire, proliférer

> À travers les rochers pleins d'apparitions,
> Les seins nus et pourprés de ses tentations.

Ces tentations procèdent soit d'images suscitées par le diable, soit de la séduction du diable lui-même. Le peintre espagnol Ribera peint ainsi Satan en séductrice, qui, de surcroît, agite une clochette pour empêcher le saint de prier

(XVIIᵉ siècle). Cézanne, Rodin, Ensor ont repris cet épisode, sur lequel Flaubert n'avait cessé de méditer pendant la plus grande partie de sa vie (*La Tentation de saint Antoine*, 1869-1874).

Est-ce à cause des horreurs de cette période? Deux musiciens ont orchestré l'infernal au cours des années 1940: Yves Nat avec *L'Enfer* (1942), qui grave comme au burin la souffrance millénaire des hommes, et Claude Delvincourt avec *Lucifer ou le Mystère de Caïn* (1948).

Le langage courant parle du «démon de midi», qui égare les humains entre la quarantaine et la cinquantaine dans le domaine amoureux; la formule vient du Psaume 91,6: celui qui se confie à l'aide du Très-Haut «ne craindra ni la terreur de la nuit ni les attaques du démon de midi». Plus généralement le démon sert à personnifier des défauts ou des vices: «Il est possédé par le démon du jeu». Mais en français, le terme «diable» est beaucoup plus populaire et familier que «démon». Aussi a-t-il suscité toutes sortes d'expressions: «avoir le diable au corps» (être très agité, voire comme possédé), «tirer le diable par la queue» (ne pas arriver à boucler ses fins de mois), «être coiffé à la diable» (avoir la chevelure en désordre), «être situé au diable» (très loin). «En diable» est un intensif: «extrêmement», comme «diablement». Sans parler des «pauvres diables», des «diablesses» – dont on ne sait plus si c'est un compliment ou un blâme! – ou des «diablotins». Enfin, l'on «fait le diable à quatre» quand on cause beaucoup de désordre.

L'Antéchrist (13)

Le chapitre 13 de l'Apocalypse présente deux bêtes monstrueuses, dont la seconde impose une marque, qui est un chiffre maléfique: 666, symbole du mal radical par rapport au chiffre de la perfection, 777. Investies par Satan (le dragon), elles reçoivent le pouvoir de se déchaîner contre ceux qui se sont tournés vers le Christ, mais seulement pour un temps, avant leur défaite à la fin du monde. Ce déferlement ultime des forces du mal, évoqué aussi dans les Évangiles synoptiques (par exemple, dans Marc 12,14), et par saint Paul (2 Thessaloniciens 2,3-12), a reçu son nom dans les Lettres de saint Jean (1 Jean 2,18) : l'Antichrist, le « Contre-Christ », transformé ensuite en Antéchrist, l'« Avant-Christ », qui précédera le Retour glorieux du Christ.

Ces représentations symboliques illustrent la violence de l'opposition entre le Royaume de Dieu et ceux qui lui sont hostiles. Leur recours à la personnification, net chez Paul, a incité sans cesse à mettre des noms, alors qu'il s'agit d'un processus co-extensif à l'histoire de l'Église.

Le dernier livre composé par Nietzsche s'intitule *L'Antéchrist* (1888) : il dénonce la falsification par l'Église primitive du message de Jésus et s'oppose au christianisme.

Le règne de mille ans avec le Christ (20)

Le chapitre 20 annonce qu'après l'élimination définitive des deux bêtes (l'Antéchrist), Satan est enchaîné pour mille ans. Le Voyant découvre alors que les martyrs et ceux qui sont restés fidèles connaissent une résurrection et règnent avec le Christ pendant mille ans. Après ces mille ans, Satan sera relâché, perdra un ultime combat et sera jeté dans un étang de feu. Surviendra ensuite le Jugement dernier du monde.

Ces quelques versets, énigmatiques, ont connu une fortune inouïe, malgré la condamnation de leur interprétation littérale par le concile œcuménique d'Éphèse (431). L'attente du millénium, ou millénarisme, a souvent été le fait de pauvres, de déracinés, qui aspiraient à une société égalitaire. Elle suscita plusieurs mouvements durement réprimés au XIIᵉ siècle, et fut relancée au XIIIᵉ par la diffusion des écrits d'un abbé cistercien, Joachim de Flore : selon lui, après l'âge du Père (l'Ancien Testament) et l'âge du Fils (le Nouveau Testament), devait s'instaurer, en 1260, l'âge de l'Esprit ; l'Église de Rome disparaîtrait et céderait la place à une Communauté spirituelle pure. En 1535, l'anabaptiste Thomas Münzer établit à Münster, en Westphalie, une nouvelle Jérusalem qui ne put durer que quelques mois. Dans l'Angleterre du XVIIᵉ siècle, les « niveleurs » (*Levellers*) identifièrent millénium et révolution sociale. Aux XIXᵉ et XXᵉ siècles, des explosions sporadiques ont continué à manifester la vitalité de ce fragment d'utopie.

La Jérusalem céleste (21-22)

Une vision radieuse clôt l'Apocalypse et le Nouveau Testament : un ciel nouveau, une terre nouvelle et, descendant du ciel, la cité des saints, la Jérusalem nouvelle, resplendissante comme une épouse parée pour son époux. Le Voyant entend une voix puissante : « Voici la demeure de Dieu avec les hommes. Dieu essuiera toutes les larmes de leurs yeux, et la mort n'existera plus. Tout est accompli. Je suis l'Alpha et l'Oméga, le commencement et la fin. Je donnerai gratuitement à boire de la source d'eau vive à celui qui aura soif. »

Transporté en esprit sur une haute montagne, Jean découvre la Ville sous les apparences d'un véritable paradis minéral, qui symbolise la durée, la beauté et l'éclat : jaspe, saphir, émeraude, améthyste… irradiés de la lumière divine. Là ne sont accueillis que les justes.

Et l'Apocalypse s'achève sur une ultime apparition du Christ et sur l'appel à sa venue définitive.

On s'en doute, les splendeurs de la Cité de gemmes ont séduit les artistes de la mosaïque (dès le IVᵉ siècle) et du vitrail (à la Sainte-Chapelle de Paris), mais aussi les peintres de fresques. Elles occupent une place de choix dans tous les cycles sur l'Apocalypse. Au XXᵉ siècle, Édouard Goerg a représenté la Nouvelle Jérusalem toute rayonnante, soutenue par un ange.

Si l'Apocalypse, malgré l'étrangeté d'une partie de sa symbolique, a tant fasciné, c'est que l'inspiration profonde de l'apocalyptique s'oppose à l'immersion du prophétisme au sein des événements temporels. Les prophètes appellent à agir dans l'histoire. L'apocalyptique proclame qu'il y a peu à attendre de l'histoire, que tout est dérisoire en face de l'Absolu, sauf la personne humaine, «image de Dieu». Cette tension dialectique est constitutive du judéo-christianisme : nous sommes à la fois dans ce monde, où il faut agir résolument, et étrangers aux jeux dérisoires et éphémères de ce monde, immédiatement proches de l'Absolu. Chaque seconde de nos existences est contiguë à l'éternité. Ainsi que l'exprime Pascal (*Pensées*, fr. 185) :

> Entre nous et l'enfer ou le ciel, il n'y a que la vie entre-deux, qui est la chose du monde la plus fragile.

Dans ce face à face avec l'essentiel, l'Apocalypse rejoint le Livre de Job, et il n'est pas surprenant que ces deux livres aient tant attiré le XXᵉ siècle, qu'il s'agisse de chrétiens ou d'incroyants. Au Iᵉʳ siècle de notre ère, la Manifestation de Dieu dans l'Incarnation et la Résurrection du Christ apparut si décisive aux premières Églises qu'elles crurent imminents l'effacement de l'histoire et le Jugement du monde. De là les dernières paroles de l'Apocalypse de Jean : «Viens, Seigneur Jésus!»

Épilogue

De la Genèse à l'Apocalypse vient d'être déployé un Livre qui – après une parabole anhistorique d'une grande richesse sur les origines du monde et de l'homme – fait entrer progressivement dans l'histoire : d'abord de façon floue avec Abraham et la saga des Patriarches, puis de plus en plus précisément à partir de Moïse et du XIIIᵉ siècle avant Jésus-Christ.

Dans leur ignorance des millénaires lointains, les hommes ont longtemps pensé que la Bible servait de cadre chronologique à toute l'aventure humaine. On ne faisait remonter la Création qu'à 4 000 ou 6 000 ans avant notre ère. Étant donné qu'on situait Moïse au XVᵉ siècle, sa « Loi » – les cinq Livres du Pentateuque – était considérée comme le plus ancien livre du monde, et le Décalogue comme le modèle dont s'étaient inspirés les plus sages législateurs païens. De même les Psaumes de David offraient aux hommes leur premier recueil de poésie lyrique, bien antérieur à ceux des Grecs (l'Inde était peu connue). De telles vues autorisaient Pascal à écrire magnifiquement des juifs : « Leur histoire enferme dans sa durée celle de toutes nos histoires » (*Pensées*, fr. 691). Vue panoramique qui sera développée par Bossuet dans son *Discours sur l'histoire universelle* (1681).

Une telle conception nous est devenue complètement étrangère, à nous qui situons l'éventuel big bang des origines à quinze milliards d'années, l'apparition de la vie à deux

milliards et demi, et qui avons découvert que l'homme ense-
velissait ses morts il y a 60 000 ou 80 000 ans. Mais cette
révolution de nos connaissances ne date que d'hier : c'est seulement à partir des années 1830-1840, que naît la préhistoire,
avec Boucher de Perthes (*Les Antiquités celtiques et antédilu-
viennes*, 1847). Encore se moquera-t-on de lui jusqu'à une
expertise de savants anglais en 1859 – année où, par ailleurs,
Darwin publie *L'Origine des espèces*, qui lance l'idée d'une
longue et lente évolution des êtres vivants.

La Bible a donc cessé d'être lue comme le cadre de l'histoire humaine, pour en apparaître comme le centre irradiant,
le foyer, le phare qui domine et éclaire ce que l'Américain
Paolo Rossi a appelé *The Dark Abyss of Time*, « le sombre
abîme du temps » (1984). Aux yeux des croyants, elle est la
clé d'interprétation des événements et du mouvement historique.

Deux autres transformations décisives sont à l'œuvre dans
le rapport de l'homme moderne à la Bible. La première
consiste à prendre la pleine mesure de la radicale nouveauté
du message évangélique par rapport à l'Ancien Testament,
qu'il s'impose de considérer résolument comme « ancien », en
partie archaïque, dépassé par le Christ. L'Ancien Testament
n'est pas rejeté – comme le proposait Marcion au IIᵉ siècle –
il est « radiographié » par l'Évangile, qui définit ce qui en
demeure structurant pour l'existence chrétienne et ce qui en
est aboli comme réfraction archaïque de la Révélation divine
au sein d'un peuple primitif et parfois barbare. Ainsi se trouvent définitivement congédiés la polygamie, la mise à mort
des adultères, les interdits alimentaires, ou la « guerre sainte ».
Pas une seule parole de Jésus n'est suspecte de la moindre
complicité avec la violence, tandis que nombre d'entre elles la
condamnent, et avec une radicalité qui suscite l'effroi devant
ses exigences : ne pas résister au violent, tendre l'autre joue
s'il s'agit de soi seul. Or il faut malheureusement constater la

difficulté qu'ont éprouvée bien des générations chrétiennes à demeurer fidèles à leurs propres textes fondateurs : de là tant de contraintes juridiques ou politiques, les horreurs des croisades, de l'Inquisition, des guerres de religion, bien que, en même temps, des millions de chrétiens aient civilisé l'Europe, installé toutes sortes d'aides aux malades, aux enfants abandonnés, créé les universités et, à partir du XVIIᵉ siècle, suscité un essor rapide de l'éducation. Ces mêmes chrétiens acculturaient peu à peu l'Occident, puis le monde, au sens de la marche de l'histoire en avant, au « Principe Espérance » (selon un titre d'Ernst Bloch). Nourris des Béatitudes du Sermon sur la montagne et contemplateurs de la Passion-Résurrection du Christ, ils ont opposé de plus en plus le souci des victimes – des injustices, de la violence, etc. – à l'indifférence et à la cruauté des puissants ; à cet égard, comme l'a si bien vu Nietzsche – pour s'en indigner –, les luttes sociales, les socialismes authentiques procèdent en droite ligne du feu chrétien. Ce qui a néanmoins favorisé, et parfois servi à « justifier » les conduites anti-évangéliques, c'est une désastreuse mise sur le même plan de l'Ancien et du Nouveau Testament. Un exemple typique de cette confusion est fourni par la *Politique tirée des propres paroles de l'Écriture sainte* (1709) de Bossuet. L'ouvrage renvoie massivement à la Bible juive et s'imagine pouvoir autoriser par elle, pour la France, la royauté absolue et – plus grave – la destruction violente des autres religions (VII, 9-10). Les progrès rapides de l'exégèse depuis le XIXᵉ siècle ont conduit à une perception aiguë des archaïsmes de l'Ancien Testament et de la progression de la Révélation.

Troisième prise de conscience capitale : la nécessité d'en finir avec le « fondamentalisme » dans la lecture de la Bible. On appelle « fondamentalisme » une attitude religieuse qui croit préserver les fondements de la croyance en pratiquant une lecture myope des textes bibliques ; elle isole les passages qu'elle examine à la fois de l'ensemble de la Bible, de sa visée, et elle ignore la prise en considération des genres littéraires au sein desquels les écrivains délivraient leur message. Ainsi, aux États-Unis en particulier, des communautés continuent à lire les trois premiers chapitres de la Genèse comme un récit «historique» des origines du monde et de l'homme : elles refusent de prendre en compte les découvertes de textes suméro-accadiens qui manifestent que ces récits sont des paraboles et visent à affirmer de façon imagée de grandes vérités religieuses. Elles se trouvent de surcroît en conflit avec les avancées d'autres sciences comme la paléontologie et la physique. Ces crispations suscitent un débat – qu'on aurait cru lié à un état dépassé des connaissances humaines – sur le «créationnisme», si l'on entend par là les théories qui veulent voir dans la cosmogonie hébraïque une chronologie de la naissance de l'univers.

La Bible et la science ne sauraient légitimement s'opposer : l'une et l'autre ont leur espace de pertinence. Au contraire, la Bible a favorisé le décollage vertical des sciences modernes à partir de Copernic (un homme d'Église) et surtout du XVIIᵉ siècle. Ce n'est nullement un hasard si cet essor rapide s'est effectué au sein de la culture chrétienne, et a d'abord été l'œuvre de chrétiens, comme Kepler, Galilée ou Descartes, voire de théologiens, comme Pascal, Newton ou Leibniz. Auprès de ce phénomène massif, l'affaire Galilée apparaît comme une crispation presque prévisible de conservatisme, comparable à celles que durent affronter Pasteur ou Freud de la part du milieu médical. Le décollage ne s'opéra pas sans une longue préparation, avec ces prodromes que furent la création des universités, puis la multiplication des cercles savants. Les grandes découvertes réalisèrent avec éclat l'appel de Dieu dans le Livre de la Genèse : «Remplissez la terre, et devenez-en les maîtres» (1,28), appel repris dans le *Discours de la méthode* (1637) par Descartes invitant les hommes à se rendre «maîtres et possesseurs de la nature». Le Livre de la

Sagesse avait glorifié Dieu d'avoir réglé l'univers «avec mesure, nombre et poids» (11,21), parole orchestrée par Galilée dans sa célèbre formule : «La nature parle en langage mathématique.» Plus profondément encore, la Bible avait désacralisé tout ce qui n'est pas Dieu et la personne humaine. L'univers physique se trouvait ainsi libéré, offert à l'investigation scientifique. Voilà encore l'un des liens – et quel lien ! – entre la Bible et l'Occident.

La Bible ne saurait pas davantage mettre en cause le mouvement qui s'est épanoui à partir des Lumières, elle dont les affirmations décisives selon lesquelles l'homme est «à l'image de Dieu» et que mon «prochain», c'est tout homme dont je peux m'approcher, constituent la source vive des Droits de l'homme. Force est néanmoins de faire ici référence à la parabole christique du levain dans la pâte (Matthieu 13,33). L'Évangile a bien agi, au sein de la culture occidentale, comme le levain dans la pâte. Il a peu à peu fait lever la lourde, très lourde pâte humaine, qui est si souvent retombée. Le Christ avait invité à ne pas confondre Dieu et César, la sphère chrétienne et l'État ; saint Paul avait lancé ce brûlot : désormais il n'y a plus ni esclave, ni homme libre, ni homme, ni femme. Mais lui le premier n'avait pu se maintenir au niveau de cette intuition. Que de siècles il aura fallu pour que les institutions chrétiennes elles-mêmes finissent par se dégager de l'immémoriale confusion du politique et du religieux, encore si menaçante dans les pays de l'islam ! Que de siècles il aura fallu pour abolir l'esclavage ! Et dans combien de temps le dialogue entre hommes et femmes s'établira-t-il sur un réel pied d'égalité ? Le levain a besoin de rester actif pour encore longtemps.

On peut s'étonner aussi, par rapport au radicalisme évangélique, d'une trop fréquente trahison des clercs. Comment expliquer que bien souvent les hiérarchies ecclésiastiques se soient situées du côté des riches, se soient inféodées aux puissants? Le levain chrétien, en Occident, a dû parfois œuvrer contre les clercs auxquels il aurait appartenu de constituer ses ferments les plus actifs. Heureusement sa force finit par triompher. La foi biblique est aujourd'hui présentée comme la «religion de la sortie du religieux» à l'ancienne, comme la religion de l'avenir, dans la mesure où elle est en harmonie avec le caractère laïque et pluraliste des sociétés modernes, avec le principe de la liberté de l'individu, tout en maintenant une haute exigence éthique, universelle («catholique») au sein d'une société de débats.

La Bible a joué un rôle immense dans notre passé, où elle a suscité une véritable marée de productions artistiques et d'œuvres philosophiques ou littéraires, créé des cadres de pensée et de vie, engendré des habitudes et imprimé sa marque dans les langues de l'Occident. Elle demeure active sous nos yeux. Où trouvera-t-on un dynamisme spirituel qui soit comparable à celui d'une Révolution qui fait de l'amour l'origine et le secret de ce monde et de chacune de nos existences?

Les grands croisements
entre Bible et littérature

Nous avons choisi de présenter ici les grands thèmes de la Bible dont la fortune littéraire a été très importante.

Genèse 1-11 (les contre-mythes fondateurs) ; 22 (le sacrifice d'Isaac).

Exode 3 (le Buisson ardent) ; 12 (la Pâque) ; 19-20 (le Décalogue).

Deutéronome 6 (Écoute, Israël).

1 Rois 19 (l'apparition à Élie).

2 Rois 10-11 (Jézabel et Athalie).

Judith.

Esther.

Livre de Job.

Psaumes : 2 ; 19 ; 44 ; 51 ; 104 ; 130 ; 138 ; 139.

Proverbes 8.

L'Ecclésiaste.

Le Cantique des cantiques.

Isaïe (comme caractéristique du prophétisme).

Ézéchiel 1 (le char) ; 16 (les images nuptiales) ; 28 (la chute du roi de Tyr) ; 37 (les ossements desséchés).

Daniel 7 (le Fils d'homme).

Luc et Jean [plus Matthieu 1-2 (les Mages, la fuite en Égypte, le massacre des Innocents) ; 5-7 (le Sermon sur la montagne) et 25 (le Jugement dernier)].

Apocalypse (le livre d'images de l'Église).

Les mythes littéraires d'origine biblique :

La Création. – Caïn. – Moïse. – Judith. – Job. – Salomé. – Le Christ. – Marie-Madeleine. – Les scénarios apocalyptiques (avec Satan, les Villes maudites, etc.).

Les « emblèmes » bibliques (une scène) :

Le Déluge, la pluie de feu sur Sodome, David contre Goliath (1 Samuel 17), Bethsabée (2 Samuel 11-12), etc. Si les mythes sont peu nombreux, les emblèmes foisonnent dans notre culture.

Les « adages » (au sens d'Érasme : « formules figées ») :

Sodome et Gomorrhe (Genèse 19). – La lutte avec l'ange (Genèse 32). – La traversée du Désert (Nombres 11-14 et 20-25). – Le jugement de Salomon (1 Rois 3). – Baisser les bras, etc.

Orientation bibliographique

Bibles complètes

La Bible. Traduction œcuménique de la Bible (T.O.B.), Paris, Cerf-Société biblique française, 1995.

La Bible de Jérusalem, Paris, Cerf, 2000.

La Bible, éd. É. Osty, Paris, Seuil, 2003.

La Nouvelle Bible Segond (NBS), Alliance biblique universelle, 2002. Cette Bible protestante ne donne pas les Livres deutéro-canoniques.

La Bible en français courant, Alliance biblique universelle, 1997. Elle existe en deux éditions : avec ou sans les Livres deutérocanoniques.

Instruments de travail biblique

Concordance de la Bible T.O.B., Paris, Cerf-Société biblique française, 2002.

Synopse des quatre Évangiles en français…, par P. Benoît et M.-É. Boismard, Paris, Cerf, 3 vol., 1972-1997. Le volume I est précieux pour une étude personnelle.

Dictionnaire encyclopédique de la Bible (Maredsous), Tournai, Brepols, 1987.

Léon-Dufour (Xavier), *Vocabulaire de théologie biblique*, Paris, Cerf, 1995.

Bagot (Jean-Pierre) et Dubs (Jean-Claude), *Pour lire la Bible*, Paris, Société biblique française, 2005. Clair et simple.

Bowker (John), *Le Grand Livre de la Bible*, Paris, Larousse-Cerf, 1999.

Harrington (Wilfrid), *Nouvelle Introduction à la Bible*, Paris, Seuil, 1971.

Cahiers Évangile, Paris, Cerf. Dans cette remarquable collection, le n° 124 présente *1 000 livres sur la Bible* (2003). Les *Cahiers* fournissent de petites monographies claires sur les Livres bibliques, sur des thèmes ou des questions.

La Bible et l'Occident

Arcabas, *Passion Résurrection*, Paris, Cerf, 2004.

Bénézit (Emmanuel), *Dictionnaire critique et documentaire des peintres, sculpteurs, dessinateurs et graveurs…*, nouvelle édition, Paris, Librairie Gründ, 1976, 10 vol.

Bible de tous les temps, Paris, Beauchesne, 8 vol., 1984-1989.

Bible en vitraux (La), Bâle, Brunnen Verlag, 1991.

Bologne (Jean Claude), *Les Allusions bibliques*, Paris, Brepols, 1991.

Bogaert (Pierre-Maurice) (dir.), *Les Bibles en français*, Tournai, Brepols, 1991.

Brosse (Olivier de la) et *al.* (dir.), *Dictionnaire des mots de la foi chrétienne*, Paris, Cerf, 1992.

Brunel (Pierre) (dir.), *Dictionnaire des mythes littéraires*, Paris, Éditions du Rocher, 1988 : Abraham, Apocalypse, Caïn, David, Déluge, Éden, Golem, Graal, Jacob, Jésus-Christ, Job, Judith, Lilith, Moïse, Salomé, Satan.

Catholicisme (encyclopédie), Paris, Letouzey et Ané, 15 vol., 1948-2000.

Cesaretti (Paolo) (dir.), *Ravenne. Les splendeurs d'un empire*, Bologne, FMR, 2006.

Dictionnaire des œuvres, Paris, Robert Laffont-Bompiani [1954], « Bouquins », 1980, 7 vol.

Dictionnaire des personnages, Paris, Robert Laffont-Bompiani [1960], « Bouquins », 1982.

Duchet-Suchaux (Gaston) et Pastoureau (Michel), *La Bible et les Saints. Guide iconographique*, Paris, Flammarion, 1990.

Encyclopaedia Universalis, Paris, 28 vol., 2000.

Eslin (Jean-Claude) (dir.), *La Bible, 2000 ans de lectures*, Paris, DDB, 2003.

Frye (Northrop), *Le Grand Code. La Bible et la littérature*, Paris, Seuil, 1984.

–, *La Parole souveraine. La Bible et la littérature II*, Paris, Seuil, 1994.

Girard (René), *Des choses cachées depuis la fondation du monde*, Paris, Grasset, 1978.

Grove's *Dictionary of Music and Musicians*, New York, Saint Martin's Press, 5ᵉ éd., 1966, 10 vol.

Guillebaud (Jean-Claude), *La Refondation du monde*, Paris, Seuil, 1999.

–, *Comment je suis redevenu chrétien*, Paris, Albin Michel, 2007.

Hammel (Jean-Pierre) et Ladrière (Muriel), *La Culture occidentale dans ses racines religieuses*, Paris, Hatier, 1991.

Kiner (Aline), *La Cathédrale livre de pierre,* Paris, Presses de la Renaissance, 2004.

Labre (Chantal), *Dictionnaire biblique, culturel et litttéraire*, Paris, Armand Colin, 2002.

Larousse (Pierre), *Grand Dictionnaire universel du XIXᵉ siècle*, Paris, 15 vol., 1866, suivi de Suppléments (rééd. Lacour, Nîmes, 1990-1992, 24 vol. et 5 vol. de suppléments).

Lemaître (Nicole) et *al.* (dir.), *Dictionnaire culturel du christianisme*, Paris, Cerf-Nathan, 1994.

Lenoir, Frédéric, *Le Christ philosophe*, Paris, Plon, 2007.

Léonard-Roques (Véronique), *Caïn, figure de la modernité*, Paris, Champion, 2003 : Conrad, Hesse, Steinbeck, Michel Butor, Michel Tournier.

Lexicon der christlichen Iconographie, Freiburg-Basel, Herder, 1968-1976, 8 vol.

Lumières contemporaines. Vitraux du XXIᵉ siècle et architecture sacrée, Chartres, Gaud, 2005.

Millet (Olivier) et Robert (Philippe de), *Culture biblique*, Paris, PUF, 2001.

Pascal (Blaise), *Pensées*, éd. Ph. Sellier, Paris, Classiques Garnier, 1999.

Pelletier (Anne-Marie), *Lectures bibliques aux sources de la culture occidentale*, Paris, Nathan-Cerf, 1996.

Poirier (Jacques), *Judith. Échos d'un mythe biblique dans la littérature française*, Presses universitaires de Rennes, 2004.

Porte (Jacques) (dir.), *Encyclopédie des musiques sacrées*, Paris, Labergerie, 3 vol., 1968-1970.

Réau (Louis), *Iconographie de l'art chrétien*, Paris, PUF, 1955-1959, 6 vol.

Rembrandt et la Bible, Paris, DDB, 1979, 2 vol.

Sendler (Egon), *Les Mystères du Christ. Les icônes de la liturgie*, Paris, DDB, 2001.

Taylor (Charles), *Les Sources du moi*, Paris, Seuil, 1998.

Van der Meer (Frédéric), *L'Apocalypse dans l'art*, Anvers, Fonds Mercator, 1978. Un magnifique livre-album qui reproduit en totalité les quatorze planches incomparables d'A. Dürer.

Wilson-Dickson (Andrew), *Histoire de la musique chrétienne. Du chant grégorien au gospel noir*, Paris, Brepols, 1994.

Tableau des événements
évoqués par les textes bibliques

?	L'aurore du monde	Genèse 1-11
Vers 1850 av. J.-C.	*La saga des Patriarches* – Abraham – Isaac – Jacob – Joseph (les Hébreux en Égypte)	Genèse 12-50
Vers 1250-1210	*L'Exode et le Désert : Moïse* (Au temps du pharaon Ramsès II et de ses successeurs)	Exode Lévitique Nombres Deutéronome
À partir de 1210	*L'entrée dans la Terre Promise*	Josué Juges 1 et 2
XIIe-XIe siècles	*Le temps des Juges* (ou chefs militaires qui ne transmettaient pas leur pouvoir à leurs descendants)	Juges 3-fin
Vers 1030-1010	*Les premiers rois* - Saül	Premier Livre de Samuel

1010-972	- David	Deuxième Livre de Samuel Premier Livre des Chroniques
972-933	– Salomon	1 Rois 1-11 Deuxième Livre des Chroniques 1-9
933-722	*L'éclatement en deux royaumes* (Israël au Nord, Juda au Sud) – Apparition des grands prophètes : Élie, Élisée, Amos, Osée, Isaïe (1-39), Michée – Écrasement d'Israël par l'Assyrie (722)	1 Rois 12-17 2 Rois 1-21
722-587	*La survie du royaume de Juda* – Activité des prophètes Nahum, Sophonie, Habacuc, Jérémie, Ézéchiel, disciples d'Isaïe – Prise de Jérusalem par les Babyloniens (587)	2 Rois 22-25
587-538	*L'exil à Babylone* – Prise de Babylone par Cyrus (539)	Lamentations de Jérémie Psaume 137
538-333	*Retour à Jérusalem et dispersion dans l'Empire perse* – Prophéties d'Aggée, de Zacharie, de Joël,	Esdras Néhémie

	de Malachie, des derniers disciples d'Isaïe (Isaïe 56-66) – Rédaction du Livre des Proverbes, du Livre de Job, du Cantique des cantiques, du Livre de Ruth, du Livre de Jonas	
333-63	*La période de l'Empire grec* Dispersion des Juifs dans le monde méditerranéen (Diaspora) – Règne d'Alexandre le Grand (336-323) – Rédaction des livres de l'Ecclésiaste, de Daniel et de Zacharie (9-14)	Livre des Maccabées 1 et 2
63-5 av. J.-C.	*De la conquête romaine à la naissance de Jésus* – Assassinat de César (44)	Matthieu 1-2 Luc 1-2
5 av. J.-C. – 30 apr. J.-C.	*Vie cachée, manifestation et mort de Jésus* – Règne d'Auguste (30 av. J.-C.-14 apr. J.-C.)	Matthieu, Marc, Luc, Jean
30-35	*La Résurrection et l'Église primitive*	Matthieu 28 Marc 16 Luc 24 Jean 20-21 Actes des apôtres 1-8

35-65	*La diffusion de l'Évangile: saint Paul*	Actes des apôtres 9-fin Lettres de Paul
50-110	*Rédaction des différents livres qui forment le Nouveau Testament*	
	– Premières persécutions – Néron (54-68) – Domitien (81-96)	

Cartes

PROCHE ET MOYEN-ORIENT ANCIENS

LA SORTIE D'ÉGYPTE
ET LA TRAVERSÉE DU DÉSERT

Itinéraire du peuple juif, depuis l'Égypte jusqu'au pays de Canaan.

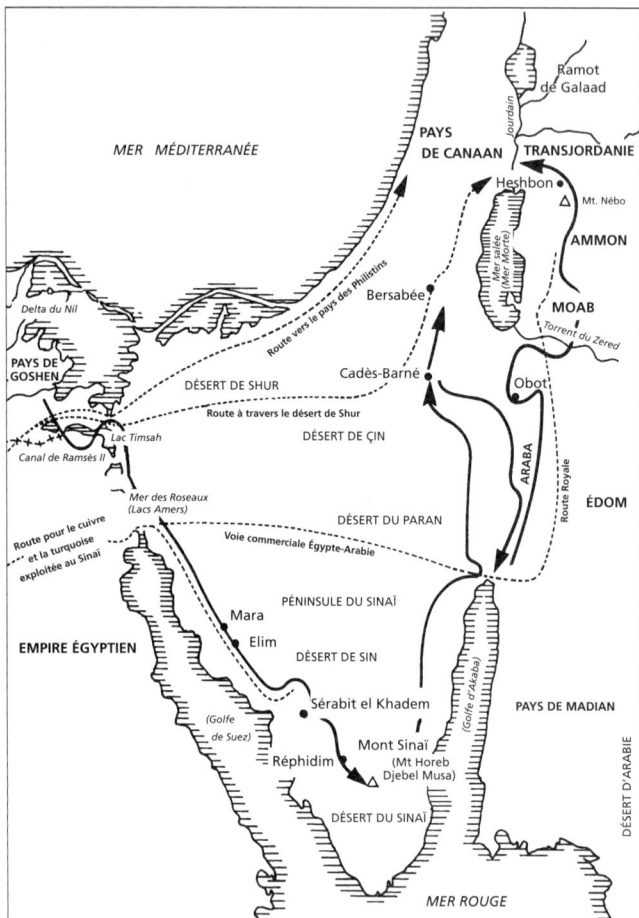

LE TEMPS DES DEUX ROYAUMES
(933-587)

LA PALESTINE AU TEMPS DE JÉSUS

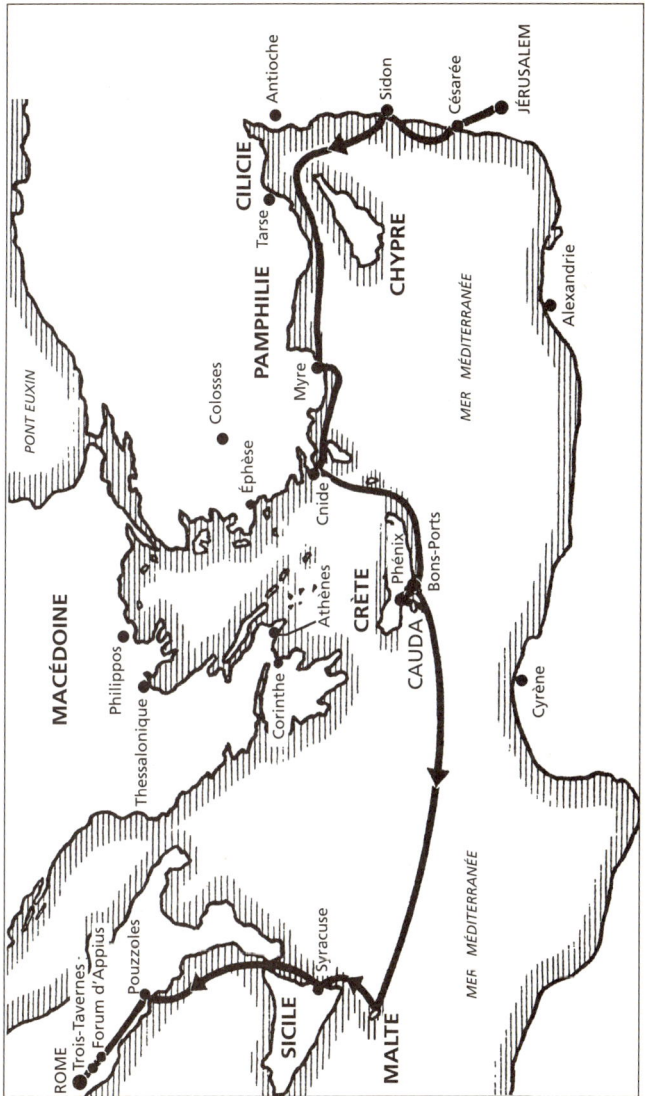

347

LE DERNIER VOYAGE DE SAINT PAUL

Index

Table

La Bible juive qui est pour les chrétiens l'Ancien Testament

Chapitre I
La Genèse ou le Livre des origines

Chapitre II
La traversée du Désert

Chapitre III
Les Livre historiques

Chapitre IV
Les prophètes écrivains

Chapitre V
Les Livres poétiques

Chapitre VI
Les Livres de sagesse

LE NOUVEAU TESTAMENT

Chapitre I
Le sommet du Nouveau Testament : les quatre Évangiles

Chapitre II
La Vie de Jésus et les arts : l'enfance et la vie publique

Chapitre III
La Vie de Jésus et les arts : la Passion-Résurrection

Chapitre IV
Les Actes des Apôtres

Chapitre V
Les Écrits de circonstance

Chapitre VI
L'Apocalypse de Jean

Du même auteur

Pascal et la liturgie
PUF, 1966
rééd. Slatkine Reprints, 1998
Ouvrage couronné par l'académie
des Sciences morales et politiques

Pascal et saint Augustin
Armand Colin, 1970
rééd. Albin Michel, 1995
Ouvrage couronné par l'Académie française

Le Mythe du héros
Bordas, 1970, 1990

L'Évasion
Bordas, 1971, 1985, 1989

Histoire de la littérature française
(Ouvrage collectif)
Bordas, 1973

Pascal, *Pensées*, selon l'ordre
de la Copie personnelle de Gilberte Pascal
Mercure de France, 1976
rééd. « Le Livre de Poche classique », 2000
La Pochothèque, 2004
Garnier, 2011

Jésus-Christ dans la littérature française
(ouvrage collectif)
Desclée de Brouwer, 1987

La Bible de Port-Royal
Robert Laffont, « Bouquins », 1990

Les Moralistes français du XVIIᵉ siècle
*(sous la direction de Jean Lafond,
en collaboration avec Patrice Soler,
Jacques Chupeau, André-Alain Morello)
Robert Laffont, « Bouquins », 1992*

Port-Royal et la littérature I
Pascal
*Honoré Champion, 1999
rééd. augmentée, 2010*

Port-Royal et la littérature II
Le siècle de saint Augustin, La Rochefoucauld,
Mᵐᵉ de Lafayette, Sacy, Racine
*Honoré Champion, 2001
rééd. augmentée, 2012*

Essais sur l'imaginaire classique
Pascal – Racine
Précieuses et moralistes – Fénelon
Honoré Champion, 2003, 2005

Port-Royal
Livres I à V, 8
*(édition)
Robert-Laffont, « Bouquins », 2004*

La Bible
*(choix de textes et présentation)
« Points Essais Bibliothèque » n° 590, 2008*

Pascal
*(choix de textes et présentation)
« Points Essais Bibliothèque » n° 612, 2009*

RÉALISATION : PAO ÉDITIONS DU SEUIL
IMPRESSION : NORMANDIE ROTO IMPRESSION S.A.S. À LONRAI
DÉPÔT LÉGAL : FÉVRIER 2013. N° 109840-2 (1403146)
IMPRIMÉ EN FRANCE